Als sie ging

MICHAEL BARON

Als sie ging

ROMAN

Aus dem Amerikanischen
von Edith Beleites

Weltbild

Die amerikanische Originalausgabe erschien
unter dem Titel *When she went away*.

Besuchen Sie uns im Internet:
www.weltbild.de

Genehmigte Lizenzausgabe
für Verlagsgruppe Weltbild GmbH,
Steinerne Furt, 86167 Augsburg

Übersetzung: Edith Beleites
Umschlaggestaltung: Atelier Seidel – Verlagsgrafik, Teising
Umschlagmotiv: Mauritius Images, Mittenwald (© mauritius images/age)
Gesamtherstellung: GGP Media GmbH, Pößneck
Printed in the EU
ISBN 978-3-8289-9391-4

2011 2010 2009 2008
Die letzte Jahreszahl gibt die aktuelle Lizenzausgabe an.

Prolog

Maureen hielt mich immer für einen unverbesserlichen Optimisten. »Du fragst nicht, ob ein Glas halb voll oder halb leer ist«, sagte sie einmal, »sondern ob Schokoshake oder Champagner drin ist.«

»Was ist daran so verkehrt?«

»Eigentlich nichts«, sagte sie dann und küßte mich. »Deswegen liebe ich dich ja. Aber ein klitzekleines bißchen Skepsis könnte dir manchmal vielleicht nicht schaden.«

Aber das war natürlich vor dem Januar.

Nie werde ich den kalten Schauer vergessen, der mir über den Rücken lief, als Maureen mich bat, beim Zentrum für Pränatale Diagnostik vorbeizufahren, um den Schwangerschaftstest abzuholen. Ich dachte, es ginge um Tanya, und der Gedanke, daß der miese Typ, mit dem sie neuerdings rumhing, sie geschwängert haben könnte, traf mich wie ein Schlag. Als Maureen dann sagte, es sei *ihr* Test, war ich endgültig geplättet.

Wir hatten gleich nach dem College geheiratet, und schon ein Jahr später wurde Tanya geboren. Das war nicht geplant, nicht so früh, und als es nun mal passiert war, fand ich es ebenso aufregend wie beängstigend. Tanya selbst sorgte jedoch dafür, daß die Veränderung unseres Lebens so reibungs- und mühelos wie nur irgend möglich vonstatten ging. Sie war wirklich ein tolles Baby, und sie und Maureen waren einander so nah, wie ich es noch nie zuvor bei Mutter und Kind erlebt hatte. Tanya hatte etwas Majestätisches an sich, und oft hatte man den Eindruck, sie wisse viel mehr, als sie sich anmerken ließ, sogar schon als Kleinkind. Als sie ein Jahr alt war, begann ich, sie »Queenie« zu nennen, und dieser Spitzname wurde mit zunehmendem Alter immer passender. Allerdings hörte ich auf, diesen Namen in ihrem Beisein zu benutzen als sie vierzehn war. Tanya hat unsere Familie vollkommen umgekrempelt; aus einem leidenschaftlichen, ehrgeizigen Pärchen wurde ein lebenslustiges, gut ausbalanciertes Trio. Maureen blieb zu Hause, bis Tanya in den Kindergarten kam. Ich ging derweilen meinem Beruf nach, aber nicht mehr, um Karriere zu machen, sondern um mit meiner Karriere fürs Wohlergehen der Familie zu sorgen.

Ab und an sprachen Maureen und ich davon, noch mehr Kinder zu bekommen, weil das sicher auch für Tanya gut gewesen wäre. Eine Zeitlang waren diese Gespräche rein hypothetischer Natur, denn wir konnten uns gar kein zweites Kind leisten. Als ich dann so viel verdiente, daß wir ein sorgenfreies Leben führten, wurden diese Gespräche ernster. Aber wir schoben die Entscheidung immer wieder hinaus – bis uns klar wurde, daß sie längst gefallen war. Wir mochten unsere Familie so, wie sie war.

Zu glauben, daß die Verhütungsmethode, die wir nach Tanyas Geburt anwandten, zuverlässiger war als vorher, war wohl ziemlich naiv von mir. Aber irgendwann hört man auf, sich darüber Gedanken zu machen. Schließlich war immer alles gut gegangen. Bis es eines Tages passierte. Maureen lächelte verschämt, als sie von dem Test sprach, und später, als sie mir das Ergebnis zeigte, lachte sie nervös. Aber selbst da glaubte ich noch nicht, daß sie tatsächlich ein zweites Kind bekommen würde. Als der Arzt die Schwangerschaft bestätigte, sah Maureen mich unsicher an, und wir schauten uns in die Augen.

»Wir hatten doch nie vor, mit vierzig in einem leeren Nest zu hocken«, sagte ich und begriff, daß ich auf die sechzig zugehen würde, wenn das Kind aufs College kam. Maureen drückte mir die Hand, küßte mich, und wir begannen, Pläne zu schmieden. Nie war die Rede davon, dieses Kind *nicht* zu bekommen.

Als erstes mußten wir Tanya informieren. Dazu mußten wir aber erst mal eine Audienz bei ihr bekommen, was in den letzten Monaten immer schwieriger geworden war. Sie war in dem Alter, in dem Teenager nicht Fleisch und nicht Fisch sind. Bis vor kurzem hatte sie noch mit ihrer Mutter auf der Couch gekuschelt, sich bei den Hausaufgaben helfen lassen, und manchmal ging sie sogar noch mit ins Kino. Gleichzeitig konnte sie wegen jeder Kleinigkeit explodieren. Sie an familiäre Pflichten zu erinnern, bedeutete akute Feuergefahr – es sei denn, ihre Tante Codie kam zu Besuch. Schon wenn es mal zwei Tage hintereinander Nudeln gab, drohte ein Schlechte-Laune-Anfall. Und obwohl sie mich gern als altmodisch hinstellte, rannte sie wütend aus dem Zimmer, wenn mir ein Song ihrer Lieblingsband gefiel oder wenn ich (die größte Katastrophe von allen) mehr über eine Band wußte als sie. Aber Freunde erlebten mit ihren Kindern das gleiche, außerdem waren Tanyas Schulnoten in Ordnung, sie trank nicht, nahm keine Drogen und geriet nicht in schlechte Gesellschaft. Also biß ich die Zähne zusammen, beschränkte mich auf ätzende Bemerkungen gegenüber Maureen, wenn wieder ein Gewitter nahte, und ließ meine Tochter gewähren.

Bis Mick auftauchte. Schon während der Grundschulzeit hatte ich mich mit dem Gedanken vertraut gemacht, daß Tanya sich eines Tages einen festen Freund zulegen würde, und ich war mir ganz sicher, daß ich gelassen und aufgeschlossen reagieren würde. Ich wollte keiner von diesen Vätern mit einer

Pistole in der Schublade sein. Aber obwohl ich mir in all den Jahren Hunderte von Jungen vorgestellt hatte, die überhaupt nicht zu ihr paßten, war ich nicht auf Mick gefaßt. Er studierte Philosophie (ich wußte gar nicht, daß das auf dem College möglich war), was ihn offenbar dazu berechtigte, sich mit einer Aura von Pessimismus, Langeweile und Menschenverachtung zu umgeben. Er war so ganz anders als Tanyas andere Freunde, und ich konnte einfach nicht verstehen, was sie an ihm fand. Sie behauptete, er sei ungeheuer klug und belesen, aber ich konnte kaum ein Wort aus ihm heraus bekommen. Ich war mir ganz sicher, daß sie ihn schnell durchschauen würde, und versuchte, mir mein Mißfallen nicht anmerken zu lassen, weil ich nicht riskieren wollte, daß sie das Verhältnis aus purem Trotz aufrechterhielt.

Als die beiden über einen Monat zusammen waren, konnte ich mich nicht länger zurückhalten. Zuerst sagte ich ihr, was ich von ihm hielt, dann fragte ich, ob sie noch ganz bei Trost sei, und schließlich verbot ich ihr den Umgang mit ihm. Alles, was ich damit bei meiner cleveren Tochter erreichte, war, daß sie ein hohes Maß an Kreativität entwickelte, sich unbemerkt aus dem Haus schlich und ein komplexes Lügengespinst erfand. Als ich merkte, daß sie immer noch mit ihm zusammen war, dachte ich mir eine empfindliche Strafe aus. Ich wollte sie in ihrem Zimmer einsperren und einen Aufpasser vor ihrem Fenster postieren. Maureen versuchte, mich zu beruhigen.

»Betrachte Mick als eine Phase, Gerry«, sagte sie. »Tanya ist ein kluger Kopf und neigt nicht zur Selbstzerstörung. Wir müssen sie gewähren lassen, wenn wir sie nicht verlieren wollen.«

Mir blieb nichts anderes übrig, als Maureen zu vertrauen. Sie kannte Tanya viel besser als ich und hatte in der Vergangenheit immer richtig gelegen, richtiger als ich. Ich hob den wirkungslosen Bann gegen Mick auf, machte aber keinen Hehl daraus, wie sehr ich ihn verabscheute. Das führte dazu, daß zwischen Tanya und mir, nachdem wir in den letzten Jahren immer seltener miteinander gesprochen hatten, nun fast völlige Funkstille herrschte. Und während sie wie ein Familiengespenst auf ihren eigenen Wegen ein und aus ging und uns gelegentlich mit ihrer Anwesenheit beim Essen beehrte, spürte ich, wie sie ihr Strahlen verlor. Obwohl wir unsere liebe Last miteinander hatten, seit sie vierzehn war, hatte sie sich bis jetzt ihre unbändige Lebenslust bewahrt. Selbst wenn ich wütend auf sie war, bewunderte ich ihren Kampfgeist. Deshalb hatte ich – egal wie frech oder unsensibel sie sich mir oder gar Maureen gegenüber benahm – immer gedacht, daß es sich lediglich um die üblichen Pubertätserscheinungen handelte, die jeder Teenager durchmachte. Doch ihre zermürbenden Debatten mit Mick über Nihilismus oder seine sonstigen Forderungen schienen sie langsam unterzukriegen. Wäre ich bei klarerem Verstand gewesen oder vielleicht auch nur mutiger, hätte ich nachhaltiger interveniert. Aber ich hatte Angst, sie endgültig zu verlieren. Und obwohl ich mir jetzt die schwersten Vorwürfe mache, glaube ich im Grunde nicht, daß ich irgendwas tun konnte, um aus Tanya wieder den Menschen zu machen, der sie einmal gewesen war.

Erst am Tag nach dem Arztbesuch ergab sich eine Gelegenheit, ihr die Neuigkeit mitzuteilen. Das Gespräch dauerte keine Minute.

»Schön für euch«, sagte sie düster. »Dann habt ihr ja wieder jemanden zum Kontrollieren.«

Ich senkte den Blick und schüttelte den Kopf, während sie in ihr Zimmer entschwand. Wieder mal fragte ich mich, ob es nicht an der Zeit sei, härter durchzugreifen. Aber eine Stunde später kam Maureen an ihrer Tür vorbei (die überraschenderweise offen stand), und Tanya rief sie herein. Unter Tränen äußerte sie die Befürchtung, das Baby könne ihren Platz einnehmen, und Maureen versuchte, sie davon zu überzeugen, daß das nie der Fall sein werde. Ich wertete das als gutes Zeichen, als Hinweis darauf, daß Tanya die Familie doch wichtiger war, als sie zugab, und daß wir sie zurückgewinnen konnten, wenn Mick aus ihrem Leben verschwand.

Es stellte sich jedoch heraus, daß Maureen und ich uns geirrt hatten. Die Monate vergingen, Mick blieb Teil unseres Lebens, und Tanya distanzierte sich immer weiter von uns. Außerdem weigerte sie sich standhaft, über das Baby auch nur zu sprechen. Ich weiß nicht, ob das Baby für sie genau die Art von Familienleben repräsentierte, die Tanya endlich hinter sich lassen wollte, oder ob es im Widerspruch zu der Weltsicht stand, die Mick ihr beibrachte. Jedenfalls tat sie alles, um dieses Baby und den Geburtstermin zu ignorieren.

Sicher gab es jede Menge Hinweise. Hätte ich mehr darauf geachtet, wäre mir sicher früher klargeworden, was auf uns zukam, und ich hätte etwas unternehmen können. Doch ich konnte einfach nicht glauben (und im Grunde kann ich es immer noch nicht), daß sie etwas so Ungeheuerliches und Gefährliches tun oder dazu überhaupt fähig sein würde. Mick hatte einen schlechten Einfluß auf sie. *Das* wußte ich. Aber wie Millionen Väter vor mir redete ich mir ein, daß ich das Richtige für meine Tochter tat und daß sie sich schon wieder besinnen würde, ehe die Dinge außer Kontrolle gerieten – und wie Millionen Väter vor mir habe ich dann doch alles falsch gemacht.

Mitte Oktober kamen Maureen und ich an einem Samstagabend von einem Essen mit Freunden nach Hause und fanden einen Zettel vor, auf dem Tanya uns mitteilte, daß sie und Mick ihrer »eigenen Wege« gegangen seien. Mick habe ihr vor Augen geführt, wie sinnlos dieses geordnete Leben sei. Es sei nicht wichtig, die Schule zu beenden. Auch auf ihre »stinknormalen« Freunde könne sie gut verzichten. Und das letzte, was sie brauche, sei »ein Zuhause, in dem ein verwöhnter kleiner Angeber seinen Eltern pausenlos vor Augen führt, was für eine Versagerin seine große Schwester ist«. Sie und Mick würden irgendwohin gehen, wo sie »real« sein konnten und »an niemandes Erwartungen oder Glücksdefinitionen gemessen« würden.

Maureen ließ sich auf einen Stuhl fallen. Sie war ganz blaß geworden. Ich hingegen rastete total aus. Ich rief die Polizei an und sagte, ein Zwanzigjähriger habe meine Tochter entführt. Ich rief Tanyas Freunde an und versuchte, ihnen Informationen zu entlocken. Ich machte die Adresse von Micks Eltern ausfindig und drohte, sie zu verklagen, obwohl sie offenbar genauso konsterniert waren wie ich. Maureen redete mit den Polizisten, die zu uns kamen, und ich fuhr die ganze Nacht durch die Gegend, wild entschlossen, meine Tochter zu finden, sie heimzuholen und Mick windelweich zu schlagen. Am folgenden Tag fuhr ich wieder los, obwohl mir klar war, daß die beiden inzwischen längst über alle Berge waren.

Ich habe keine Ahnung, wie intensiv sich die Polizisten um den Fall kümmerten, aber was sie unternahmen, führte genauso wenig zu Ergebnissen wie meine eigene Suche. Ich betonte immer wieder, daß es sich um eine Entführung handelte, aber sie sagten, es gebe keinen Hinweis darauf, daß Tanya nicht aus freien Stücken ausgerissen sei – sie hatte am Vortag sogar ihr Konto aufgelöst –, und daß meine Sicht der Dinge ziemlich unrealistisch sei. Trotzdem war sie noch minderjährig und in Begleitung eines Erwachsenen, der großen Einfluß auf sie hatte, und das bedeutete, daß seinem Tun etwas Illegales anhaftete. Schon bald wurde Micks Wagen gefunden; er stand ganz normal auf seinem gemieteten Parkplatz am Studentenwohnheim. Sie waren also ohne Auto unterwegs. Die Polizei verfolgte einige Spuren, befragte einen Schaffner der Long Island Railroad, der sie gesehen haben könnte, und einen Kommilitonen von Mick, der behauptete, Mick habe schon seit Monaten davon gesprochen, nach Walden verschwinden und dort wie Thoreau leben zu wollen. Ich war mir ziemlich sicher, daß die Polizei schon bald dringendere Fälle bearbeiten und diesen in irgendeine Ablage verbannen würde. Auf jeden Fall würde sie sich nicht mit dem Nachdruck darum kümmern, den ich mir wünschte.

Am Montag meldeten Maureen und ich uns krank. Wir setzten uns auf die Couch in der Diele, zu fertig, um groß miteinander zu reden, und zu verwirrt, um allem einen Sinn zu geben. Wir hatten beide Micks Einfluß auf Tanya unterschätzt. Und obwohl wir das nicht zugeben mochten, hatte auch das Baby seinen Anteil am Geschehen. Zwei Monate vor ihrem siebzehnten Geburtstag war unsere Tochter ausgerissen und zog das unstete Zusammenleben mit einem Gefühlskrüppel der Sicherheit unseres Familienlebens vor. Und es gab nichts, was wir dagegen tun konnten.

Codie, Maureens Schwester, versprach, »ein paar Bekannte« einzuschalten. Maureens Vater beauftragte einen Privatdetektiv. Sogar meine Eltern, die aus unserem Leben verschwunden waren, als sie nach Florida zogen und mein Vater eine neue Hüfte bekam, wollten alles tun, um ihre Enkelin zurückzubekommen. Ich redete noch mal mit Micks Eltern, dieses Mal wesentlich ruhiger, und sie sagten, sie hätten immer noch nichts von ihm gehört, würden mich aber umgehend benachrichtigen, wenn er sich meldete. Ich dankte all diesen Leuten, aber ich ahnte schon, daß ihre Bemühungen zu nichts führen würden.

Gleichzeitig war ich mir sicher, daß Tanya schon nach wenigen Tagen zurückkehren würde. Daß sie uns nicht wirklich verlassen, sondern uns durch diesen demonstrativen Akt lediglich zu Konzessionen zwingen wollte. Obwohl sie das Temperament eines Vulkans haben konnte, war sie doch für ihr Alter immer sehr klug gewesen, und ich sagte mir, daß sie wieder zur Besinnung kommen werde, sobald der Reiz des Neuen – was immer es sein mochte – verflogen war. Maureen hingegen war vollkommen verzweifelt, und ich begann, mich um ihre Gesundheit und die des Kindes zu sorgen. Unsere Beziehung veränderte sich. Natürlich hatten wir, seit wir uns kannten, auch schlechte Zeiten erlebt, und manchmal hatten wir uns sogar unwohl gefühlt, wenn wir zusammen im selben Zimmer waren. Aber es war das erste Mal, daß wir beide mit dem Rücken an der Wand standen und uns gegenseitig nicht helfen konnten.

Die Wochen vergingen, und kurz vor dem errechneten Geburtstermin bekamen wir eine E-Mail von Tanya, die von einem Service an uns weitergeleitet worden war. Sie gab uns keinerlei Hinweis auf ihren Aufenthaltsort und schrieb, sie werde definitiv nicht nach Hause zurückkehren. Sie und Mick seien dabei, einander und die Welt zu entdecken, und mit jedem Tag, der vergehe, werde ihnen klarer, daß sie ihren Platz darin finden müßten. Wir sollten uns keine Sorgen um sie machen (als ob das auch nur ansatzweise möglich gewesen wäre!), und sie werde uns von Zeit zu Zeit wissen lassen, wie es ihr gehe.

Ach, und alles Gute für das neue Kind!

Merkwürdig, was einem in solchen Zeiten durch den Kopf geht. Ich versuchte, mir jedes Gespräch zu vergegenwärtigen, das ich je mit ihr geführt hatte, jede Geste, jedes Kompliment, jede Kritik. Hatten wir Tanya so erdrückt, daß sie gar nicht anders konnte, als sich diesem Kerl an den Hals zu werfen, den sie so geheimnisvoll und befreiend fand? Hatten wir ihr so viel Freiheiten erlaubt, daß sie glaubte, nichts, was sie täte, werde auf unser Veto stoßen? Hatte ich als Mann eine so erbärmliche Figur abgegeben, daß sich jemand wie Mick dagegen als Lichtgestalt ausnahm? Hatten wir ihr ein zu romantisches Bild von der Liebe vermittelt?

Schon seit einigen Jahren strebte sie nach Unabhängigkeit, und daß Mick älter war als sie, hatte ihren Wunsch, von uns loszukommen, sicher verstärkt. Aber obwohl unser Verhältnis vorher schon schlecht gewesen war, hatte die Nachricht von Maureens Schwangerschaft es noch weiter verschlechtert. Oder war das Zufall? Hätten sich die Dinge sonst auch so zugespitzt? Oder hatte unsere Entscheidung für ein zweites Kind Tanya aus dem Haus getrieben? War dieses Baby das bis dato fehlende Argument, das Mick brauchte, damit sie mit ihm abhaute?

In der folgenden Woche wurde Reese geboren. Die Entbindung löste in mir die heftigsten Gefühle aus, die ich je gehabt hatte (obwohl bald noch heftigere folgen sollten). Als Maureen in den Wehen lag, mußte ich an Tanya denken, wo sie wohl steckte und wie es ihr ging – so wie praktisch jeden verdammten Tag, seit sie fort war. Aber als ich meinen Sohn dann zum ersten Mal sah, war ich vollkommen fasziniert und blickte sogar wieder ein wenig optimistischer in die Zukunft. Er war so lebendig und zufrieden und völlig frei von unseren Sorgen und Nöten. Dieser Gedanke gab mir Hoffnung und machte mich gleichzeitig traurig. Dieses Kind kam mir vor wie ein gigantisches Versprechen – und dabei konnte es uns eines Tages genauso eine herbe Enttäuschung bereiten wie Tanya.

Als wir mit Reese nach Hause kamen, hatten wir kaum eine ruhige Minute. Meine Eltern waren aus Florida gekommen,

Maureens aus dem Seniorenheim in North Carolina, Codie kam regelmäßig von Manhattan herüber, und alle möglichen Leute kamen zu Besuch. Sogar ein paar Freunde von Tanya kamen vorbei, als sie von dem Baby hörten. Ich nutzte die Gelegenheit und fragte jeden, ob er oder sie eine Ahnung hatte, wo sie stecken könnte. Wahrscheinlich habe ich es übertrieben, denn sie kamen nicht wieder.

Reese beanspruchte von Anfang an unglaublich viel Zeit. Für ein Neugeborenes war er ungewöhnlich lange wach und schlief immer nur ein paar Stunden am Stück, fast so, als wisse er, daß er viel Präsenz zeigen mußte, weil wir sonst die ganze Zeit an seine große Schwester gedacht hätten. Maureen hatte drei Monate Mutterschaftsurlaub, aber ich ging schon nach einer Woche wieder zur Arbeit. Die Verantwortung im Job, meine Nacht- und Wochenendeinsätze zu Maureens Entlastung und die Faszination, die nach so langer babyloser Zeit von dem Neugeborenen ausging, bewahrten mich – wenn auch nur knapp – davor, aus Sorge um Tanya krank zu werden.

Der Privatdetektiv, den mein Stiefvater angeheuert hatte, war eine Niete, und Codies »Bekannte« waren auch keine große Hilfe. Ich begriff langsam, wie einfach es war, sich in Luft aufzulösen, wenn man nicht mit Kreditkarten bezahlte, nichts Ungesetzliches tat und einfach nicht gefunden werden wollte. Mir blieb nichts anderes übrig, als zu akzeptieren, daß Tanya ihr Leben selbst in die Hand genommen hatte. Irgendwo auf der Welt trieb sie sich mit Mick herum, und ich würde sie nur wiedersehen, wenn und wann und wie *sie* es wollte. Ich haßte diesen Zustand, aber das änderte nicht das geringste.

Es wurde Weihnachten, es wurde Silvester, und keines dieser Feste feierten wir mit besonderer Freude. In der zweiten Januarwoche wurde mir klar, daß wir drauf und dran waren, uns von den Sorgen um Tanyas Verschwinden und um das

Wohlergehen des Babys auffressen zu lassen. Seit dem Abend, als wir Tanyas Zettel fanden, waren Maureen und ich nicht miteinander ausgegangen. Es war höchste Zeit, das wieder einmal zu tun. Reese war mittlerweile zwei Monate alt und schlief jetzt längere Zeit am Stück, so daß Maureen und ich beschlossen, für den nächsten Samstag einen Babysitter zu engagieren.

Als ich zum ersten Mal davon sprach, sagte Maureen halbherzig: »Okay, wenn dir danach ist.« Aber je näher der Abend rückte, desto mehr sah ich ihr an, wie sie sich darauf freute. Genau wie ich schien sie gemerkt zu haben, daß es wichtig für uns war. Wir wollten nichts Großes unternehmen – Essen gehen beim Italiener um die Ecke und hinterher vielleicht noch in unser Lieblingscafé (natürlich mit eingeschaltetem Handy) –, und doch war uns beiden sehr feierlich zumute. Wir zogen uns viel feiner an als nötig und unterhielten uns viel entspannter und natürlicher als in den vergangenen Monaten. Ich merkte, wie ich ruhiger wurde, und begriff, daß wir so was öfter tun sollten. Beim Essen hielten wir Händchen und lachten, wie wir schon seit Monaten nicht mehr gelacht hatten. Zum ersten Mal seit langem zogen wir eine Positivbilanz – da waren die Tochter, die irgendwann zu uns zurückkehren würde, der Sohn, der sich so wunderbar entwickelte, unsere Freunde und Verwandten und sogar unsere Jobs, in denen wir uns wohlfühlten. Und wir sprachen von unserem größten Aktivposten: unserer großen Liebe zueinander, einer Liebe, die uns in den letzten beiden Jahrzehnten Halt und Mut gegeben hatte.

Auf dem Heimweg beschlossen wir, von jetzt an jeden Samstag miteinander auszugehen, wenigstens ein paar Stunden pro Woche ganz für uns allein. Zu Hause liebten wir uns zärtlich, und aus irgendeinem Grund kam es uns nach all den

Jahren plötzlich wie etwas ganz Neues vor. Glücklicherweise wußten wir nicht, daß es das letzte Mal sein sollte.

Als ich am Montag darauf von der Arbeit nach Hause kam, schrie Reese ganz außer sich in seinem Bettchen. Ich wußte sofort, daß etwas nicht stimmte, denn normalerweise ließ Maureen ihn nie so schreien. Ich rief nach ihr und nahm Reese hoch. Auch auf meinem Arm schrie er weiter. Als ich ins Schlafzimmer ging, fand ich Maureen bewußtlos auf dem Bett liegen.

Ich rief einen Krankenwagen, setzte mich zu Maureen und schaukelte Reese beruhigend in den Armen, während sich meine Gedanken überschlugen. Sanitäter kamen gelaufen und brachten Maureen ins Krankenhaus. Ich folgte ihnen in meinem Wagen. Da wußte ich schon, daß ich sie verloren hatte. Wenn man so lange mit jemandem zusammen war, weiß man, wann er tot ist. Die Autopsie – ich fand es schrecklich, daß sie überhaupt nötig war – ergab, daß ein Blutgerinnsel, das sich wahrscheinlich bei der Geburt gebildet hatte, langsam ins Gehirn gewandert war.

An die Wochen danach kann ich mich kaum erinnern. Die Prozession von Verwandten, Freunden und Bekannten. Berge von Formularen. Reese in meinen Armen. Reese in unserem Ehebett, weil ich ihn zu mir holte, wenn er nachts unruhig wurde. Die ewige Frage, wo meine Tochter war und wie sie reagieren würde, wenn sie erfuhr, was geschehen war. Was sonst um mich herum passierte, war eine andere Welt.

Ich war neununddreißig, und von der bescheidenen Existenz, die ich mit so viel Stolz aufgebaut hatte, war nichts übriggeblieben. Die Frau, die ich geliebt und mit der ich mein Leben verbracht hatte, war tot, meine Tochter trieb sich irgendwo herum und war für mich unerreichbar, und mein neugeborener Sohn war ganz allein auf mich angewiesen. Das war zuviel für mich. Ich war vollkommen durcheinander und fragte mich, wie ich den nächsten Tag überstehen sollte.

Maureen hatte immer gesagt, ich sei ein unverbesserlicher Optimist.

Was sie jetzt wohl gesagt hätte?

TEIL I: VERLUST

Eins: Eingewechselt

Meine Mutter blieb länger bei uns, als für uns gut war. Sie hatte ganz richtig erkannt, daß ich in den ersten Wochen noch nicht in der Lage war, Reese rund um die Uhr zu versorgen, und daß er jemanden brauchte, der nicht in Gedanken ganz woanders war, während ich jemanden brauchte, der es mir gestattete, meinen Gedanken freien Lauf zu lassen. Es war wirklich eine Hilfe, daß ich Spaziergänge in der beißend kalten Winterluft machen oder einfach herumsitzen und die Welt vergessen konnte, und das wäre ohne sie nicht möglich gewesen. Aber irgendwann wurde mir ihre Anwesenheit zu viel, und daß wir kaum eine Beziehung zueinander hatten, machte die Sache nicht einfacher. Das wurde besonders deutlich, wenn sie mit mir in Erinnerungen an Maureen schwelgen oder über Tanya sprechen wollte. Ich wollte nicht auch noch ihre Erinnerungen aufgebürdet bekommen, dazu war ich viel zu sehr mit meinen eigenen beschäftigt. Und ich wollte das Nachdenken über Tanya nicht durch ihre Sicht der Dinge komplizieren. Es war ohnehin alles schon kompliziert genug.

»Sie muß erfahren, was mit ihrer Mutter passiert ist«, sagte meine Mutter eines Abends, als sie Reese fütterte.

»Ich weiß. Ich weiß nur nicht, wie ich das anstellen soll.«

»Du mußt etwas unternehmen, um sie zu finden.«

»Was denn? Soll ich eine Anzeige schalten? Ein Kopfgeld auf sie aussetzen? Oder vielleicht einen Suchtrupp losschicken?«

Sie sah mich mißbilligend an. Es war ein deutliches Anzeichen dafür, daß wir anfingen, uns gegenseitig auf die Nerven zu gehen. Bis jetzt hatte sie sich einfach nur um uns gekümmert. »Du kannst nicht einfach rumsitzen und nichts tun. Nicht in dieser Situation. Jetzt ist es wichtig, sie in den Schoß der Familie zurückzuholen.«

»Stimmt«, sagte ich und schlug mir vor die Stirn. »Daran habe ich noch gar nicht gedacht. Ich sollte sie einfach suchen.«

»Mach dich nicht lustig über mich!«

»Wenn du solche Sachen sagst, ist das schwer zu vermeiden. Tanya könnte überall sein. 300 Millionen Menschen leben in diesem Land. Und wer sagt überhaupt, daß sie noch in den USA ist? Es ist nicht so einfach, jemanden zu finden, besonders wenn dieser Jemand alles tut, um nicht gefunden zu werden. Maureens Vater hat einen Privatdetektiv angeheuert, dessen Job aus nichts anderem besteht, als Leute zu finden, und er hat nicht die geringste Spur entdeckt.«

»Dann versuchst du es eben mit einem, der sein Handwerk besser versteht.«

Ich nahm ihr den Löffel aus der Hand, mit dem sie das Baby fütterte. »Weißt du was, Mom? Du bist mir wirklich eine enorme Hilfe gewesen, und ich bin dir sehr dankbar dafür. Aber wenn du mir jetzt Vorschriften machen willst, ist es wohl besser, wenn du dich wieder um Dad kümmerst.«

Sie ging auf Distanz und sagte an diesem Abend kaum noch etwas. Am nächsten Morgen bat sie mich, sie zum Flughafen zu fahren, und am Nachmittag war sie weg.

Sie stieg schnell aus dem Wagen, als wir am Abflug-Terminal ankamen, und ging ohne ihr Gepäck auf das Gebäude zu. Ich holte den Koffer aus dem Wagen und lief ihr nach.

»Geh nicht im Zorn«, sagte ich, als ich ihr den Koffer gab.

»Hauptsache, du gehst«, sagte sie mit einem bitteren Lächeln. »Ich mache mir doch bloß Sorgen um meine Kinder – Tanya, Reese und dich.«

»Ich auch, Mom. Ich gebe mir wirklich alle Mühe.«

Sie tätschelte mir die Brust. »Dann mach weiter.« Sie küßte mich auf die Wange, drehte sich um und ging.

Als sie fort war, blieb mir nichts anderes übrig, als einen aktiveren Part zu übernehmen. Außer nachts und wenn Maureen schlief, war ich zu ihren Lebzeiten kaum je mit Reese allein gewesen. Ob es an Tanyas Verschwinden lag, daß sich Maureen so intensiv um das Baby gekümmert hatte? Oder hatte sie geahnt, daß sie nicht viel Zeit mit ihm verbringen sollte? Jedenfalls war meine Rolle in dieser Zeit die eines Ersatzspielers gewesen, der immer nur für ein paar Minuten von der Reservebank eingewechselt wurde. Jetzt war ich plötzlich nicht nur Stammspieler, sondern gleichzeitig Mannschaftskapitän und Spielgestalter.

Ich hatte nie Angst vor Babys gehabt und fand sie überhaupt nicht kompliziert. Als Tanya in diesem Alter war, hatte ich mich, wenn ich nicht gerade auf der Arbeit war, sehr um sie gekümmert, und auch die Babys von Freunden und Bekannten hatten sich auf meinem Arm immer wohlgefühlt. Natürlich war ich noch nie die primäre Bezugs- und Versorgungsinstanz für ein Baby gewesen, aber das war in dieser Phase meine geringste Sorge.

Die Situation zwang mich – und ich gebe zu, daß ich es nicht freiwillig tat –, alles beiseite zu schieben, was mich in letzter Zeit beschäftigt hatte. Es war sehr tröstlich gewesen, den lieben langen Tag an Maureen und Tanya denken zu können. Ich glaube, mir war vorher gar nicht bewußt gewesen, wieviel Maureen und ich gemeinsam erlebt hatten. Als mich die Erinnerungen überkamen, merkte ich, wie vielfältig sie waren.

Und obwohl sie mich den Verlust noch stärker spüren ließen, waren sie alles in allem doch gute Wegbegleiter. Ich konnte es mir auf der Couch mit ihnen gemütlich machen und meinen Kopf in ihren Schoß legen.

Aber nun mußte ich mich um Reese kümmern, für ihn da sein, mit der Erziehung anfangen, und das erforderte meine ganze Aufmerksamkeit. Alles andere wäre nicht fair gewesen – und Maureen hätte es nicht gewollt. Für sie hatte Kindererziehung Vorrang vor allem anderen gehabt.

Also begannen Reese und ich unser gemeinsames Leben. Er war gern in der Diele. Stundenlang konnten wir uns dort aufhalten. Er lag auf seiner Krabbeldecke, hob das Köpfchen, übte, mit dem Oberkörper hochzukommen, und gluckste vor sich hin. Ich lag neben ihm auf dem Fußboden und erzählte ihm, was mir so einfiel. Ich spielte ihm auch Musik vor, ruhige Songs von Dar Williams oder Michael Hedges, aber definitiv nichts für Kinder. Seit Maureens Tod war der CD-Player nicht mehr benutzt worden. Reese liebte seinen Plüsch-Stern, und der Spiegel faszinierte ihn.

Oft ging ich mit ihm durchs Haus und zeigte ihm alles, obwohl mir klar war, daß er noch kein Wort verstand. Ich wollte ihn einfach daran gewöhnen, sich die Welt mit offenen Augen anzusehen, Dinge zu berühren und mit ihnen in Beziehung zu treten. Der Mixer in der Küche, die Bücher in meinem Arbeitszimmer, die Tiffanylampe im Wohnzimmer, die Fernbedienung in der Diele. Und natürlich die Fotos von seiner Mutter und Schwester überall im Haus. Er sah sich alles geduldig und mit wechselndem Interesse an.

Eines Abends, als ich gerade seine Windeln gewechselt hatte und ihm den Pyjama anziehen wollte, sah ich ihn an, wie er da so auf dem Wickeltisch lag. Ganz spontan beugte ich mich zu ihm hinab und schmatzte ihm einen geräuschvollen

Kuß auf den Bauch. Er lachte aus vollem Halse. Es war das erste Mal, daß ich ihn lachen hörte, und ich war ganz überrascht, wie gut mir das tat. Ich küßte ihn noch mal, und wieder lachte er. Dann zog ich ihn an und nahm ihn hoch.

»Das gibt Verlängerung«, sagte ich. »Eine Stunde zusätzliche Spielzeit.« Gleichzeitig schwor ich mir, mich von ihm nicht ständig so leicht um den Finger wickeln zu lassen.

Wir gingen in die Diele zurück, legten uns auf den Fußboden und spielten weiter. Ich legte ein Album von den Jayhawks auf, eins meiner liebsten, und sang alle Lieder mit. Reese durfte aufbleiben, bis mir sein Gähnen signalisierte, daß er genug hatte.

In dem Moment wurde mir klar, daß Reese für mich nicht nur ein Schutzbefohlener war. Er war auch ein Gefährte.

Wenn er schlief, kümmerte ich mich um den Haushalt, den ich lange genug vernachlässigt hatte. Die Küche war immer mein Territorium gewesen, und wir hatten versucht, dort so gut es ging Ordnung zu halten. Maureen hatte sich um die Wäsche gekümmert, unsere Rechnungen bezahlt und, wenn nötig, Handwerker bestellt. Diese Aufgaben zu übernehmen, war nicht annähernd so unterhaltsam wie das Zusammensein mit Reese, und immer wieder wanderten meine Gedanken in die Vergangenheit, wenn das Scheckbuch vor mir lag oder wenn ich Waschpulver in die Maschine schüttete. Alles Mögliche löste Erinnerungen aus – wie Maureen der Fernsehgesellschaft 4693 Dollar überwiesen hatte statt 46,93, wie sie sich mit dem Klempner angefreundet hatte und er seine Tochter in Tanyas Gruppe bei den Girl Scouts anmeldete, wie wir drei Verstecken gespielt hatten und ich mich in der Waschküche versteckt hatte, bis ich merkte, daß die beiden mir einen Streich gespielt hatten und gegangen waren.

Wenn mich solche Erinnerungen überkamen, hatte ich manchmal Angst, daß mich der Verlust überwältigen würde. Daß Maureen von mir gegangen war, wurde mir immer am schmerzlichsten bewußt, wenn ich etwas erledigte, was sonst ihre Aufgabe gewesen war. Ich fühlte mich dann so leer, daß ich glaubte, es würde immer so bleiben. Es schien mir ganz sinnlos, mich dem Alltag zu stellen, denn um ihn bewältigen zu können, mußte ich die Erinnerungen an die geliebte Frau ausblenden, und dazu war ich weder willens noch in der Lage.

Aber dann wachte Reese von seinem Nickerchen auf und erinnerte mich unsanft daran, daß ich den Alltag sehr wohl bewältigen mußte. Und mehr noch: Ich mußte Reese ein so reichhaltiges und erfülltes Leben bieten wie nur irgend möglich. Wenn ich das schon nicht mehr für mich tat, mußte ich es wenigstens für ihn tun.

Zwei: Unnützer Plunder

Etwa fünf Wochen nach Maureens Tod ging ich wieder zur Arbeit. Mein Chef hatte gesagt, ich sollte mir so viel Zeit lassen, wie ich brauchte, aber das hieß bestimmt nicht: so viel Zeit, bis ich wieder annähernd normal war. Irgendwann hatte ich jedenfalls das Gefühl, ich könnte mich wieder in Gesellschaft wagen, und machte mich auf die Suche nach einem Babysitter für Reese. Als ich einen gefunden hatte, der mir gefiel, rief ich im Büro an und sagte, wann ich wieder erscheinen würde.

Reese wachte auf, als ich aus der Dusche kam, fast so, als wollte er sich unbedingt noch von mir verabschieden. Es hatte etwas Zeremonielles, als ich ihm an diesem Morgen sein Fläschchen gab und eine Schüssel Cornflakes löffelte. Heute begann unser neues Leben. Die letzten Monate waren in vielerlei Hinsicht ganz künstlich gewesen, ein Ausnahmezustand: so viel Besuch, und wir hatten praktisch jede Minute zusammen verbracht. Jetzt würde ich ihn für viele Stunden allein lassen, fünf Tage die Woche, ungefähr achtzehn Jahre lang. Ich fand, daß ich diesen besonderen Moment würdig gestalten sollte, daß ich etwas Angemessenes sagen, aufschreiben oder wenigstens die passende Musik auflegen sollte. Doch dann tat ich nichts von alledem.

Mir wurde plötzlich klar, daß Reese zum Waisen würde, sollte mir etwas passieren. Es war zwar nicht das erste Mal, daß ich ihn verließ, um zur Arbeit zu gehen, aber das erste Mal als sein einziger Elternteil. Die Wahrscheinlichkeit, einem Unfall zum Opfer zu fallen, war im Haus genauso groß wie beim Einkaufen oder auf der Arbeit, aber ich schätzte meine Überlebenschancen in der Küche größer ein als im Büro. Ich zwang mich, diesen Gedanken zu verscheuchen, ging noch einmal die Liste durch, die ich für den Babysitter vorbereitet hatte, und machte mich zum Gehen bereit.

Ein paar Minuten später traf Lisa ein. Sie war achtundzwanzig und hatte einen Mastertitel als Kinderpsychologin von der Universität Stony Brook. Die ersten zwei Jahre nach ihrem Abschluß hatte sie einen Nanny Service betrieben, aber die schlechte Wirtschaftslage hatte sie zum Aufgeben gezwungen, bevor ihr Geschäft richtig angelaufen war. Statt sich beruflich ganz neu zu orientieren, hatte sie Abendkurse belegt, um ihren Doktor zu machen, und tagsüber als Tagesmutter gearbeitet. Natürlich war sie für diesen Job maßlos überqualifiziert, und mir war klar, daß ich mich möglicherweise schon bald nach einem neuen Babysitter umsehen mußte, aber beim Vorstellungsgespräch hatte sie so viel mehr Engagement gezeigt als alle anderen Bewerberinnen, daß es dumm gewesen wäre, es nicht mit ihr zu versuchen.

Sie kam zur Tür herein, sagte Hallo und ging geradewegs auf den Babysitz zu, um Reese hochzunehmen. Reese machte einen zufriedenen Eindruck, als sie ihn auf den Arm nahm, und auch die Geräusche, die sie für ihn machte, schienen ihm zu gefallen. Aber er ging noch zu jedem auf den Arm. Ich wußte, daß der Tag nicht mehr fern war, da er Menschen unterscheiden könne und unterschiedlich auf sie reagieren würde. Während es für mich ein bedeutsamer Moment war, merkte Reese nichts und benahm sich so wie immer.

Ich ging auf die beiden zu und nahm die Liste von der Arbeitsplatte in der Küche. »Ich habe hier alles Wichtige aufgeschrieben. Meine Büronummer, meine Handynummer, seine Essenszeiten – aber Sie wissen ja selbst, wie verläßlich die sind –, seine Schlafenszeiten – und wie verläßlich *die* sind, wissen Sie sicher auch. Milchpulver ist im Kühlschrank, und neuerdings ißt er nachmittags gern ein bißchen Reisbrei.« Von dem Vorrat abgepumpter Muttermilch in der Kühltruhe sagte ich nichts; er war für die Zeit gedacht gewesen, wenn Maureen wieder zur Arbeit gehen würde. Ich hatte beschlossen, diese Muttermilch gut einzuteilen und sie ihm nach und nach zu geben – und zwar nur ich.

»Wir werden viel Spaß miteinander haben«, sagte Lisa und schaute das Baby an. »Nicht wahr, Reese-y?«

Ich streckte die Arme aus und nahm ihn ihr ab. Ich küßte ihn auf die Wange, und einen Moment lang sahen wir uns direkt in die Augen, bevor etwas anderes seine Aufmerksamkeit erregte. Ich fragte mich, ob dies eine Art Trockenübung werden sollte, ob er erst morgen den Abschied begreifen und entsprechend reagieren würde. Ich gab ihm noch einen Kuß und drückte ihn ein paar Sekunden lang an mich.

»Müssen Sie noch etwas wissen?« fragte ich Lisa.

Sie schüttelte den Kopf. »Ich komme schon zurecht.« Sie nahm mir das Baby wieder ab, und ich drückte ihm noch einen Kuß auf den Kopf.

»Das Telefon ist hier. Notrufnummern hängen an der Pinnwand. Essen Sie, was Sie wollen. Ich habe ein paar Scheiben kalten Braten gekauft, aber es ist noch mehr im Kühlschrank. Bedienen Sie sich einfach.«

»Danke.«

»Ich kann innerhalb einer Viertelstunde zurück sein, wenn's nötig ist.«

»Uns wird's an nichts fehlen«, sagte sie mit einem dünnen Lächeln.

Ich nickte. Die Message war angekommen: *Hau ab und überlaß mir das Feld.* Reese war mein Kind, und ich war der

Boß, aber ich machte ein unnötiges Brimborium aus der Situation, und Lisas dezenter Hinweis war durchaus angebracht. Ich zog mein Jackett an, küßte Reese noch einmal auf die Wange und machte, daß ich weg kam. Als ich ins Auto stieg, wäre ich am liebsten umgekehrt, aber ich gab mir einen Ruck und fuhr los.

Eleanor Miller Incorporated war ein Katalog- und Internetversand. Die Firma wurde in den frühen 50er Jahren von einer Hausfrau aus Long Island gegründet. Sie sah darin eine Art Hobby, das sie vom Wohnzimmer aus betreiben konnte, als ihre Kinder noch klein waren. Mittlerweile war ein landesweites Unternehmen mit Jahresumsätzen von knapp einer halben Milliarde Dollar daraus geworden. Die Zentrale in Centereach, New York, beschäftigte dreihundert Mitarbeiter, und etliche weitere Hundert arbeiteten in verschiedenen Zweigstellen überall im Nordosten. Unser Geschäft war »unnützer Plunder«, obwohl keiner von uns diesen Begriff je in der Öffentlichkeit benutzt hätte. Etwa die Hälfte unserer Produkte wurde exklusiv für uns hergestellt, die andere Hälfte stammte aus Fabriken in aller Welt, die mit speziellen Lizenzen für den amerikanischen Markt ausgestattet waren. Unsere Waren waren alles andere als lebenswichtig – Baseballkappen mit persönlichem Monogramm oder Gewürzregale aus Teakholz – und kein Artikel kostete mehr als einhundert Dollar. Aber es waren alles Qualitätsprodukte (mit unserer berühmten Garantie »Hält Ihr Leben lang«), alle waren auf irgendeine Weise funktional, und manchen konnte man einen gewissen Witz nicht absprechen. Die Leute waren ganz verrückt nach unseren Katalogen, und unser Postversand florierte.

Ich hatte vor zehn Jahren in der Marketingabteilung angefangen und war inzwischen zum Vizepräsidenten der Produktentwicklung aufgestiegen. Ich hatte nie vorgehabt, so lange bei dieser Firma zu bleiben, aber regelmäßige Gehaltserhöhungen, Beförderungen und die Nähe zu unserem Haus in Port Jefferson hatten mich gehalten. Außerdem hatte ich die Firma liebgewonnen. Von außen betrachtet wirkte sie kitschig und altmodisch, und die Mitarbeiter hatte ich mir genauso vorgestellt. Aber dann stellte ich fest, daß lauter clevere Leute dort arbeiteten, und im oberen Management herrschte eine höchst motivierende Seriosität vor. Ich nistete mich ein und war zufrieden. Es hatte einfach nie einen Grund gegeben, die Firma zu verlassen.

Als ich auf den Parkplatz fuhr, wurde mir ganz mulmig. Die Mitarbeiter hier waren so was wie eine große Familie. Mit manchen war ich befreundet, und noch mehr waren zu Maureens Beerdigung gekommen oder hatten Beileidskarten geschickt. Trotzdem war es ein merkwürdiges Gefühl, das Gebäude zu betreten. Ich glaube, erst in diesem Moment wurde mir klar, wie sehr ich mich während der letzten Wochen abgekapselt hatte. Obwohl ich in dieser Zeit durchaus Kontakt mit der Außenwelt hatte, war sie mir ziemlich egal gewesen. Meine Welt bestand aus Küche, Diele, meinem Arbeitszimmer und dem Kinderzimmer. Ich hatte nicht erwartet, daß ich die Rückkehr ins Büro als so befremdlich empfinden würde. Eigentlich hatte ich gar nichts erwartet. Ich hatte einfach beschlossen, wieder zur Arbeit zu gehen, und es getan, ohne mir vorher zu überlegen, wie sich die erste Begegnung mit der Außenwelt wohl anfühlen würde.

Aber es wurde noch schlimmer. Die Leute wechselten den Gesichtsausdruck, wenn sie mich sahen. Ich sah regelrecht, wie sie dachten: *Da ist Gerry. Muß eine verdammt schwere Zeit für ihn sein. Erst die Sache mit seiner Tochter und nun noch seine Frau.* Auf dem Weg ins Büro blieben einige Leute stehen und fragten, wie es mir geht. Ich hatte keine Ahnung, was ich antworten sollte. Bestimmt konnte niemand die zwanzig Minuten erübrigen, die ich für eine halbwegs angemessene Antwort gebraucht hätte. Und selbst wenn, wollte ich nicht zu jemandem mutieren, der Statements dieser Art von sich gab. Ich nickte einfach vielsagend, und die Leute nickten verständnisvoll oder legten mir die Hand auf die Schulter. Es war furchtbar. Ich wollte nicht bemitleidet werden, und ich wollte meinen Verlust nicht portionsweise in irgendeinem Treppenhaus zelebrieren.

Als ich mein Büro betrat, saß Ben, mein Assistent, schon an seinem Schreibtisch. Wir arbeiteten seit eineinhalb Jahren zusammen, und ich hoffte, ihm eine Beförderung verschaffen zu können, bevor er woanders einen besseren Job fand. Alle paar Tage hatten wir während meiner Abwesenheit miteinander gesprochen, deshalb war er der einzige, der sich nicht genötigt fühlte, sich nach »meinem Wohlbefinden« zu erkundigen.

»Ich hab' den Tag ziemlich frei gehalten«, sagte er und folgte mir in mein Zimmer.

»Danke. Aber ein paar Meetings würden mir den Einstieg vielleicht erleichtern.«

»Ich sagte *ziemlich* frei. Sie haben ein Meeting um 10 Uhr 30, eins um 14 Uhr 30 und eins um 16 Uhr.«

»Verstehe.« *Eleanor Miller* war ein äußerst meetingfreudiges Unternehmen. Es war nicht ungewöhnlich, einen kompletten Arbeitstag im Konferenzraum zu verbringen. Die Firmenleitung (der ich mich nicht zugehörig fühlte, obwohl ich ein leitender Mitarbeiter war) war davon überzeugt, daß die Mitarbeiter zu Höchstform aufliefen, wenn sie sich gegenseitig mit Vorschlägen und Ideen bombardierten. Folglich blieb immer viel Arbeit übrig, die man abends und am Wochenende erledigte, weil man in der Firma zu sehr damit beschäftigt war, die Kollegen zu inspirieren.

»Wenn wir zwischen den Meetings im Büro sind, soll die Tür dann offen bleiben, oder machen wir sie zu?«

Dankbar sah ich Ben an. Er konnte Fragen stellen, ohne zu direkt zu werden. »Ich glaube, wir lassen die Tür offen, aber es kann sein, daß ich meine Meinung ändere.«

»In Ordnung. Schön, daß Sie wieder da sind.«

»Ja. Danke.«

Ben zögerte einen Moment lang, und ich dachte schon, ich müßte doch noch eine Beileidsbekundung über mich ergehen lassen.

»Und Ihr Babysitter ist wirklich so süß?« fragte er.

Ich lachte. Zum ersten Mal wieder. »Ja, sie ist hübsch.«

»Kann sie Reese nicht mal ins Büro bringen, den Daddy besuchen, damit ich sie auch kennenlerne?«

»Sie ist zu alt für Sie.«

»Bestimmt nicht!«

Im Vorbeigehen klopfte ich ihm auf die Schulter. »Ich geh' jetzt zu Marshall rein.«

Marshall Forte war sieben Jahre älter als ich und seit sechs Jahren mein Vorgesetzter. Er hatte zwei Kinder, das jüngste in Tanyas Alter, und Maureen und ich waren mit ihm und seiner Frau Denise regelmäßig ausgegangen. Denise hatte bei mir gesessen und mir die Hand gehalten, als Maureen aufgebahrt wurde. Nach der Beerdigung hatten mich Marshall und Denise einmal besucht. Reese ging es an dem Nachmittag nicht gut, und die beiden waren nicht lange geblieben, aber ich wußte die Geste zu schätzen. Danach hatte ich ein paarmal mit Marshall telefoniert.

Wenn man uns nebeneinander sah, hätte man meinen können, daß der Altersunterschied zwischen uns viel größer war. Marshall hatte mindestens fünfzig Pfund Übergewicht, seine Haare waren grau, und außer bei Feueralarm bewegte er sich nicht aus dem Sessel. Aber seine geistige Vitalität war größer als die manches Fünfundzwanzigjährigen. Im Lauf der Jahre hatte er sich zu einem großartigen Mentor und Kollegen entwickelt, und mittlerweile war er mein bester Freund bei *Eleanor Miller*.

Als ich auf den Schreibtisch seiner Sekretärin zuging, nickte sie mir zu und sagte, sie freue sich, mich wiederzusehen. Sie war erst seit sechs Monaten bei der Firma und kannte wahrscheinlich noch nicht mal Maureens Namen. Marshall telefonierte gerade, aber sie sagte, ich solle einfach in sein Büro gehen.

Marshalls Gesichtszüge entspannten sich, als er mich sah, und er streckte mir die Hand entgegen. Ich setzte mich auf die Couch und wartete das Ende seines Telefonats ab. Schon lange hatte ich mir ein Büro wie dieses gewünscht – doppelt so groß wie meins, Mahagonimöbel und ein dicker, weicher Teppich. An diesem Morgen kam mir das jedoch ganz vermessen vor, wie jemand, der Sport lediglich aus dem Fernsehen kennt und trotzdem an den Olympischen Spielen teilnehmen will.

Marshall beendete sein Telefonat und streckte mir abermals die Hand entgegen. Das war sowohl eine Willkommensgeste als auch das Zeichen, ich möge rüberkommen und mich auf den Stuhl vor seinem Schreibtisch setzen, damit er nicht aufzustehen brauchte.

»Das war Reed mit Informationen für das Etatmeeting nächste Woche. Sie fürchtet, Monroe könnte ausflippen, weil wir schon zwei Monate in Folge das Umsatzziel nicht erreicht haben.«

Ich schüttelte den Kopf. »Das wußte ich gar nicht.«

Marshall machte eine wegwerfende Handbewegung. »Die Geschäfte gehen überall schlecht. Nicht nur im Versandhandel. Der Einzelhandel klagt schon seit dem zweiten Januar über Umsatzrückgänge fürs erste Quartal.« Er sah auf seine Notizen und sagte: »Wir schaffen das schon.« Dann sah er wieder zu mir auf. »Du bist also wieder da?«

»Ich bin wieder da.«

»Denise vermißt Maureen sehr. Sie bat mich, dir einen Kuß zu geben, wenn du wiederkommst. Ich hab' ihr gesagt, daß wir so einen Scheiß hier nicht machen.«

»Stimmt. Danke.«

»Hast du jemanden gefunden, der auf das Baby aufpaßt?«

»Ich glaube schon. Eine clevere Frau. Wahrscheinlich hört sie schon in ein paar Wochen wieder auf.«

Er rollte mit den Augen. »Ich weiß nicht, ob ich so viel Mut hätte.«

»Mir bleibt ja keine Wahl.«

»Wohl nicht. Babys, mein Gott! Ich wüßte nicht, was ich an deiner Stelle täte. Rachel geht bald aufs College, und dann haben wir das ganze Haus für uns allein.«

Ich wußte nicht, was ich dazu sagen solle, also saß ich einfach nur da.

»Du willst also wieder mitmischen?«

Ich zuckte mit den Schultern. »Ich glaube, ich muß mich erst noch ein wenig aufwärmen.«

»Tu das. Aber vergiß nicht: Weihnachten steht vor der Tür.«

Was Marshall damit meinte, war: Wir hatten nur noch vier Monate Zeit, um neue Produkte in den Weihnachtskatalog aufzunehmen.

»Ja. Ich denke, in den nächsten Tagen informiere ich mich über den Stand der Dinge und setze dann für Mittwoch oder Donnerstag ein Kreativmeeting mit dem Team an.«

»Tu das. Ach, übrigens: Ich möchte gerne, daß du dein Team um ein paar Leute erweiterst. Don Richmond und Ally Ritten sind in letzter Zeit mit ein paar sehr guten Ideen zu mir gekommen. Ich glaube, sie sind so weit, bei den Großen mitzuspielen.«

Don war schon eine ganze Weile in der Firma, und ich mochte ihn recht gern. Ally arbeitete in der Marketingabteilung. Sie war seit knapp einem Jahr dabei, und wir hatten noch nicht zusammengearbeitet. Ich hatte aber schon viel Gutes von ihr gehört.

»Gut«, sagte ich. »Wir können Verstärkung gebrauchen.«

»Sieh zu, daß dieser Weihnachtskatalog ein Knaller wird, Gerry! Das würde uns allen sehr weiterhelfen.«

»Ich versuch's.«

»Für *dich* wäre es auch gut. Ich kann mir gar nicht vorstellen, was du durchmachst, aber das Beste ist wahrscheinlich, wenn du dich in die Arbeit stürzt. Es ist deine einzige Chance, drüber hinwegzukommen.«

Ich war zwar ganz anderer Ansicht, aber Marshall erwartete keine Antwort.

»Ich gehe mal nachsehen, wie schlimm die Lage auf meinem Schreibtisch ist«, sagte ich und stand auf.

»Laß dich von mir nicht aufhalten. Schau später noch mal vorbei, wenn du Lust hast.«

In meinem Büro sagte Ben, vier Leute hätten in der Zwischenzeit nach mir gefragt. Drei hätten nur guten Tag sagen wollen, der vierte wollte etwas Dringendes mit mir besprechen. In diesem Mischungsverhältnis ging es den ganzen Tag weiter. Die meisten Kollegen gestanden mir zu, daß ich wohl noch etwas Zeit brauchen würde, bis ich die Arbeit wieder richtig im Griff hätte, aber andere behandelten mich, als hätte ich nur ein verlängertes Wochenende hinter mir. Komischerweise war mir die zweite Gruppe lieber. Ich fühlte mich den Gesprächen nicht ganz gewachsen, aber ich bekam wieder ein Gefühl dafür, wie mein Arbeitsleben vor Maureens Tod gewesen war.

Mehrmals im Laufe des Tages rief ich Lisa an. Reese gehe es gut, sie fände alles, was sie brauche, und sie habe nicht vor, nach Hause zu gehen, bevor ich zurück sei. Meist rief ich Leute zurück, die mir Nachrichten hinterlassen hatten. Ich versuchte, den Papierkram auf meinem Schreibtisch zu verstehen, hatte aber Konzentrationsprobleme. Immer wieder mußte ich an Maureen denken, und einmal mußte ich sogar die Tür schließen, weil ich fürchtete, die Fassung zu verlieren. Die momentane Ablenkung, die ein Rundschreiben oder ein Verkaufsbericht boten, machte die überfallartigen Erinnerungen um so erschreckender.

Am Nachmittag wurde ich müde. Ich hatte meinen Job nie als körperlich anstrengend empfunden, aber jetzt schaffte er mich. Meine Kondition war nicht gut genug, um einen kompletten Arbeitstag durchzustehen. Früher hatte ich das Büro nie vor sechs Uhr verlassen, aber an diesem Tag war ich um halb fünf völlig erledigt.

Um viertel nach fünf steckte Ben den Kopf zur Tür herein.

»Ich hab' keine Geräusche mehr gehört und dachte, Sie wären vielleicht eingeschlafen.«

»Ich glaube, ich lese seit zehn Minuten ein und dieselbe Zeile dieses Berichts hier.«

»Ist das nicht ein Zeichen dafür, daß man nach Hause gehen sollte?«

»Ich bin doch schon so lange weg gewesen.«

»Die Firma wird's überleben. Gehen Sie zu Ihrem Baby. Ich habe übrigens einen Bogen Firmenpapier mit meinen Telefonnummern ausgedruckt. Vielleicht können Sie den Lisa geben.«

»Sind Sie so verzweifelt?«

»In dieser Gegend ist es nicht so leicht, nette Frauen kennenzulernen.«

Diese eine Sorge hatte ich wenigstens nicht. Ich stand auf und begann, meine Aktentasche zu packen.

»Ach, lassen Sie den ganzen Kram doch einfach hier«, sagte Ben. »Ich bin ja morgen früh da. Widmen Sie sich voll und ganz Ihren Vaterpflichten.«

Er hatte ja recht. Ich nahm mein Jackett und verließ das Büro.

Drei: Küßchen

»Irgendwie war es ganz komisch, wenn ich ehrlich sein soll. Den ganzen Tag lang. Es fühlte sich sogar komisch an, überhaupt in das Gebäude zu gehen.«

Reese und ich waren in der Küche. Ich kochte mir etwas, und er saß in seinem Babysitz auf der Arbeitsplatte. Dabei berichtete ich ihm von meinem Tag. Ab und zu sah er mich an, aber meistens bewegte er den Kopf hin und her, verfolgte einen Lichtreflex oder sah einem Staubkorn nach, das durchs Zimmer segelte. Trotzdem legte ich Wert auf dieses Gespräch. So wollte ich es immer halten, wenn ich von der Arbeit kam: meinem Sohn erzählen, was sich in meinem Leben ereignet hatte. Es sollte zur Gewohnheit werden, daß wir zu Hause so miteinander umgingen. Wenn Kommunizieren zwischen Reese und mir etwas ganz Natürliches war, etwas, das er quasi gleich mit dem Spracherwerb lernte, waren wir vielleicht vor der Kommunikationsunfähigkeit geschützt, an der meine Beziehung zu Tanya zerbrochen war.

Gleichzeitig gab es mir die Möglichkeit, meinen Tag zu verarbeiten: Wenn ich darüber sprach, konnte ich vielleicht etwas daraus lernen. Es war ein irritierender Tag gewesen. Nicht, daß das ungewohnt gewesen wäre. Aber dieser spezielle Tag hatte mich aus anderen Gründen irritiert, ja geradezu beunruhigt. Zum einen war da der Wust von Arbeit, der sich angesammelt hatte. Er führte mir etwas vor Augen, womit mich meine Kollegen nicht direkt konfrontierten, jedenfalls noch nicht heute: daß verdammt viel Zeit verstrichen war, in der man bereits am Weihnachtskatalog hätte arbeiten müssen. Und dann das Mitleid, mit dem mir die Kollegen begegneten, egal ob sie es aussprachen oder nicht. Beide Varianten waren schwer zu ertragen, weil sie peinliche Situationen heraufbeschworen, ohne mir auch nur den geringsten Trost zu spenden. Und drittens war ich mir in dem Gebäude – und ich war mir sicher, daß das zum ersten Mal der Fall war – regelrecht fehl am Platze vorgekommen. Es war nicht meine Welt. Nicht nur, weil ich seit über einem Monat nur noch zu Hause gewesen war, sondern ich merkte, daß ich in Gedanken zu Hause *geblieben* war. Obwohl meine Frau und meine Tochter aus diesem Zuhause verschwunden waren, fühlte ich mich dort jetzt verwurzelter und aufgehobener als anderswo. Es war der Ort, an dem Reese und ich zusammen waren, und das war für mich über die Maßen wichtig geworden.

Ich dünstete ein paar Schalotten in Olivenöl an, warf dann eine Handvoll geviertelter Kumquats hinein und wendete sie mit der Küchenzange, damit sie rundum etwas von dem Öl aufsogen. Während unserer Ehe hatte meist ich gekocht, zum einen, weil es mir Spaß machte, und zweitens, weil Maureen so gern aß, was ich kochte. Sie war auch eine gute Köchin gewesen, aber mir machte das Kochen einfach mehr Spaß. Mein Stil hatte im Laufe der Jahre verschiedene Phasen durchlaufen: Nach unserer Hochzeit hatte ich sehr kompliziert und streng nach Rezept gekocht, um Maureen zu beeindrucken. Als Tanya dann anfing, mit uns zu essen, wurde meine Küche einfacher, und als sich herausstellte, daß Tanyas Geschmacksnerven Weltspitze waren, begann ich, zu experimentieren. Ich probierte alles aus, was mir einfiel, und legte mir ein Riesenrepertoire an 20-Minuten-Gerichten zu, die ich abends nach der Arbeit schnell zubereitete. Zwei Wochen nach Maureens Tod hatte ich zum ersten Mal wieder das Bedürfnis gehabt, überhaupt etwas zu essen, und seitdem kochte ich wieder. Es machte keinen Spaß, wenn niemand da war, den man bekochen konnte. Wenn ich heute kochte, kam es mir eher wie ein Stück lebendig gehaltener Erinnerung vor. Maureen hatte das, was ich auf den Tisch brachte, immer so sehr zu würdigen gewußt, daß schon das Kochen selbst zu etwas sehr Persönlichem, ja fast Intimem zwischen uns geworden war.

Als die Kumquats weich waren, gab ich ein halbes Dutzend Shrimps dazu und briet sie auf beiden Seiten an, bevor ich alles mit ein paar Spritzern weißen Balsamico ablöschte. Dann aß ich das Ganze mit Reis, während ich Reese, der mir an der Küchentheke gegenüber saß, das Fläschchen gab.

»Ich verstehe nicht, wie du jeden Abend das gleiche essen kannst«, sagte ich, die Flasche in der linken Hand, die Gabel in der rechten. »Wir gehen demnächst zu pürierten Karotten über. Es wird dir bestimmt gefallen.« Meine Konversation interessierte ihn offenbar nicht besonders, denn er drehte den Kopf zur Diele, und der Sauger rutschte ihm aus dem Mund.

Ich betrachtete sein Gesicht, während ich aß. Die Shrimps hätten etwas Cayennepfeffer vertragen, aber ich hatte keine Lust, aufzustehen und ihn zu holen. Reese war so fasziniert von dem, was er sah, daß er sogar das Fläschchen vergaß. Er bewegte den Mund, offenbar eine Art von Kontaktaufnahme mit dem Objekt seiner Begierde. Obwohl er den Kopf von mir abgewandt hatte, sah ich, wie er konzentriert die Augen weitete und fokussierte. Dann wandte er sich so unvermittelt wieder zu mir um, daß ich erschrak. Mein Gesichtsausdruck schien ihn zu amüsieren, und er ließ ein leises Glucksen hören. Ich war hin und weg von dieser Reaktion, denn ich liebte sein Lachen, und versuchte, ihn noch mal zum Lachen zu bringen, aber es funktionierte nicht.

Allerdings richtete er seine Aufmerksamkeit eine Weile auf mich. Er griff sogar nach meiner Gabel, und ich ließ ihn sie anfassen, bevor ich sie sanft wieder zurückzog. Er griff wieder danach, ich zog sie wieder zurück. Dieses Mal lächelte er, und dann griff er wieder danach. Wir spielten dieses Spiel, bis ihm etwas anderes in den Sinn kam, aber wir hätten noch stundenlang so weitergemacht, wenn er so lange Spaß daran gehabt hätte.

Zwar gab es in meinem Leben keine Minute mehr, die nicht von meinem Verlust überschattet war, aber Momente wie dieser, in denen einfach nur etwas ganz Normales passierte, waren Balsam für mich. Es waren Momente, in denen ich das Leben mit Reeses Augen sehen konnte. Alles war neu für ihn. Die simpelsten Sachen konnten so faszinierend sein, daß man sie immer wieder tun wollte.

Als ich aufgegessen hatte, versuchte ich, Reese den Rest seiner Flasche zu füttern, aber er schien nicht besonders hungrig zu sein.

»Ich muß Lisa wohl sagen, daß sie dir tagsüber weniger Süßigkeiten und Eis geben soll«, sagte ich und hatte nicht das Gefühl, daß ihn das in irgendeiner Weise beunruhigte.

Ich setzte ihn in die Babyschaukel, bevor ich mich an den Abwasch machte. Er brabbelte und streckte die Händchen nach etwas Unsichtbarem aus, und einmal gluckste er ohne ersichtlichen Grund. Als ich fertig war, nahm ich ihn aus der Schaukel; er begann zu weinen, und ich setzte ihn wieder in die Schaukel und las den Sportteil der Zeitung.

Im Baseball hatten die ersten Trainingsspiele gerade angefangen. Neugierig blätterte ich nach den Ergebnissen der Yankees und versuchte, die Namen der neuen Spieler einzuordnen. Um diese Jahreszeit las ich den Sportteil am liebsten, all die Berichte über vielversprechende junge Talente und die Prognosen für die kommende Saison, die für meine Lieblingsmannschaft hoffentlich wieder ein einziger Siegeszug sein würde. Wenn die Saison erst richtig begonnen hatte, war alles möglich. Manchmal erfüllten sich die Erwartungen, und manchmal nahmen die Spiele die überraschendsten Wendungen. Aber um diese Jahreszeit war Baseball ein einziges großes Versprechen.

Ich sah zu Reese hinüber, der gerade interessiert den Fußboden betrachtete. Würde er ein Shortstop werden, wie sein Dad? Oder ein Outfielder? Momentan kam er mir wie der richtige Mann für das dritte Base vor, aber die Zukunft würde zeigen, welche die geeignete Position für ihn war. Ich fragte mich, wie ich wohl reagieren würde, wenn er sich nicht so sehr für Baseball interessierte wie ich – oder auch gar nicht. Tanya hatte sich für überhaupt keine Sportart interessiert, und das hatte mir nie etwas ausgemacht. Würde es mit Reese anders sein, weil er ein Junge war? Würde es mit ihm anders sein, weil er alles war, was ich noch hatte? Noch befand sich unser Leben in der Vorsaison, und alles würde sich mit der Zeit klären.

Später badete ich Reese und trug ihn ins Kinderzimmer. Ich brachte ihm noch eine Flasche, aber dieses Mal die leckere Variante, die Muttermilch aus der Tiefkühltruhe. Er trank ganz gierig, und ich fragte mich, was er dabei wohl empfand. Hatte er so etwas wie eine Erinnerung an seine Mutter? War ihm dieses Fläschchen lieber als das von vorhin, weil es ihn an die kurze Zeit erinnerte, in der er von seiner Mutter gestillt wurde? Ich gab ihm die Muttermilch immer als Gutenachtmahlzeit, und heute hatte ich gesehen, daß nur noch ein gutes Dutzend Portionen übrig waren. Ich beschloß, ihm nur noch jeden zweiten Abend eine zu geben, damit er länger etwas von Maureens Gaben hatte.

Ich wiegte ihn in meinen Armen, als er trank, und er schien sehr müde zu sein. Trotzdem hielt ich ihn nach dem Bäuerchen noch eine Weile auf dem Arm und sang ihm ein Lied vor.

Heute war es »The World before Columbus« von Suzanne Vega, ein Lied, das sie für ihre Tochter geschrieben hatte. Es war eine der Coverversionen, die ich Reese zur Schlafenszeit vorsang und die so unterschiedliche Nummern umfaßten wie das auf der Hand liegende »Goodnight, My Angel« von Billy Joel und Jimmy Webbs »Another Lullaby«, aber auch Titel, die auf ganz andere Situationen gemünzt waren, wie »Waste« von Phish und Marc Cohns »Silver Thunderbird«.

Auch Tanya hatte ich solche Gutenachtlieder vorgesungen, bis sie elf war. Dieses Zubettbringen waren oft die innigsten und zärtlichsten Momente zwischen uns gewesen, und nur ungern hatte ich darauf verzichtet, als sie mit Beginn der Pubertät dazu überging, statt dessen Duschorgien zu veranstalten, sich stundenlang die Haare zu kämmen und sich der Lektüre von »Jugendfragen« zuzuwenden. Manchmal fragte ich mich, ob sie mit Mick ein Gutenachtritual entwickelt hatte, und der Gedanke machte mich ganz fuchsig. Viel zu lange hatte ich versucht, mir die beiden nicht bei »so etwas« vorzustellen.

Reese war schon eingeschlafen, als ich ihn in die Wiege legte. Die Kinderärztin hatte mir davon abgeraten, aber meist machte ich es trotzdem so. Es gibt kaum etwas Schöneres auf der Welt, als ein schlafendes Kind im Arm zu halten, und ich konnte einfach nicht glauben, daß etwas, das mir so gut tat, schlecht für ihn sein sollte.

Ich ging in mein Arbeitszimmer, fuhr den Computer hoch und checkte meine E-Mails. Außer Spam-Post und Provider-News waren auch zwei persönliche Mails dabei, eine von meiner Mutter und die andere von einem Freund in Colorado. Die Mail von meiner Mutter war distanzierter und unpersönlicher als die vor ihrem letzten Besuch. Sie informierte mich darüber, wie es ihr und meinem Vater ging, und erkundigte sich nach

Reese und mir. Was sie nicht erwähnte – und nicht zu erwähnen brauchte – war, daß ich sie bei dem Streit über Tanya verletzt hatte. Ich wollte mich darüber nicht mit ihr auseinandersetzen.

Der Freund in Colorado war ein ehemaliger *Eleanor Miller*-Kollege, der mir seit Maureens Tod öfter schrieb. Wir hatten uns nie sehr nahegestanden, aber in letzter Zeit konnte ich ihm ausführlich über meine Gefühle berichten; er war ein guter virtueller Zuhörer, und seine Antworten waren oft hilfreich. Es war nicht das erste Mal in meinem Leben, daß die Beziehung zu jemandem per E-Mail stärker war als der direkte Kontakt. Es schien Menschen zu geben, die in Briefen besser und angemessener reagieren konnten.

Ich beantwortete beide Mails, die des Freundes ausführlicher als die meiner Mutter. Aber beiden erzählte ich mehr von Reese als sonst und fügte ein aktuelles Foto bei.

Anschließend überflog ich lustlos die Provider-News, als plötzlich eine Mail von Tanya reinkam, klar zu identifizieren an ihrer üblichen Betreffzeile *WIEDER WAS VON MIR*. Es war ein aufregender Moment, wie eine Direktverbindung, durch die ich Tanya fassen und sie nach Hause zerren könnte. Es war ein merkwürdiges Gefühl, so als wären wir uns gerade irgendwo da draußen im Äther begegnet. Tanya hatte »Senden« angeklickt, und unsere Rechner waren einen Moment lang miteinander verbunden gewesen.

Aber natürlich waren wir keineswegs miteinander verbunden. Die momentane Verbindung unserer Computer konnte nicht die Dutzende, Hunderte, Tausende von Meilen überbrücken, die in Wahrheit zwischen uns lagen. Obwohl sie nicht wissen konnte, daß ich gerade am Schreibtisch saß, als ihre Mail auftauchte, kam es mir so vor, als wolle sie mit mir Verstecken spielen, sich kurz zeigen, um gleich wieder zu verschwinden. Immerhin war es ein Lebenszeichen, und ich öffnete die Mail sofort.

M&D,
wie geht's dem kleinen Scheißer? Hält Euch bestimmt die ganze Nacht auf Trab. Vergeßt bloß nicht, Eure Vitamine einzunehmen!

Habe neulich diese Antiquitäten-Show im Fernsehen gesehen, und mußte an Dich denken, Mom. Es ist natürlich vollkommen daneben, aber ich mußte lachen, als ich mir vorstellte, wie Du vor der Glotze sitzt und zu schätzen versuchst, was irgend so eine alte Lampe wert ist, bevor der Moderator den Preis verrät. Dieses Mal war eine Frau dran, die dachte, so ein klappriger Stuhl würde sie zur Millionärin machen, und dann war er nur 27 Dollar wert. Zum Totlachen!

Mick und ich haben für ein paar Wochen auf einer Raststätte angeheuert. Mick kellnerte hinterm Tresen, ich an den Tischen. Es war ziemlich cool. Natürlich würde ich so was nicht immer machen wollen, aber es hat Spaß gemacht, sich mit den Leuten zu unterhalten, die auf der Durchreise waren, und die Stammkunden näher kennenzulernen. Der Koch überließ uns ein Zimmer in seiner Bude, und essen konnten wir im Restaurant, so daß wir überhaupt kein Geld auszugeben brauchten, und das ist total cool, weil wir jetzt eine Weile nicht zu arbeiten brauchen und noch nicht auf unsere Reserven zurückgreifen müssen.

Gestern Abend hab ich mich mit einem Trucker unterhalten, und er erzählte, wohin er unterwegs war. Es klang gut, also haben wir gefragt, ob er uns mitnimmt. Der Raststättenboß fand es nicht so toll, daß wir so schnell wieder abhauten, aber wir hatten nicht gesagt, daß wir ewig bleiben würden. Einen Moment lang sah es so aus, als ob er uns den letzten Wochenlohn nicht auszahlen wollte, aber dann hat er die Kohle doch rausgerückt.

Ab morgen sind wir also wieder unterwegs. Wollte Euch nur wissen lassen, daß ich lebe und okay bin. Im Ernst. Freut Euch für mich!

Küßchen, T.

Freut Euch für mich. Tanya wußte ja nicht, was sie da verlangte! Sie konnte zwar nicht wissen, was während ihrer Abwesenheit passiert war, aber wie konnte sie auch nur eine Sekunde lang glauben, daß wir uns für sie freuen konnten, wenn sie einfach so aus unserem Leben verschwand? Wie konnte sie glauben, daß Berichte über ihr Leben auf der Straße, mit einem Mann, den ich verabscheute, ein Lächeln auf unsere Gesichter zaubern konnte?

Nein, ich freute mich nicht für sie. Ich war enttäuscht, voller Angst und furchtbar traurig. Ich wollte sie wieder zu Hause haben. Ich wollte die Tanya wiederhaben, die sie vor der Pubertät gewesen war, das Mädchen, das mich zur Verzweiflung bringen, aber immer auch in Staunen versetzen konnte. Ich wollte nicht, daß sie mit irgendeinem Trucker irgendwohin fuhr. Ich konnte mich nicht für sie freuen, wenn sie sich für diese Art zu leben entschied.

Ich war wütend. Kurz zuvor hatte ich noch Trost und Zuversicht aus meinem schlafenden Sohn gezogen, und nun hatte mich das digitale Auftauchen meiner Tochter verärgert. Ich konnte ihre letzten Worte nicht vergessen: *Freut Euch für mich*. War sie gegenüber unserer Gedankenwelt so unsensibel, daß sie das für möglich halten konnte? Oder hatte sie so gründlich vergessen, wer wir waren, daß sie wirklich glaubte, wir könnten an ihren Eskapaden irgend etwas Positives finden? Ich war so sauer, daß ich mir einzureden versuchte, es würde mir nichts ausmachen, sie nie wiederzusehen, aber ich wußte selber, daß das nicht stimmte.

Ich ging in die Küche, um aufzuräumen, aber es gab kaum etwas aufzuräumen. Ich überlegte, ob ich das Essen für den nächsten Tag vorbereiten sollte. Hauptsache, ich konnte etwas mit den Händen tun. Ich mußte die negative Energie abarbeiten, die durch Tanyas Mail in mich gefahren war. Ich reinigte zwei Kühlschrankfächer, bevor mir klar wurde, wie lächerlich das war. Dann ging ich in die Diele.

Es war kurz nach halb zehn. Noch hatte ich nichts gefunden, womit ich die Abendstunden ausfüllen konnte. Früher hatten Maureen und ich um diese Zeit gelesen, manchmal noch ein wenig gearbeitet, auf der Couch gekuschelt oder uns ins Schlafzimmer zurückgezogen. Um diese Zeit, wenn mich nichts mehr ablenkte, vermißte ich sie am meisten.

Ich schaltete den Fernseher an, zappte durch die Kanäle und blieb höchstens ein paar Minuten irgendwo hängen. Ich war immer noch zu erregt, um mich zu konzentrieren oder gar schlafen zu gehen. Also zappte ich weiter, in der Hoffnung etwas zu finden, das mich beruhigen konnte.

Keine Chance!

Vier: Ungetrübtes Glück

Trotz der vielen Geschenke, die wir zu Reeses Geburt bekommen hatten, brauchte er etwas zum Anziehen. Er hatte viel Zeug, aber wenig bequemes, pflegeleichtes für alle Tage, denn die Leute neigen dazu, Babys lauter schicke Ausgehsachen zu schenken. Ich weiß nicht, ob sie sich für die einzigen mit dieser Geschenkidee halten, oder ob sie sich vorstellen, ein Kind werde jeden Tag fein herausgeputzt. Jedenfalls brauchte Reese ein paar ganz normale Sachen. Deshalb fuhren wir am folgenden Samstag zur Smithhaven Mall.

Ich stand immer noch mit dem Baby-Börn-Tragesitz auf Kriegsfuß und probierte auf dem Parkplatz minutenlang aus, welcher Gurt um welches Körperteil gehörte. Solche Dinge waren erheblich einfacher zu handhaben gewesen (wenn vermutlich auch ergonomisch fragwürdiger), als Tanya noch klein war. Ich verlor die Geduld, Reese wand sich im Autositz, und es war nur eine Frage der Zeit, wann er zu schreien anfangen würde. Kein guter Anfang für unseren Einkaufstrip.

»Das Ding wird da oben rumgeführt«, sagte ein Mann, der in der Nähe parkte. Ich sah mich um, und er kam auf mich zu.

»Der Gurt da wird oben rumgeführt ... Darf ich mal?« Er zeigte auf den Tragesitz.

»Ja, bitte.«

Er beugte sich vor, zog an einem Gurt und klickte ihn in die passende Halterung. »Die Schweden halten dieses System offenbar für logisch«, sagte er.

Ich schnallte Reese vom Autositz los. »Wie haben Sie das bloß rausgekriegt?«

»Nachdem ich mir dabei lange genug einen abgebrochen hatte, hat mir meine Frau erklärt, wie's geht. Wenn man den Bogen einmal raushat, ist es ganz einfach.«

Ich setzte Reese in den Tragesitz, mit Blick nach vorn.

»Sehen Sie? Der Gurt, mit dem Sie Probleme hatten, soll das Kind bloß stützen, auch wenn er so aussieht, als ob da ein drittes Bein reingesteckt werden soll.«

»Ach so. Und ich dachte schon, mein Sohn sei falsch gebaut. Danke für den Tip.«

Er winkte mir zum Abschied zu und sagte: »Geben Sie ihn weiter. Da draußen wimmelt es von Unwissenden.«

Als Reese sicher im Tragesitz saß, gestaltete sich der Rest einfach. Zuerst verschafften wir uns einen Überblick, was das Einkaufszentrum zu bieten hatte. Enttäuscht stellten wir fest, daß Läden wie *Banana Republic* und *J. Crew* keine Babyabteilungen hatten – was für eine Marktlücke! –, und die Produktlinien von Läden wie *Gymboree* waren einfach zu edel. Die Auswahl in den normalen Kaufhäusern grenzte an Beleidigung, und ich weigerte mich, in einer Boutique vierzig Dollar für einen Overall zu bezahlen, der Reese nur zwei Monate passen würde. Schließlich wurden wir bei *Baby Gap* und im *Children's Place* fündig. In ersterem traf Reese seine erste aktive Kaufentscheidung, indem er nach einem hellorangenen Hemd griff, das er gar nicht wieder loslassen wollte.

Ich kaufte viel mehr, als wir brauchten. Aber es machte Spaß. Ich hatte so etwas noch nie gemacht. Als Tanya klein war (und noch nicht darauf bestand, ihre Klamotten selbst auszusuchen), begleitete ich Maureen manchmal zum Einkaufen, aber eigentlich war ich dabei nur der Chauffeur. Maureen war absolut geschmackssicher, und meine Meinung war weder gefragt noch besonders fundiert. Und obwohl ich mir die Umstände, unter denen dieser Einkaufstrip stattfand, alles andere als gewünscht hatte, fand ich großen Gefallen daran, die Sachen – zusammen mit Reese – selbst auszuwählen. Wenn ich etwas sah, das zu ihm paßte, kaufte ich es. Wenn ihm eine Farbe oder ein Stoff gefiel, oder wenn er einfach nur Lust hatte, etwas anzufassen, kaufte ich auch das. Schon nach eineinhalb Stunden waren wir fertig, und es wäre noch schneller gegangen, hätte nicht ein lustloser Teenager im *Children's Place* an der Kasse gesessen. Das Mädel erinnerte mich an Tanya, an ihren Kellnerjob und ihre Behauptung, die Arbeit mache ihr Spaß. Ich fragte mich, ob sie das in ein paar Monaten immer noch sagen würde und ob das Mädel an der Kasse seinen Job anfangs auch faszinierend gefunden hatte, bevor Langeweile und vollständiges Desinteresse an der Kundschaft Überhand nahmen.

Wir hatten noch viel Zeit, und ich beschloß, mich noch ein wenig in dem Einkaufszentrum umzusehen. Wir gingen in einen Schallplattenladen. Ich versuchte, Reese ein Paar Kopfhörer aufzusetzen, damit er sich einen Song von dem neuen David-Gray-Album anhören konnte. Er schob das Ding aber weg und sah mich ganz konsterniert an. Während ich mich nach neuen CDs umsah, erzählte ich Reese etwas von den Beatles, den Stones, Led Zeppelin und REM. Aus unerfindlichen Gründen gluckste er, als er das Cover von »Get Yer Ya-Yas Out« sah, und »Rubber Soul« hätte er am liebsten in den Mund genommen. Auch mit Tanya hatte ich viel Zeit in Plattenläden verbracht. Wir waren beide Rock 'n' Roll-Fans (im Gegensatz zu Maureen, die lieber Jazz hörte und allenfalls noch Musiker wie Joni Mitchell und Paul Simon duldete). Als sie Kind war, zogen wir auf der Suche nach Neuerscheinungen oft fachsimpelnd durch die Läden. Doch obwohl wir auch später noch dieselbe Musik bevorzugten, gehörte das zu den Dingen, die wir nicht mehr gemeinsam unternahmen – wie so vieles andere auch.

Als nächstes ging ich mit Reese in ein Geschäft für Sportdevotionalien. Ich zeigte ihm einen von Mickey Mantle signierten Baseball und einen anderen mit einem Autogramm von Don Mattingly, meinem Lieblings-Yankee aller Zeiten. Wir kramten in Raritäten und Fanartikeln der beliebtesten New Yorker Teams. Ich erzählte von Reggie Jacksons drei Homeruns, von Phil Simms Abschneiden beim Super Bowl und wie die Islanders viermal hintereinander den Stanley Cup gewannen. Reese leckte an einer Vitrine, aber sonst schien ihn das Ganze nicht sonderlich zu interessieren. Ich versicherte ihm, daß er diesen Laden schon in wenigen Jahren lieben würde.

Bevor wir die Mall verließen, gingen wir noch auf einen Kaffee und einen Donut zu *Starbucks*. Erst kürzlich waren wir bei der Kinderärztin gewesen, und sie hatte gesagt, ich könne ruhig anfangen, Reese an feste Nahrung zu gewöhnen (daher auch der Reisbrei). Sie hatte Krispy Kremes nicht ausdrücklich erwähnt, aber da ich mir einen kaufte, wäre es unhöflich gewesen, ihn nicht wenigstens davon probieren zu lassen.

Eigentlich hatte ich mit Junkfood nicht viel im Sinn, und zu Hause gab es so etwas gar nicht, aber diese Donuts mochte ich. Ich hob Reese aus dem Tragesitz und nahm ihn auf den Schoß. Mit dem kleinen Finger kratzte ich ein bißchen Zucker vom Donut und führte ihn Reese an die Lippen. Gierig lutschte er an meinem Finger, und als ich ihn wegzog, machte er weiter Saugbewegungen. Ich brach ein winziges Stück Donut ab und gab es ihm. Er sah mich genießerisch an, und ich wußte, daß wir das in Zukunft öfter tun würden. Mit schlechtem Gewissen aß ich den Donut zu Ende, während Reese mich ganz beleidigt ansah. Dann trank ich meinen Kaffee und gab Reese ein Fläschchen.

»Reese, mit dir kann man prima einkaufen gehen«, sagte ich auf der Heimfahrt, schaltete den CD-Player an und sang die Songs mit. Wir waren ein paar Jungs auf Tour, und ich merkte, daß ich mich schon lange nicht mehr so wohl gefühlt hatte. Plötzlich überfiel mich wieder tiefe Trauer, als ich daran dachte, wie gern Maureen dabei gewesen wäre.

Mir fiel ein gemeinsamer Einkaufstrip ein. Tanya war damals ein halbes Jahr alt gewesen. Der Sommer stand vor der Tür, und das Kind mußte komplett neu eingekleidet werden. Nie werde ich vergessen, mit welchem Vergnügen Maureen Shorts, Sonnenhüte und Badeanzüge aussuchte, Tanya die Sachen anhielt und kleine Freudenschreie ausstieß. Sonst nahm Maureen alles sehr ernst, was mit Kinderbetreuung zu tun hatte, aber in diesem Moment spielte sie mit Tanya Barbiepuppe. Sie machte ihr kleines Mädchen hübsch, und selten habe ich sie so selbstvergessen und fröhlich erlebt. Wir hatten damals nicht viel Geld, und dieser Einkauf ging eigentlich über unsere Verhältnisse, aber ich konnte es nicht über mich bringen, mahnend auf unsere Finanzlage hinzuweisen.

Am lebhaftesten war mir von diesem Tag in Erinnerung geblieben, was sich ereignete, als wir nach Hause kamen. Tanya war auf der Rückfahrt eingeschlafen, und ich sagte, ich würde sie nach oben in ihr Bett bringen.

»Sie wacht bestimmt auf, wenn du sie aus dem Autositz nimmst«, sagte Maureen.

»Stimmt. Dann hole ich lieber die Überwachungskamera, und wir lassen sie hier.«

»Das wäre *eine* Möglichkeit«, sagte Maureen und sah mich vielsagend an.

»Und die andere?«

Sie legte eine Hand auf mein Bein und fuhr mit den Fingernägeln an meinem Schenkel entlang. »Es ist lange her, daß wir es im Wagen getan haben.«

»Haben wir überhaupt schon mal?«

»Im Hafen von Northport ...«, sagte sie und streichelte mich weiter. Sie beugte sich zu mir rüber und küßte mich, dann warf sie einen Blick auf den Rücksitz. »Meinst du, daß du ganz leise sein kannst?«

»Das kann ich nicht versprechen.«

»Wäre aber besser«, sagte sie und küßte mich noch leidenschaftlicher. »Du weißt doch, was für einen leichten Schlaf sie hat, und wenn sie gerade im kritischen Moment aufwacht ...«

Ich wußte, was sie meinte, und mußte meine ganze Willenskraft mobilisieren, um ruhig zu bleiben, denn ihre Berührungen erregten mich über die Maßen. Hinterher sind wir sogar im Auto eingeschlafen und wachten erst wieder auf, als Tanya sich bemerkbar machte. Es war ein wirklich großartiger Tag.

Nun, fast siebzehn Jahre später, bogen Reese und ich in die Einfahrt eines völlig veränderten Hauses ein. Er lächelte, als ich mich zu ihm umdrehte, und ich lächelte zurück. Aber das Gesicht, nach dem ich mich in diesem Moment sehnte, war ein anderes.

Am selben Tag rief mich mein Freund Tate Stax an. Tate und ich waren seit der zweiten Klasse befreundet und hatten seither mehr oder weniger engen Kontakt. Er war größer und vor allem viel sportlicher als ich. Als wir Teenager waren, jobbte er als Discjockey, während ich in verschiedenen Rockbands spielte. Wir gingen immer zusammen in die Cafeteria, trafen uns am Wochenende mit Freunden und verbrachten die Sommertage miteinander, besonders, nachdem wir beide unseren Führerschein hatten. Nach dem College hatten sich unsere Wege dann getrennt. Ich zog nach Long Island zurück und gründete mit Maureen eine Familie. Er studierte Wirtschaftswissenschaften in Wharton, bekam einen Job bei einer kleinen Textilfirma in Kentucky und wechselte dann zu einer größeren Firma in Columbus, Ohio, wo er seine Frau Gail kennenlernte, die ebenfalls aus Long Island stammte. Als sie beschlossen, seßhaft zu werden, zogen sie mit ihren beiden Kindern hierher zurück, in den Nobelort Head of the Harbor. Zak und Sara waren jetzt sieben und fünf. Daß Tate ungefähr dreimal so viel verdiente wie ich, war uns beiden bewußt, aber das hatte uns nie gestört. Allerdings erhob ich auch keine Einwände, wenn er nach einem Essen die Rechnung bezahlte.

Seit er wieder in der Nähe wohnte, trafen wir uns mindestens einmal pro Woche, entweder am Wochenende mit den Frauen oder unter der Woche allein zum Lunch. Eine Zeit lang spielten wir sogar dienstags zusammen Tennis, aber ich war kein qualifizierter Partner für ihn, und wir gestanden uns ein, daß es so einfach keinen Spaß machte. Nach Maureens Tod war Tate öfter vorbeigekommen. Er war ziemlich schlecht drauf und saß oft einfach schweigend da.

Ich dachte, er trauerte um Maureen, und wußte sein Mitgefühl sehr zu schätzen, versuchte manchmal sogar, ihn aufzuheitern, was mir wiederum sehr gut tat.

Als er mich an diesem Tag jedoch fragte, ob er am Nachmittag vorbeikommen könne, merkte ich sofort, daß etwas nicht stimmte. Er tat nicht mal so, als wolle er sich nach meinem Wohlbefinden erkundigen.

Ich saß mit Reese in der Diele, als er kam. Er holte sich ein Bier aus dem Kühlschrank, tätschelte dem Baby den Kopf und setzte sich uns gegenüber in den Sessel.

»Gail und ich lassen uns scheiden«, sagte er.

»Wie bitte?«

»Wir lassen uns scheiden.«

»So plötzlich?«

»So was kommt nicht plötzlich. Es bahnt sich schon seit Monaten an. Wir haben sogar schon eine Paartherapie gemacht.«

»Warum hast du mir noch nie was davon erzählt?«

Er warf einen kurzen Blick auf Reese und sah dann mich an. »Das Baby, Maureen ... Es war irgendwie nicht der richtige Zeitpunkt, dich mit meinen Problemen zu belästigen. Aber ich ziehe morgen aus, und ich dachte, du wärst bestimmt sauer, wenn du es von jemand anders erfährst.«

Ich war ganz erschlagen. Tate und Gail führten nicht gerade eine Traumehe, aber es schien ihnen einigermaßen gut zu gehen, und bei allem, was ich gerade durchmachte, konnte ich absolut nicht verstehen, warum sich jemand so etwas freiwillig antat.

»Was halten Zak und Sara davon?«

Tate schüttelte den Kopf und zuckte mit den Schultern. »Schwer zu sagen. Um ehrlich zu sein, interessiert mich momentan eigentlich mehr, was *ich* davon halten soll.«

»Dann war es also nicht deine Entscheidung?«

»So könnte man's ausdrücken.«

Ich küßte Reese auf die Stirn und legte ihm ein paar Spielsachen auf die Krabbeldecke. Dann holte ich mir ein Bier und setzte mich wieder.

»Was ist passiert?« fragte ich.

Tate starrte auf einen Punkt in der Ferne. »Tja, was soll ich sagen? Monatelang haben wir geredet, und dann waren wir in dieser Paartherapie, aber ich blick' da immer noch nicht durch. Angeblich kümmere ich mich nicht genug um die Kinder. Ich bin nicht oft genug zu Hause. Ich arbeite zu viel. Meine Augen haben die falsche Farbe. Das einzige, was ich sicher weiß, ist, daß Gail die Nase gestrichen voll hat.«

»Vielleicht will sie dich einfach nur aufrütteln.«

»Das hat sie geschafft.«

»Vielleicht wünscht sie sich nur eine Kurskorrektur, und dann renkt sich alles wieder ein.«

Tate sah mich mit großen Augen an. »Ich habe mir eine

Wohnung gemietet. Wir haben es den Kindern schon gesagt. Ich ziehe morgen um. Unsere Anwälte haben jeder einen gewaltigen Vorschuß kassiert. Hier geht es nicht um Kurskorrekturen, Gerry. Hier geht es um die Aufteilung der Beute.«

»Ist *das* dein Hauptproblem?«

»Immerhin habe ich das meiste Geld verdient.«

»Und zwar reichlich. Ich glaube nicht, daß du demnächst als Staubsaugervertreter ein karges Leben fristen mußt.«

Tate trank sein Bier aus und stand auf. »Diese Scheidung wird mich einen Arsch voll Geld kosten.«

»Zak und Sara müssen gut versorgt werden.«

Tate schüttelte den Kopf. »Ich sag ja: Das wird mich einen Arsch voll Geld kosten.«

Ich wußte nicht, was ich sagen sollte. Wollte Tate etwas Tröstliches von mir hören oder mir nur eine überfällige Mitteilung machen? Er tat mir leid, und ich war mir sicher, daß der richtige Katzenjammer erst noch kommen würde.

»Alles in Ordnung?« fragte ich.

»Was soll denn an dieser Situation wohl noch in Ordnung sein?«

»Kann ich was für dich tun?«

»Schön wär's.«

»Möchtest du zum Essen bleiben?«

»Wenn ich mich dabei sinnlos betrinken darf.« Er sah mich fragend an. »Würde dir das was ausmachen?«

Ich zuckte mit den Schultern. »Nichts dagegen, solange du Reese nicht aufweckst.«

Tate grinste und sah auf das Baby. Reese grabschte nach einem gelben Plastikreifen, der etwas außer seiner Reichweite lag. Ich beugte mich vor und schob ihn näher an den Reifen. Im nächsten Moment hatte er ihn natürlich schon im Mund.

»Ach was, ich geh' jetzt. Gail will, daß ich ab sechs auf die Kinder aufpasse. Sie geht heute aus.«

»Trifft sie sich mit einem Mann?«

»Ich habe sie nicht gefragt, und sie hat mir nichts erzählt.«

Ich seufzte. »Ruf mich an, wenn die Kinder im Bett sind. Dann kotzen wir uns aus.«

»Super Idee.« Er ging zur Haustür und klopfte mir im Vorbeigehen auf die Schulter. »Bis die Tage.«

Ich sah ihm nach und starrte noch auf die Tür, als er schon längst gegangen war. Es fiel mir wirklich schwer zu begreifen, daß er und Gail auseinander gingen. Dabei hatte ich schon etliche Scheidungen von Freunden miterlebt. Einmal hatten sich drei Paare, die wir durch Tanya kennengelernt hatten, innerhalb eines halben Jahres scheiden lassen. Das war zwar sehr beängstigend gewesen, aber diese Trennung kam mir ungleich dramatischer vor. Vielleicht weil ich die beiden schon so lange kannte. Ich konnte mich noch gut daran erinnern, wie Tate mir von seinem ersten Treffen mit Gail erzählte, nicht annähernd so cool wie sonst, und wie er von seiner großen Liebe sprach, als er mich bat, sein Trauzeuge zu sein. Vielleicht lag es aber auch daran, dass Tate nun, genau wie ich, wenn auch aus ganz anderen Gründen, ein alleinstehender Vater sein würde. Er würde noch einige bittere Phasen durchmachen.

Ich setzte mich zu Reese auf den Fußboden. Er hatte genug von dem gelben Reifen und konzentrierte sich auf etwas weiter Entferntes, konnte es trotz heftiger Bemühungen aber nicht erreichen. Ich nahm ihn hoch, er drehte den Kopf augenblicklich in eine andere Richtung, und das Objekt seiner Begierde wurde durch ein neues ersetzt.

So unerreichbar alles für ihn war, so verlockend wirkte es auf ihn.

Fünf: Tolles Spielzeug

Am folgenden Freitag kam Maureens Schwester Codie zum Essen. Wir hatten uns seit der Beerdigung nicht gesehen, und als sie Anfang der Woche anrief, bat ich sie inständig, den langen Weg von der Stadt nicht zu scheuen. Sie und Maureen hatten sich immer sehr nahe gestanden, und jetzt war sie im Umkreis von mehreren hundert Meilen meine einzige Verwandte.

Sie war fünf Jahre jünger als ihre Schwester und ein Alphaweibchen. Gleich nach dem College fing sie in der Werbeagentur *Hubbard & May* an, und innerhalb von acht Jahren hatte sie sich zur Kreativdirektorin hochgearbeitet. Dutzende größerer Agenturen machten ihr über die Jahre immer wieder Angebote, aber *H&M* schlugen die Mitbewerber aus dem Felde, indem sie Codie immer mehr Geld und Verantwortung gaben. Es war zu erwarten, daß sie im Laufe des kommenden Jahres als Gesellschafterin in die Firma einstieg. Ihr immer dickerer Gehaltsscheck hatte ihr eine spektakuläre Wohnung in der Upper West Side beschert, die sie allerdings nur zu sehen bekam, wenn sie nicht auf der Couch in ihrem Büro übernachtete.

Sie sah ihrer Mutter verblüffend ähnlich, und das wiederum bedeutete, daß sie meiner Frau zum Verwechseln ähnlich sah. Codie bevorzugte dunklere Lidstriche und Lippenstifte, und sie trug das Haar kürzer, aber ihre Mimik und Gestik ähnelten Maureens, und ihr Lächeln war haargenau das gleiche. Es war immer sehr unterhaltsam gewesen, die beiden im Gespräch zu beobachten, wenn sie sich wie ihre eigenen Spiegelbilder verhielten. Heute empfand ich ihren Anblick dagegen eher als irritierend.

Es hätte mich nicht gewundert, hätte sie unsere Verabredung verschoben oder wenigstens mit ein paar Stunden Verspätung angetreten. Beides war wegen ihrer beruflichen Verpflichtungen in der Vergangenheit öfter vorgekommen. Aber als sie auftauchte, war ich selbst gerade erst aus dem Büro gekommen. Lisa erzählte mir gerade von ihren Plänen fürs Wochenende. Ich war überrascht, daß sie sich sofort zu Reese auf den Boden setzte, um mit ihm und dem Plüschflugzeug zu spielen, das sie ihm mitgebracht hatte.

Als Tanya geboren wurde, absolvierte Codie ihr letztes Jahr an der Highschool und hatte mit Familie nicht viel am Hut, und als Tanya ein Kleinkind war, ging Codie aufs College. Danach wurde die Beziehung zwischen den beiden jedoch recht eng, und Tanya verbrachte viele Wochenenden bei ihr in der Stadt. Aber ich hatte Codie noch nie mit einem Baby zusammen gesehen. Ob es nun daran lag, daß Reese ein lebendiger Teil ihrer Schwester war, oder ob sie ihn unwiderstehlich fand – jedenfalls blieb Codie die ganze Zeit bei Reese in der Diele, während ich unser Essen zubereitete.

»Er wird immer süßer«, sagte sie, als sie ihn in den Hochstuhl setzte, den er seit Anfang der Woche benutzen durfte.

»Schaff dir doch selbst ein Kind an«.

»Gute Idee. Ich könnte es von einer Geschäftsbesprechung zur nächsten schleppen. Und wenn ich im Büro übernachte, könnte ich ihm ein Laufställchen hinstellen.«

»Jeder, der Kinder bekommt, muß irgendwelche Abstriche machen.«

»Dazu muß man einen Beruf haben, in dem das möglich ist.«

»Stimmt. Das hätte ich beinahe vergessen: In der Werbebranche hat man keine Kinder. Meinst du wirklich, daß dich *H&M* von der Karriereleiter schubst, wenn du ein bißchen kürzertrittst? Bislang brauchtest du nur damit zu drohen, daß du auf die Toilette gehst, und schon erhöhen sie dein Gehalt. Ich glaube, die wissen, was du ihnen wert bist.«

Codie hielt Reese einen Finger hin, er grabschte danach, und sie wackelte mit ihrem Finger und seiner Hand. Er grinste. Dann steckte er sich ihren Finger in den Mund.

»Ist ja sowieso egal. So viel ich weiß, braucht man einen Mann, um so was zu produzieren.« Sie schaute Reese an.

»Hat Jake die Mücke gemacht?« Jake war ihr Freund, als Reese geboren wurde.

Codie sah mich irritiert an. »Jake? Ach, herrje! Das ist doch schon seit Monaten passé.«

»Entschuldige bitte, aber was das angeht, ist es gar nicht so einfach, immer auf dem neuesten Stand zu sein.«

»Was soll daran so schwer sein? Immer, wenn ich einen neuen Namen erwähne, brauchst du nur vierzehn Tage zu warten. Danach kannst du dir sicher sein, daß der Typ Schnee von gestern ist.«

Das hatte ich an ihr nie verstanden. Es mußte doch unheimlich viele Männer geben – gerade in Manhattan –, die eine Frau wie Codie zu schätzen wußten. Tatsächlich hatte sie keine Probleme, Männer zu finden, die sich gern mit ihr verabredeten. Aber schon seit der Highschool waren ihre Beziehungen nur von kurzer Dauer gewesen, und ich hatte sie von einem neuen Partner nie enthusiastischer reden hören als beispielsweise von einem neuen Restaurant.

Einige Minuten lang aßen wir schweigend. Reese hatte zum ersten Mal Apfelmus bekommen, und er langte so begeistert zu wie bei allem, was ich ihm zum ersten Mal gab. Unter Appetitlosigkeit würde er bestimmt nie leiden.

»Wie geht's eigentlich Grace und Ed?« fragte ich. Ich hatte von ihren Eltern länger nichts gehört.

Codie warf mir einen traurigen Blick zu. Fast eine Stunde lang hatten wir es vermieden, Maureens Tod zu erwähnen, obwohl wir sicher beide die ganze Zeit daran gedacht hatten.

»Sie haben noch schwer zu kämpfen. Dad mehr als Mom. Neulich brach er mitten in einem Gespräch über den Aktienmarkt einfach so zusammen. Sie rufen dich doch gelegentlich an, oder?«

»Ja, mehrmals die Woche. Aber ich habe immer den Eindruck, sie tun das nur, um mich aufzumuntern. Sie erkundigen sich detailliert nach dem Baby, und ich lade sie jedes Mal ein, aber sie lehnen immer ab. Ich glaube, sie haben Angst vor diesem Haus, seitdem Maureen nicht mehr hier wohnt.«

»Kann ich verstehen«, sagte Codie ernst.

Ich sah sie erschrocken an. »Bitte tu mir das nicht an! Ich möchte nicht, daß du mit mulmigem Gefühl hierher kommst.« Dann zeigte ich auf Reese. »Er braucht seine Tante. Besonders, wenn sie so tolle Spielsachen mitbringt.«

Codie lächelte und sah zu Reese hinüber. »Er ist wirklich ein Schatz. Wahrscheinlich hätte er Maureen um den kleinen Finger gewickelt.«

»Nein, so einfach war sie nicht rumzukriegen. Trotzdem hätte er von ihr wahrscheinlich fast alles bekommen, was er wollte.«

Sie küßte Reese auf die Hand. »Macht es dir eigentlich gar keine Angst, so ganz allein mit ihm fertig werden zu müssen?«

»Das einzig Beängstigende ist, daß ich es *muß*. Sonst ist es gar nicht so schwer. Man hangelt sich einfach von A nach B, verstehst du? Wir kommen ganz gut zurecht.«

Sie nickte und machte ein nachdenkliches Gesicht, das mich sehr an ihre Schwester erinnerte. »Ich weiß, daß ich dir keine große Hilfe bin, aber wenn es irgendwas gibt, das ich für dich tun kann, dann laß es mich bitte wissen.«

»Du könntest uns öfter besuchen. Das wäre für uns beide sehr wichtig.«

»Mach ich. Versprochen. Ich hätte es schon früher tun sollen, aber ... Ich weiß nicht ... Es gibt so viel, was ich noch nicht verarbeitet habe. Maureen war immer für mich da, weißt du?«

»Ja, ich weiß. Für uns beide. Immer. Aber gerade deshalb finde ich es so wichtig, daß wir als Familie Kontakt haben.«

»Das stimmt. Und mit der Zeit wird es bestimmt einfacher.«

Ich tätschelte ihre Hand, und Reese begann auf das Tablett vor seinem Hochstuhl zu trommeln. Offenbar wollte er unsere Aufmerksamkeit auf sich lenken.

Ich räumte den Tisch ab, während Codie Reese bei Laune hielt, und dann spielten wir zu dritt auf dem Fußboden, bis es Zeit wurde, Reese zu Bett zu bringen. Ich dachte, Codie würde nach Hause fahren; als ich wieder nach unten kam, saß sie am Eßtisch und hatte sich noch ein Glas Wein eingeschenkt. Als sie mich sah, hob sie ihr Glas.

»Möchtest du auch noch was?« fragte sie.

»Nur ein bißchen. Ich habe Nachtdienst.«

Sie schenkte mir ein und sah mich an, als ich mich setzte. »Hör mal«, sagte sie. »Ich habe eine Mail von Tanya bekommen.«

»Tatsächlich? Wann?«

»Vor ein paar Tagen. Sie ist ziemlich lang. Ich hatte den Eindruck, daß Tanya sich mal richtig aussprechen wollte.«

»Worüber?«

»Über alles. Über Mick und dich und Maureen und warum sie abgehauen ist.«

Mit anderen Worten: Tanya war bereit, Codie Dinge zu erzählen, die sie uns nicht erzählte. »Und was schreibt sie so?«

»Daß ich euch nichts davon sagen soll.«

Ich merkte, wie ich sauer wurde. »Findest du das unter den gegebenen Umständen angemessen?«

»Kommt drauf an, was sie zu berichten hat. Wenn sie mir einen Hinweis auf ihren Aufenthaltsort gegeben hätte oder in Schwierigkeiten steckte, würde ich es dir natürlich sofort sagen. Aber sie hat mir immer vertraut, und obwohl sie nicht prüfen kann, ob ich dir alles weitererzähle, möchte ich ihr Vertrauen nicht mißbrauchen.«

»Verrate mir aber wenigstens eins: Haßt sie uns?«

»Nein, sie haßt euch nicht. Vielleicht hat die ganze Sache sogar weniger mit dir und Maureen zu tun, als du denkst. Sie ist nicht sehr ins Detail gegangen, aber ich glaube, daß es in erster Linie um sie ging. Sie mußte Mick beweisen, daß sie ein eigenständiger Mensch ist.«

Ich merkte, wie mir bei der Erwähnung dieses Namens die Galle hochkam. »Und das war nicht möglich, solange sie mit uns unter einem Dach wohnte?«

»Mick hält nichts von Familie.«

»Er hält nichts von Familie? Was, zum Teufel, soll das, bitte, heißen?«

»Er findet, das System Familie basiert auf Abhängigkeit und disfunktionalem Verhalten.«

»Wer hat ihm denn so einen Unsinn beigebracht?«

Codie nahm meine Hand und drückte sie. »Tanya hat *mir* das geschrieben, ihrer *Tante*, einem *Familienmitglied.* Das bedeutet, sie wurde keiner Gehirnwäsche unterzogen. Sie probiert einfach nur verschiedene Lebensphilosophien aus.«

»Und wenn eine dabei ist, die ihr gefällt?«

»Glaubst du wirklich, diese könnte ihr gefallen? Immerhin ist sie von dir und Maureen großgezogen worden.«

»Die letzten Jahre waren schwierig.«

»Nicht so schwierig. Sie hat mir ein paarmal ihre Version erzählt, wenn ihr euch gestritten hattet, und die wich nicht stark von eurer ab. Das bedeutet, daß ihr, wenn auch auf eine etwas schräge Art, selbst im Streit noch miteinander kommuniziert habt und euch im Grunde einig wart.«

»Mag schon sein. Aber das war damals. Als wir überhaupt noch miteinander kommunizierten.«

»Ich kann und will deine Gefühle nicht beeinflussen, Gerry. Ich vermisse Tanya ja auch ganz furchtbar. Wir waren wirklich gute Freunde, weißt du? Aber belaste dich bitte bei allem, was du jetzt durchmachst, nicht noch zusätzlich mit dem Gefühl, du oder Maureen hättet Tanya aus dem Haus getrieben.«

»Sie will, daß ich mich für sie freue. Jedenfalls stand das in ihrer letzten Mail. Kannst du das begreifen?«

»Was wäre so schlimm daran?«

»Wie bitte?«

»Was wäre so schlimm daran, wenn du dich für sie freuen könntest?«

Ich sah sie an, als hätte sie drei Köpfe. »Offenbar hast du mehr getrunken, als ich dachte.«

»Ach, komm schon, Gerry! Was wäre so schlimm daran, das Ganze wie eine internationale Krise zu betrachten?«

»Meine siebzehnjährige Tochter läuft mit einem zwanzigjährigen Mann weg und trampt mit Truckern Gott weiß wohin!«

»Und du kannst nichts dagegen tun.«

»Danke, daß du mich daran erinnerst.«

»Was ich dir klarzumachen versuche, Gerry, ist, daß du Tanya mit Wut und Verzweiflung keinen Millimeter näher kommst.«

»Soll ich etwa ein Freudenfest veranstalten?«

Codie nahm mein Gesicht in beide Hände. Ich war vollkommen perplex, denn diese Geste stammte nicht aus Maureens Repertoire. »Du hörst mir gar nicht zu.«

»Doch, mehr als du denkst.«

»Dann bist du nicht annähernd so klug, wie ich immer dachte. Denk doch mal einen Moment nach! Tanya reist mit irgendeinem Idioten durch die Gegend. Möglicherweise begibt sie sich dabei in Gefahr, und sie hat noch nicht genug von der Welt gesehen, um mit gewissen Situationen fertig zu werden.«

»Habe ich jemals das Gegenteil behauptet?«

»Was dir nicht in den Kopf will, ist, daß Tanya ein wunderbarer Mensch ist. Vielleicht ist sogar der Idiot, mit dem sie unterwegs ist, kein *kompletter* Idiot. Und sie weiß schon mehr von der Welt, als du wahrhaben willst.«

»Im Gegensatz zu dir, der sie sich all die Jahre lang anvertraut hat?«

»Ich weiß ein paar Dinge von ihr, gerade *weil* ich keine Eltern-Kind-Beziehung zu ihr habe und weil ich ihr zugehört habe. Ich weiß, es wirkt verrückt, wenn eine Einserschülerin die letzten beiden Schuljahre sausen läßt, um mit so einem Typen abzuhauen. Aber Tanya hat sich in der Schule zu Tode gelangweilt, und das Leben in Suffolk County und die pittoresken Gassen von Port Jefferson haben sie auch zu Tode gelangweilt. Dann kam Mick daher und hat ihr mit seinem intellektuellen Getue eine ganz neue Welt eröffnet, die für sie total faszinierend war. Betrachte es als eine Art Forschungsprojekt. Ich bin mir hundertprozentig sicher, daß sie nicht den Rest ihres Lebens damit verbringen wird, mit Truckern durch die Gegend zu fahren.«

»Was willst du mir damit sagen?«

»Daß du die ganze Sache mal aus ihrer Perspektive betrachten solltest. Sie sagt doch ganz ausdrücklich, daß ihr euch für sie freuen sollt! Und sie hat keine Ahnung, daß ihre Mutter tot ist. Sie befindet sich auf einer Entdeckungsreise.«

»Aber sie ist erst siebzehn!«

Codie holte tief Luft. »Gerry, es ist vollkommen in Ordnung, daß du dir furchtbare Sorgen um sie machst. Aber das hilft keinem von euch weiter. Überhaupt nicht.«

»Also soll ich sie zu ihrem Unternehmungsgeist beglückwünschen und mich freuen, wenn sie irgendwo tot im Straßengraben gefunden wird?«

»Seit wann bist du so ein Pessimist?«

»Das solltest du wissen.«

»Ich hatte ja keine Ahnung, daß ihr *beide* gestorben seid.«

Ich senkte den Kopf. Codie beugte sich über mich und küßte mich auf den Hinterkopf. »Nur ein *Teil* der Welt ist verschwunden, Gerry.«

Ich sah auf, und ich glaube, meine ganze Verwirrung und Verzweiflung stand mir ins Gesicht geschrieben. Codie breitete die Arme aus, wir hielten uns fest, und plötzlich brach alles über mir zusammen. Ich schluchzte hemmungslos. So sehr hatte ich seit Maureens Beerdigung nicht geweint. Es dauerte ein paar Minuten, bis ich mich wieder beruhigt hatte, und noch etwas länger, bis ich wieder sprechen konnte.

Codie blieb fast bis zehn. Als ich mich wieder gefangen hatte, setzten wir uns in die Diele, unterhielten uns über die Arbeit und tauschten ein paar von den harmloseren Erinnerungen aus. Der Abend war aufwühlend genug gewesen. Wir lachten über das Malheur mit der Preiselbeersauce beim Thanksgiving-Dinner vor drei Jahren. Wir sprachen über einen Rat, den Maureen Codie während einer schwierigen Beziehung gegeben hatte. Und wir sprachen über die Frühjahrsferien, die Tanya bei Codie verbracht hatte. Fröhlich und voller Elan war Tanya damals zurückgekehrt, und ich erzählte

Codie, daß Maureen und ich uns in der Zeit mindestens genauso gut amüsiert hatten. Aber wir paßten auf, daß wir weder ins Schwelgen noch ins Jammern gerieten, und sprachen mehr über die Gegenwart als über die Vergangenheit.

So lange war ich noch nie mit Codie zusammengewesen. Ich hatte sie natürlich regelmäßig gesehen, und wir hatten oft miteinander telefoniert, aber wir waren nie zusammen ausgegangen, und sei es nur auf einen Drink, und wir hatten noch nie gemeinsam etwas unternommen. Es hatte sich einfach nie ergeben. Jetzt konnte ich kaum fassen, wie lange es gedauert hatte, bis unsere Beziehung so persönlich wurde.

Es war gut zu wissen, daß wir uns auch ohne Maureen gut verstanden, daß unsere künftigen Treffen keine Pflichtveranstaltungen mit höflicher Konversation und betretenem Schweigen sein würden.

Als sie sich verabschiedete, umarmte ich sie noch einmal ganz fest. »Das war wirklich schön«, sagte ich. »Laß uns das bald wiederholen.«

»Machen wir«, sagte sie und küßte mich auf die Wange. »Ganz bald schon.« Dann fuhr sie sich mit den Fingern durchs Haar, genau wie Maureen, und sagte: »Ich muß jetzt los.«

Ich sah ihrem Wagen nach, ging dann in mein Arbeitszimmer und schaltete den Computer an. Keine neuen Mails von Bedeutung. Ich las Tanyas letzte Mail noch einmal durch. *Freut Euch für mich*. Es hatte immer noch den bitteren Beigeschmack, aber ich dachte an das, was mir Codie heute abend so nachdrücklich klarzumachen versucht hatte. Was also hinderte mich noch, mich für Tanya zu freuen? Daß ihr Verhalten akzeptabler wirkte, wenn ich es aus ihrer Perspektive betrachtete? Daß ich ihr dann womöglich erlauben würde, für immer fortzubleiben? Oder lag es daran, daß es mir seit Maureens Tod ohnehin schwer fiel, mich über irgendwas zu freuen?

Dennoch hatte Codie in manchen Punkten recht. Tanya war klug und viel ernsthafter als die meisten ihrer Freunde, und es war mehr als unwahrscheinlich, daß sie den Rest ihres Lebens so gestalten wollte wie jetzt. Sie erlebte wohl tatsächlich gerade ein »Forschungsprojekt«. Eins, das gefährlicher war als die meisten anderen und das sie mir möglicherweise für immer fortnahm, aber auch eins, bei dem sie viel lernen konnte, wenn ihr nichts passierte und wenn sie nicht an die falschen Leute geriet (zwei gigantische Wenn).

Ich werde versuchen, mich für Dich zu freuen, Tanya. Ich werde trotz der Trauer über Dein Fortsein und trotz einer noch viel tieferen Trauer, von der Du nicht mal was ahnst, zu begreifen versuchen, daß Du gerade eine ganz besondere und wichtige Phase durchlebst. Meine Freude wird nicht besonders groß sein, aber ich werde es versuchen.

Ich hab' Dich lieb, Queenie. Ich möchte, daß Du nach Hause kommst. Ich möchte meine Familie um mich haben, damit wir uns gegenseitig stärken können. Ich möchte mit Dir zusammen ein lebendes Denkmal Deiner Mutter sein. Ich möchte, daß wir bei allem, was wir tun, an sie denken und in ihrem Sinne handeln.

Aber wenn Du möchtest, daß ich mich für Dich freue, egal was Du gerade tust und wo Du es tust, dann werde ich's versuchen.

Vielleicht gelingt es mir nicht, aber ich werde es versuchen.

Sechs: Ein andermal

Ich brauchte ein paar Wochen, um mich wieder an die Arbeit zu gewöhnen, und obwohl ich den Job – im Gegensatz zu anderen Herausforderungen – nicht als willkommene Ablenkung empfand, konnte ich mich doch für immer längere Zeiträume darauf konzentrieren. Der näherrückende Erscheinungstermin des Weihnachtskatalogs tat ein übriges, um mein ganzes Team auf Hochtouren zu bringen.

Trotzdem saß ich oft gedankenverloren vor den Fotos von Maureen, Tanya und Reese und rief Lisa öfter als nötig an, um zu hören, ob alles in Ordnung sei. Aber ich hatte auch wieder neue Ideen, und die Papierberge auf meinem Schreibtisch kamen mir nicht mehr unbezwingbar vor.

Ich war gerade dabei, einen dieser Papierberge abzuarbeiten, als Ally Ritten an meine Tür klopfte. Bevor sie meinem Team zugeteilt wurde, hatte ich sie nur am Rande wahrgenommen. Ich hatte gehört, sie sei klug und man könne gut mit ihr zusammenarbeiten. Ich wußte auch, daß sie immer wieder Ideen für originelle neue Artikel hatte, obwohl sie eigentlich im Marketing arbeitete. In den ersten Teambesprechungen, bei denen sie anwesend war, hatte sie mich mit ihrer Energie und ihrer schnellen Auffassungsgabe beeindruckt. Sie war eine echte Bereicherung für das Team, und ich konnte mir gut vorstellen, sie ganz in meine Abteilung zu übernehmen. Marshall sah das sicher genauso, sonst hätte er sie mir nicht zugeteilt, aber er hatte noch nichts von einem Abteilungswechsel gesagt.

»Hi, störe ich?« sagte sie und blieb in der Tür stehen.

»Ich schlage mich gerade mit Lizenzverträgen herum. Bitte stören Sie!«

Sie setzte sich mir gegenüber an den Schreibtisch. »Was halten Sie von Keksdosen?«

»Von vollen oder leeren?«

»Ich dachte an einen Satz persönlicher Keksdosen, etwa ›Moms Lieblingskekse‹ oder ›Jimmys Lieblingskekse‹, verstehen Sie? So könnte jeder seine eigene Lieblingssorte aufbewahren, ohne Ansteckungsgefahr.«

»Ohne Ansteckungsgefahr?«

»Nehmen wir zum Beispiel Haferplätzchen. Die schmecken nicht mehr so gut, wenn Oreokrümel dran kleben.«

»Ist das wahr?«

»Ich glaube, ein gewisses Segment unserer Zielgruppe könnten wir davon überzeugen.«

Ich warf ihr einen skeptischen Blick zu.

»Okay, ich geb's zu: Ich selbst gehöre zu diesem Segment«, sagte sie. Sie wirkte peinlich berührt, so als ob sie mir etwas ganz Intimes offenbart hätte.

»Haferplätzchen sollen mit Oreos also nicht in Berührung kommen, richtig?«

Sie wurde rot. »Wenn Schokoladenkrümel von den Oreos dran kleben, kommt der Hafergeschmack nicht mehr richtig zur Geltung.«

»Also wäre es sinnvoll, Moms und Jimmys Keksen strikte Apartheid zu verordnen.«

Sie schloß die Augen. »Es war eine dumme Idee.«

Ich lachte. »Das ist keine dumme Idee. Wir verkaufen jedes Jahr Zigtausende persönlicher Fernbedienungen. Glauben Sie mir, es gibt keine dummen Ideen. Sie haben sogar Regel Nummer eins für neue Produkte befolgt: daß man sich dieses Produkt selbst kaufen würde. Das ist die sicherste

Methode, um die Marktchancen eines neuen Produkts einzuschätzen.«

Sie nickte und gewann die Fassung zurück. Offenbar war es ein großer Schritt für sie gewesen, mit einer Idee direkt zu mir zu kommen, und ich hatte sie mit meiner Witzelei noch nervöser gemacht, obwohl das nicht meine Absicht gewesen war.

»Wenn das die Regel Nummer eins ist, sollte dann nicht das ganze Team darüber informiert sein?« fragte sie lächelnd. Sie schien die Fähigkeit zu besitzen, schnell wieder auf die Beine zu kommen.

Ich lächelte zurück. »Das ist ja nun geschehen.«

»Danke. Ich denke noch mal darüber nach und überlasse sie ungestört Ihren Lizenzen.« Sie schaute auf meinen Schreibtisch. »Ist das Ihr Kleiner?« fragte sie und zeigte auf einen Bilderrahmen.

»Ja.« Ich reichte ihr das Foto. »Es ist schon ein paar Wochen alt. Inzwischen sieht er natürlich schon wieder ganz anders aus.«

»Er ist aber trotzdem süß.«

»Danke.«

»Er heißt Reese?«

»Ja. Das ist Griechisch und bedeutet ›Der nicht viel schläft‹.«

Sie grinste und gab mir das Foto zurück. Dabei faßte sie ein anderes ins Auge. »Ist er das mit Ihrer Frau?«

Auf dem Foto schmusten die beiden miteinander. Es war wenige Tage vor Maureens Tod aufgenommen worden. Ich berührte den Rahmen, ließ ihn aber stehen und sagte nur: »Ja.«

»Es muß sehr schwer für Sie sein.«

Ich war es leid, andauernd dasselbe zu hören, aber sie konnte ja nichts dafür, also ließ ich mir nichts anmerken. »Ich lerne, damit umzugehen.«

»Man merkt Ihnen die seelische Belastung wirklich nicht an. Ich bewundere das.«

»Es hat keinen Sinn, sich unterkriegen zu lassen. Nicht, wenn man gleichzeitig ein Baby zu versorgen hat.«

»Das stimmt. Eigentlich muß es ein großes Glück für Sie sein, daß Sie in dieser schweren Zeit wenigstens ihn haben.«

Ich sah sie überrascht an. Bisher hatte noch niemand etwas so Feinfühliges zu mir gesagt. »Da haben Sie recht. Er hindert mich daran, in Trauer zu versinken. Außerdem ist es schier unmöglich, die Welt für schlecht zu halten, wenn man sieht, wie faszinierend sie auf ihn wirkt.«

Sie lehnte sich zurück. »Eine ziemliche Herausforderung.«

Ich lächelte. »Ja. Wie wenn man per Zufall in eine Situation gerät, in der man Heroisches leisten muß.«

»Helden wider Willen.«

»So was, genau.«

»Nur schade, daß er so wenig schläft.«

»Ach, meistens macht es mir nichts aus. Manchmal ist es genau das, was ich nachts um halb drei brauche.«

Lächelnd schüttelte sie den Kopf. »Das verstehe ich sehr gut.«

»Oft liege ich um die Zeit ohnehin wach. Es ist ganz verrückt, wie der Geist arbeitet. Ich lebe ganz arglos vor mich hin, und plötzlich wird mir bewußt, daß ich ja der Witwer mit dem Säugling und der Ausreißer-Tochter bin.« Ich war ganz überrascht, daß ich so mit ihr redete, denn ich kannte sie ja kaum. Aber sie war einfühlsamer als die meisten anderen Menschen, mit denen ich gesprochen hatte, und sie schien keinerlei Scheu vor dem Thema zu haben. Bei anderen Menschen, denen ich mich geöffnet hatte, blieb hinterher meist ein schaler Beigeschmack, und ich fragte mich, ob ich sie gelangweilt oder womöglich nur ihre Sensationslust bedient hatte. »Manchmal passiert das sogar bei Meetings. Sie können ja mal drauf achten.«

»Wenn ich was merke, fange ich von etwas ganz Verrücktem an, wie persönlichen Keksdosen, und hole Sie damit in die Wirklichkeit zurück.«

Ich lachte. »Danke, das ist sehr großzügig von Ihnen.«

»Das mit den Keksdosen war wirklich ein bißchen blöd, oder?«

»Nein. Denken Sie weiter darüber nach.«

»Meinen Sie das ernst?«

»Ach, wissen Sie, vielleicht ist es wirklich blöd, aber erst mal kann es nicht schaden, die Idee weiter zu entwickeln.«

»Na gut, dann tu ich das.« Sie stand auf. »Danke für Ihre Zeit. Man hat mir gesagt, daß man gut mit Ihnen reden kann, aber ich war mir nicht sicher, ob es in Ordnung war, hier einfach so reinzuplatzen.«

»Jederzeit.«

»Danke.«

Lächelnd verließ Ally mein Büro. Ich fuhr mit der Hand über das Foto von Reese. Inzwischen sah er wirklich ganz anders aus. Ich mußte unbedingt ein aktuelleres Foto mit ins Büro bringen. Vielleicht sollte ich mir einen dieser digitalen Bilderrahmen zulegen, in die man immer die neuesten Fotos überspielen konnte. Aber ich war mir ziemlich sicher, daß Lisa etwas gegen eine Überwachungskamera haben würde.

Kurz vor der Mittagspause rief mich Marshall in sein Büro. Er beendete gerade ein Telefonat, als ich eintrat.

»Messerschmidt ist ein Mistkerl«, sagte er.

»Das kann ich nicht beurteilen. Mir hat er sich noch nicht vorgestellt.«

»Der neue Leiter der Auftragserfassung. Wenn du mal drei

Minuten im selben Zimmer mit ihm bist, wirst du wissen, was ich meine. Ich wünschte, ich könnte ihn einfach feuern.«

»Bist du denn nicht sein direkter Vorgesetzter?«

»Ich habe ein halbes Jahr lang geackert, um ihn aus seiner früheren Firma abzuwerben. Jetzt kann ich ihn nicht so ohne weiteres fallen lassen.«

»Einer der vielen Gründe, warum ich dich nicht um deinen Job beneide.«

Marshall deutete auf einen Sessel und beugte sich über den Schreibtisch. »Genug von Messerschmidt. Ich krieg ihn schon noch auf Vordermann. Hör mal, ich habe gute Neuigkeiten für dich. Die Zentrale lädt dich zum diesjährigen Führungskräfte-Wochenende ein.«

»Ist das dieser Zirkus, bei dem du jedes Jahr mitmachst, mit viel Essen und Trinken und Rumsitzen am Pool in einem maßlos überteuerten Hotel?«

»Wobei dann allerdings auch die künftige Firmenstrategie besprochen wird und eine Menge Entscheidungen fallen.«

»Zwischen den Massageterminen.«

Marshall verzog ungehalten das Gesicht. »Da wird Firmenpolitik gemacht, Gerry!«

»Richtig. Wie zum Beispiel bei dem Beschluß vom letzten Jahr, die Reise- und Bewirtungsspesen um 20% zu kürzen. Offenbar galt das wohl nicht für das Führungskräfte-Wochenende.«

»Lenk nicht ab! Was sagst du zu der Einladung? Ich habe bei den Ober-Bossen ein gutes Wort für dich eingelegt. Wenn du in der Liga mitspielst, hast du ausgesorgt.«

»Diese Wochenenden finden auf den Bermudas statt, nicht wahr?«

»Dieses Jahr auf einem der Florida Keys. Hast du was dagegen?«

Mir war nicht wohl bei der Sache. Marshall konnte recht unangenehm werden, wenn die Dinge nicht so liefen, wie er sie sich vorstellte. »Ich weiß nicht, wie ich das hinkriegen soll. Ich habe niemanden, dem ich Reese über einen so langen Zeitraum anvertrauen kann.«

Marshall schnaubte. »Da läßt sich bestimmt jemand finden. Du hast doch einen Babysitter, oder?«

»Keinen, der Reese ein ganzes Wochenende lang betreuen kann.«

»Könnten deine Eltern nicht mal einspringen?«

»Unmöglich.«

»Und Maureens Eltern?«

»Die kann ich nun wirklich nicht darum bitten.«

»Verdammt, dann drücken wir ihn eben Denise aufs Auge.«

»Marshall, offenbar willst du mich mißverstehen. Ganz abgesehen davon, daß es überhaupt nicht in Frage kommt, deiner Frau drei Tage lang ein vier Monate altes Kind ›aufs Auge zu drücken‹, wäre es das Verkehrteste, was ich zur Zeit tun könnte. Wir fangen gerade an, einen gemeinsamen Rhythmus zu finden, und Reese muß eine Menge verkraften. Wenn es um eine Übernachtung ginge, könnte ich das hinkriegen, aber drei Tage sind unmöglich.«

Marshall zog die Augenbrauen hoch. Obwohl er mein Chef war, waren wir Freunde geblieben, weil es uns bislang gelungen war, Auseinandersetzungen wie diese zu vermeiden. »Und wenn es nun eine dringende Dienstreise wäre? Würdest du die auch absagen, weil du es wichtiger findest, zu Hause die liebende Mutter zu spielen?«

»In dem Fall müßte ich ernsthaft darüber nachdenken. Aber hier geht es nicht um eine dringende Dienstreise. Du kannst mich ein anderes Mal in diese erlauchte Gesellschaft einführen.«

Seine Miene verdüsterte sich noch mehr. »Ich habe mich für dich ins Zeug gelegt, Gerry. Du warst der neue Mann, den ich dieses Mal präsentieren wollte.«

»Ich glaub's dir ja, und ich weiß es zu schätzen. Trotzdem bitte ich dich um Verständnis für meine Situation.«

»Es würde dir gut tun, Gerry. Du mußt mal raus und abschalten.«

Abwehrend hob ich eine Hand. »Nein, wirklich nicht. Noch nie war meine Anwesenheit zu Hause so wichtig wie jetzt.«

Er begann, auf seinem Notizblock zu kritzeln. Das war seine Art zu zeigen, daß er sauer war. »Willst du wirklich, daß ich jemand anders mit auf die Reise nehme?«

»Ich habe keine andere Wahl. Tut mir wirklich leid, aber dieser Trip würde mich momentan einfach zu viel kosten.«

»So eine Gelegenheit sollte man beim Schopfe packen, Gerry. Man bekommt sie nicht so oft.«

»Aber hoffentlich noch mal, wenn ich sie nutzen kann.«

Marshall strich etwas von seiner Aufgabenliste und sah dann zu mir auf.

»Kommst du mit dem Katalog voran?«

»Ganz gut, ja.«

»Wird er mich umhauen?«

»Das hoffe ich.«

»Ich auch, Gerry, ich auch!«

Ich sammelte einige Unterlagen zusammen, die ich mit nach Hause nehmen wollte, als Ben zu mir ins Büro kam.

»Das wollen Sie alles mitnehmen?«

»Es ist viel liegengeblieben. Ich wüßte gar nicht, wo mir der Kopf stünde, wenn Sie mir nicht die ganze Arbeit mit den neuen Produktbeschreibungen abgenommen hätten.«

»Hab' ich doch gern getan. Übrigens gehe ich gleich mit ein

paar Kollegen was trinken und wollte Sie fragen, ob Sie nicht Lust hätten, mitzukommen.«

»Ich dachte, leitende Mitarbeiter seien bei solchen Anlässen nicht gern gesehen.«

»Normalerweise nicht, aber ich habe mit den anderen gesprochen, und die finden, daß Sie ein ziemlich cooler Typ sind.«

Ich sah vom Schreibtisch auf und warf Ben einen skeptischen Blick zu. »Cool, sagen Sie? Ich glaube eher, Sie sehen in mir eine traurige Gestalt, und deswegen laden Sie mich aus Mitleid ein.«

»Nein, wirklich nicht. Der Vorschlag kam noch nicht mal von mir. Es scheint so, als hätte die Person, von der dieser Vorschlag stammt, einen Narren an Ihnen gefressen, aber das tut ja nichts zur Sache.«

»Einer Ihrer Kollegen hat einen Narren an mir gefressen?«

»Eine Mitarbeiter*in*. Die Nummer ›alleinstehender Vater‹ kommt bei einigen Frauen ganz gut an.«

»Mann, wenn ich das eher gewußt hätte! Vielleicht sollte ich mir Reese mal schnappen und mit ihm eine ausgedehnte Kneipentour machen.«

»Sie haben doch versprochen, ihn *mir* für solche Zwecke auszuleihen! Also, kommen Sie nun mit oder nicht?«

»Ich kann nicht. Lisa muß heute abend an die Uni, und wenn ich Reese im Bett habe, wartet noch eine Menge Arbeit auf mich.«

»Dann vielleicht das nächste Mal.«

»Demnächst mal, genau.«

Ich legte die Unterlagen in meinen Aktenkoffer, aber Ben machte keinerlei Anstalten zu gehen.

»Sind Sie überhaupt schon mal ausgegangen, seit Maureen tot ist?«

»Ben, ich habe einen Säugling zu Hause. Wenn ich zur Arbeit gehe, ist das für ihn schon Ausgehen.«

»Kann Lisa denn abends nie auf ihn aufpassen?«

»Keine Ahnung. Im übrigen finde ich, daß ich wenigstens abends zu Hause sein sollte.«

»Weil Reese sich zum Serienkiller entwickeln könnte, wenn Sie ihn abends mal allein lassen?«

Ich legte den Aktenkoffer hin und warf Ben einen ungehaltenen Blick zu.

»Da bin ich wohl zu weit gegangen, was?«

Ich lachte kurz auf und setzte mich. »Sie sind nicht zu weit gegangen, und ich freue mich über die Einladung. Und der Person, die einen Narren an mir gefressen hat, können Sie bestellen, daß meine gegenwärtige Lebenssituation alles andere als cool ist. Ich bin einfach noch nicht so weit, daß ich ausgehen könnte. Reese braucht mich, und ich brauche ihn, und das ist alles, was ich momentan ertrage.«

»Das kann ich mir gar nicht vorstellen.«

»Ist aber so.«

»Wir gehen zu Cameron's. Nach den Cocktails dort kann man süchtig werden.«

»Ich verzichte trotzdem. Ein anderes Mal, versprochen.«

Ben stand auf und zeigte auf meinen Aktenkoffer. »Soll ich hier bleiben und Ihnen ein bißchen Arbeit abnehmen?«

»Vielen Dank. Wenn ich von diesen Sachen etwas delegieren könnte, würde ich's tun. Und über die Einladung habe ich mich wirklich gefreut. Sagen Sie das bitte auch den anderen.«

»Wir hätten Sie gern dabeigehabt, und nicht nur aus Mitleid.«

»Danke.«

»Ein anderes Mal, okay?«

»Ein anderes Mal, ganz bestimmt.«

Sieben: Körperbeherrschung

Am folgenden Sonntag beeilte ich mich, mit meinen Einkaufstüten nach Hause zu kommen, und verstaute die Sachen mit weniger Sorgfalt als sonst. Schnell machte ich mir ein Sandwich und wärmte ein Fläschchen für Reese auf. Dann nahmen wir in der Diele Platz und schalteten den Fernseher ein. Das erste Vorsaisonspiel der Yankees wurde übertragen.

Da ich in Long Island aufgewachsen war, hätte ich eigentlich ein Fan der New York Mets sein sollen. Tatsächlich datiert meine früheste Erinnerung an ein Baseballspiel aus dem Jahre 1969, als mein Vater und sein Bruder ausgelassen den Sieg der Mets in der World Series feierten. Aber erst 1973 – die Mets hatten sich wieder für die World Series qualifiziert – wurde ich selbst zum Baseballfan. Endlich hatte ich meine Angst vor harten Bällen verloren und verzeichnete erste Erfolge als Schlagmann in der Little League. Ich schaffte sogar zwei Homeruns, die nach heutigen Standards höchst irregulär zustande gekommen waren, aber das wurde damals nicht so eng gesehen. Jedenfalls begann ich davon zu träumen, einmal in den großen Ligen mitzuspielen. Und das Team, für das ich spielen wollte, waren jenseits der Familientradition und der Vorlieben all meiner Freunde die Yankees. Ich hatte großen Respekt vor Mets-Spielern wie Tom Seaver und Jerry Koosman, und seit ich einmal Ed Kranepool die Hand geschüttelt hatte, auch vor ihm. Geschwärmt habe ich aber für den Yankee-Catcher Thurman Munson, der zu diesem Zeitpunkt noch Jahre davon entfernt war, als bester Spieler der American League ausgezeichnet zu werden. Auch den dritten Baseman,

Graig Nettles, und den Pitcher Sparky Lyle bewunderte ich. Und obwohl die Mannschaft nicht mal die Qualifikation zur World Series erreichte, identifizierte und beschäftigte ich mich mit ihr. Dabei wurde mir einiges über die Vergabepraxis von Spielerlizenzen und Teamzugehörigkeiten klar: Viele der größten Baseballspieler aller Zeiten waren im Grunde Yankees gewesen. Babe Ruth. Lou Gehrig. Joe DiMaggio. Mickey Mantle. Whitey Ford. Und als die Yankes es 1976 in die World Series schafften, zum ersten von insgesamt vier Malen innerhalb von sechs Jahren, fühlte ich mich bestätigt. Ich war stolz darauf, daß ich auch in den mageren Jahren zu der Mannschaft gehalten hatte, und blickte voller Verachtung auf meine Freunde, die erst durch den plötzlichen Erfolg zu Yankee-Fans wurden.

Auch als ich dann anfing, mich auch für andere Dinge zu interessieren – hauptsächlich für Musik und Mädchen –, blieb ich den Yankees treu. Ich paßte auf, daß meine Rendezvous nicht mit wichtigen Spielen kollidierten. Ich zwang meine Bands, sich auf der Fahrt zu unseren Auftrittsorten die Spiele im Autoradio anzuhören. Ich schlich mich sogar auf der Hochzeitsreise aus dem Hotelzimmer, um mir ein wichtiges Qualifikationsspiel im Fernsehen anzusehen, als Maureen ein kleines Nickerchen machte.

So hatten mich die Yankees durch meine wildesten und besten Jahre begleitet. Sie ließen mich alles vergessen. Ihre Hochs und Tiefs machten alles andere zweitrangig. Außerdem garantierten sie ein Höchstmaß an Spannung. Man konnte nie wissen, wie ein Spiel oder eine Saison ausgehen würde. Manchmal verloren die besseren Teams, manchmal gewannen sie, und das Ganze war ein ewiges Mysterium. Obwohl ich momentan an kaum etwas anderem Freude hatte als an meinem Sohn, freute ich mich auf die neue Saison.

Mit Maureen konnte ich diese Leidenschaft nie teilen, auch

nicht als die Yankees in den 90er Jahren nach den Zugängen von Bernie Williams und Paul O'Neill, Mariano Rivera und Derek Jeter noch einmal eine große Zeit hatten. Ihr war das Spiel zu langsam – eine Aussage, die für einen echten Baseballfan vollkommen unverständlich ist. Manchmal schaute sie sich ein Spiel der Nachsaison mit mir an, aber die Spiele der Hauptsaison mußte ich mir meist allein anschauen, was darauf hinauslief, daß ich viel weniger Spiele sah, als mir lieb war. Aber bei besonderen Spielen hielt sie mir den Rücken frei, zum Beispiel am Saisonstart.

Die Spiele im März waren mir besonders wichtig. Sie kündigten den nahen Frühling an, und in diesem Jahr sehnte ich den Frühling stärker herbei als je zuvor. Zur Zeit traute man den Yankees zwar nicht viel zu, aber ich fand es immer wieder spannend, ob sie nicht doch wieder den Sprung in die World Series schaffen würden. Und dann all die privaten Geschichten, die sich um die Spieler rankten und um diese Jahreszeit durch die Medien gingen. Der alternde Topspieler, der sich fünf Jahre nach seiner Bestform über die Ersatzbank noch einmal einen festen Platz im Team erkämpfen wollte. Der Pitcher mit dem lahmen Wurfarm, der den Beweis antreten wollte, daß seine Ausfälle in der letzten Saison nur ein Ausrutscher gewesen waren. Und Dutzende von Neulingen mit Rückennummern wie 87 oder 92, die praktisch keine Chance hatten, überhaupt einen Fuß auf den heiligen Rasen zu setzen, obwohl sich ein künftiger Star unter ihnen befinden konnte. Zu letzteren zählte Bobby Kitterer, der es bereits zu einem Spitznamen gebracht hatte: »Kid« Kitterer. Er war einundzwanzig, stammte aus Oklahoma und hatte die Liga im Sturm erobert, als er in der letzten Saison für AA Trenton Thunder gespielt und dabei erstaunliche Begabungen in puncto Kraft und Schnelligkeit offenbart hatte, gepaart mit einem brillanten

Defensivspiel. Es war zu erwarten gewesen, daß ihn eine der großen Profimannschaften für diese Saison verpflichten würde. Bei den Yankees hatte er viel Unruhe unter den Spielern ausgelöst, aber während des Frühjahrstrainings hatte man noch nicht viel von ihm gesehen, was nach einer ausgedehnten Regenperiode möglicherweise an den schlechten Bodenverhältnissen lag. Seit er bei den Yanks auf der Einkaufsliste stand, hatte ich viel über ihn gelesen, und ich hoffte, daß er in diesem Spiel zum Einsatz kommen würde.

Reese saß im Hochstuhl und trank sein Fläschchen, aber als die Yankees in der zweiten Hälfte des ersten Innings antraten, setzte ich ihn neben mir auf die Couch.

»Das ist Alfonso Soriano«, erklärte ich ihm. »Sieh nur, wie er mit den Armen schlackert! Wenn du größer bist, müssen wir uns mal über Körperbeherrschung unterhalten. Ich möchte nicht, daß du später mal solche Verrenkungen machst wie dieser Typ da. Aber ich muß zugeben, daß er, wenn er mal trifft, einen Wahnsinnsschlag hat.«

Soriano schlug gleich den zweiten Pitch ins linke Außenfeld, so daß er das erste Base erreichte. Die Yankees waren im Spiel und machten noch zwei Runs in diesem Inning. Aber sie mußten die schnelle Führung wieder abgeben und fielen in der ersten Hälfte des zweiten Innings auf 2:3 zurück.

»Das ist so ziemlich das Schlimmste, was ein Pitcher tun kann«, sagte ich zu Reese. »Sein Team verschafft ihm optimale Startbedingungen, und er macht nichts daraus. Das ist unmöglich!« Es war bloß ein Spiel der Vorsaison, aber ich nahm meine Rolle als kritischer Zuschauer ernst. Außerdem mußte ich meinem Sohn die Grundregeln nahebringen.

Vielleicht bildete ich es mir nur ein, aber ich hatte den Eindruck, daß er aufmerksamer den Fernseher anschaute als sonst. Noch fand er Fernsehen nicht spannender als einen silbernen Löffel oder einen Sonnenstrahl. Trotzdem hatte ich das Gefühl, daß er sich auf das Spiel konzentrierte. Während er sonst beim Fernsehen ständig in Bewegung war – besonders seit er rausgefunden hatte, wie man sich auf die Seite rollt –, saß er lange ruhig da und schmiegte sich an mich.

Die Stammspieler der Yankees waren in dieser Saison noch nicht als Team aufgelaufen und hätten es auch jetzt noch nicht getan, wären da nicht die Fernsehkameras gewesen. Keiner war für mehr als vier oder fünf Innings vorgesehen. Wie sich herausstellen sollte, war das genau ein Inning zu viel. Denn im fünften Inning hechtete der gefeierte Rightfielder nach einem tiefen Ball und schlug mit dem Knie auf der Markierungslinie auf. Er schien höllische Schmerzen zu haben, und noch ehe der Stadionsprecher etwas über seinen Gesundheitszustand bekanntgab, war mir klar, daß er eine längere Verletzungspause einlegen würde.

»Das sieht nicht gut aus, Reese«, sagte ich. »Das sieht gar nicht gut aus.«

Der Spieler, der sich bereit machte, seinen Platz einzunehmen, war Kid Kitterer. Er machte einen selbstsicheren und fitten Eindruck. Wahrscheinlich war er sich nicht darüber im klaren, daß der Grund für seine Einwechselung eingefleischten Yankee-Fans das Herz bluten ließ. Sogar Reese schien die Stirn zu runzeln, als der große Star verletzt vom Platz getragen wurde, aber das bildete ich mir sicher nur ein.

Am Ende gewannen die Yankees ihr erstes Spiel mit 8:6. Das war jedoch nur ein schwacher Trost. Den ganzen Sommer über würde ihnen der verletzte Spieler schmerzlich fehlen. Ich hatte ein ganz schlechtes Gefühl für die bevorstehende Saison.

Als das Spiel endete, war Reese auf seiner Spieldecke schon eingeschlafen. Ich nahm ihn hoch, um ihn ins Bett zu bringen, entschied mich dann aber anders und legte ihn mir einfach auf den Bauch. Ich fühlte mich um ein gutes Spiel betrogen. Schicksalsschläge der Yankees waren mir nie egal gewesen, aber dieser war besonders schlimm. Immerhin war einer der wichtigsten Spieler für längere Zeit ausgefallen.

An diesem Abend kam Tate mit den Kindern zu uns zum Essen – zum ersten Mal seit seiner Trennung von Gail. Zak und Sara rannten in die Diele, sahen Reese auf seiner Spieldecke und ließen sich sofort auf dem Fußboden neben ihm nieder. Tate und ich setzten uns auf die Couch.

»Wie geht es ihnen?« fragte ich mit Blick auf die Kinder.

»Sie haben mich den ganzen Tag nicht in Ruhe gelassen. Zak hätte am liebsten das ganze *Toys "R" Us* leergekauft, und Sara ließ sich durch nichts dazu bewegen, im *Pancake House* etwas zu essen. Ich glaube, sie hätte um die Zeit einen Mittagsschlaf gebraucht.«

Ich betrachtete die drei, die friedlich auf dem Boden spielten. »Vielleicht braucht sie einen kleinen Bruder.«

»Sehr witzig!«

»Kannst du inzwischen wieder mit Gail reden?«

Er verzog das Gesicht zu einer Grimasse. »Als ich die Kinder abholte, war das kaum zu vermeiden. Sonst ist es schwierig.«

»Ich meinte: Könnt ihr über euch sprechen? Darüber, wie es mit euch weitergehen soll?«

»Ich kann dir sagen, wie es mit uns weitergeht. Sie wird mir mein Haus und mein Geld wegnehmen, und ich hüte dafür dieses hyperaktive Duo an den Wochenenden.«

Ich fand es befremdlich, wie laut er redete. Die Kinder schienen ihn nicht zu hören, aber man konnte nie wissen, was sie mitbekamen und was nicht. Reese schien sich mit ihnen wohlzufühlen. Er hatte sich schon zweimal herumgerollt, und das machte er nicht bei jedem. Ich traute Zak zu, daß er mir Bescheid sagen würde, wenn Reese Hilfe brauchte, fragte ihn, ob wir ihn mit den beiden Kleinen eine Weile allein lassen konnten und führte Tate in die Küche.

»Er ist ziemlich weit für sein Alter«, sagte ich.

»Reese? Meinst du nicht, daß du etwas übertreibst?«

»Ich spreche von Zak.«

»Ach so. Ja, er ist ein guter Junge. Ich wünschte bloß, er wäre manchmal nicht so *bedürftig*. Verstehst du, was ich meine?«

»Ich vermute, er bleibt solange bedürftig, bis er begreift, wie er mit der neuen Situation umgehen soll.«

Tate ging zum Kühlschrank und holte sich ein Bier. »Ich bin mir gar nicht so sicher, ob sich für die Kinder überhaupt etwas geändert hat. Früher habe ich sie an den Wochentagen ja auch nicht oft gesehen. Ich habe ja immer so viel gearbeitet.«

»Natürlich hat sich auch für sie viel geändert. Allein schon durch das, was sie von ihrer Mutter mitbekommen.«

»Meinst du die Freudentänze, die sie aufführt, seit ich ausgezogen bin?«

»Eigentlich nicht. Was, zum Teufel, ist bloß mit euch geschehen?«

Tate senkte den Blick. »Keine Ahnung. Unterschiedliche Interessen vermutlich. Nur daß ich die ganze Zeit dachte, unsere Interessen seien identisch. Ich hatte keine Ahnung, was in Gails Kopf vorging.«

»Eure Trennung hat mich total überrascht, und ich bin mir sicher, Maureen wäre es ebenso gegangen. Sonst hätte sie längst etwas gesagt. Gail hat sich offenbar nie anmerken lassen, daß etwas nicht stimmte.«

»Kann man wohl sagen. Obwohl das eigentlich eine Tugend ist. Inzwischen habe ich den Eindruck, daß sie mich richtig haßt. Ich glaube, sie ist total happy, seit ich weg bin.«

»Das ist hart! Du tust mir wirklich leid.«

Tate zuckte mit den Schultern. »Eigentlich bist du ja der letzte, bei dem ich mich ausheulen sollte.«

»Jetzt mach aber mal 'nen Punkt! Glaubst du, ich würde damit nicht fertig?«

Im selben Moment begann Reese laut zu weinen. Ich ging in die Diele. Er lag mit dem Rücken an einem Sessel und wußte nicht, wie er sich in die andere Richtung rollen sollte.

»Ich glaube, er steckt fest«, sagte Zak.

»Genau. Wir müssen ihn befreien.« Ich hob ihn hoch und hielt ihn so lange im Arm, bis er sich beruhigt hatte. Dann legte ich ihn wieder auf seine Spieldecke. Sofort stemmte er sich wieder hoch und rollte sich auf die andere Seite. Dieses Herumrollen machte ihm so viel Spaß, daß ich ahnte, was für ein Fest das Krabbeln für ihn sein würde.

Zak und Sara schauten mich so schuldbewußt an, als hätte sie etwas falsch gemacht.

»Reese kann noch nicht gut die Richtung halten«, sagte ich. »Gebt ihm einfach einen kleinen Schubs, wenn er wieder feststeckt.«

»Das übernehme ich«, sagte Zak mannhaft.

Sara nickte nur. Seit sie das Haus betreten hatte, war kein Wort über ihre Lippen gekommen, aber es schien ihr Spaß zu machen, einen Reifen über Reeses Kopf zu halten und zuzuschauen, wie er danach grabschte.

Ich ging in die Küche zurück. Tate hatte eine Tüte Brezeln gefunden und kaute still vor sich hin. »So ist das mit Kindern«, sagte er. »Ständig wollen sie was von einem.«

»Nicht weiter schlimm. Ich mußte ihn nur anders hinlegen.«

Ich begann, die Zutaten fürs Essen aus dem Kühlschrank zu holen. »Ich mache Shrimps fra Diavolo. Die Kinder mögen das bestimmt nicht. Was soll ich für sie kochen?«

»Keine Ahnung. Irgendwas. Am liebsten mögen sie Eis, soviel ich weiß.«

»Das können sie zum Nachtisch bekommen. Soll ich ihnen Nudeln mit Butter machen?«

»Ist mir egal.«

Ich warf ihm einen ziemlich ungehaltenen Blick zu.

»Gail hat sich immer um diese Dinge gekümmert«, sagte er und hob abwehrend die Hände.

»Dann wird es Zeit, daß auch *du* dich darum kümmerst, wenn die Kinder jetzt öfter bei dir sind. Oder willst du jedesmal mit ihnen essen gehen?«

»Warum nicht? Wenn ich allein bin, mach ich das ja auch.«

Ich hakte nicht weiter nach und dachte mir, daß er mit der Zeit schon noch begreifen würde, was er seinen Kindern schuldig war.

Nudeln mit Butter mochten sie tatsächlich. Sara nahm sogar noch eine zweite und eine dritte Portion. Zak probierte von den Shrimps und sagte, sie schmeckten ihm. Eine zweite Portion lehnte er ab, aber ich gratulierte ihm zu seiner Bereitschaft, davon zu probieren. Beide starrten neidisch auf die pürierten Pfirsiche, die ich Reese gab, und waren ganz glücklich, als ich ihnen auch welche anbot. Auf ihr Eis wollten sie aber trotzdem nicht verzichten.

Nach dem Essen sahen wir uns einen Film an, und als es Zeit wurde, Reese zu Bett zu bringen, gingen die drei nach Hause.

»Wann mußt du sie wieder bei Gail abliefern?«

»Morgen um zwei.« Tate zog eine Grimasse. »Wahrscheinlich stehe ich spätestens um halb zwei vor ihrer Tür.«

Ich küßte die Kinder zum Abschied auf die Stirn und tätschelte Tate die Schulter. Das waren sie offenbar nicht gewohnt, und es war kaum auszumachen, wer von den dreien am peinlichsten berührt war, als sie zum Auto zurückgingen.

Als Codie anrief, hatte ich Reese gerade zu Bett gebracht.

»Es ist Samstagabend«, sagte ich. »Warum bist du nicht auf der Piste und brichst ein paar Herzen?«

»Bin erkältet. Am Frühlingsanfang passiert mir das immer. Ich habe wohl einen Hang zum Antizyklischen. Und wie geht's dir?«

»Ich bin nicht erkältet, aber ich hatte gerade Besuch von meinem alten Freund Tate und seinen Kindern. Das war nicht besonders erfreulich. Er kämpft sich gerade durch die erste Trennungsphase. Wie war denn dein Tag?«

Seit ihrem Besuch hatten wir uns schon öfter so miteinander unterhalten. Meist ging es um Alltagsgeschichten. Sie erzählte beispielsweise, an welcher aktuellen Werbekampagne sie gerade arbeitete, und ich erzählte von den Fortschritten des Weihnachtskatalogs und daß Reese offenbar eine Abneigung gegen Bohnenmus hatte. Das erinnerte sie dann an ein Restaurant, das sie kürzlich besucht hatte, wo die komplette Karte um schwarze chinesische Bohnen herum komponiert war (allerdings war zu vermuten, daß Codie die Bohnen – im Gegensatz zu Reese – nicht gleich wieder ausgespuckt hatte). Darauf berichtete ich ihr dann von einem überraschend guten Asia-Restaurant, das in der Nähe meines Büros eröffnet hatte, und so ergab ein Wort das andere.

Natürlich war es unmöglich, nicht an Maureen und Tanya zu denken, wenn ich mit Codie redete, und früher oder später kam ich dann auf die Dinge zu sprechen, die mich eigentlich bedrückten.

»Glaubst du, die beiden haben Sex miteinander?«

»Willst du darauf wirklich eine Antwort haben? Ist es überhaupt eine *Frage*?«

»Ich hatte auf eine gnädige Lüge gehofft.«

»Tut mit leid, damit kann ich nicht dienen. Kennst du die

Statistiken über Sex bei Siebzehnjährigen? Oder vielleicht sogar die über Sex bei Vierzehnjährigen?«

»Was willst du damit sagen?«

»Nichts, was du nicht selbst weißt.«

»Aber er ist zwanzig. Das ist ein enormer Altersunterschied, jedenfalls in dieser Hinsicht.«

»Da hast du recht. Du mußt einfach darauf vertrauen, daß Tanya zurechtkommt. Meistens jedenfalls. Außerdem hat Maureen ihr bestimmt einige Tricks beigebracht, wie man Jungen im Zaum hält.«

Ich mußte grinsen. »Maureen hat nicht getrickst!«

Codie zögerte, und ich hatte den Eindruck, sie überlegte, ob sie mich einweihen sollte.

»Stimmt«, sagte sie schließlich. »Mit dir nicht. Deswegen wußte ich gleich, daß es ihr mit dir ernst war, obwohl ich damals noch ein Teenager war. Dir hat sie sich ganz vorbehaltlos hingegeben. Trotzdem kannst du mir glauben, daß sie 'ne Menge Tricks beherrschte. Ältere Schwestern weisen die jüngeren nämlich darin ein.«

»Welche denn, zum Beispiel?«

»Sag ich nicht.«

Wieder mal gelang es ihr, meine Unsicherheit zu zerstreuen. Und sie tat es auf die einzige Art, die mir half: Sie nahm meine Ängste ernst und bot gleichzeitig Alternativen an. Im nachhinein war mir unklar, warum wir uns nicht schon so nahegekommen waren, als Maureen noch lebte.

Einen Moment lang schwiegen wir beide.

»Sie fehlt mir so sehr«, sagte Codie. »Und weißt du, was mir am meisten fehlt? So was wie das hier. Wir haben fast jeden Tag miteinander telefoniert. Oft haben wir nur über unwichtiges Zeug geredet. Aber wenn man so oft miteinander redet – wieviel Prozent davon sind dann tiefschürfender Gedankenaustausch? Wichtig war doch vor allem, daß wir immer füreinander da waren. Das fehlt mir, glaube ich, am meisten.«

»Mir geht's genauso.«

»Für dich muß es ungleich schlimmer sein.«

Mir wurde klar, daß – abgesehen von Tanya, die noch nicht mal wußte, daß ihre Mutter tot war – Codie und ich von Maureens Tod am meisten betroffen waren. Uns beiden hatte sie tagtäglich etwas gegeben, und seit sie tot war, waren wir beide ganz ausgehungert.

»Ich bin immer für dich da«, sagte ich. »Natürlich bin ich kein vollwertiger Ersatz, schon allein weil ich Maureens Tricks nicht kenne, aber wir sind eine Familie, und wenn du Lust hast, dich mit mir über unwichtiges Zeug zu unterhalten, kannst du es jederzeit tun.«

»Und umgekehrt«, sagte sie leise.

»Magst du eigentlich Baseball?«

»Überhaupt nicht.«

»Maureen auch nicht. Dann können wir darüber also nicht reden.«

»Doch, wenn du möchtest. Rede einfach los! Ich kann ja nebenbei solange meine Spesenabrechnung machen.«

Ich lachte. »Sehr großzügig!«

»Aber mal im Ernst: Wenn wir wirklich füreinander da sein wollen, darf kein Thema ausgeklammert bleiben.«

»Stimmt. Werde ich mir merken. Wann kommst du eigentlich das nächste Mal zum Essen? Reese ist schon lange nicht mehr verwöhnt worden.«

»Warum kommt ihr nicht mal in die Stadt? Langsam wird's Zeit, daß der Junge was von der *richtigen* Welt mitbekommt.«

»Würdest du ihm denn erlauben, kreuz und quer über deine orientalischen Teppiche zu rollen?«

»Meinem Neffen? Er kann herumrollen, wo er will.«

Wir verabredeten uns zu einem Brunch am folgenden Sonntag. »Ruf morgen wieder an, okay?« sagte ich.

»Mach ich. Gib dem Baby einen dicken Kuß von mir.«

Nach dem Gespräch ging es mir besser. Gleichzeitig wurde mir klar, daß sich unser Verhältnis nicht so entwickelt hätte, wenn Maureen noch am Leben wäre. Ich hatte am Telefon immer nur ein paar Worte mit ihr gewechselt, bevor ich den Hörer an Maureen weitergab. Natürlich wünschte ich inständig, alles wäre wie früher, aber die Entwicklung, die meine Beziehung zu Codie nahm, empfand ich als sehr tröstlich.

Acht: Ruder

Neuerdings gab es Phasen, in denen ich nicht merkte, wie sehr ich Maureen und Tanya vermißte – zum Beispiel, wenn Reese etwas besonders Komisches machte. Er war gerade dabei, seine Hände zu entdecken, und spielte unermüdlich mit ihnen. Dabei konnte ich ihm minutenlang zusehen. In solchen Momenten fühlte ich mich ganz unbeschwert und vergaß meinen Kummer. Um so brachialer überfiel er mich hinterher wieder, und ich sah meine Lebenssituation in aller Deutlichkeit vor mir. Gleichzeitig bekam ich ein schlechtes Gewissen, weil ich mir gestattet hatte, mein Elend vorübergehend zu vergessen.

Doch die unbeschwerten Momente nahmen zu, je mehr Zeit verstrich. Meine Arbeit wurde mir wieder wichtiger. Die verwaltungstechnische Komponente meines Jobs hatte mich nie besonders interessiert, wohl aber die kreative und das Teamwork. Während der private Kontakt zu meinen Kollegen auf Eis gelegt war (hauptsächlich, weil ich es so wollte, da ich mich dem persönlichen Umgang außerhalb des Büros noch nicht wieder gewachsen fühlte), empfand ich die Zusammenarbeit mit ihnen als stimulierend und manchmal sogar als amüsant.

Am erfrischendsten und überraschendsten war der Kontakt mit Ally Ritten. Seit unserem Gespräch über persönliche Keksdosen tauchte sie regelmäßig in meinem Büro auf. Wir formulierten und verwarfen neue Ideen, machten uns über die Marktanalysen des jeweils anderen lustig und besprachen Projekte, die bereits in Arbeit waren. Zwischendurch erzählte ich ihr etwas von Reese und – als ich sie besser kennenlernte – auch von Maureen und Tanya. Sie konnte wunderbar zuhören, und ich staunte über meine Bereitschaft, mich ihr mitzuteilen.

»Wir sollen uns zu Weihnachten doch immer neue Ornamente und Figuren ausdenken«, sagte sie eines Tages. »Was halten Sie von Eisbären in Badehosen?«

»Wie bitte?«

»Das würde bei den Leuten Assoziationen an Sommer und Winter zugleich wecken.«

»Soll das ein Test sein? Sie wollen wohl unser freundschaftliches Verhältnis auf die Probe stellen und sehen, wie weit Sie gehen können, stimmt's?«

Sie senkte den Blick. »Finden Sie die Idee wirklich so unmöglich?«

»Halten Sie einen Eisbären mit Badehose denn für eine *gute* Idee?«

»Ich habe letzte Nacht davon geträumt.«

»Sehen Sie! Das ist auch so eine Regel, von der ich Ihnen noch nichts erzählt habe: Gehe niemals den Ideen nach, die dir im Traum einfallen. Träume beeinträchtigen das Urteilsvermögen.«

Verlegen kritzelte sie auf dem Zettel herum. »Reese würde sich bestimmt über einen Eisbären mit Badehose freuen.«

»Nur wenn er aus Weichplastik ist, in seinen Mund paßt und nach Aprikose schmeckt. Im übrigen repräsentiert er nicht direkt unsere Zielgruppe.«

»Sie finden also, ich sollte die Sache am besten wieder vergessen?«

»Wäre mein Vorschlag, ja.«

Sie lächelte. »Hatte ich schon geahnt. Manchmal, wenn mir eine Idee im Kopf herumspukt, bin ich mir nicht sicher, ob sie grottenschlecht oder brillant ist. Diese hier gehört wohl zur ersten Kategorie, was?«

»Hey, sie ist aber nicht so schlecht wie Lynchs achtzehnte Variante der immer gleichen Einkaufstasche.«

»Huch! Was für ein Kompliment! Reese mag also Aprikosen?«

»Er betet sie an. Letzte Woche habe ich ihm eine zum Probieren gegeben, und jetzt will er nichts anderes mehr essen. Er entwickelt ganz subtile Ausdrucksformen, um mir seine Vorlieben und Abneigungen mitzuteilen. Als ich ihm neulich beispielsweise Erbsen gab, hat er sie mir prompt ins Gesicht gespuckt.«

Sie lachte. »Ein Klacks Erbsenbrei an der Wange steht Ihnen bestimmt sehr gut.«

»Ist nicht ganz meine Farbe. Karotten wirken an mir vorteilhafter.«

Sie kritzelte auf ihrem Zettel weiter. »Wissen Sie eigentlich, daß sich Ihr Gesichtsausdruck völlig verändert, wenn Sie von Reese sprechen?«

Das war eine recht intime Bemerkung, aber ich konnte Ally nicht ansehen, ob das Absicht war.

»Ach ja?«

»Ja. Ihre Augen weiten sich, und das verändert Ihr ganzes Aussehen.«

»Wow«, sagte ich und fühlte mich entlarvt. »Ich werde in Zukunft darauf achten.«

»Lassen Sie's sein. Sie brauchen sich deswegen keine Sorgen zu machen. Sie sehen nämlich sehr gut aus, wenn Sie von ihm reden. Die Freude, die Sie an ihm haben, ist regelrecht ansteckend.«

Ich wußte nicht recht, wie ich mit so viel Anteilnahme umgehen sollte. »Danke. Und Sie fangen richtig an zu leuchten, wenn Sie verrückte Ideen ausbrüten.«

Sie bewarf mich mit ihrem Stift. »Machen Sie sich nicht über mich lustig!«

Ich gab ihr den Stift zurück. »Sorry.«

»Dieses eine Mal sei Ihnen verziehen.« Sie warf einen Blick auf ihren Notizblock und stand auf.

»Ich freue mich, daß man mir meine Begeisterung über Reese ansehen kann«, sagte ich.

»Ich auch. Sie sollten öfter von ihm reden.«

Einige Tage später brachte ich gerade Reese zu Bett, als das Telefon klingelte. Ich ließ es klingeln, und als ich nach unten kam, war eine Nachricht von Codie auf dem Anrufbeantworter: »Hi, ich bin's. Ruf mich so bald wie möglich zurück.«

»Was ist so dringend?« fragte ich, als ich sie ein paar Minuten später anrief. »Hast du wieder einen Millionenauftrag an Land gezogen?«

»Ich habe eine Nachricht von Tanya bekommen. Was weißt du über die Rockband River?«

»Sie geben hauptsächlich Live-Konzerte. Haben eine große Fangemeinde, die mit ihnen von Konzert zu Konzert zieht. Das war's auch schon.«

»Sagt dir der Name ›Riverriders‹ etwas?«

»Ich glaube schon. So nennen sich doch die Fans, die vor den Konzertarenen kampieren, stimmt's?«

»Nicht nur das. Es gibt eine regelrechte Riverriders-Gemeinde, die mit der Band umherzieht und tatsächlich bei jedem Konzert dabei ist. Sie vollführen irgendwelche Zeremonien oder Rituale vor den Konzerten und sogar an konzertfreien Tagen. Wie in den Sechzigern.«

»Warum erzählst du mir das alles?«

»Weil die Band gerade zu einer sechsmonatigen Konzerttournee durch Nordamerika aufgebrochen ist, und Tanya hat mir geschrieben, daß sie sich diesen Riverriders angeschlossen hat.«

Ich sprang von der Couch auf. »O mein Gott, das bedeutet, daß wir von jetzt an wissen, wo sie steckt. Moment, ich schaue mal eben im Computer nach.«

»Am Sonntag ist ein Konzert in Pittsburgh, am Mittwoch eins in Rochester.«

Wir hatten Donnerstag. »Ich kann am Samstagmorgen losfahren.«

»Möchtest du, daß ich mitkomme?«

»Ich würde dich gerne dabei haben, aber ich glaube, ich muß da alleine durch. Reese kann ich auch nicht mitnehmen. Ich muß Lisa anrufen. Keine Ahnung, ob sie am Wochenende Zeit hat.«

»Ich kann mich um Reese kümmern. Ich komme morgen abend zu dir, dann kannst du gleich am Samstagmorgen losfahren.«

»Das wäre großartig. Unsere Verabredung zum Brunch ist damit wohl gestorben, was?«

»Das hier ist eine Spur wichtiger.«

In meinem Kopf drehte sich alles. »Wenn sie am Sonntag in Pittsburgh ist – wo wird sie dann jetzt wohl sein?«

»Das ist nicht mehr wichtig. Von jetzt an wirst du immer wissen, wo sie ist.«

Es war ein nahezu überwältigender Gedanke. »Was soll ich bloß sagen, wenn wir uns sehen?«

»Du hast ziemlich viel zu erzählen, Gerry. Versuch, nicht alles auf einmal zu sagen.«

Im Schnelldurchlauf ging ich die anstehenden Themen durch. »Mein Gott, ich muß ihr von Maureen erzählen.«

»Ja«, sagte Codie, und ihre Stimme zitterte. »Ich komme morgen abend, okay?«

»Danke. Und danke für die Information. Wahrscheinlich hat Tanya es dir im Vertrauen erzählt.«

»Ich konnte dir das unmöglich vorenthalten. Wenn sie mich dafür haßt, muß ich damit fertig werden.«

Als wir uns verabschiedet hatten, blieb ich noch eine ganze Weile neben dem Telefon sitzen. Ich war aufgeregt und nervös, und gleichzeitig hatte ich Angst. Seit Monaten hatte ich auf so eine Chance gewartet, die Chance, meine Tochter zurückzuholen und sie wieder zu einem Teil meines Lebens zu machen.

Ich wünschte, es wäre schon Sonntag.

In der Nacht von Freitag auf Samstag wachte Reese dreimal auf, und ich bekam nicht mehr als zweieinhalb Stunden Schlaf. Aber das machte nichts. Wegen der bevorstehenden Reise war ich ohnehin so aufgekratzt, daß es mir nichts ausgemacht hätte, die ganze Nacht bei ihm zu wachen.

Ich ließ Codie bis zehn schlafen, obwohl ich es gar nicht abwarten konnte, endlich loszufahren. Dabei gab es gar keinen vernünftigen Grund. Sogar wenn ich erst am Sonntag gefahren wäre, hätte ich die Arena in Pittsburgh noch rechtzeitig erreicht. Aber ich wollte auf Nummer Sicher gehen und für alle Pannen, Staus und sonstige Eventualitäten gerüstet sein.

Reese lag auf seiner Spieldecke, und ich versuchte gerade, ihn für einen Ball zu interessieren, den ich vor ihm hin und her rollte, als Codie in die Diele kam.

»Tut mir leid, daß die Nacht so unruhig war«, sagte ich. »Ich habe keine Ahnung, was ihn gequält hat.«

»Eine unruhige Nacht? Ich habe gar nichts gehört.«

Ich hielt den Ball an. »Du wirst doch gut auf ihn aufpassen, oder?«

»Natürlich. Ich verspreche dir, daß ich heute nacht ganz Ohr sein werde. Bist du reisefertig?«

»Seit Donnerstagabend. Ich habe eine Tasche gepackt und

ein paar Dutzend CDs bereitgelegt, darunter ein paar von Tanyas Lieblingsalben – vorausgesetzt sie mag sie *immer noch*.«

Ich ging in die Küche und goß Kaffee in einen Becher für unterwegs, dann hob ich Reese von der Spieldecke. Ich ging mit den beiden zur Haustür. Dort küßte ich Reese und gab ihn Codie. Sie umarmte mich.

»Ich hoffe, du hast Erfolg«, sagte sie.

»Ich werde mir die größte Mühe geben.«

»Ich weiß. Aber versuche bitte, ganz ruhig zu bleiben. Versprichst du mir das?«

»Versprochen.« Ich gab Reese noch einen Kuß. »Viel Spaß mit dem Kleinen.«

»Wir zwei werden uns gut amüsieren. Er mag doch Hummer und Champagner?« Codie umarmte mich noch einmal, bevor ich ging.

In der ersten Stunden der Fahrt beflügelte mich der Gedanke, daß ich endlich aktiv etwas tun konnte. Schon viel zu lange war ich zur Untätigkeit verdammt gewesen. Musik schallte aus dem CD-Player, und ich hatte ein klares Ziel vor Augen. Nach etwa einer Stunde legte ich das Live-Album von River auf, das ich am Freitagnachmittag gekauft hatte. Ich hatte es mir schon zweimal angehört, in der vagen Hoffnung, es würde mir helfen, meine Tochter besser zu verstehen. Daß mir die Musik sogar gefiel, konnte nicht schaden. Sie erinnerte mich an die 70er Jahre – viele Tempiwechsel, lange Instrumentalpassagen und stellenweise ziemlich cleverer Text. In meinen Highschool- und Collegezeiten wäre ich auf diese Musik voll abgefahren, und selbst jetzt konnte ich mir gut vorstellen, sie mir öfter anzuhören.

In Bethel fuhr ich von der Interstate 78 ab und sah mich nach einem Restaurant um, in dem ich zu Mittag essen konnte. Schließlich fand ich ein kleines Landgasthaus mit einer guten Küche, erstaunlich gutem Kaffee und einer Dessertauswahl, der ich einfach nicht widerstehen konnte. Während des Stops rief ich Codie an. Sie sagte, sie habe Reese gerade zum Mittagsschlaf hingelegt, und es sei ein »sehr ausgefüllter Vormittag« gewesen. Dann fuhr ich auf den nächsten Highway.

Ob es am Schlafmangel der vorigen Nacht lag oder an der weiten Strecke, die noch vor mir lag – jedenfalls wurde ich nach einer Stunde furchtbar müde. Ich versuchte, mich mit dem Joshua-Tree-Album von U2 aufzupeppen, aber das nützte nichts. Und mit der Müdigkeit kamen mir erste Zweifel an meinem Unternehmen. Die Mellon Arena faßte 17000 Zuschauer. Wie sollte ich Tanya in einer so großen Menschenmenge finden? Was sollte ich tun, wenn sich Mick zwischen uns stellte? Was konnte ich tun, wenn sich Tanya weigerte, mit mir zu reden? Ich stellte den CD-Player ab, fuhr die nächsten vierzig Meilen ohne Musik und wurde immer nervöser. Es gab so viele Möglichkeiten, mit meiner Mission zu scheitern, daß ich überlegte, ob ich nicht einfach umkehren sollte.

Ich überlegte, was Maureen in dieser Situation getan hätte. Wenn Codie *sie* informiert hätte, hätte sie dann genauso gehandelt wie ich? Und wenn ja, hätte sie dann so kurz vor dem Ziel dieselben Zweifel bekommen? Je mehr ich darüber nachdachte, desto sicherer war ich, daß sie dasselbe getan hätte wie ich: Wenn es auch nur die geringste Chance gab, Tanya zu sehen und sie davon zu überzeugen, nach Hause zu kommen, hätte Maureen diese Chance ergriffen.

Ich schöpfte wieder Mut, und als ich gegen halb sieben von der Interstate 376 abfuhr und Kurs auf das gebuchte Hotelzimmer nahm, wußte ich: Was ich tat, war richtig und wichtig.

Dumm war nur, daß ich einen ganzen Tag in Pittsburgh verbringen mußte, bevor das Konzert endlich anfing. Nachdem ich ohne jede Schwierigkeiten angekommen war, kam es mir ziemlich blöd vor, so früh losgefahren zu sein. Meine Internetrecherchen hatten ergeben, daß die Riverriders rund um die Konzertarenen ihre Lager aufschlugen. Also fuhr ich nach einem hastigen Abendessen zur Mellon Arena und hoffte, Tanya dort zu finden – oder vielleicht jemanden, der sie kannte. Die Parkplätze waren aber noch von den Wagen der Hockeyfans belegt, die in der Arena ein Spiel verfolgten.

Anschließend fuhr ich eine Weile in der Gegend herum, ohne zu wissen, wonach ich eigentlich suchte. Immer wieder kam mir die Szenerie von Woodstock vor Augen, Sitarklänge und Batik-T-Shirts, obwohl ich wußte, daß sich die Riverriders ganz anders kleideten. Als ich nichts entdeckte, was auch nur annähernd wie eine Ansammlung von Rock 'n' Roll-Fans aussah, machte ich mich mit dem Gedanken vertraut, daß Tanya womöglich noch nicht einmal in der Stadt war.

Ich fuhr zum Hotel zurück, rief Codie an und telefonierte mit ihr viel länger, als ihr offenbar lieb war. Als ich auflegte, versuchte ich, mich zu beschäftigen. Ich las etwas, dann schaltete ich den Fernseher an, aber ich konnte mich auf nichts konzentrieren. Ich öffnete die Minibar und genehmigte mir einen Scotch für acht Dollar, aber das war auch keine Hilfe. Ich wußte, daß eine unruhige Nacht vor mir lag. Trotzdem ging ich zu Bett. Aber um halb drei hatte ich immer noch einen Spielfilmsender angeschaltet und schaute mir »Der Soldat James Ryan« an.

Am nächsten Vormittag ging ich wieder zur Arena. Es gab vier Parkplätze, und alle waren fast leer, wie um diese Uhrzeit nicht anders zu erwarten. Aber ich wollte dort sein, bevor die Massen kamen, denn ich vermutete, daß die Riverriders es genauso machten und dies die realistischste Möglichkeit war,

Tanya zu finden. Andererseits hatte ich so reichlich Gelegenheit, wieder nervös zu werden. Außerdem benahm ich mich ziemlich verdächtig, als ich an Sicherheitskontrollen und diversen Parkplatzwärtern vorbeifuhr. Schließlich beschloß ich, die Wahrheit zu sagen. Das letzte, was ich jetzt gebrauchen konnte, war, daß man mich wegen Belästigung verhaftete. In der Annahme, ein jüngerer Mann würde mich besser verstehen, fuhr ich auf einen Sicherheitsmenschen zu, der knapp über zwanzig war. Er wußte über die Riverriders Bescheid und sagte, der gesamte Sicherheitsdienst sei informiert. Man habe ihnen die Zone West zugewiesen.

Die Suche auf einen einzigen Parkplatz beschränken zu können, vereinfachte die Sache erheblich. Gegen fünf kam der erste Van an, bei dem Bootsruder aus den Fenstern ragten – das Erkennungszeichen der Riverriders. Mit reichlich Adrenalin im Blut ging ich auf den Van zu. Das Nummernschild stammte aus North Carolina. Fünf Menschen stiegen aus, öffneten die Hecktüren und entluden Stühle, einen Grill und eine Kühlbox. Eine Person schüttete Kohlen auf den Grill, eine andere holte Lebensmittel und Bier aus der Kühlbox, die anderen drei spielten Frisbee. Sie unterschieden sich in nichts von einer Gruppe Fußballfans, die gekommen waren, um sich ein Spiel anzusehen.

Bei keinem der fünf handelte es sich um Tanya oder Mick. Ich überlegte, ob ich sie ansprechen sollte, aber ich machte mir klar, daß das keinen Sinn hatte. Die Riverriders kamen von überall her, und obwohl sie untereinander Kontakt hatten und sich sogar zu Reisegruppen zusammenschlossen, war die Chance denkbar gering, daß auch nur einer von diesen fünfen Tanya kannte.

Im Laufe der folgenden Stunden begann sich der Parkplatz zu füllen, und immer mehr Riverriders schlugen ihre Lager auf. Ich sah mir jeden Wagen, jeden Van, der ankam, ganz genau an. Es waren jetzt Dutzende, vielleicht sogar mehr als hundert. Essensdüfte zogen durch die Luft, Marihuanaschwaden und die Klänge verschiedener River-Alben. Immer noch hielt ich Ausschau nach meiner Tochter.

Ich war kaum dreißig Meter von ihr entfernt, als sie hinter Mick aus einem grünen Van kletterte. Lachend schaute sie sich nach einer lockigen Frau um, die ihr kurz darauf beim Ausladen half. Ich konnte mich kaum bewegen. Über fünf Monate hatte ich Tanya nicht gesehen, und entweder hatte sie sich sehr verändert, oder ich hatte sie falsch in Erinnerung. Ihr braunes Haar war jetzt von blonden Strähnen durchzogen, viel länger, als sie es je zuvor getragen hatte. Ihre Jeans hatten riesige Löcher, und dazu trug sie eine viel zu große Jeansjacke. Aber was sie am deutlichsten von der Tanya unterschied, an die ich mich erinnerte, war die lockere Art, in der sie mit ihren Freunden scherzte. Mick wirkte so gereizt wie immer, aber Tanya war völlig relaxed, fühlte sich offenbar wohl in ihrer Umgebung und machte einen zufriedenen Eindruck. So gut hatte sie seit Jahren nicht ausgesehen.

Das traf mich hart. Ich hatte das grimmige, verschlossene Mädchen erwartet, das uns mißtrauisch von der anderen Seite des Eßtischs beäugte. Das Mädchen, mit dem ich über praktisch alles in Streit geraten war – Politik, Freunde, Fernsehen. Das Mädchen, das es zu retten galt. Als ich sah, wie sie die Leute aus anderen Vans begrüßte und tanzte, fragte ich mich, wenn auch nur kurz, ob meine Anwesenheit gut für sie war.

Schließlich nahm ich meinen ganzen Mut zusammen und ging auf sie zu. Mick hatte auf einem Kotflügel gesessen und in die andere Richtung gestarrt, aber jetzt drehte er sich um und sah mich als erster. Er stand auf und kam um den Wagen herum. Tanya wurde erst auf mich aufmerksam, als ich direkt vor ihr stand. Ihre Gesichtszüge entgleisten, ihre Augen füllten sich mit Tränen, und sie drehte den Kopf abrupt weg. Sie bewegte sich keinen Millimeter auf mich zu.

»Was machst du hier?« fragte sie gedehnt und wischte sich über die Augen.

Ich blieb stehen, obwohl ich sie am liebsten in die Arme geschlossen hätte. »Können wir uns irgendwo in Ruhe unterhalten?«

»Ich fahre nicht mit dir zurück, damit das von Anfang an klar ist.« Ihre Miene verdunkelte sich, und sie wurde die Tanya, die ich kannte. »Wo ist Mom? Ach ja, sie hat jetzt ja ein *anderes* Kind.«

Ich holte tief Luft. »Es wäre wirklich gut, wenn wir einen kleinen Spaziergang machen könnten.«

Die lockige Frau kam auf uns zu und fragte Tanya, ob alles in Ordnung sei. Tanya sagte, »in einer Minute« werde alles wieder in Ordnung sein, und die Frau entfernte sich wieder. Tanya sah mich an. »Eine lange Fahrt von Port Jeff.«

»Das war's mir wert. Du fehlst mir.«

»Warum denn? Vermißt du den ewigen Streit?«

Ganz ruhig bleiben, hörte ich Codie sagen. Ich wußte, daß es nichts bringen würde, ihr Vorwürfe zu machen.

»Es ist etwas passiert, Tanya, etwas ganz Furchtbares.«

Ihre Züge wurden etwas weicher und verrieten eine gewisse Besorgnis. »Was ist denn los?«

»Laß uns ein Stück gehen.«

Sie sah mich auffordernd an. »Erzähl schon!«

Niemals hätte ich gedacht, daß es in meinem Leben je so einen fürchterlichen Moment geben würde. Und Tanya war erst siebzehn! Das Musikgewirr aus den verschiedenen Anlagen machte mich ganz konfus. Unsicher fuhr ich mir mit den Fingern durchs Haar. Zwar hatte ich schon darüber nachgedacht, wie ich es ihr sagen würde, aber ich hatte vollkommen unterschätzt, wie schwer es sein würde, ihr dabei in die Augen zu sehen.

»Es geht um deine Mutter.«

Tanya machte zwei Schritte rückwärts und lehnte sich an den Van. Sofort schossen ihr Tränen in die Augen. Jemand stieg aus dem Van aus und kam auf uns zu.

Am liebsten hätte ich Tanya in den Arm genommen, ihr von meinen Gefühlen erzählt und wie sehr ich sie brauchte. Aber als ich mich auf sie zu bewegte, verkrampfte sie sich sichtlich, und ich blieb stehen.

»Was ist passiert?« fragte sie.

»Ein Blutgerinnsel im Gehirn. Ich habe sie gefunden, als ich von der Arbeit nach Hause kam.«

»Wann war das?«

»Im Januar.«

Tanya wandte den Blick ab, lehnte den Kopf an den Van und begann zu schluchzen. Die Kakophonie um uns herum konnte ihr Weinen nicht übertönen. Ich ging näher auf sie zu und legte ihr meinen Arm um die Schulter. Sie stieß mich nicht fort, schmiegte sich aber auch nicht an mich. Als wir so dastanden, kam Mick vom anderen Ende des Vans zu uns herüber und stellte sich neben uns.

»Was machen Sie da mit ihr?« fragte er.

»Lassen Sie uns allein«, sagte ich verächtlicher, als ich mich je hatte reden hören. Wäre Tanya jetzt zu ihm gegangen, hätte ich nicht gewußt, was ich tun sollte. Aber falls sie ihn überhaupt wahrnahm, ließ sie sich das nicht anmerken.

Mick versuchte, mich einzuschüchtern, indem er mich unverschämt anstarrte, aber das konnte ich besser als er.

»Sie braucht Sie nicht«, sagte er lahm.

»Lassen Sie uns allein.«

Er wandte den Blick ab, drehte sich um und ging fort. Ich wünschte, ich hätte das schon vor einem Jahr geschafft.

Tanya hatte sich noch immer nicht bewegt. Ich lehnte mich an sie und küsste sie auf den Kopf. Ihre Haare rochen fremd.

»Komm schon, Queenie«, sagte ich. »Laß uns nach Hause gehen.«

Sie schüttelte langsam den Kopf. »Ich gehe hier nicht weg.«

Sie sprach so leise, daß ich sie in dem Lärm kaum verstehen konnte. Ich schloß die Augen und versuchte mir zu vergegenwärtigen, wie sehr sie von der Nachricht schockiert war. »Es ist Zeit für dich, heimzukommen.«

Darauf drehte sie sich zu mir um. Ihre Augen waren rot umrändert. »Wozu? Es ist ja niemand mehr für mich da.«

Falls sie es darauf anlegte, mich zu verletzen, machte sie ihre Sache gut. »Deine Freunde sind da. Deine Tante.«

Sie rollte mit den Augen. Offenbar fühlte sie sich von Codie verraten, denn ihr mußte klar sein, daß die mich informiert hatte. »Dein Bruder. Ich.«

»Aber Mom nicht.« Eine Träne rollte mit erstaunlicher Geschwindigkeit über ihre Wange. »Ohne Mom will ich auch nicht da sein.«

Ich konnte meine Gefühle nicht ganz verbergen. »Tanya, du bist siebzehn. Du bist nicht alt genug, um so eine Entscheidung zu treffen. Du bist nicht alt genug, um schon allein zurechtzukommen.«

»Ich *komme* allein zurecht«, sagte sie wütend. »Bevor du hier aufgetaucht bist, hatte ich alles im Griff.«

»Du lebst in einer Traumwelt. Wie lange, glaubst du, kannst du das durchhalten? Wieviel Zeit gibst du dir, bis etwas passiert, das du nicht mehr im Griff hast, oder deine Freunde hier ihre eigenen Wege gehen?«

Sie wischte sich über die Augen. »Hör zu, Dad, wenn du mir

Handschellen anlegen und mich in dein Auto zerren willst, dann versuch's doch! Aber anders kriegst du mich nicht nach Port Jefferson.«

Vielleicht hätte ich sie mir über die Schulter legen und einfach wegtragen sollen. Vielleicht hätte ich versöhnlicher mit ihr reden und sie stärker motivieren sollen, mit mir nach Hause zu kommen. Tatsächlich sagte ich jedoch: »Ich gehe hier nicht ohne dich weg.«

»Dann wirst du heute nacht ganz schön dumm dastehen, so ganz allein auf diesem Riesenparkplatz.«

In diesem Moment kam die lockige Frau wieder auf uns zu und fragte Tanya: »Alles in Ordnung? Wer ist dieser Typ?«

Tanya sah die Frau an und sagte: »Alles in Ordnung, Marlene.« Sie wischte sich über die Nase und warf mir einen Blick zu. »Der Mann ist mein Vater. Er wollte gerade wieder gehen.«

»Ich rühre mich nicht vom Fleck, Tanya.«

»Aber ich.« Langsam setzte sie sich Richtung Arena in Bewegung.

Ich ging ihr nach. »Du kannst nicht einfach vor allem weglaufen.«

Sie blieb so schnell stehen und drehte sich zu mir um, daß ich fast mit ihr zusammenstieß. Wieder rannen ihr Tränen übers Gesicht. »Ist dir überhaupt klar, was du hier anrichtest? Erst versetzt du mir mit deinem Auftauchen einen Riesenschreck, dann erzählst du mir, daß meine Mutter tot ist. Und nun willst du noch, daß ich mit dir nach Long Island zurückfahre und weiterlebe, als wäre nichts geschehen. Soll das ein schlechter Witz sein?«

»Du solltest jetzt nicht allein sein.«

»Ich *muß* jetzt allein sein.«

»Warum? Du hast eine Familie, die dich liebt.«

»Ach ja? Was für eine Familie ist das denn? Du hast mich

doch schon vor Jahren aufgegeben, und dann ist da noch ein Säugling, der wahrscheinlich den ganzen Tagesablauf bestimmt. Der Rest sind eine Million Erinnerungen an eine Mutter, die nicht mehr da ist. Findest du, das hört sich wie eine Familie an, in der ich gut aufgehoben wäre?«

»Ich habe dich nicht aufgegeben«, sagte ich leise.

Sie schlug sich die Hände vors Gesicht. Als sie sie wieder herunternahm, glaubte ich einen kurzen Moment lang zu erkennen, daß sie mir glaubte. Aber dann brach ihre Wut wieder durch. »Dad, wenn du Wert darauf legst, mich überhaupt je wiederzusehen, mußt du jetzt gehen. Wenn du mich jetzt zwingst, mit dir nach Hause zu fahren, haue ich wieder ab. Und noch mal wirst du mich nicht wiederfinden.«

Ich wußte, daß sie es ernst meinte. Und ich wußte, daß ich nichts in der Hinterhand hatte, womit ich sie überzeugen könnte. Ich hatte keine Ahnung, warum sie mich so rundheraus zurückwies, aber sie tat es.

Ich schloß die Augen. Als ich sie wieder öffnete, hatten sich Tanyas Züge verhärtet. »Ich wohne im *Ramada*. Solltest du es dir noch anders überlegen: Ich bin da bis morgen früh zu erreichen.«

Sie wischte sich wieder über die Augen, dann drehte sie sich um und ging auf den Van zu. Ich sah ihr nach und beobachtete, wie sie sich in die Arme von Marlene warf. Die Frau streichelte ihr über den Kopf und versuchte, sie auf eine Weise zu trösten, die Tanya mir nicht zubilligte. War das jetzt ihre Familie?

Ich weiß nicht, wie lange ich noch so dastand. Als ich es nicht mehr aushielt, fuhr ich zum Hotel zurück, aber die Szenerie und das Musikgewirr verfolgten mich noch lange.

Ich hatte nicht erwartet, daß sich Tanya bei mir im Hotel melden würde. Deshalb hätte es mich nicht so enttäuschen sollen, daß sie es nicht tat.

Ich hatte sie niemals aufgegeben. Aber meine Art, ihr zu zeigen, wie sehr ich sie schätzte, war wohl nicht besonders überzeugend gewesen. Vielleicht hatte ich mir ihr gegenüber tatsächlich ein dickes Fell wachsen lassen, damit es nicht so weh tat, wenn sie mich wieder mal zurückwies. Vielleicht hatte ich Maureen in den letzten Jahren zu sehr das Feld überlassen, und vielleicht war meine Beziehung zu Tanya zu einem verbalen Schlagabtausch verkommen. Aber aufgegeben hatte ich sie nie. Ich dachte nur, daß wir eine schlechte Phase durchmachten und uns hinterher näherstehen würden als je zuvor.

Immerhin begann ich zu verstehen, warum Tanya fortgegangen war. Sie wußte, daß Maureen einen Großteil ihrer Aufmerksamkeit dem Baby widmen mußte, während ihr Mick einen völlig anderen Lebensstil und die Romantik der ersten Liebe bot. Und ihr Vater wütete unentwegt drauflos, wie dumm es war, sich mit einem Typen wie Mick zusammenzutun, und kapierte nicht, welche Bedeutung diese Beziehung für sie hatte.

Mick war der Brandstifter. Reese war der Brandsatz. Und ich war der Hanswurst, der nicht sah, wie explosiv die Situation war und daß ein viel vorsichtigeres Agieren angesagt war. Selbst jetzt, da ich versucht hatte, Tanya in die Familie zurückzuholen, hatte ich ihr genau die Botschaft gegeben, die sie garantiert von uns fernhalten würde. Eine Familie ohne ihre Mutter war eine Familie, mit der sie nichts zu tun haben wollte.

Ich fuhr nach unten, um auszuchecken. Die Frau an der Rezeption las meine Kreditkarte ein und sagte: »Oh, Mister Rubato, hier liegt eine Nachricht für Sie.«

Sie überreichte mir eine Notiz auf Hotel-Briefpapier. Die Handschrift war eindeutig Tanyas, und die Mitteilung bestand aus folgenden Zeilen:

I'm as far away as yesterday
Or the rays of the setting sun.

War das ein Abschiedsgruß? Warum mußte sie allem, was sie gestern gesagt hatte, noch diese Worte hinzufügen? Glaubte sie, sich nicht schon deutlich genug ausgedrückt zu haben?

Es waren Zeilen aus einem Songtext. Ich hatte sie schon mal gehört, wußte aber nicht, wann und wo. Erst als ich wieder im Auto saß und mich auf die endlose Heimfahrt machte, fiel mir ein, daß es sich um einen River-Song von dem Live-Album handelte. Die nächsten beiden Zeilen lauteten:

But one thing I've learned along the way
Is that gone is never really gone.

TEIL II: ALS DU FORT WARST

Neun: Leichter und süßer

In den Wochen nach meiner Rückkehr aus Pittsburgh versuchte ich verzweifelt zu verstehen, was zwischen mir und Tanya geschehen war. Manchmal – eigentlich meistens – dachte ich, ich hätte sie nun ganz verloren. Dann wieder fragte ich mich, was ihre Nachricht wohl zu bedeuten hatte. Manchmal legte ich nachts die River-CD auf und tröstete mich mit dem Gedanken: »Gone is never really gone.«

Ich dachte oft über ihren Vorwurf nach, ich hätte sie aufgegeben. Natürlich war alles, was sie gesagt hatte, von der Bestürzung über Maureens Tod überschattet gewesen, und immer wieder stellte ich mir vor, sie hätte gedacht: *Warum Mom – warum nicht du?* Tatsächlich hatte unsere Beziehung irgendwann an Innigkeit verloren, wir konnten uns nicht mehr aneinander freuen, und unser Zusammensein bestand nur noch aus Streit oder bestenfalls desinteressiertem Nebeneinander.

Ich versuchte, mich daran zu erinnern, wann wir uns das letzte Mal so richtig miteinander wohlgefühlt hatten, und stellte fest, daß das vor ihrem vierzehnten Geburtstag gewesen war. Wie so oft hatte es etwas mit Essen zu tun. Die Küche war der einzige Ort, an dem Tanya und ich uns wirklich nah waren. Schon im Vorschulalter hatte sie angefangen, sich fürs Kochen zu interessieren, und im Laufe der Jahre hatte ich ihr viele Tricks und Kniffe beigebracht. Um das Ende des Schuljahres zu feiern, hatte ich ihr vorgeschlagen, ihr angehäuftes Wissen mit einer großen Dinnerparty für ihre sechs besten Freunde unter Beweis zu stellen. Wir verbrachten Wochen damit, uns originelle Rezepte auszudenken und sie auszuprobieren, fuhren bis nach Manhattan, um die besten Zutaten zu bekommen, und waren einen kompletten Samstag mit Vorbereitungen beschäftigt. Es war ein wunderbares Teamwork, und das Ergebnis war ein Essen, das alle bisherigen in den Schatten stellte. Auch Tanya war damit höchst zufrieden. Selbst ihre Freunde wußten das Ganze angemessen zu würdigen, und ich war unglaublich stolz auf meine Tochter. Als wir an dem Abend zu Bett gingen, sagte ich zu Maureen, daß Tanya in der Küche ein wahres Wunderkind sei, und überlegte, ob es am *Culinary Institute of America* vielleicht Wochenendkurse gab, die sie belegen konnte. Maureen lachte, aber ich merkte ihr an, wie sehr sie sich über meine Begeisterung freute.

In den folgenden Wochen wandelte sich das Verhältnis von Tanya und mir, so als hätten wir gemeinsam eine Feuerprobe bestanden. Wir redeten viel über Musik und Popkultur – Dinge, die uns beide interessierten, über die wir uns aber noch nie so richtig ausgetauscht hatten. Sie begann sogar, sich für meine Arbeit zu interessieren. Ich genoß diese Zeit sehr und dachte, daß wir einander näherkommen würden, je älter Tanya wurde.

Dann fuhr Tanya für sechs Wochen ins Ferienlager, und als sie zurückkam, hatte sie sich verändert. Zum ersten Mal schwang in ihrem Tonfall Sarkasmus mit, sie hatte plötzlich eine Meinung zu allem und jedem, und nur ihre Meinung zählte. Auch Maureen bemerkte diese Veränderungen, und wir sprachen viel darüber. Aber Tanya und Maureen waren einander so stark verbunden, daß ihre Beziehung keinen Schiffbruch erlitt. Ich hingegen fühlte mich ausgebootet. Im Juni waren wir einander so nahegekommen, wie sie ihrer Mutter schon immer gewesen war, und als bereits im August alles wieder vorbei war, hatten wir nicht genug Reserven, um die Kluft zwischen uns zu überbrücken. Jede Ablehnung, jeder Widerspruch traf mich härter als je zuvor. Und als Tanya endgültig den Übergang vom Schulmädchen zum Teenager vollzog, hatte ich keinerlei Verständnis dafür. Wir verbrachten immer weniger Zeit in der Küche, und schließlich hörte ich ganz auf, sie zu fragen, ob sie mir helfen wollte.

Vielleicht sah es tatsächlich so aus, als hätte ich sie aufgegeben, aber das war nicht meine Absicht. Ich hatte lediglich resigniert. Ich hatte begriffen, daß ich nie die Beziehung zu meiner Tochter haben konnte, die ich mir wünschte, und ich zwang mich, das zu akzeptieren. Trotzdem habe ich nie aufgehört, mir eine bessere Beziehung zu *wünschen*.

Sogar jetzt wollte ich diese Hoffnung nicht aufgeben. Seit Pittsburgh hatte ich nichts von Tanya gehört (im Gegensatz zu Codie, die eine Mail mit einem beleidigten Anfang und einem wütenden Ende erhalten hatte), aber jeden Abend ging ich an den PC und schaute nach. Ich sehnte mich nach einer Verbindung, nach einem Weg, mit ihr in Kontakt zu treten. Ich zog sogar in Erwähnung, noch mal zu einem River-Konzert zu fahren (obwohl gar nicht sicher war, daß sie noch mit den Riverriders umherzog), aber mir war klar, daß ich sie auf diese Weise niemals zurückholen würde.

Etwa zehn Tage nach unserem Treffen saß ich in meinem Arbeitszimmer und starrte auf den PC-Monitor, als könnte ich durch bloße Willenskraft eine Nachricht von ihr herbeizaubern. Ich sah ein, wie sinnlos das war, und stieß mich mit Schwung vom Schreibtisch ab. Ich brauchte ein Ventil für meine Gefühle. Es mußte doch einen Weg geben, auf dem ich mich meiner Tochter mitteilen konnte.

In dem Moment fiel mir das ledergebundene Tagebuch in meiner Schreibtischschublade ein. Maureen hatte es mir vorletztes Jahr zu Weihnachten geschenkt. Damals begriff ich nicht ganz, was sie damit bezweckte, schließlich hatte ich nie Interesse an einem Tagebuch bekundet, und als ich mich dafür bedankte, muß sie mir meine Skepsis wohl angemerkt haben.

»Ich weiß auch nicht, warum ich es gekauft habe«, sagte sie. »Ich dachte nur, du würdest eines Tages vielleicht etwas Wichtiges aufschreiben wollen.«

Ich schlug das Buch auf und starrte eine Weile auf die leeren Seiten. Das entsprach meiner Beziehung zu Tanya: Ich wußte, daß ich ihr etwas mitzuteilen hatte, aber ich wußte nicht, wie ich es tun sollte. Dann schrieb ich auf die Mitte der ersten Seite:

Als Du fort warst.

Ich beschloß, in diesem Tagebuch rückhaltlos mit Tanya zu »sprechen«, und ich wollte mich nicht schon im Vorfeld fragen, wie sie wohl auf dieses oder jenes reagieren würde. Ich wollte meine Gefühle ausdrücken, ohne Angst und Rücksicht auf ... was auch immer. Mir sollte egal sein, ob Tanya diese Sätze je lesen und wie sie sie beurteilen würde. Aber ich wußte, daß ich sie so ehrlich wie möglich schreiben mußte. Ich begann ganz am Anfang.

Ich kann mich noch gut daran erinnern, wie ich von Verantwortungsgefühl schier überwältigt war, als Du geboren wurdest. Ich fuhr Deine Mutter ins Krankenhaus, als die Wehen einsetzten, und plötzlich warst Du da. Vorher hatte ich über die Vaterrolle viel theoretisiert, aber ich hatte noch nicht wirklich begriffen, was es bedeutete, Vater zu sein.

Ich muß zugeben, daß ich Panik bekam. Schon die Vorstellung, daß Du vollkommen auf uns angewiesen sein würdest, daß wir die komplette Verantwortung für Dein Leben hatten, machte mich vor Angst ganz verrückt. Ich war 22, seit etwas über einem Jahr mit der Ausbildung fertig und fing gerade an, mich ans Berufsleben zu gewöhnen. Abends zu Deiner Mutter nach Hause zurückzukehren, war mein größtes Glück, und nun plötzlich etwas so Gewaltiges vor mir zu haben, ohne Netz und doppelten Boden, war ziemlich einschüchternd. Ich hoffte, daß wir auf dem Weg zum Krankenhaus in einen Stau geraten würden, als ob eine verspätete Ankunft im Kreißsaal die Zukunft hinauszögern konnte.

Deine Geburt hat natürlich tatsächlich alles verändert. Wenn Dir der Name Benny Scarmenti nichts sagt, liegt das daran, daß mein bester Collegefreund nach Deiner Geburt uns noch exakt einmal besuchen kam. Du mußtest um drei Uhr nachts gefüttert werden, und ich hatte keine Lust, mich vorher zu betrinken, also haute er schnell wieder ab und suchte sich eine andere Party. Genauso ging es mir mit ein paar anderen Freunden, und nach und nach änderte sich unser Freundeskreis, bis er nur noch aus anderen Eltern mit kleinen Kindern bestand. Die Themen, über die ich mich mit Deiner Mutter unterhielt, wechselten vom Futur ins Präsens – besser gesagt: Du wurdest in den ersten Jahren unser fast einziges Thema. Und als ich eines Tages mit meinem Chef aneinandergeriet, wurde mir schmerzlich bewußt, daß ich nicht mehr so einfach kündigen und mich nach etwas Neuem umsehen konnte.

Was ich auf der Fahrt zum Krankenhaus noch nicht ahnte, war, daß mir die Veränderung so leichtfallen würde. Die Saufgelage mit Benny hatten schon seit einiger Zeit ihren Reiz verloren, und wenn wir nicht betrunken waren, konnten wir nicht so viel miteinander anfangen.

Die Freunde, die Deine Mutter und ich verloren, waren ohnehin Leute, mit denen wir nicht viel länger befreundet gewesen wären. Ich sprach gern über Dein erstes Lächeln, Deine ersten Schritte, Dein erstes … einfach alles. Viele Leute, die wir durch Krabbelgruppen und Vorschule kennenlernten, waren wirklich tolle Menschen. Und meinen Job hätte ich auch ohne Dich nicht so ohne weiteres gekündigt – das ist einfach nicht meine Art.

Irgendwann habe ich kapiert, daß man, wenn man wirklich Kinder haben möchte, die damit verbundenen Veränderungen nicht als Last empfindet, sondern als eine willkommene Chance, sich so zu verändern, wie man sich ohnehin verändern wollte. So drauf zu sein, war die Eintrittskarte in den Club – eine Haltung, die nur Leute mit Kindern haben und die sehr verbindet. Kinder zu haben ist nichts, was man zähneknirschend akzeptiert oder toleriert. Mit so einer Haltung würde man es nicht überleben. Statt dessen wächst man daran.

Ich glaube, ich habe Dir nie gesagt, wie sehr Du mich verändert hast. Auf jeden Fall habe ich mich dafür nie bei Dir bedankt. Und ich weiß, daß Du für Deine Mutter noch mehr getan hast als für mich. Sie begriff etwas vom Wunder des Lebens. Sie wurde sogar sexier und war plötzlich in der Lage, ihre Potentiale voll auszuschöpfen. Auch dafür sollte ich Dir danken.

Jedenfalls gab es keinen Stau vor dem Krankenhaus. Ich habe sogar schnell einen Parkplatz gefunden. Und ich glaube, das sollte so sein.

Das alles aufzuschreiben, war ein gutes Gefühl. Es klingt vielleicht lächerlich, aber beim Schreiben fühlte ich mich Tanya viel näher. Von diesem Tag an schrieb ich jeden Abend weiter.

Manchmal nur ein paar Absätze, manchmal viele Seiten. Ratschläge, »Weisheiten«, Berichte über ihren Bruder, über ihre Mutter und mehr über mich, als ich ihr je zuvor offenbart hatte.

Ich war wild entschlossen, mit meiner Tochter in Verbindung zu bleiben. Auch wenn das Mittel dazu eine vollkommen einseitige Kommunikation war.

Reese entwickelte sich tagtäglich mehr zu einer Persönlichkeit. Mehr und mehr hatte ich in ihm ein richtiges Gegenüber. Er reagierte noch nicht durchgehend auf mich, aber er reagierte auf bestimmte Handlungen von mir – und umgekehrt. Dabei bekam ich immer stärker den Eindruck, daß er einen großartigen Sinn für Humor hatte. Er lachte gern, aber das tut wohl jedes Kleinkind. Darüber hinaus schien es ihm aber Spaß zu machen, mich zum Lachen zu bringen. Immer wenn er etwas tat, worüber ich lachen mußte, tat er dasselbe noch mal und noch mal. Und ein paar Tage später probierte er es dann wieder, um zu sehen, ob ich es immer noch lustig fand. Es war total faszinierend, ihn auf diese Weise lernen zu sehen, und ich belohnte ihn jedesmal dafür.

Reese war das einzige in meinem Leben, worüber ich mich uneingeschränkt freuen konnte. Ich wußte, daß ich aus den Verlusten, die ich erlitten hatte, etwas lernen sollte, etwas, das die Beziehung zu meinem Sohn betraf. Schließlich hatten meine Gefühle für ihn auch etwas damit zu tun, daß er überhaupt da war. Er war nicht ausgerissen. Er war nicht von mir gegangen. Aber da war noch mehr. Natürlich liebte ich ihn. Schon nach Tanyas Geburt hatte ich gemerkt, daß Elternliebe von Anfang an im Starterpaket mit drin war. Aber mit Reese war es so, daß ich seine Gesellschaft richtiggehend schätzte. Ich war gern mit ihm zusammen.

Diese Erkenntnis gewann ich am ersten Spieltag der Saison. Schon seit einigen Jahren – seit sich meine Stellung im Job so konsolidiert hatte, daß ich deswegen keinen Ärger mit meinen Vorgesetzten bekam – hatte ich mir am Nachmittag des ersten Spieltags freigenommen und die Yankees im Fernsehen angeschaut. Dieses Jahr hatte ich das nicht vor, denn dieses Jahr war anders. Dann merkte ich, daß das ein Fehler gewesen wäre. Der erste Spieltag war für mich etwas Besonderes gewesen, und mit dieser Tradition zu brechen, wäre Selbstverleugnung gewesen.

Ich grillte also ein paar Hot Dogs, wärmte Sauerkraut auf und füllte Kürbismus in Reeses Schüssel, ehe ich den Fernseher pünktlich zu den Vorberichten einschaltete. Reese saß auf der Arbeitsplatte in dem Babysitz, aus dem er schon fast herausgewachsen war, brabbelte und fuchtelte mit den Händen herum, während ich unser Mittagessen zubereitete. Im Laufe der vergangenen Woche war er immer lebhafter geworden. Fast pausenlos gestikulierte er und machte Geräusche. Ich sah darin eine Vorwarnung, daß er bald anfangen würde zu krabbeln und dann seine ganze körperliche Energie bündeln und wie ein Geschoß über den Fußboden flitzen würde. Wenn es so weit war, würde ich ihn keinen Moment mehr aus den Augen lassen dürfen.

Die Vorsaison ließ keinen Schluß darüber zu, wie sich die Yankees in der regulären Saison schlagen würden, aber was man aus Florida zu sehen und zu hören bekommen hatte, war nicht sehr ermutigend. Nur wenige Pitcher warfen Strikeouts, und kein Schlagmann traf den Ball so effektvoll, daß die Mannschaft etwas davon hatte. Der einzige Spieler, dessen Schlagkraft und Technik etwas gebracht hätte, war Bobby Kitterer, aber der war zu AAA Columbus geschickt worden, um noch mehr Erfahrung zu sammeln, so daß die Yankees mit einem ausgeliehenen Spieler von den San Diego Padres an den Saisonstart gingen. Schon lange hatte ich ihre Chancen nicht mehr als so schlecht eingeschätzt.

Ich stellte Reeses Hochstuhl vor den Fernseher und zog mit Kind, Hot Dogs, Kraut und Kürbis dorthin um. Kürbismus mochte Reese fast genauso gern wie Aprikosen, und so zeichnete sich eine erste Vorliebe ab: Er bevorzugte Weiches und Süßes. Er war noch zu klein, um Gewürze zu probieren, aber ich fragte mich schon jetzt, wie er wohl auf Oliven, Anchovis, Knoblauch und Salz reagieren würde. Würde er Erbsen etwas abgewinnen können, wenn sie mit Zwiebeln in Olivenöl gedünstet waren? Würde er grüne Bohnen immer noch verachten, wenn sie mit rotem Pfeffer, Sojasoße und Ingwer gewürzt waren? Oder würde er eine Naschkatze bleiben? Sollte er einer von denen werden, deren höchstes kulinarisches Glück in Süßkartoffeln mit Marshmallows lag?

Als die Mannschaftsaufstellung bekanntgegeben wurde, hörte ich auf, über Reeses Eßgewohnheiten nachzudenken. Statt dessen gab ich ihm die wichtigsten Informationen über die einzelnen Spieler. Er hörte sich alles kommentarlos an. Wir beendeten unser Mahl und warteten auf den Spielbeginn. Ich nahm Reese auf den Schoß, aber das war nichts für seinen Drang nach Bewegungsfreiheit. Allerdings fand er es akzeptabel, neben mir auf der Couch zu sitzen. Am Tag zuvor hatte ich ihm einen Schaumstoffball mit Yankee-Logo gekauft. Darauf kaute er herum, als der erste Pitcher der Yankees den Wurfhügel betrat und zum ersten Wurf der Saison ausholte – ein Strike.

»Jetzt geht's los, Reese. Die neue Saison hat begonnen.«

Reese kaute noch hingebungsvoller auf dem Ball herum, aber das sollte wohl nicht bedeuten, daß er auf einen Sieg in der World Series hoffte.

Es dauerte nicht lange, bis die Anfangseuphorie verflog. Gleich nach dem ersten Strike erwischte der Schlagmann der

Devil Rays den Ball so gut, daß er einen Double schaffte. Vier weitere Schläge folgten, und alle Läufer punkteten, ehe es auch nur zwei Outs gegeben hatte. Am Ende des ersten Innings der Saison schaffte der siebte Schlagmann der Rays – ein Mann, der in der vorigen Saison einen mageren Schlagdurchschnitt von gerade mal .209 hatte – einen Homerun übers zentrale Außenfeld. Die Yankees hatten noch nicht mal richtig angefangen und lagen schon mit fünf Punkten zurück.

»Die sähen ja sogar besser aus, wenn *du* auf dem Wurfhügel stündest«, sagte ich zu meinem Sohn.

Die ersten Spieler der Yankees machten ihre Sache recht gut und schafften im dritten und fünften Inning ein paar Runs. Trotzdem stand es zu Beginn des sechsten Innings 2:5. Die Übertragung wurde durch eine Werbepause unterbrochen, und Reese warf den Ball, auf dem er fast den ganzen Nachmittag herumgekaut hatte, zu Boden. Ich dachte, das sei rein zufällig passiert, weil er so wild mit den Armen herumfuchtelte, und hob den Ball wieder auf. Zehn Sekunden später warf er den Ball wieder zu Boden, dieses Mal begleitet von lauten Geräuschen, an denen ich hören konnte, wie sehr er sich dabei anstrengte.

Ich hob den Ball auf und setzte Reese in die Ecke der Couch, bevor ich ihn ihm wiedergab. Er hielt ihn ganz fest, zuckte dann mit den Armen und stieß ihn in meine Richtung. Ich lachte und animierte ihn damit auch zum Lachen, und im selben Moment war ihm klar: Es ist Showtime! Als ich ihm das nächste Mal den Ball wiedergab, sah er mich an, gluckste, warf beide Arme nach vorn, und der Ball landete hinter dem Couchtisch. Wir wiederholten das Ganze noch viermal, und Reese ächzte und lachte jedesmal, wenn er warf. Als ich ihm den Ball zum fünften Mal wiedergab, kaute er so hingebungsvoll darauf herum, daß ganz klar war: Nun war Schluß mit Werfen.

Ich nahm Reese auf den Schoß, und er blieb dort sitzen, bis die Yankees im achten Inning gleichzogen. Doch dann fielen sie wieder zurück und ließen im neunten Inning sogar noch Spieler auf dem zweiten und dritten Base. Am Ende verloren sie mit 4:5. Reese blieb auch während der letzten drei Innings auf meinem Schoß sitzen. Es war mir nie gleichgültig, wenn die Yankees verloren, aber wenn sie im Eröffnungsspiel verloren, war es besonders schmerzlich. Das Wurftraining auf meiner Couch entschädigte mich jedoch für die Niederlage. In fünf Jahren um diese Zeit würde ich im Kalender wohl das Eröffnungsspiel der Yankees *und* das der Kinderliga eintragen.

Als Junge war ich ganz verrückt nach Ballspielen. Ständig spielte ich, und das ewige Gewummer an der Wand trieb meine Mutter zur Weißglut. Mit meinem Dad übte ich Werfen, wann immer er Zeit hatte. Im Frühjahr spielte ich Baseball in der Little League, im Herbst Fußball, und ständig organisierte ich irgendwelche Spiele mit Kindern aus der Nachbarschaft. Ich spielte sogar mit den vierjährigen Zwillingen aus dem Haus hinter uns, wenn niemand anders da war. Und wenn gerade mal kein Spiel zustande kam, ging ich allein in den Garten und erfand irgendwelche »Mannschaftsspiele«, bei denen ich den Ball auf eine bestimmte Stelle werfen oder über eine bestimmte Entfernung schießen mußte.

Welche Spiele Reese wohl mit seinen Freunden oder allein erfinden würde? Auf jeden Fall hatte er immer, wenn ich zu Hause sein würde, schon mal einen Partner für Wurfübungen. Wie lange es wohl noch dauern würde, bis wir richtig miteinander spielen konnten? Würden wir einen Strandball hin und her rollen, wenn er eins war? Würde er mit drei von Base zu Base rennen oder Fußball spielen?

Zum ersten Mal konnte ich verstehen, warum so viele Männer darauf erpicht sind, »ihre Jungs« großzuziehen. Meine Sportbegeisterung war gewiß nichts Geschlechtsspezifisches, denn ich konnte mich noch gut daran erinnern, wie Tanya von ihren kleinen Freundinnen erzählte, die Baseball oder Basketball spielten. Mit dem größten Vergnügen hätte ich auch mit ihr Wurfübungen gemacht, hätte sie nur das geringste Interesse daran gezeigt. Der Unterschied war nur: Selbst wenn wir das getan hätten, wäre ich dadurch nicht so in meine eigene Kindheit zurückversetzt worden wie heute durch dieses zufällige Spiel. Natürlich haben etliche Phasen von Tanyas Entwicklung ganz persönliche Erinnerungen in mir wachgerufen, aber Reese hatte ganz jungenspezifische Erfahrungen, Rituale und Stadien vor sich. Und jedesmal würde dann ein Stück meiner eigenen Vergangenheit in mir lebendig werden.

Ich konnte gut verstehen, daß so viele Menschen das sehr verlockend fanden. Und ich begriff, daß es für mich eine Art Rettungsleine war, an die ich mich in all der Ungewißheit, die vor mir lag, klammern konnte. Es war etwas, worauf ich mich freuen konnte. Etwas, für das es sich zu leben lohnte.

Mein Job hatte für mich an Bedeutung verloren. Er war nicht unwichtig geworden, aber er stellte nicht mehr das Refugium dar, das er in früheren, nicht annähernd so fordernden Situationen für mich gewesen war. Die emotionalen Wechselbäder, denen ich jetzt ausgesetzt war, fanden in der relativen Gleichförmigkeit meines Arbeitsalltags kaum ein adäquates Gegengewicht. Ich machte meine Arbeit so gewissenhaft wie möglich, und ich war für meine Mitarbeiter da, so gut ich konnte, aber ich würde lügen, wollte ich behaupten, ich wäre voll in der Arbeit aufgegangen.

Das spiegelte sich auch in den Signalen wider, die ich seit meiner Rückkehr von Marshall erhielt. War er einst mein größtes Vorbild gewesen und jemand, mit dem ich über alles – und nicht nur Geschäftliches – reden konnte, schien er jetzt seine Hauptaufgabe darin zu sehen, mich auf meine Pflichten gegenüber der Firma aufmerksam zu machen. Wenn ich Reese nur erwähnte, reagierte er ungeduldig, und kaum einen Monat, nachdem ich wieder zu arbeiten begonnen hatte, hörte er auf, jegliches Interesse daran zu heucheln, wie es mir in bezug auf Maureen und Tanya ging.

Das einzige, was mich an *Eleanor Miller* noch reizte, war die wachsende Freundschaft mit Ally Ritten. Ally besaß die seltene Gabe, mich immer wieder für ein paar Minuten alles vergessen zu lassen. Und gleichzeitig konnte ich mit ihr über alles Private reden, ohne daß ich je das Gefühl bekam, mein Innerstes nach außen kehren zu müssen. Am Tag nach meiner Rückkehr aus Pittsburgh kam sie in mein Büro, um mich etwas Geschäftliches zu fragen. Als ich sie ansah, setzte sie sich zu mir an den Schreibtisch. Sie hatte mir angesehen, daß etwas nicht stimmte. Wir unterhielten uns lange, und obwohl das die Sache nicht besser machte, war es sehr erleichternd, mit jemandem darüber zu reden.

Danach intensivierte sich unsere Freundschaft. Ally schaute jetzt mehrmals am Tag vorbei und fragte, wie es mir ging. Manchmal ging ich sogar zu ihr. Außer Marshall war mir nie ein Kollege so nahe gewesen, und sie wurde mein Freund in der Firma. Wenn meine privaten Sorgen Überhand nahmen, wenn mich die Angst um Tanya zu erdrücken drohte, wenn mich die Banalität des Jobs ganz leer machte oder wenn Reese am Abend vorher ein ganz besonderes Kunststück vollführt hatte, konnte ich zu Ally gehen und erzählen, und erst durch ihre Perspektive bekamen die Dinge dann den rechten Stellenwert.

Ende April sprach ich in meinem Büro mit ihr über die

Ergebnisse ihrer Arbeit an einem neuen Produkt. Wie immer wechselte das Gespräch vom Geschäftlichen ins Private, und ich erzählte, wie fasziniert Reese von einem batteriegetriebenen Hündchen war, das Codie ihm bei ihrem letzten Besuch mitgebracht hatte. Reese hatte es gerade am Vorabend wiederentdeckt, und wir lachten über seine komischen Versuche, sich mit dem Hund zu unterhalten.

Dann lehnte sich Ally zurück und fragte: »Wollen wir am Samstag nicht mal zusammen essen gehen?«

Wäre ich klar bei Verstand gewesen, hätte mich diese Einladung nicht überrascht. Im Grunde war unsere Freundschaft schon lange über das rein Geschäftliche hinausgewachsen. Aber ich wurde total nervös und ganz unsicher.

»Essen gehen?«

Sie sah mich fragend an. »Tust du *so etwas* nicht mit Kollegen? Ich dachte ...«

»Ach so, ja ... Klar, tu ich so etwas mit Kollegen«, sagte ich, obwohl ich keine Ahnung hatte, was so etwas bedeuten sollte. »Aber seit Reese da ist, bin ich nicht viel um die Häuser gezogen.«

»Hättest du denn mal wieder Lust dazu?«

»Um die Häuser zu ziehen?«

Ally lachte. »Nein, bloß essen gehen. Um die Häuser ziehen ist, glaube ich, nicht gerade unser Ding.«

Ich dachte darüber nach und hoffte, daß sie mein Zögern nicht bemerkte. »Ich weiß nicht, ob ich einen Babysitter kriege. Ich glaube, Lisa hat mal gesagt, sie könnte freitags oder samstags auf Reese aufpassen, wenn ich nicht so spät wiederkomme. Aber ich muß ehrlich sagen, daß ich da gar nicht so genau zugehört habe.«

»Dann frag sie mal. Ich würde mich freuen. Und ich verspreche, daß es nicht so *spät* wird.«

Ich mußte grinsen. »Ich fürchte, ihre Definition von spät ist nicht unbedingt meine. Ich muß sie fragen. Ich sage dir dann Bescheid.«

»Hoffentlich klappt's.« Sie stand auf und ging zur Tür. »Ruf mich an.«

Als ich allein war, wurde ich einen Moment lang ganz euphorisch: Es war etwas Neues passiert. Aber das Glücksgefühl wich schnell einem schlechten Gewissen: Hatte ich mich gerade auf ein Date eingelassen?

Zehn: Ein Hauch von Kaschmir

Am nächsten Freitag kam Codie zum Essen. Ich sagte ihr nichts von der Verabredung mit Ally am folgenden Abend, aber ich wußte nicht, warum. Ein Grund war wohl, daß wir seit meiner Rückkehr aus Pittsburgh hauptsächlich über Tanya sprachen, wenn wir nicht gerade auf dem Fußboden lagen und mit Reese spielten. Codie fühlte sich mitverantwortlich dafür, wie das Ganze gelaufen war. Sie hatte einen Vertrauensbruch begangen (wenn auch aus sehr guten Gründen), und dann war alles schiefgegangen. Wahrscheinlich dachte sie, sie hätte mir besser nichts erzählt, aber das sah ich ganz anders.

So verbrachten wir viel Zeit mit Spekulieren. Wenn Tanya immer noch bei den Riverriders war, mußte sie jetzt in Columbus, Ohio, sein, und am nächsten Tag würde sie nach Kansas City aufbrechen. Was machte sie während der langen Fahrt im Van? Träumte sie von der Zukunft, oder brütete sie über ihre verpfuschte Vergangenheit nach? Konnte sie immer noch so unbeschwert lächeln wie an dem Abend, kurz bevor sie mich gesehen hatte, oder hatte ich ihr Lächeln zerstört? War die gute Laune, die bei diesem reisenden Völkchen angeblich ständig herrschte (inzwischen hatte ich alles über die Riverriders gelesen, was ich in die Finger bekommen konnte), ein Trost für sie, oder ging ihr die ganze Fröhlichkeit und Unbekümmertheit auf den Geist, seit sie am eigenen Leibe erfahren hatte, wie grausam und ungerecht die Welt sein kann?

Und was war mit Mick? Hatte er sie getröstet, nachdem ich gegangen war? War unter seinen wirren Interpretationen diverser Philosophien eine gewesen, mit der er Tanya über den größten Schmerz helfen konnte? Oder hatten sich seine düsteren Phantasien gegenüber der düsteren Realität als hilflos erwiesen? Wenn ich an den Abend zurückdachte, fiel mir immer wieder auf, daß die beiden nicht so gewirkt hatten, als seien sie einander besonders verbunden. Bedeutete das, daß sie sich gegenseitig Freiräume zugestanden oder daß sie auseinanderdrifteten?

Keine dieser Fragen konnten wir wirklich beantworten, trotzdem unterhielten wir uns lange darüber. So wie es den Leuten hilft, nach großen Katastrophen immer wieder über das Geschehen zu sprechen, tat es auch mir gut, den Abend und die vorausgegangenen Ereignisse immer wieder zu rekonstruieren. Ich stellte fest, daß ich ein größeres Verständnis für die Dinge entwickelte, wenn ich sie noch einmal durchlebte. Und was ich, unterstützt durch Codies Vertrautheit mit der Situation, von Tag zu Tag besser verstand: Nichts, was ich hätte sagen oder tun können, hätte Tanya dazu gebracht, heimzukehren.

In einer Gesprächspause widmeten wir uns meinem Sohn. Seit ein paar Wochen konnte er sitzen, und so sah er die Welt jetzt aus einer ganz anderen Perspektive. Ständig zeigte er irgendwo hin, als ließe ihm der neue Blickwinkel die Dinge ganz neu und höchst interessant erscheinen. Codie setzte sich neben ihn, folgte mit ihren Blicken seinem ausgestreckten Finger und benannte die Dinge in der Diele, auf die er zeigte.

»Deinen Eltern entgeht wirklich was«, sagte ich.

Codie sah sich so traurig zu mir um, daß ich ganz getroffen war. »Ich weiß, aber ich kann sie nicht dazu bewegen, euch zu besuchen.«

»Ich habe es auch schon oft versucht. Jedesmal, wenn wir telefonieren, lade ich sie ein.«

Codie setzte sich zu mir. »Es liegt an meiner Mutter. Irgendwas liegt ihr auf der Seele, ich komme nicht ran. Ich weiß, daß sie Maureen furchtbar vermißt – Tanya übrigens auch –, und ich weiß auch, wie schwer es ist, hierherzukommen, in dieses Haus. Aber ich hätte nie gedacht, daß sie deswegen auf ihren Enkel verzichten würde.«

»Als Tanya geboren wurde, konnten deine Eltern gar nicht genug von ihr bekommen. Manchmal mußten Maureen und ich regelrecht Ausreden erfinden, um mal ein Wochenende für uns zu haben.«

»Ich weiß. Meine Mutter hat sich dann immer bei mir darüber beschwert.«

»Was sie jetzt macht, tut niemandem gut. Sie muß einfach mal kommen und sich mit Reese beschäftigen. Sie muß lernen, in diesem Haus mehr zu sehen als den Ort, an dem ihre Tochter gestorben ist.«

Codie legte nachdenklich den Kopf schief, und eine Minute lang sagte keiner etwas. »Laß uns mit vereinten Kräften daran arbeiten«, sagte sie schließlich.

»Wie meinst du das?«

»Wir rufen sie an. Jetzt sofort. Uns beiden gleichzeitig eine Abfuhr zu erteilen, ist viel schwerer.«

Ich holte die beiden schnurlosen Apparate, und Codie wählte die Nummer. Das folgende Gespräch war stockend, und Tina war mit der Situation ganz offenbar überfordert. Aber am Ende blieb sie hart. Sie sagte so etwas, wie: »Ich bin noch nicht bereit, ihn zu sehen.« Und dann beendete sie das Gespräch sehr schnell.

Als wir auflegten, sahen wir uns an. Ich wußte nicht, was ich sagen sollte, und Codie schüttelte nur den Kopf.

»Wie meint sie das bloß?« fragte ich schließlich.

Codie zuckte mit den Schultern.

»Meinst du, sie gibt ihm irgendwie die Schuld für alles?«

»Ihm die Schuld geben? Wofür denn?«

Es hörte sich vollkommen lächerlich an, aber ich sagte es trotzdem: »Daß er ihre Tochter umgebracht hat.«

»O mein Gott«, sagte Codie tonlos.

Der Umgang mit Dir als Baby war immer ganz leicht. Schon als Du zehn Wochen alt warst, hast Du nachts durchgeschlafen. Du hast gut gegessen, Du warst selten krank, und als Du zu krabbeln und später dann zu laufen anfingst, ging im Haus kaum etwas kaputt (wobei ich zugeben muß, daß wir damals kaum etwas von Wert besaßen). Du lerntest auch früh und leicht, aufs Töpfchen zu gehen.

Bestimmt lag das zum großen Teil mit daran, daß Deine Mutter immer um Dich war. Sie war so entspannt und liebte Dich so sehr, daß es Dir ganz unsinnig vorgekommen wäre, ihr Probleme zu bereiten. Wenn man ständig Lob und Bestätigung bekommt (Deine Mutter war eine große Verfechterin dieser Theorie), wird man wahrscheinlich direkt süchtig danach.

Es herrschte immer eine angenehme Atmosphäre im Haus, wenn ich von der Arbeit kam. Ich mußte mich damals sehr ins Zeug legen. Meine Karriere auf solide Füße zu stellen, lag nicht nur in meinem persönlichen Interesse, vielmehr brauchten wir das Geld, das mit jeder Beförderung verbunden war. Oft bin ich erst spät nach Hause gekommen, oder ich mußte nach dem Essen noch arbeiten. Selbst als Du schon drei oder vier warst, war das unproblematisch. Du hast mit Deiner Mutter auf der Couch gekuschelt, und Ihr habt Euch die Sesamstraße angesehen oder bis zum Schlafengehen Würfeln oder »Schlaraffenland« gespielt. Als ich mich beruflich einigermaßen etabliert hatte (und das Familieneinkommen noch zusätzlich wuchs, weil Deine Mutter wieder anfing zu arbeiten), kamst Du in die Schule und Dein Horizont erweiterte sich, so daß Du nicht mehr ausschließlich auf uns angewiesen warst. Manchmal mußtest Du nach dem Abendessen selbst noch etwas für die Schule tun, und an den Wochenenden verabredetest Du Dich mit Deinen Freundinnen zum Spielen. Ich glaube sogar, meine erste große Beförderung bei Eleanor Miller verdanke ich Dir, denn sie war das Ergebnis einer Marktanalyse, die ich anstellte, während ich an Sonntagnachmittagen vor Deiner Tanzschule auf Dich wartete und dabei das Einkaufsverhalten der Leute auf der Straße beobachtete.

Manchmal habe ich mich gefragt, was ich während Deiner ersten fünf Lebensjahre verpaßt habe. An den Wochenenden haben wir viel Zeit miteinander verbracht, und ich habe abends immer versucht, zu Hause zu sein, bevor Du zu Bett gingst, aber ich gebe zu, daß ich mit meinen Gedanken oft woanders war. Wenn ich mit Dir auf dem Fußboden lag und wir mit Deinen Bauklötzen spielten, dachte ich über etwas nach, das tagsüber im Büro passiert war, oder ich beschäftigte mich mit einer Kampagne, die ich gerade entwickelte. Daß Du das nie bemerkt (oder Dich zumindest nie darüber beschwert) hast, machte es mir sehr einfach. Heute denke ich: Nicht Du hast dabei etwas verpaßt und zu wenig von mir gehabt (schließlich hattest Du ja immer Deine Mutter), sondern ich habe etwas verpaßt und zu wenig von Dir gehabt.

Als ich mich für das Essen mit Ally fertigmachte, war ich völlig durcheinander. Ich bildete mir ein, daß Reese eine Krankheit ausbrütete. Ich selbst fühlte mich auch so, als würde ich krank. Ich hatte sogar Angst, daß Lisa krank geworden sei und jeden Moment anrufen würde, daß sie nicht zum Babysitten kommen könne. Ally hatte es sorgfältig vermieden, unser Vorhaben als ein Date zu bezeichnen, aber ich tat mich schwer, ihre Einladung als etwas anderes zu begreifen. Was die Frage aufwarf, warum ich sie, um alles in der Welt, angenommen hatte. Meine Bereitschaft für ein Date war ungefähr so groß wie meine Ambitionen, den Ärmelkanal zu durchschwimmen: Maureen war noch keine vier Monate tot, und ich hatte keine Vorstellung, wie es wohl weitergehen könnte. Außerdem wollte ich Allys Gefühle nicht verletzen, indem ich den Eindruck erweckte, ich sei momentan zu mehr als einer lockeren Freundschaft fähig. Ich hatte sie wirklich gern, und sie war zu einem festen Bestandteil meines Lebens geworden, aber ich bezweifelte, ob ich jemals wieder mehr als eine lockere Freundschaft ertragen würde. Ich war mit Maureen seit dem College zusammen gewesen, im Grunde also, seit ich aus den Windeln herausgewachsen war. Praktisch unser ganzes Erwachsenenleben hatten wir miteinander verbracht.

Mir fehlten jegliche Voraussetzungen dafür, mit so einer Situation fertigzuwerden. Ich glaube, ein Grund, warum es mir immer leichtfiel, Freundschaften mit Frauen zu pflegen, war die Abwesenheit sexueller Implikationen. Was mein Liebesleben anging, so hatte es mit Maureen begonnen und geendet. Bevor Ally etwas von dem Essengehen gesagt hatte, war mir gar nicht in den Sinn gekommen, etwas mit einer Frau anzufangen. Im Unterbewußtsein war mir wohl klar, daß ich mit vierzig (dieser runde Geburtstag hatte ohne jedes Aufsehen vor einigen Wochen stattgefunden) zu jung war, um fortan im Zölibat zu leben, aber weiter hatte ich darüber noch nicht nachgedacht. Da ich Ally mochte und die Freundschaft nicht aufs Spiel setzen wollte, brauchte ich für den Abend wohl mehr Geschick, als ich hatte.

Als ich das Haus verlassen wollte, überfiel mich plötzlich die Erinnerung. Lisa kam jetzt schon so lange zu uns, daß die Übergabe zur Routine geworden war. Aber das letzte Mal, als ich Reese abends einem Babysitter überlassen hatte, war bei dem Essen mit Maureen gewesen, wenige Tage vor ihrem Tod. Als ich mich nun zu dem Treffen mit Ally auf den Weg machte, sah ich die Situation plötzlich wieder vor mir – Maureens Kuß, als wir an der Bushaltestelle vorbeikamen, wie sie zu mir sagte, daß sie sich auf diesen Abend mit mir so sehr gefreut hätte, die Vorfreude auf ein Gespräch, das nicht von dem Baby unterbrochen werden oder von Alltagsroutine geprägt sein würde, die Aussicht darauf, die Sorge um Tanya mal für ein paar Stunden zu vergessen, die Vorfreude auf ein gutes Essen, und wie sich dann alles so mühelos und angenehm entwickelt hatte, bis hin zu dem wunderbaren Moment, als wir uns nach dem Sex umarmt gehalten hatten. Ich konnte Maureens Wärme förmlich spüren, fühlte, wie sich unsere Füße umeinander schlangen, als wir so zusammenlagen. Plötzlich empfand ich den Verlust genauso stark wie an jenem grauenvollen Januarabend, als ich ihren leblosen Körper fand.

Ich mußte an den Straßenrand fahren und anhalten, überlegte sogar, ob ich Ally anrufen und das Treffen absagen sollte. Bestimmt war es nur die erste von diversen Panikattacken, die noch folgen würden. Ein paar Minuten lang saß ich vollkommen bewegungsunfähig da. Obwohl ich fast immer an Maureen dachte, gab es Momente, in denen sie mir so nah war, als sei sie körperlich anwesend, und das war kaum auszuhalten. Die empfundene Nähe, gepaart mit vollkommener Unerreichbarkeit, war grausam.

Ich wußte nicht, was ich tun sollte. Ally würde bestimmt Verständnis dafür haben, wenn ich in letzter Minute absagte. Am Montag würde ich ihr dann alles in Ruhe erklären, und sie würde wichtige und klärende Dinge beitragen. Anschließend würde ich mich dann nicht nur besser fühlen, sondern ich hätte sogar etwas dafür getan, mein Leben insgesamt wieder auf die Füße zu stellen. Doch als mir klar wurde, daß die Person, mit der ich am besten über meine Lage reden konnte, dieselbe war, zu der ich gerade unterwegs war, beschloß ich, doch zu ihr zu fahren. Ich legte eine CD ein und lauschte der Musik. Nach einigen Minuten merkte ich, wie ich ein wenig entspannter wurde. Vorsichtig lenkte ich den Wagen zum Restaurant. Dort fühlte ich mich wieder so normal, wie ich es zur Zeit irgend sein konnte. Ich hatte keine Ahnung, ob ich das Schlimmste schon hinter mir hatte, aber ich war mir sicher, daß ich dem weiteren Verlauf des Abends gefaßt ins Auge sehen konnte. Auf gewisse Weise hatte mir die Panikattacke zu einer Selbstvergewisserung verholfen: Ich ging mit einer guten Freundin essen, auf deren Gesellschaft ich mich freute. Ich beschloß, ihr nichts von alledem zu erzählen, es sei denn, es würde wieder passieren. Ich wollte ihr eine Analyse unserer Beziehung ersparen und war mir ziemlich sicher, daß ich mich wieder im Griff hatte.

Wir hatten uns für ein Lokal mit neuer amerikanischer Küche entschieden, das ich schon seit einer Weile gern ausprobieren wollte. Die Küchenchefin hatte vorher einen Landgasthof im Connecticut River Valley geführt und war bekannt für innovative Ideen auf grundsolider Basis. Ich hatte etliche Artikel von ihr und über sie in verschiedenen Kochzeitschriften gelesen, und der einzige Grund, warum ich nicht schon längst hier gegessen hatte, war, daß Maureen in den letzten Monaten der Schwangerschaft eine Vorliebe für unaufwendiges Wohlfühlessen entwickelt hatte.

Ally war schon da, als ich ankam. Sie stand auf, als ich auf ihren Tisch zuging. Ich wußte nicht, ob ich ihr die Wange küssen oder mich einfach hinsetzen sollte. Nach kurzem Zögern, berührte ich den Ärmel ihres orangefarbenen Pullovers.

»Kaschmir?« fragte ich.

»Ein Kaschmirgemisch. *Eleanor Miller* bezahlt mir nicht genug für reines Kaschmir.«

»Stimmt. Trotzdem: ein hübsches Stück.«

»Danke. Du siehst aber auch gut aus. Ich konnte mir dich gar nicht im Anzug vorstellen.«

»Wie bitte? Du hast kein Problem, dir vorzustellen, wie ich mit Erbsen im Gesicht aussehe, aber wie ich einen Abendanzug trage, kannst du dir nicht vorstellen?«

»Versteh' mich bitte nicht falsch, aber es ist ganz leicht, sich vorzustellen, wie du mit Erbsen im Gesicht aussiehst.«

Die Art, wie wir miteinander sprachen, empfand ich als sehr aufbauend und kraftspendend, auch weil ich mir etwas einfallen lassen mußte, um das Niveau zu halten. Ally half mir, mein Schneckenhaus zu verlassen. Ich hatte keineswegs vergessen, was auf der Fahrt hierher passiert war, aber seit wir hier zusammen saßen, fiel es mir leichter als erwartet, mit der Situation umzugehen.

Ein Kellner brachte Ally ein Glas Rotwein. Sie bedankte sich, und dann sahen mich beide an. »Hier gibt es einen offenen 2000er Morgan's Syrah.«

»Hört sich gut an«, sagte ich.

Wir warteten auf meinen Wein und unterhielten uns über den Tag. Bei mir waren es die üblichen Besorgungen, für die unter der Woche keine Zeit war. Hinzu kam ein etwa zwölfminütiger Besuch des nächstgelegenen Parks, bevor ich beschloß, daß Reese an einem so kalten Tag nicht länger draußen sein sollte. Statt dessen waren wir nach einem besonders unmanierlichen Mittagessen in die Badewanne gestiegen, und Reese entdeckte sein Quietschenilpferd und das wasserfeste Bilderbuch mit Soundchip, das ›Old MacDonald‹ spielte. Damit hatten wir mindestens eine halbe Stunde lang gespielt.

Allys Tag hatte wesentlich später angefangen als meiner. »Ungefähr um halb elf. Am Wochenende hole ich gern den Schlaf nach, um den ich wochentags komme.« Dann hatte auch sie einige Besorgungen gemacht, die sie aber spontan unterbrochen hatte, um sich den neuen Meryl-Streep-Film anzuschauen.

»Spontane Entscheidungen«, sagte ich. »Gott, ja, ich erinnere mich dunkel, daß es so was früher mal gab.«

»Na ja, wenn du mich fragst, sollte man so etwas nicht überbewerten.«

»Auch daran erinnere ich mich dunkel. Überhaupt ... Unser Bad war auch etwas Spontanes. Ich schwöre, ich hatte mir nicht vorgenommen, 47 Mal ›Old MacDonald‹ zu spielen.«

»Siebenundvierzig verschiedene Tiere?«

»Das wäre natürlich noch besser gewesen. Nein, immer dieselben vier, die einzigen, deren Geräusche ich nachmachen kann. Das ist wirklich ein moralisches Dilemma für einen Vater. Natürlich *könnte* man behaupten, daß ein Erdferkel dasselbe Geräusch macht wie ein Pferd, und das Kind würde es einem glauben. Andererseits: Wenn man sein Kind schon im zarten Alter von sechs Monaten anlügt, wird man vermutlich niemals damit aufhören können.«

Ally lächelte. Sie hatte ein bezauberndes, warmherziges Lächeln, das sie schön und begehrenswert machte. Mir wurde plötzlich bewußt, daß ich sonst keine Freunde hatte, die so gut aussahen. Meine Freunde waren durchaus angenehm anzuschauen, aber keinen von ihnen – weder Männer noch Frauen – hätte ich als schön bezeichnet. Maureen und Tanya waren schön. Hatte mir das genügt? War ich unbewußt darauf bedacht, die alte Quote wiederherzustellen? Oder arbeitete ich noch unbewußter daran, schöne Menschen aus meinem Leben herauszuhalten, um unnötige Verwicklungen zu vermeiden (obwohl ich mich für zu klug hielt, um mich von einem hübschen Gesicht einwickeln zu lassen)?

Mein Wein und die Karte wurden gebracht. Ein paar Minuten lang vertieften wir uns in die Karte.

»Wow, *Seeteufel-Ossobuco*«, sagte Ally.

»Weißt du etwas über die Köchin?«

»Deborah Gold? Ja, in *Newsday* wurde ihr Umzug vor ein paar Monaten ganz groß gefeiert. Vorher hatte ich schon in *Food and Wine* und im *Saveur* etwas über sie gelesen.«

»Du abonnierst den *Saveur* auch? Ich liebe ihn. Ich wußte gar nicht, daß du gern kochst.«

»Ich lese gerne was darüber. Und ich esse gern – aber wer tut das nicht? Trotzdem bin ich eine miserable Köchin.« Bedauernd verzog sie das Gesicht. »Das ist genetisch bedingt. Das Jugendamt hätte mich wegen des Schmorbratens meiner Mutter beinahe ins Heim gesteckt.«

»Dann brauchst du einen besseren Lehrer. Mit Vererbung hat das nichts zu tun.«

»Kochst du?«

»Fast jeden Abend. Sogar heute. Ich habe für Lisa ein paar Hähnchenschenkel mit Steinpilzen geschmort.«

Ally schüttelte ungläubig den Kopf. »Du hast für deinen Babysitter Hähnchen geschmort? Bestellen die meisten Eltern in solchen Fällen nicht einfach eine Pizza?«

»Ich dachte, ich tue ihr mal was Gutes, wenn sie schon an einem Samstag kommt. Außerdem ist es ein Gericht, das einfach ein paar Stunden auf dem Herd vor sich hin köchelt. Ich brauchte mich dafür nicht gerade abzuschuften.«

»Wenn dir das so leichtfällt, kannst du mir ja immer ein

Lunchpaket mit ins Büro bringen.« Sie schaute in die Karte. »Was nimmst du?«

Ich entschied mich für ein Graupenrisotto mit Zuckererbsen und gegrilltem Thunfisch mit einer *Sauce Diane*. Ally bestellte eine Frühlingsrolle mit Hummer und Endiviensalat und fand das Seeteufel-Ossobuco so faszinierend, daß sie es unbedingt probieren wollte. Alles war liebevoll zubereitet und wurde mit Stil und Humor serviert. Die Küche hatte verstanden, was ein Top-Restaurant auszeichnet, nämlich daß es nicht genügt, die Geschmacksnerven zu streicheln, auch die anderen Sinne müssen bedient werden.

Aber die Qualität der Speisen wäre natürlich ganz unerheblich gewesen, wenn die Atmosphäre zwischen Ally und mir gespannt oder irgendwie unangenehm gewesen wäre. Neben der großen Frage, was sich Ally von diesem Abend erhoffte, hatte ich mir auch Gedanken darüber gemacht, ob uns der Gesprächsstoff ausgehen oder wir uns außerhalb des Büros gar nicht so sympathisch finden würden. Aber das war nicht der Fall. Unser Gespräch blieb an der Oberfläche – aktuelle Ereignisse, Popkultur, Essen, Arbeit, und natürlich Reese – aber mühelos gingen wir vom einen Thema zum anderen über. Ich schaute gelegentlich aufs Handy, um mich zu vergewissern, ob ich nicht einen Anruf überhört hätte, doch abgesehen davon war ich ganz überrascht, wie sehr ich mich auf die Situation einlassen konnte, vor allem nach dem Quasi-Zusammenbruch auf dem Weg zum Restaurant.

Es war erfrischend und sogar ein wenig aufregend, so einen Abend zu erleben. Abgesehen von einem Geschäftsessen ein paar Wochen nach Reeses Geburt war ich seit fast sechs Monaten nicht essen gegangen. Und es fühlte sich über die Maßen gut an, die Dinge einfach mal laufen zu lassen. Es hatte sogar etwas Verführerisches.

»Das war schön«, sagte Ally, als ich sie zu ihrem Wagen begleitete.

»Ja, das war's. Danke für die Idee.«

Sie lächelte. »Wir können das ja mal wiederholen.«

»Gerne.«

Zum ersten Mal an diesem Abend wurde ich unsicher. Ich wußte nicht, wie ich mich verabschieden sollte. Das Schweigen der folgenden zwanzig Sekunden war das längste des gesamten Abends. Dann hauchte mir Ally einen Kuß auf die Lippen, drehte sich um und öffnete ihre Wagentür.

»Wir sehen uns am Montag«, sagte sie.

Erst als ich wieder allein war, wurde mir die Wirkung dieses Kusses bewußt. Es war nur eine winzige Berührung gewesen, und vielleicht war es Allys Standardverabschiedung in privaten Situationen. Trotzdem war meine Reaktion heftig. Der einzige Mensch, den ich bisher auf die Lippen geküßt hatte, war Maureen. Und die Tatsache, daß ich alledem so viel Bedeutung zumaß und so erregt war, nahm dem Abend seinen ganzen Zauber.

Ich hatte mich auf eine unterhaltsame Begegnung mit einer charmanten Frau eingelassen, obwohl ich auf dem Weg dahin vor Kummer fast zusammengebrochen war. Ich war fasziniert von dieser Frau und wollte sie gern näher kennenlernen. Und daß sie mich zum Abschied geküßt hatte, hatte mich körperlich wie emotional berührt. Wie konnte so was passieren, vier Monate nach dem Tod der Frau, mit der ich mein ganzes bisheriges Leben verbracht hatte? Wenn mich etwas so Harmloses so umhauen konnte, was bedeutete das dann für meine Hingabe an Maureen? Warum war meine Trauer nicht so groß, daß ein Abend wie dieser in absehbarer Zeit unmöglich war?

Auf dem Heimweg kam ich mehr und mehr zu dem Schluß, daß ich Maureen betrogen hatte und eine satte Selbstbestrafung fällig war. Was, zum Teufel, war in mich gefahren, daß ich mich auf ein Date eingelassen hatte? Es war absolut unangemessen und vollkommen falsch.

Erst zu Hause merkte ich, daß es schon nach elf war. Lisa saß in der Diele und schaute fern.

»Alles in Ordnung mit Reese?« fragte ich.

»Schläft wie ein Baby«, sagte sie und kicherte über den kleinen Scherz. Sie zog ihre Schuhe an und ging zur Tür. »Ich dachte, Sie wollten schon vor einer Stunde zurück sein. Jetzt muß ich mich beeilen, um noch rechtzeitig zu meiner Verabredung zu kommen.«

Ich hatte es sogar mit meinem Babysitter verdorben. »Tut mir leid«, sagte ich.

»Kein Problem. Hatten Sie einen schönen Abend?«

»Ja, danke. Es war wirklich sehr schön.«

Das stimmte. Es war wirklich sehr schön gewesen. Was war bloß mit mir los?

Elf: Cool

Ich habe Dir noch gar nicht geschrieben, wie Deine Mutter gestorben ist. Das allein spricht schon Bände darüber, wie ich damit umgehe. Ich weiß nicht, warum ich es nicht gleich als erstes geschrieben habe. Vielleicht hat es aber auch etwas damit zu tun, wie Du mich angesehen hast, als ich Dir davon erzählte. Und es hat auch etwas damit zu tun, wie mir zumute war, als ich es Dir erzählte.

Am Morgen des Tages, an dem Deine Mutter starb, war alles so wie immer. Keine Vorahnung, keine besondere Verabschiedung, nichts. Reese hatte in der Nacht wieder mal schlecht geschlafen, und wir waren beide noch ziemlich müde. Als ich unter die Dusche ging, war Reese bereits seit einer Stunde wach. Als ich ins Schlafzimmer zurückkam, waren er und Deine Mutter wieder fest eingeschlafen. Ich wollte sie nicht wecken. Darum gab ich ihnen einen sanften Kuß, als ich mich für die Arbeit fertiggemacht hatte, und schlich aus dem Haus.

Trotz des notorischen Schlafmangels war ich immer noch ganz euphorisch von unserem Ausgehabend. Deine Mutter hatte umwerfend ausgesehen, und das lag nicht nur daran, daß sie zum ersten Mal seit Monaten wieder »zivil« gekleidet war. Sie strahlte von innen heraus. Das lag zum Teil wohl an ihrer Freude darüber, überhaupt mal wieder auszugehen. Aber ich denke, der Hauptgrund war, daß wir es zusammen tun konnten. So war es immer mit uns gewesen. Sogar als wir ganz aus dem Häuschen waren, weil Du unterwegs warst, und wir uns mit Hinga-

be darauf vorbereiteten, Eltern zu werden, war es sehr wichtig, Zeit für uns zu haben und unsere Liebe lebendig zu halten. Ich bin mir sicher, diesen Rat hätte sie auch Dir gegeben, wenn Du eines Tages ein Baby bekommst.

Also fuhr ich mit einem ziemlich guten Gefühl zur Arbeit. Ich machte mir immer noch große Sorgen, wo Du wohl warst, aber irgendwie war ich seit dem Wochenende ganz zuversichtlich, daß Du bald zurückkommen würdest, daß unsere Familie wieder komplett sein und wir eine gemeinsame Zukunft haben würden. Die Sturmwolken hatten sich gelichtet. So viel zum Thema Instinkt.

Manchmal habe ich mich gefragt, ob ich Deine Mutter an jenem Morgen hätte wecken sollen, um ihr auf Wiedersehen zu sagen. Hätte ich gewußt, daß es das letzte Mal sein sollte, hätte ich mich nicht mit einem flüchtigen Kuß auf die Stirn begnügt. Oder vielleicht doch. Sie war so müde! Es wäre egoistisch gewesen, sie zu wecken – und Reese womöglich gleich mit.

Ich kann mich kaum erinnern, was passierte, als ich nach Hause kam. Der Arzt sagte, wir hätten sie verloren. Ich kann mich einfach nicht daran erinnern, wie sie aussah oder sich anfühlte. Fast das einzige, woran ich mich erinnere, ist Reeses Geschrei. Ich muß dann Gail angerufen haben (sie und Tate haben sich übrigens getrennt, aber das ist eine andere Geschichte), denn sie war da und kümmerte sich um das Baby, als ich zum Krankenhaus fuhr. Ich erinnere mich auch daran, daß ich Deiner Mutter auch dort noch einmal die Stirn küßte. Dieser Kuß fühlte sich für mich genauso an wie der am Morgen, aber ich weiß, daß das nicht stimmen kann.

Die Ärzte boten mir Medikamente an, die mir durch die nächsten Tage helfen sollten, aber ich sagte, ich müßte einen Säugling versorgen. Das schien sie davon zu überzeugen, daß ich nicht zu sehr von Trauer überwältigt war, um eine Gefahr für mich selbst zu werden. Ich weiß nicht, wie spät es war, als ich nach Hause zurückkam, aber Reese wachte eine Stunde später auf und weigerte sich von da an, in seiner Wiege weiterzuschlafen. Ich glaube, das war seine Art, mir zu helfen, mich ins Leben zu zwingen. Das kann er gut.

Seitdem hat es immer wieder Phasen gegeben, in denen ich ganz zufrieden war. Gestern abend war so eine. Ich glaube, das ist der Grund, warum ich Dir dies jetzt schreibe. Ich weiß, daß das Leben weitergehen muß, und ich weiß, daß ich eines Tages auch wieder lachen und es mir einfach gutgehen lassen kann. Aber die Momente, in denen mir das bewußt wird, sind kurz und selten, und sie kommen mir ganz falsch vor. Nicht, wenn ich sie gerade habe – dann kommen sie mir überraschend richtig vor –, aber hinterher. Wenn wir dies alles zusammen durchlebt hätten, hätten wir sicher viel darüber gesprochen. Ich denke, wir hätten uns gegenseitig sehr geholfen, und wir wären uns dabei nähergekommen.

Ich werde Deine Mutter immer lieben, und ich werde sie immer so begehren wie an jenem Samstagabend. Ich wünschte nur, ich wüßte, wie ich mit allem anderen fertigwerden soll.

Ich glaube, Du hast im Moment ganz ähnliche Fragen, Gefühle und Probleme. Ich hoffe, es gibt jemanden, mit dem Du reden kannst, auch wenn dieser Jemand Mick ist. Ich hoffe, Du findest einen Weg, Dir die Freude am Leben zu erhalten und läßt Dich nicht unterkriegen. Ich weiß, wie schwer das ist. Aber es ist sehr wichtig. Immerhin bewahren wir das Erbe Deiner Mutter.

Als ich am Montag zur Arbeit fuhr, war mir wegen des Essens mit Ally immer noch mulmig. Den ganzen Sonntag über hatte ich immer wieder darüber nachgedacht und mich gefragt, ob es richtig war. Als ich Reese in der Karre spazierenfuhr, überfiel mich die Erinnerung an Allys zarten Kuß, und zuerst interpretierte ich alles mögliche in ihn hinein, um dann wieder in tiefe Verzweiflung über den Verlust von Maureen zu versinken. Zumindest wußte ich, daß das alles noch zu viel für mich war.

Auf dem Weg zu meinem Büro ging ich bei Allys vorbei. Sie lächelte von ihrem Schreibtisch zu mir hoch, und meine ganze Grübelei kam mir plötzlich ziemlich dumm vor.

»Hey«, sagte sie. »Hattest du einen schönen Sonntag?«

»Ja, prima. Reese und ich sind ungefähr fünf Kilometer gelaufen.«

»Dann hat er jetzt bestimmt ganz schwere Beine.« Sie lächelte. »Der Samstagabend war schön.«

»Ja. Sehr schön.« Ich setzte mich ihr gegenüber. »Aber ich glaube, ich kann das nicht noch mal machen. Jedenfalls nicht in absehbarer Zeit.«

Allys Gesichtsausdruck veränderte sich. »Wow! Warum?«

»Das klingt jetzt wahrscheinlich blöd, aber ich bin einfach noch nicht bereit für so was.«

»Für was?«

»Abends auszugehen. Einen Babysitter zu besorgen. Tischgespräche über Gott und die Welt zu führen.« Ich zögerte und wagte nicht, sie anzusehen. »Abschiedsküsse.«

»Dann ist es ja gut, daß ich nicht gleich gestern zu Tiffany's gefahren bin, um eine Liste für die Hochzeitsgeschenke auszulegen.«

»Hört es sich wirklich so verrückt an?«

Sie beugte sich vor und berührte kurz meine Hand. »Nein, tut es nicht. Ich kann dich schon verstehen.« Sie zog die Stirn in Falten. »Trotzdem war es ein schöner Abend. Ich kenne nicht viele Leute, mit denen ich mich über Baseball *und* Meersalz unterhalten kann.«

Ich lehnte mich zurück. »Können wir das Ganze nicht etwas zurückschrauben? Uns aufs Büro beschränken? Vielleicht ab und zu um die Ecke zum Lunch gehen?«

»Ja, natürlich. Ich hatte wirklich nicht vor, dich in Verlegenheit zu bringen. Ich habe keinerlei Erfahrung mit dem, was du durchmachst. Du mußt auf deine Gefühle hören und darfst dich nicht überfordern.«

Ich merkte, wie ich gelassener wurde. »Danke. Der Abend mit dir war wirklich sehr schön.«

»Das sagen sie hinterher alle.«

In ihrer Stimme schwang etwas mit, das mich zusammenzucken ließ. »Bist du jetzt sauer?«

»Ich komme schon drüber weg. Eigentlich wollte ich dieses tolle südamerikanische Restaurant für unser nächstes Treffen vorschlagen, aber dann gehe ich einfach mit jemand anders hin.« Sie lächelte, aber ich wußte nicht, wie ich dieses Lächeln deuten sollte.

Ich merkte, daß ich überhaupt nicht wußte, was ich wollte. Als ich mich am Vortag zu diesem Gespräch entschlossen hatte, war ich davon überzeugt, daß es das einzig Richtige war. Aber jetzt hatte ich das Gefühl, daß mir etwas verlorenging, und das war vollkommen lächerlich, weil zwischen uns gar nichts passiert war.

»Warte noch etwas, ehe du dahin gehst, okay?« sagte ich.

Sie warf mir einen mahnenden Blick zu. »Na gut, aber nicht zu lange.«

Seit Pittsburgh hatte ich nichts von Tanya gehört. Am folgenden Freitag bekam ich per E-Mail einen Artikel über eine neue

Roy-Orbison-Gesamtausgabe zugeschickt. Sie trug einen anonymen Absender. Orbison war eins der zahlreichen musikalischen Themen, über die Tanya und ich immer unterschiedlicher Meinung waren. Ich hielt Orbison für ein Gesangswunder, Tanya fand, daß er sich wie eine erdrosselte Katze anhörte. Der Artikel war eine einzige Lobeshymne auf ihn. Bedeutete das, daß Tanya meine Einschätzung übernommen hatte? Oder wollte sie sagen: Es gibt noch mehr so Idioten wie dich?

Wieder mal suchte ich nach einer zweiten, dritten und vierten Bedeutungsebene in dieser unpersönlichen, knappen Kontaktaufnahme meiner Tochter. Wollte sie mich daran erinnern, wie verschieden wir waren? Hatte sie mir diesen Artikel geschickt, weil sie an mich gedacht hatte und wußte, daß ich ihn gern lesen würde? Oder wollte sie mir einfach nur zeigen, daß sie noch lebte? In Orbisons Texten ging es oft um Kummer und Trauer. Hatte sie mir diese Mail geschickt, um mir zu sagen, daß sie traurig war? Orbison war viel zu jung gestorben. Stellte sie eine Verbindung zwischen ihm und Maureen her, indem sie darauf hinwies, wie er in der Erinnerung seiner Fans weiterlebte? In dem Artikel fanden sich Zitate aus seinen Liedern, aus »In Dreams« und »Only the Lonely«. Steckte etwas in diesen Zeilen, das ich entdecken sollte?

Ich hockte noch ganz in Gedanken versunken vor dem Computer, als Tate anrief.

»Ich komme mir total blöd vor«, sagte er. »Aber kannst du mir einen Gefallen tun?«

»Klar doch.«

»Kannst du dich morgen mittag ein paar Stunden um Zak und Sara kümmern? Ich treffe mich mit einer Frau zum Mittagessen.«

»Kannst du dich mit ihr nicht an einem Abend treffen, wenn die Kinder nicht bei dir sind?«

»Es ist ein bißchen kompliziert, und ihr war Mittagessen lieber. Meinst du, du könntest das tun, oder wird dir das zu viel, mit dem Baby und so?«

»Nein, das ist schon in Ordnung. Bring sie einfach vorbei.«

Kurz vor zwölf kam Tate am nächsten Tag vorbei, brachte die Kinder ins Haus, küßte sie auf den Kopf und sagte: »Muß mich beeilen.« Ich war etwas pikiert, nicht weil er mich um einen Gefallen gebeten hatte, sondern weil die Kinder in dieser schwierigen Familiensituation so eine untergeordnete Rolle für ihn spielten. Er war hinter irgendeiner Frau her. Ich wußte, daß er Gail immer treu gewesen war, und seine neugewonnene Freiheit war vielleicht so aufregend, daß er seine Verpflichtungen darüber vergaß.

Reese, Zak, Sara und ich gingen nach dem Mittagessen zu dem Spielplatz in unserer Nähe. Sara schaukelte lange, aber Zak blieb immer bei Reese und schien sich mehr für ihn als für alles andere in dem Park zu interessieren. Er nahm den Kleinen in einem Spielzeugauto auf den Schoß und spielte so lange mit ihm, bis Reese genug hatte. Sie teilten sich einen Keks, und als ich Reese die Windeln wechselte, schaute Zak neugierig zu.

»Nervt das nicht?« fragte er.

»Was soll daran denn nerven?«

»Daß du dich dauernd um ihn kümmern mußt.«

»Nein, überhaupt nicht. Obwohl es natürlich Sachen gibt, die mehr Spaß machen als das hier.« Ich zeigte auf die volle Windel. »Es macht mir Spaß, mich um Reese zu kümmern.«

»Echt?«

»Ja, klar. Er ist doch mein Sohn. Deine Eltern kümmern sich doch auch gern um dich.«

»Ja, ich weiß.«

Er rannte zu seiner Schwester, und die beiden kamen mit

Reese und mir auf die Wippe. Reese kreischte vor Vergnügen, wenn unser Ende auf den Boden stieß. An diesem Nachmittag hatte er besonders gute Laune, und alles machte ihm Spaß. Ich begann mich schon zu fragen, ob er für die anderen Kinder eine Show abzog. Es schien ihm wirklich wichtig zu sein, daß alle Spaß hatten.

Als wir den Park verließen, kaufte ich Zak und Sara ein Eis.

»Darf Reese auch eins haben?« fragte Zak.

»Eigentlich noch nicht«, sagte ich, obwohl er schon alles von Donuts bis Vanillecreme probiert hatte. »Babys sollen noch kein Eis essen.«

»Ich bin aber kein Baby mehr«, sagte Sara. »Ich will kein Baby mehr sein.«

Wir gingen nach Hause zurück, und ich legte Reese schlafen, während die beiden fernsahen. Tate hatte gesagt, um halb drei sei er spätestens zurück, aber als ich aus dem Kinderzimmer kam, war es schon viertel vor drei, und von Tate war noch nichts zu sehen.

Während wir auf ihn warteten, brachte Zak seiner Schwester Uno bei. Sara freute sich immer, wenn Zak aussetzen oder zwei Karten ziehen mußte. Plötzlich wurde mir klar, was ich so merkwürdig am Verhalten der beiden untereinander fand. Seit Sara laufen konnte, stritten sich die beiden fast ständig. Aber bis zu diesem Spiel hatten sich die beiden gegenseitig kein bißchen provoziert. Ich war mir ziemlich sicher, daß das kein gutes Zeichen war.

Tate tauchte schließlich gegen vier auf. Er kam rein, tippte seinen Kindern auf den Kopf und sagte zu mir: »Haben sie sich anständig benommen?«

»Bestens«, sagte ich und warf ihnen einen Blick zu. »Sie haben mich haushoch in Uno geschlagen, aber davon abgesehen waren sie wunderbare Gäste.«

»Spielst du mit uns Uno, Dad?« fragte Sara. »Gerry sagt, ich hätte den *Boden* richtig raus.«

»Das Wort heißt Bogen, Baby«, sagte Tate. »Im übrigen glaube ich, daß es langsam Zeit wird, Gerry zufrieden zu lassen.«

Ich begleitete sie zur Tür. »Wie war das Mittagessen?« fragte ich Tate.

»Leckerer als du dir vorstellen kannst.«

»Sollte ich darüber Bescheid wissen?«

»Ich will dich nicht eifersüchtig machen. Vielen Dank übrigens fürs Kinderhüten.«

»Es war wirklich nett. Du kannst sie mir jederzeit vorbeibringen.«

»Alles klar. Aber erst mal hast du bei mir was gut.«

Sara küßte mich auf die Wange, und Zak umarmte mich kräftig.

»Danke, daß du heute so ein toller Spielkamerad für Reese warst«, sagte ich zu ihm.

Er grinste. »Er ist echt cool.«

»Stimmt. Du aber auch.«

Am folgenden Dienstag wurde Reese ein halbes Jahr alt. Das würdigten wir gegen alle Ernährungsregeln mit einem Schokoladenpudding, den ich zur Feier des Tages kochte. Er schmeckte Reese so gut, daß er sich, im Gegensatz zu sonst, kaum etwas ins Gesicht, an seine oder meine Kleidung schmierte. Ich ahnte, daß ich eines Tages etwas gegen die eindeutige Vorliebe meines Sohnes für Süßspeisen unternehmen mußte, aber dieser Tag war nicht heute.

Bevor ich ihn zu Bett brachte, gab ich ihm das letzte Fläschchen Muttermilch, das sich Maureen vor vier Monaten abgepumpt hatte. Es war ihr sehr wichtig gewesen, einen großen Vorrat anzulegen, obwohl sie unmöglich ahnen konnte, unter welchen Umständen er zum Einsatz kommen würde. Schon seit Tagen hatte ich dieses letzte Fläschchen wie einen Schatz gehütet, weil ich es für heute aufbewahren wollte.

Ich fragte mich, wie Reese wohl darüber gedacht hätte, hätte er schon erfassen können, was das alles bedeutet. Hätte er das Gefühl gehabt, daß er nun den Kontakt zu seiner Mutter verlieren würde? Hätte er die Milch bewußter getrunken und versucht, sich den Geschmack für alle Zeiten einzuprägen? Glücklicherweise brauchte er sich diese Gedanken jedoch nicht zu machen. Er trank dieses Fläschchen wie alle anderen zuvor.

Ich begann mir zu überlegen, wie ich die Erinnerung an seine Mutter für ihn wachhalten konnte. Natürlich gab es Fotos von Maureen, und auf einem guten Dutzend waren die beiden sogar zusammen zu sehen. Aber ich wünschte ihm eine reichere und lebendigere Erinnerung an seine Mutter. Ich beschloß, ihm später viel zu erzählen, mit ihm die Orte aufzusuchen, an denen ich mit Maureen gewesen war, ihm Lieder vorzuspielen, die wir oft gehört hatten, Essen zuzubereiten, das sie gemocht hatte, ihm Filme zu zeigen, bei denen sie geweint hatte, ihm Dinge zu erzählen, über die sie sich empört hatte. Ich wußte, daß ich ihm kein vollkommenes Bild von ihr vermitteln konnte, aber ich wollte mein Bestes tun.

Gierig saugte er die Milch. Offenbar hatte er noch nicht genug Karotten, Pfirsiche und Schokoladenpudding gegessen. Als er fertig war, rülpste er laut. Ich wollte ihn schon ins Bettchen legen, beschloß dann aber, noch eine Stunde zu warten. Wir schaute uns ein Spiel der Yankees an, das sie zur Abwechslung mal klar gewannen, und ich versprach ihm, daß wir an seinem nächsten halben Geburtstag das Yankee-Stadion besuchen würden.

Ally und ich schraubten unsere Beziehung ziemlich mühelos auf den Stand von vor dem Abendessen zurück. Es gab Momente, in denen ich das Gefühl hatte, daß sie sich bewußt zurückhielt, aber meist konnten wir uns offen und frei miteinander unterhalten.

Der Termin, zu dem die Produktentwicklung für den Weihnachtskatalog abgeschlossen sein mußte, rückte näher, und die Papiere türmten sich auf meinem Schreibtisch. Ich mußte mir also Arbeit mit nach Hause nehmen, und wenn ich Reese zu Bett gebracht hatte, saß ich manchmal noch stundenlang in meinem Arbeitszimmer. Gelegentlich mußte ich dann abends auch noch Kollegen anrufen. Bei einem dieser Telefonate besprach ich mit Ally ein Problem, für das wir schnell eine Lösung fanden, und anschließend plauderten wir eine halbe Stunde lang sehr angeregt über alles mögliche. Ein paar Tage später rief sie mich abends aus keinem besonderen Grund an, und wieder plauderten wir eine halbe Stunde lang. Wieder ein paar Tage später sah ich mir, als ich mit der Arbeit fertig war, ein Yankee-Spiel an. Tagsüber hatte ich mit verschiedenen Vertretern der Firmenleitung ein Meeting nach dem anderen gehabt und Ally überhaupt nicht gesehen. Sie hatte nach der Mittagspause kurz in meinem Büro vorbeigeschaut, aber selbst davon hatte ich erst gegen sechs Uhr erfahren. Also beschloß ich, sie anzurufen.

»Tut mir leid, daß du mich heute nicht angetroffen hast«, sagte ich, als sie sich meldete. »Ich habe den ganzen Tag mit Herren in Anzügen verbracht.«

»Das ist deine Liga, Gerry. Eigentlich müßtest du im Büro selbst Anzüge tragen.«

»Was soll das denn heißen?«

»Nichts, Entschuldigung. Ich wollte heute mittag übrigens gar nichts Bestimmtes, nur mal hallo sagen.«

»Das wäre mir viel lieber gewesen als das Fachchinesisch der Finanzexperten. Manchmal glaube ich, diese Menschen sind genetisch anders strukturiert als unsereiner.«

»Vermutlich sagen sie dasselbe über Menschen, die kuschelige Badezimmermatten in Tierform entwickeln.«

»Da hast du wohl recht.«

Das Eröffnungsspiel lag etwas über einen Monat zurück. Die Yankees hatten erst elf von sechsundzwanzig Spielen gewonnen. Zwei wichtige Spieler fielen verletzungsbedingt für längere Zeit aus, und andere konnten nur an einzelnen Spielen teilnehmen. Im Fernsehen lief gerade die erste Hälfte des vierten Innings, und die Yankees lagen 1:4 zurück, weil die ersten Pitcher wieder mal versagten. Ich schaute nur noch halb hin, als auch noch der dritte Baseman einen einfachen, flachen Ball zwischen den Beinen durchließ und die gegnerische Mannschaft ihren nächsten Run vollendete. »Verdammt!« sagte Ally.

»Alles in Ordnung bei dir?« fragte ich.

»Ja, tut mir leid. Ich höre dir zu. Die Yankees haben nur gerade einen blöden Fehler gemacht.«

»Du siehst dir gerade das Spiel der Yankees an?«

»Ich sehe mir alle Spiele der Yankees an. Schon seit ich ein kleines Mädchen war, bin ich Yankee-Fan.«

»Wie kommt es, daß wir noch nie darüber gesprochen haben?«

»Du bist doch nicht etwa für die Mets oder?«

»Nein, nein! Ich war immer schon Yankee-Fan. Ich sehe mir das Spiel auch gerade an. Der Typ hat sich für diesen tiefen Ball total falsch positioniert.«

»Das macht er schon seit Saisonbeginn. Unser drittes Base ist ein echtes Problem.«

»Punkt vier auf der Problemliste, würde ich sagen.«

»Stimmt. Es sieht wirklich nicht gut aus.«

Was für eine Offenbarung! Seit ich erwachsen bin, habe ich mit kaum jemandem so reden können. Maureen und Tanya machten sich nicht viel aus Baseball, und meine Freunde waren meist für die Mets. In ganz New York wimmelte es von Yankee-Fans, aber in meinem Bekanntenkreis waren sie Mangelware.

Aber nun hatte ich ja Ally.

In diesem Inning machten die Yankees keine weiteren Fehler und vergaben auch keine Runs. In der Werbepause wechselten wir das Thema.

»Hast du schon das neue *Food and Wine* gelesen?« fragte Ally. »Diese wunderbare Reportage über chilenische Weingüter?«

»Nein, ich habe die Zeitschrift nicht abonniert.«

»Nicht? Sie ist toll. Ich schenke dir ein Abo zum Geburtstag. Wann hast du überhaupt Geburtstag?«

»In elf Monaten.«

»Was? Du hattest letzten Monat Geburtstag und hast mir nichts davon gesagt?«

»War keine große Sache.«

»Ein Geburtstag ist immer eine große Sache. Ich schalte sofort den Computer an und bestelle dir ein Abo. Wenn du die erste Nummer bekommst, holen wir deinen Geburtstag nach.«

»Ich habe aber gar keine Ahnung von chilenischen Weinen.«

»Du brauchst mich wirklich mehr, als ich dachte. Ich gebe zu, die Chilenen arbeiten noch dran, aber sie haben schon ein paar ganz vorzügliche Weine auf den Markt gebracht, das Weingut Casa Lapostolle zum Beispiel. Ich sitze schon am Computer.«

»Und wenn die Yankees jetzt einen Strike nach dem anderen machen?«

»Ach, was! Das wüßte ich.«

»Vielleicht legen sie schon im nächsten Inning los.«

»Was hast du Reese heute zum Abendbrot gemacht? Seid ihr schon zu mexikanischem Essen übergegangen?«

»Ich habe ihm neulich Guacamole gegeben, und er fand es ganz toll, weil er das Zeug in seinen Haaren verschmieren konnte. Heute habe ich auf einen Klassiker zurückgegriffen: pürierte Pfirsiche.«

»Von Hipp oder Alete?«

»Soll das ein Witz sein? So was mache ich selbst.«

»Machst du dir nicht ein bißchen zu viel Arbeit? Oder hast du Angst, daß die handelsübliche Babykost pures Gift ist?«

»Ein paar Pfirsiche zu blanchieren und sie hinterher in den Mixer zu werfen, ist nun wirklich keine Arbeit.«

»Für mich klingt es nach Schwerstarbeit.«

»Ich muß dir wirklich mal ein paar Nachhilfestunden im Kochen geben.« Ich hatte das einfach so dahin gesagt, aber als ich mich reden hörte, stockte mir der Atem.

»Gerne, sobald du dazu bereit bist. Allerdings mußt du gewisse Kollateralschäden einkalkulieren.«

Das Spiel ging weiter, und ich sagte Ally Bescheid.

»Ich bin gleich fertig, muß nur noch deine Adresse angeben.«

»Du gibst tatsächlich ein *Food and Wine*-Abonnement für mich in Auftrag?«

»Du sagst doch, daß du noch keins hast. Also, deine Adresse bitte!«

Ich nannte sie ihr und sagte, daß der Läufer der Yankees gerade das erste Base erreicht hatte.

»Wie war übrigens die Teambesprechung heute?« fragte ich.

»Du hast uns gefehlt. Es war ein bißchen wie in der Schule,

wenn der Lehrer nicht da ist. Aber alles in allem war es okay. Morris hatte eine gute Idee, aber das soll er dir morgen selber sagen. Oder kriegen wir dich morgen schon wieder nicht zu sehen?«

»Ich weiß nicht. Es stehen noch ein paar Besprechungen mit diesen Finanzmenschen an, aber da komme ich mir immer total überflüssig vor.«

»Dann komm doch zu uns. Bei uns wirst du gebraucht.«

»Danke. Die Yankees haben gerade das erste und zweite Base besetzt und noch kein Aus kassiert. Du verpaßt wirklich was.«

»Ich gebe gerade meine Kreditkartennummer ein. Gleich gehe ich wieder ins Wohnzimmer.«

Ally gab ihre Bankverbindung ein, und wir schwiegen einen Augenblick, während der nächste Schlagmann der Yankees den Ball ins Double schlug, so daß der Läufer bei zwei Aus nicht mehr vom dritten Base wegkommen konnte. Ich stöhnte laut und erklärte Ally, was passiert war.

»Ich sage doch, so geht das schon die ganze Zeit. Es sieht wirklich nicht gut aus«, sagte sie.

»Ach, die schaffen das schon. Sie müssen einfach.«

Das Inning endete jedoch damit, daß der nächste Schlagmann den Ball hoch, aber viel zu kurz, direkt zum Shortstop schlug. Bevor wir uns voneinander verabschiedeten, kommentierten wir das Spiel noch ein paar Minuten lang wechselseitig.

»Bei mir ist es übrigens im September soweit«, sagte Ally.

»Wie bitte?«

»Mein Geburtstag. Ich dachte, ich sag's dir lieber gleich, falls du mir auch etwas schenken möchtest, das ein wenig Vorbereitung benötigt.«

»Danke, für alles.«

Nach dem Telefonat verlor ich das Interesse an dem Spiel und machte meinen abendlichen E-Mail-Check. Nichts Neues von Tanya. Ich schrieb ein paar Zeilen ins Tagebuch und erwischte, als ich in die Diele zurückkam, gerade noch die Abmoderation. Die Yankees hatten wieder mal verloren.

Zwölf: Indisponiert

Daß ich mich gegen Fälle wie diesen nicht abgesichert hatte, wurde mir erst bewußt, als Lisa krank wurde. Ich hatte gerade geduscht, und Reese lag auf meinem Bett und trank sein erstes Fläschchen, als sie anrief und sagte, sie habe 39° Fieber und werde zu Hause bleiben.

Natürlich passierte das an einem Tag, als es im Büro besonders viel zu tun gab. Ich mußte die Angaben für das nächste Monatsbudget bis zum Ende der Woche vorlegen, Abschlußbesprechungen für den Weihnachtskatalog standen an, und die Produktbeschreibung für den ersten wirklich neuen Artikel unseres diesjährigen Sortiments war fällig. Da mir die Arbeit nicht mehr so viel bedeutete wie früher, wollte ich auf keinen Fall den Eindruck erwecken, als sei mir alles egal. Ich konnte es mir nicht leisten, einen Tag frei zu nehmen. Aber ich hatte keine Wahl.

Als ich Ben anrief und ihm sagte, daß ich nicht kommen könnte, wurde mir klar, daß ich für die Arbeit zu Hause einige Unterlagen aus dem Büro brauchte.

»Ich werde in zirka einer Stunde mal kurz reinschauen. Ich brauche Einzelheiten für die Produktbeschreibung und meine Unterlagen für die Budgetbesprechung. Legen Sie mir das bitte bereit, ja?«

»Wollen Sie sich wirklich die Mühe machen? Ich könnte Ihnen die Sachen auch bringen.«

»Nein, dann wäre mein Büro ja völlig unbesetzt. Wenn Sie herkommen wollen, hätte das nur Sinn, wenn Sie hier den Babysitter ersetzen würden.«

»Sie wissen genauso gut wie ich, daß das ein Fehler wäre.«

»Eben. Ich bin spätestens um zehn da.«

Eigentlich war es kein Problem, Reese ausgehfertig zu machen. Schließlich war es dasselbe wie am Wochenende, wenn wir unsere Besorgungen machten, und dann klappte es immer reibungslos. Ganz anders an diesem Morgen.

Zuerst konnte er einfach nicht stillhalten, als ich ihn anzog. Er war inzwischen so mobil, daß die Anzieherei an jenes Jahrmarktspiel erinnerte, bei dem man auf einen Maulwurf schlagen muß, der in unregelmäßigen Abständen den Kopf aus verschiedenen Löchern steckt. So landeten seine Beine in Ärmeln und seine Arme in Hosenbeinen. Als er schließlich in seinem Outfit steckte, spuckte er es voll und erwischte dabei auch noch meinen Hemdsärmel. Also mußte ich uns beide umziehen, wobei mein eigenes Hemd das kleinere Problem war. Als wir dann in den Wagen stiegen, machte er in die Windel. Ich dachte ernsthaft darüber nach, ob ich ihm die schmutzige Windel anlassen sollte, aber die Vorstellung, wie er dann auf meine Kollegen wirken würde, war mir dann doch zu unangenehm. Natürlich handelte es sich ausgerechnet dieses Mal um besonders flüssige Ausscheidungen, und seine Hose war durchweicht. Also mußte ich ihn zum dritten Mal umziehen.

Als wir schließlich losfuhren, fiel mir ein, daß ich keine Ersatzwindeln mehr im Wagen hatte. Zu gern hätte ich daran geglaubt, daß Reese innerhalb der nächsten zwei Stunden nicht wieder in die Windeln machen würde, aber sich darauf zu verlassen, wäre unklug gewesen. Also wendete ich und fuhr zurück.

Es war schon fast halb elf, als ich den Firmenparkplatz erreichte. Ich hastete in das Gebäude, als sei ich für ein Meeting mit dem Direktorium spät dran, verzichtete auf den Kampf mit dem Tragesitz und nahm Reese auf den Arm. Ich nickte den Kollegen in den Fluren freundlich zu, wimmelte aber jeden ab, der stehenblieb und das Baby bestaunen wollte.

Ich ging absichtlich nicht an Marshalls Büro vorbei, was einen ziemlichen Umweg bedeutete. Mir war klar, daß er gar nicht glücklich sein würde, wenn er erfuhr, daß ich nicht zur Arbeit gekommen war. Und noch mehr hätte ihn der Anblick des Babys auf die Palme gebracht.

»Haben Sie mir die Unterlagen zurechtgelegt?« fragte ich Ben, als ich mein Büro betrat.

»Hallo, ja. Liegt alles auf Ihrem Schreibtisch.«

»Danke.«

Er stand auf und kam mit in mein Büro. »Das ist also Reese, was? Er sieht ganz anders aus als auf den Fotos.«

»Er sieht sogar anders aus als vor zwei Stunden. Das ist so in diesem Alter.«

»Tatsächlich? Dann würden Sie ja, wenn Sie mal für ein paar Tage verreisen müßten, bei Ihrer Rückkehr einen Fremden in Ihrem Haus vorfinden!«

»Schon möglich. Aber so was kommt bei mir ja nicht vor.«

Das Telefon klingelte, und Ben ging in sein Büro zurück, um das Gespräch anzunehmen. Ich raffte die Unterlagen zusammen, und dann fiel mir ein, daß ich noch eine Datei aus dem Computer brauchte. Mit Reese und den Papieren im Arm beugte ich mich nach unten, um den Computer zu starten.

»Brauchst du Hilfe?«

Ich schaute auf und sah Ally in der Tür stehen.

»Es wurde gemunkelt, daß jemand mit einem Baby auf dem Arm durch die Gänge streicht. Mit detektivischem Gespür bin ich schnell darauf gekommen, daß du das sein könntest.«

Ich kam wieder hoch und sah, daß Reese die Computermaus im Mund hatte. »Ich könnte tatsächlich Hilfe gebrauchen.«

Ally kam auf mich zu und nahm mir Reese ab. Dabei nahm

sie ihm die Maus weg und legte sie auf den Schreibtisch. Ich dachte, Reese würde protestieren, aber nichts dergleichen geschah. Ally setzte sich mit ihm auf die Couch, während ich den Computer startete.

»Was für ein schönes Kind«, sagte sie.

Ich sah zu ihr hinüber. Reese stand auf ihrem Schoß und wühlte in ihren Haaren. Ally schüttelte den Kopf, so daß ihr ein paar Strähnen in die Stirn fielen, und Reese gluckste vor Vergnügen. Ally machte dasselbe noch mal, und Reese gluckste noch lauter.

»Danke.«

»Er hat deine Augen und dein Kinn, aber glücklicherweise nicht deine Nase.«

»Was hast du denn gegen meine Nase?«

Ally rieb ihre Nase an Reeses, worauf er laut lachte, und sie sagte: »An einem Erwachsenen sieht sie einfach besser aus als an einem Baby. Möchtest du fliegen, Reese?« Ally hob ihn hoch und schwang ihn durch die Luft. Er sah sie mit großen Augen an und lächelte vergnügt.

Ich konzentrierte mich auf den Computer und mailte mir die benötigte Datei nach Hause. Dann beschloß ich, sicherheitshalber noch eine Kopie auf Diskette zu ziehen, falls ich die Mail zu Hause nicht öffnen konnte. Als ich damit fertig war, schaltete ich das Gerät ab und setzte mich zu den beiden.

»Er ist unglaublich süß«, sagte Ally.

»Vor einer Stunde hättest du das nicht gesagt.«

»Doch, bestimmt! Er kann gar nicht anders, als süß sein.« Reese saß jetzt auf Allys Schoß und versuchte, einen Blusenknopf in den Mund zu bekommen. Natürlich hatte sie recht. Er war fast immer süß. Spielerisch lenkte sie ihn von dem Knopf ab, und er hielt ihre Hand fest. Auch das wiederholten sie ein paarmal, bis sich Reese für etwas anderes interessierte.

»Bist du oft mit Kindern zusammen?«

»Ich habe eine kleine Nichte. Ich bin ganz verrückt nach ihr. Sie ist jetzt vier. Aber sonst habe ich keinen Kontakt zu Kindern.«

»Wie Reese wohl mit vier sein wird?«

Plötzlich schoß er nach vorne, und Ally mußte schnell reagieren, damit er nicht von der Couch fiel. Die meisten hätten ihn mir danach wohl erschrocken zurückgegeben. Aber Ally drehte Reese herum, so daß er sie ansehen konnte, beugte sich zu ihm vor und sagte: »Nicht springen!« Dann sah sie mich an. »Also erzähl schon: Was ist los?«

»Lisa ist krank. Jetzt sitze ich da, muß das Kind hüten und gleichzeitig einen 37-Stunden-Tag bewältigen. Vorsicht! Er grabscht nach deiner Halskette.«

Ally nahm seine Hand, löste sie aber nicht von der Kette. »Kinder mögen glänzende Sachen, nicht wahr? Kann ich dir irgendwie helfen?«

»Ja. Wenn du die Nachmittagsschicht übernimmst, bezahle ich dir ein Vermögen.«

»Würd ich ja gerne tun«, sagte sie und rieb wieder die Nase an Reese. »Aber ich habe heute zwei Meetings mit der Produktion. Ich hatte eher daran gedacht, dir was von der Arbeit abzunehmen.«

»Es sind lauter Sachen, um die ich mich selbst kümmern muß. Aber danke für das Angebot.«

»Noch eine Runde fliegen?« sagte Ally und hob Reese in die Luft. Er lachte. »Er scheint viel Sinn für Humor zu haben.«

»Das ist kein Humor. Das ist ein Flirt. Siehst du, wie lasziv er sich bewegt?«

»Ja, das macht mich total an. Hey, Reese, Baby! Wie wär's mit uns beiden?«

Ich lachte. Reese hatte in letzter Zeit zu fremdeln begonnen, aber auf Ally ließ er sich so freudig ein, daß er mich gar nicht mehr zu bemerken schien. Einer spontanen Regung folgend sagte ich: »Wir wollen am Samstagnachmittag ein Picknick machen. Komm doch mit!«

Ally sah mich überrascht an. »Meinst du das ernst?«

»Ja. Das Wetter soll am Wochenende schön sein, und ganz offensichtlich läuft da was zwischen meinem Sohn und dir.«

Sie küßte ihn auf die Wange und setzte ihn sich wieder auf den Schoß. »Sehr gerne. Fungiert Reese dann als unser Aufpasser?«

Ich verdrehte die Augen. Ally hatte sich zwar darauf eingelassen, unser Zusammensein aufs Büro zu beschränken, aber sie hatte mich auch nie vergessen lassen, daß da mal mehr gewesen war. »Ich glaube nicht, daß das nötig ist.«

»Also dann. Wann und wo?«

»Ich sag dir noch Bescheid.« Ich stand auf. »So leid es mir tut, ich muß euch zwei jetzt auseinanderreißen. Ich habe einen Haufen Arbeit zu erledigen, und meine Arbeitsbedingungen sind nicht gerade günstig. Ich muß jetzt los.«

»Klar.« Ally beugte sich vor und küßte Reese aufs Haar. »Hat mich gefreut, dich kennenzulernen.«

»Ihr seht euch ja am Samstag wieder.«

»Ich freu' mich drauf.«

Auch als Tanya klein war, mußte ich mal zu Hause arbeiten. Maureen lag mit einer Grippe im Bett, und wir hatten keinen Babysitter für solche Fälle. Ich mußte einen Bericht fertig schreiben und befürchtete, daß Tanya, die zu dem Zeitpunkt zweieinhalb war, mich daran hindern würde. Angesichts meiner noch jungen Karriere war das ein echtes Problem. Aber es stellte sich heraus, daß diese Sorge ganz unbegründet war. Tanya konnte sich sehr gut allein beschäftigen und spielte

Krankenschwester für ihre Mutter. Schon am frühen Nachmittag war ich soweit fertig, daß ich mit ihr zum Spielplatz fuhr und bis gegen Abend dort blieb.

Reese zeigte sich nicht annähernd so kooperativ. Ich hatte seine Lieblingsspielzeuge zusammengesucht, sie in mein Arbeitszimmer geholt und ihn damit auf seine Spieldecke gesetzt. Sich nicht von der Stelle zu rühren, war jedoch etwas, das man von Reese zur Zeit nicht verlangen konnte. Er rollte kreuz und quer durch mein Zimmer, und es stellte sich heraus, daß es hier eine Menge Dinge gab, unter denen er steckenbleiben konnte. Er schien diese Stellen absichtlich auszusuchen, um mit mir die Säuglingsvariante vom Verstecken zu spielen.

Als klar wurde, daß ich unmöglich so arbeiten konnte, versuchte ich es in der Diele. Hier konnte Reese stundenlang umherrollen, Dinge erkunden, mit seinem Spielzeugtelefon und seinen Reifen spielen. Manchmal hatte er sogar protestiert, wenn ich mit ihm in ein anderes Zimmer gegangen war. Aber heute war alles anders. In letzter Zeit hatte er sich immer öfter hochgestemmt und dann ruckartig vor und zurück geschaukelt, so als wolle er anfangen zu krabbeln. Bislang war er dabei allerdings nicht von der Stelle gekommen. Trotzdem schien ihm diese Übung großen Spaß zu machen, denn er lachte, wenn er sich auf Hände und Knie hochstemmte. Heute jedoch fand er es hochgradig frustrierend, und er quengelte und weinte viel. Wenn ich ihn hinsetzte und mich zu ihm auf den Fußboden hockte, freute er sich, und solange ich mich mit ihm beschäftigte, verzichtete er auf die Krabbelversuche. Doch sobald ich zur Couch zurückkehrte und auf das leere Papier blickte, fing er wieder damit an, und der Frust überkam ihn erneut.

Während seines Mittagsschlafs kam ich dann ein Stückchen voran, aber nicht viel, denn obwohl er manchmal bis zu drei Stunden schlief, wachte er heute schon nach 45 Minuten wieder auf. Danach versuchte ich es mit seiner Wippe, aber daraus war er im Grunde schon herausgewachsen, und das Fernsehen interessierte ihn auch nicht, weil kein Baseballspiel lief.

Ich bin keiner, der zum Arbeiten absolute Ruhe braucht. Was ich aber brauche, ist Zeit. Ich kann nicht gut nachdenken, wenn ich ständig unterbrochen werde. So mußte ich gegen 14 Uhr feststellen, daß ich kaum etwas geschafft hatte, und ich merkte, wie mir Termindruck und Schuldgefühle im Nacken saßen. Im selben Moment riß auch Reese der Geduldsfaden. Er begann herzzerreißend zu weinen. Das Spielzeug, was ich ihm anbot, interessierte ihn nicht, und als ich mich zu ihm auf den Fußboden setzte, beruhigte er sich auch nicht. Ich mußte ihn auf den Arm nehmen und durchs Haus tragen. Anschließend packte ich ihn wieder auf seine Spieldecke. Kaum hatte ich mich auf die Couch gesetzt, begann er wieder zu weinen.

Dann nahm bei mir die Frustration überhand. Ich hatte ja nicht erwartet, daß sich Reese ganz allein beschäftigen würde, während ich arbeitete, aber bestimmte Dinge mußte ich einfach fertig kriegen. Wenn ich am nächsten Tag nicht die Zahlen für das Monatsbudget parat hatte, weil mich mein Sohn nicht hatte arbeiten lassen, konnte ich mir Marshalls Reaktion genau ausmalen. Ich schnappte Reese, trug ihn auf sein Zimmer und legte ihn unsanft ins Bett. Dann schrie ich ihn zum ersten Mal im Leben an. Er war vollkommen schockiert. Natürlich verstand er nicht, was ich sagte, aber selbst seine Kuscheltiere begriffen, was ich meinte. Reese starrte mich an, zuerst ganz furchtsam, und dann zerfloß seine Miene in fassungslosem Geschrei. Ich warf die Arme hoch und marschierte aus dem Zimmer.

Lange ließ ich ihn nicht allein. Zwar versuchte ich zu arbeiten, aber bei dem Geschrei war das nicht möglich. Obwohl ich wußte, daß Reese eigentlich nur müde war und sich womöglich innerhalb weniger Minuten in den Schlaf weinen würde, brachte ich es nicht fertig, ihn zu ignorieren. Ich ging zurück, nahm ihn hoch und trug ihn im Haus herum, bis er sich beruhigte. Er atmete noch schwer, als ich ihn mit ausgestreckten Armen vor mich hielt und sagte: »Jetzt gehen wir erst mal draußen spielen. Dafür läßt du mich aber heute abend arbeiten, okay?«

Ich zog Reese warm an und setzte ihn in den Wagen. Dann machten wir einen langen Spaziergang. Das Wetter war sehr schön, und überall kündigte sich schon der Sommer an. Reese amüsierte sich prächtig, gluckste und gestikulierte lebhaft mit den Händen. Während er sich auf diese Weise beschäftigte, konnte ich sogar ein paar Minuten über die anstehenden Budgetfragen nachdenken.

Als ich Reese abends schlafen legte, erwiesen sich diese Überlegungen sogar als nützlich. Reese schlief tief und fest, und ich kam gut voran. Ich machte mir klar, daß ich (uns beiden) eine Menge Streß erspart hätte, wenn ich die Arbeit von vornherein auf den Abend gelegt hätte. Das war mir aber erst ziemlich spät eingefallen. Statt dessen hatte ich nur daran gedacht, daß ich es mir nicht leisten konnte, schon wieder im Büro auszufallen. Wie dumm von mir. Zweifelsohne hatte ich inzwischen genügend Renommee bei *Eleanor Miller*, um mir einen kleinen Aussetzer leisten zu können, auch wenn Marshall so tat, als sei mit mir nichts mehr anzufangen. Und selbst wenn ich einen Termin verpaßt hätte, rechtfertigte das nicht, daß ich so ruppig mit Reese umgegangen war.

Nicht zum ersten Mal war ich dankbar dafür, daß Reese später keine bewußten Erinnerungen an diese Zeit haben würde. Paradoxerweise war mir gleichzeitig bewußt, daß alles, was wir taten, selbst die kleinste Kleinigkeit – möglicherweise gerade die kleinste Kleinigkeit – einen prägenden Einfluß auf ihn haben würde. Und da er sich später an diese prägenden Dinge nicht würde erinnern können, fand ich es um so wichtiger, alles zu unterlassen, was ihn traumatisieren konnte.

Tage wie dieser führten mir die enorme Verantwortung vor Augen, die Eltern tragen. Es war geradezu einschüchternd.

Glücklicherweise waren solche Tage eher selten.

Ich muß zugeben, daß ich stark unterschätzt habe, wie wichtig Vater und Mutter für ein funktionierendes Familienleben sind. Das soll nicht heißen, daß ich Deine Mutter unterschätzt habe, aber mir war nicht klar, wie gut wir die häuslichen Aufgaben aufteilten, und wie angenehm es war, immer Rückendeckung zu haben. Ich hoffe, sie hat das auch so empfunden.

Dein Bruder verlangt mir manchmal ziemlich viel ab. Ich kann mich gar nicht erinnern, daß Du je so bedürftig warst. Er ist ein toller Junge, und manchmal bin ich ganz hingerissen von ihm, aber er legt großen Wert auf Beachtung. Ich denke, in den nächsten Monaten wird das noch zunehmen, aber ich weiß auch, daß ich eines Tages wieder Zeitung lesen kann, ohne seinen Zorn auf mich zu ziehen oder seine Gesundheit zu gefährden. Ich wünschte nur, Deine Mutter wäre hier und wir könnten uns abwechseln.

Ab und zu muß man sich bewußt machen, was einem das Wichtigste im Leben ist, was über den Tag hinaus von Bedeutung ist, warum man sich auf den nächsten Tag freut. Und sobald man begriffen hat, was das ist, muß man es pflegen. Ich glaube, das Wichtigste an Deiner Mutter war für mich unsere Partnerschaft. Schon vor

Deiner Geburt waren wir ein Team, und hinterher um so mehr. Wir pflegten und stärkten diese Partnerschaft, redeten viel miteinander, planten alles gemeinsam und entlasteten uns gegenseitig. Ich kann mich nicht daran erinnern, daß ich Deine Mutter jemals um Hilfe bitten mußte. Sie wußte von selbst, wann und wie ich ihre Unterstützung brauchte. Wir waren wie Lennon und McCartney oder Magic und Kareem (das ist übrigens eine Anspielung auf Baseball).

Ich weiß nicht, was für Dich das Wichtigste im Leben ist. Das ist auch gar nicht nötig, obwohl ich es natürlich gern wüßte. Entscheidend ist nur, daß Du weißt, was Dir am wichtigsten ist und daß Du alles in Deiner Macht Stehende dafür tust. Denn wenn Dir das Beste abhanden kommt und nichts anderes seinen Platz einnimmt, kann das Leben ziemlich beängstigend sein. Ich brauche Dir gewiß nicht zu sagen, daß ich aus Erfahrung spreche.

Was ich eigentlich sagen will: Du gehörtest zum Wichtigsten, was ich im Leben hatte. Seit ich Dich das erste Mal in den Armen hielt, wußte ich, daß Du für mich unersetzbar sein würdest. Und als Du dann größer wurdest und Dich nicht nur als klug, sondern schon als Kleinkind als sehr selbständig entpupptest, bist Du mir mehr und mehr ans Herz gewachsen. Seit Deiner Geburt habe ich mich über Dich und Deine Mutter definiert. Das gilt sogar für die düsteren Zeiten Deiner Teenagerzeit. Das galt auch noch, als Deine Mutter mit Reese schwanger wurde. Und es gilt immer noch.

Ich wußte immer, daß Du etwas ganz Besonderes bist, und nicht nur, weil Du meine Tochter bist. Es gibt tausend Gründe für mich, stolz auf Dich zu sein. Und obwohl ich wußte, daß ich in Deinem Herzen nur die zweite Rolle spielte (oder eine noch unbedeutendere, wenn Deine Tante oder Deine Großeltern da waren und später noch Deine Freunde und Freundinnen hinzukamen), gehörtest Du immer zum Besten und Liebsten, was ich im Leben hatte.

Allerdings habe ich unsere Beziehung wohl leider nicht besonders gepflegt, was?

Dreizehn: Lebenshilfe

»Was gibt's denn Schönes?«

Codie rief an, als ich gerade am Kochen war. Reese saß mit ein paar Spielsachen in seinem Hochstuhl. Wenige Tage zuvor hatten wir den Babysitz endgültig verbannt. Er stand jetzt auf der Kellertreppe und wartete darauf, entsorgt zu werden.

»Hähnchenbrust im Maismehlmantel mit einer scharfen Ananas-Chili-Salsa.«

»Dann decke den Tisch bitte für zwei. Ich bin in eineinhalb Stunden da.«

»Okay, ich warte.«

»Ich würde ja wirklich gern kommen, aber mein aktueller Kunde hat etwas gegen Kreativität. Ich finde, er sollte jemanden aus seiner Buchhaltung mit der Werbekampagne beauftragen.«

»Dann komm doch einfach her! Reese kann ja die Entwürfe zusammenhauen, während wir essen.«

»Nein, Reese hat zu viel Klasse für diesen Typen. Außerdem bin ich heute abend schon zum Essen verabredet.«

»Ein Date?«

»Eher ein Vorspiel für ein Date.«

»Klingt romantisch.«

»Nichts Großes. Wie geht's meinem Lieblingsneffen?«

Ich goß etwas Olivenöl in eine heiße Pfanne und sah zum Hochstuhl hinüber. »Im Moment versucht er gerade, ein Stoffkaninchen komplett in den Mund zu bekommen.«

Codie lachte. »Orale Phase, was?«

»Extrem oral. Ich hatte ganz vergessen, wie sehr Kinder

beim Zahnen sabbern. Vielleicht sollte ich ihm einen Taucheranzug anziehen.«

»Das stelle ich mir hübsch vor.«

Ich legte das Hähnchenfleisch in die Pfanne und ging zur Arbeitsplatte, um die Salsa zuzubereiten. »Steht unsere Verabredung für übernächsten Sonntag?«

»Aber ja. Ich komme am späten Vormittag. Oder wollt ihr wieder zum Brunch zu mir kommen?«

»Ich glaube, damit warten wir lieber noch sieben oder acht Jahre.« Als ich Codie neulich mit Reese besucht hatte, waren wir in ein Restaurant gegangen und hatten dabei leider ein viel zu vornehmes erwischt. Für Reese war es der erste Restaurantbesuch, und er hatte überhaupt kein Verständnis dafür, was er mit beachtlicher Lautstärke kundtat. Codie und ich mußten abwechselnd mit ihm auf der Straße auf und ab gehen. »Ich erwarte dich dann am späten Vormittag.«

Ich zog ein Paar Gummihandschuhe an. Normalerweise war ich nicht so zimperlich mit scharfem Chili, aber ich wollte nicht, daß Reese meine Finger in den Mund nahm und sich wehtat. Als ich nach dem Küchenmesser griff, hörte ich einen dumpfen Schlag und einen Schrei aus seiner Richtung. Sein Gesicht war ganz rot, und er schrie aus Leibeskräften.

»Was ist passiert?« fragte Codie.

»So was passiert fünfmal pro Tag. Wird nicht so schlimm sein. Ich kann kein Blut entdecken.« Ich klemmte den Hörer zwischen Ohr und Schulter und hob Reese aus dem Stuhl. Er schluchzte noch ein paarmal und vergrub seinen Kopf in meiner Brust.

»Mußt du auflegen?«

»Nein, ihm geht's gleich wieder gut. Ich vermute, daß er mit dem Kopf aufs Tablett geschlagen ist. Er hat noch nicht begriffen, daß er das sein lassen sollte.« Reese hatte schon aufgehört zu weinen, drückte aber immer noch den Kopf an mich. Ich mußte das Fleisch wenden, setzte mir Reese auf die Hüfte und griff nach der Küchenzange.

»Kann ich ihn begrüßen, oder ist er dafür zu lädiert?«

Reese hob den Kopf und beobachtete, wie ich mit der Zange hantierte. Sein Schmerz schien vergessen. »Nein, es geht ihm wieder gut.« Ich hielt ihm den Hörer ans Ohr. »Tante Codie möchte mit dir sprechen.«

Ich konnte Codies tiefe Stimme hören. Völlig fasziniert hielt Reese den Kopf an den Hörer. Er lächelte und gluckste. Kurz darauf nahm ich den Hörer wieder an mich.

»Er hat mit mir *gesprochen*«, sagte Codie.

»Du solltest dir selbst einen von der Sorte anschaffen.«

»Ich kann's gar nicht fassen. Er hat mit mir gesprochen! Glaubst du, er hat meine Stimme erkannt?«

»Natürlich hat er deine Stimme erkannt. Hast du nicht gehört, wie er sagte: ›Was hast du mir dieses Mal gekauft, Tante Codie?‹«

»Ha ha ha!« sagte Codie trocken. »Ich fand das wirklich aufregend.«

»Dann kann ich nur hoffen, daß du bei älteren Männern cooler bleibst.«

»Mein Neffe ist doch kein Mann!«

»Ich glaube, das sollten wir ein andermal erörtern. Außerdem ist das Fleisch gleich fertig, und ich habe die Salsa noch nicht gemacht.«

»Dann lasse ich dich jetzt zufrieden. Ich muß noch diese schreckliche Präsentation hinter mich bringen. Mit etwas Glück komme ich in einer Stunde hier raus. Der Typ, mit dem ich ausgehe, ist Modefotograf. Das bedeutet, ich müßte mich vorher noch schminken.«

»Mach dich nicht lächerlich! Wenn er nicht sieht, daß du

eine Naturschönheit bist, kann er als Fotograf nicht viel taugen.«

»Oh, danke! Kann ich noch mal mit Reese sprechen?«

Ich hielt ihm den Hörer noch mal hin, aber er reagierte mit keinem Mucks auf Codies Gegurre. Bevor ich auflegte, sagte ich ihr jedoch noch, daß er die ganze Zeit gelächelt hatte. Sie freute sich sehr, das zu hören.

Als ich Reese zu Bett gebracht hatte, checkte ich meine E-Mails, wie üblich. Und, wie üblich, war keine von Tanya dabei. Dafür aber eine von der Agentur, die ich beauftragt hatte, einschlägige Zeitungsartikel für mich zu sammeln. Sie wies mich auf einen neuen Artikel über River hin. Obwohl ich keine Ahnung hatte, ob Tanya noch mit der Band umherreiste, war es mir wichtig, in Sachen River auf dem laufenden zu bleiben.

In dem Artikel ging es um ein Konzert, das kürzlich in Indianapolis stattgefunden hatte, und um ein Ritual, das der Bassist, Kent Swanson, an verschiedenen Auftrittsorten vollführte: Er ging auf den Parkplatz, auf dem die Riverriders kampierten, und feierte ausgiebig mit ihnen. Ich versuchte, mir Tanya bei so einem Event vorzustellen, und fragte mich, wie sie das wohl fand. Ich vermutete, daß sie gegenüber so einer Berühmtheit äußerlich ganz cool blieb, während sie in Wirklichkeit ziemlich aufgeregt war. Vielleicht brachte ein solches Ereignis etwas Licht in das Dunkel, das ihr Leben vermutlich beherrschte, seit sie vom Tod ihrer Mutter erfahren hatte. Sie hatte so etwas genauso nötig wie ich.

Zum ersten Mal seit langem dachte ich an meine Phase als Rockmusiker. Obwohl ein großer Durchbruch niemals auch nur am Horizont war, gab es eine Zeit, in der mir die Musik am wichtigsten war. Damals konnte ich mir überhaupt nicht vorstellen, daß ich einmal in einem Büro meinen Lebensunterhalt verdienen würde. Ich erinnerte mich an die einzige »Tournee«, die ich je gemacht hatte. Es war der Sommer nach meinem Freshmanjahr im College, und ich spielte in einer Band, die gut genug war, um für ein paar Auftritte an der Ostküste gebucht zu werden. Sechs Wochen lang schleppten wir vier unser Equipment von Club zu Club, schliefen im Van und aßen und tranken zu viel. Es war anstrengend, aber phantastisch, und ich leckte Blut, diese Art zu leben gefiel mir. Das verlor sich aber schnell, als ich Maureen im folgenden Oktober kennenlernte und merkte, daß mir eine Romanze mit ihr viel mehr bedeutete, als morgens um zwei mit drei ungewaschenen Typen Burritos zu essen und Bier zu trinken.

Ich hatte Tanya noch nie von dieser Reise erzählt, die ich damals als »meine Tournee« bezeichnete. Als unser Verhältnis schwierig wurde, hatte ich allerdings manchmal daran gedacht. So aber wußte Tanya gar nichts von meinem damaligen Entschluß, Rockmusiker zu werden. Im Wohnzimmer stand zwar das Klavier, und ich hatte Tanya jedes Jahr zum Geburtstag einen Song komponiert, aber sie hatte keine Ahnung davon, daß ich einmal von genau dem Leben geträumt hatte, das River jetzt führten, mit Fans, die von Arena zu Arena reisten, nur um mich spielen zu hören.

Ob sich unser Verhältnis wohl anders entwickelt hätte, wenn sie es gewußt hätte? Wenn sie ihren Vater nicht so sehr als jemanden gesehen hätte, der mit einem banalen Bürojob sein Geld verdient und für Baseball schwärmt, sondern als jemanden, der selbst einmal kreativ war und Träume hatte – vielleicht stünden wir uns dann näher. Vielleicht aber auch nicht. Tanya fand es ja nicht mal gut, wenn uns dieselben Bands gefielen. Vielleicht hätte sie noch stärker gegen mich rebelliert, wenn sie diese Seite von mir gekannt hätte. Trotzdem fand ich es an der Zeit, ihr alles von mir zu erzählen, und das fiel mir um so leichter, als es bloß ein Tagebuch war, dem ich mich offenbarte.

Hat Mom Dir je erzählt, daß Dein Dad mal ein richtiger Rock 'n' Roller war? Mit langen Haaren und allem drum und dran. Als ich sieben Jahre alt war, bekam ich für zwei Jahre Klavierunterricht und fand es grauenhaft. Damals, in der guten alten Zeit, glaubten Klavierlehrer nicht daran, daß man auch mit Rock 'n' Roll Klavier lernen kann, und ich konnte mit alten Schnulzen genauso wenig anfangen wie mit Bearbeitungen von Mozart- und Beethovenstücken für Doofe. Aber als ich dreizehn war, gründeten ein paar Freunde eine Band, und ich wurde ihr Keyboarder. Ein Jahr später fing ich an, Songs zu komponieren, und als ich mit der Highschool fertig war, hatte ich mir in den Kopf gesetzt, Rockstar zu werden. Ich stieg in eine wirklich gute Gruppe ein, und wir brachten es zu einer gewissen regionalen Berühmtheit. In den Ferien zwischen meinem Freshman- und Sophomorejahr am College gingen wir sogar auf »Tournee«. Einige der Auftritte habe ich auf Band. Wenn Du mir versprichst, nicht zu lachen, kannst Du sie Dir mal anhören. Vermutlich klingt das Ganze heute ziemlich altmodisch.

Es gab damals nur einen Grund, in einer Band mitzuspielen: Mädchen. Jeder Rockmusiker, der eine andere Motivation vorgibt (und sei es das Geld), lügt. Ich habe ein paar furchtbar lächerliche Songs geschrieben, weil ich mir vorstellte, wie die Mädels darauf reagieren würden. Triefende Balladen, die zeigen sollten, was für ein tiefgründiger Mensch ich war. Harte Rocktitel, an denen man sehen sollte, was für ein ausgekochter Typ ich war (hör auf zu lachen!). Ich dachte, diese Songs würden mich zu einem internationalen Star machen, und die Frauen würden sich mir zu Füßen werfen, wo immer ich auftauchte.

Es ist dann etwas anders gekommen. Das lag zum einen daran, daß diese Songs einfach nur schlecht waren. Zweitens habe ich, obwohl ich Hunderte von Malen auf der Bühne stand (wobei diese »Bühne« manchmal nur die Terrasse von Freunden war, bei denen eine Party stattfand), nie viele Frauen angezogen. Deine Mutter sagte, ich hätte zu viel Seriosität ausgestrahlt, und die Frauen, die auf Rockmusiker fliegen, stünden nicht auf »echte« Männer. Und dann bin ich natürlich auch nie berühmt geworden. Als ich Deine Mutter kennengelernt hatte, stieg ich ziemlich schnell aus der Band aus.

Aber das Schöne an alledem ist, daß ich damals eine Beziehung zur Musik bekommen habe. Die Songs, die ich für mich selbst schrieb (anders als die für die Band), ließen mich Dinge ausdrücken, die ich anders nicht hätte sagen können. Und bestimmte Klänge – egal ob ein verzerrter Gitarrenakkord oder ein zartes Arpeggio auf dem Klavier – konnten mich in tranceähnliche Zustände versetzen. Wenn ich von der Schule nach Hause kam, spielte ich oft stundenlang vor mich hin.

Erinnerst Du Dich an die Lieder, die ich Dir zum Geburtstag schrieb? Ich machte das jedes Jahr, bis Du vierzehn warst. Es war ein fester Bestandteil des Geburtstagsrituals: großes Essen, jede Menge Geschenke, der Geburtstagstoast Deiner Mutter, bei dem sie Dir für das kommende Lebensjahr alles Gute wünschte (sie machte das schon, als Du noch ein Kleinkind warst) und schließlich mein Geburtstagslied. Auf der Hitliste meiner schönsten Momente rangiert unter den ersten fünf, daß ich Dich nach Deinem sechsten Geburtstag eins dieser Lieder in Deinem Zimmer singen hörte.

Ich glaube, ich habe Dir nie erklärt, warum ich Dir zum 15. und 16. Geburtstag kein Lied geschrieben habe. Der Grund war, daß Du nie danach gefragt hast. Das Lied, das ich Dir zum 14. Geburtstag geschrieben hatte, hast Du nie in voller Länge gehört. Das Essen hatte sich ewig hingezogen (Deine Großmutter erzählte in epischer Breite, wie sie zur Vorsitzenden des Seniorenzentrums gewählt worden war), und ein paar Freunde wollten Dich zum Kino abholen. Ich hatte gerade mit der zweiten Strophe angefangen, als Lizzie vor der Tür stand. Ich sagte, es käme nur noch eine Strophe. Du sagtest: »Dad, ich muß aber JETZT los.« Und weg warst Du.

Ich bin mir ganz sicher, daß Du mich nicht beleidigen wolltest. Aber ich war beleidigt. Und wie! Auf jeden Fall hatte sich gezeigt, daß diese kleine Familientradition ihren Reiz für Dich verloren hatte. An Deinem nächsten Geburtstag hast Du offenbar nicht mal gemerkt, daß es kein Lied gab. Mit diesen Liedern hatte ich versucht, meine Liebe zu Dir auszudrücken, und dann wurde mir klar, daß mir das viel mehr bedeutete als Dir. Und da es sich um Deinen Geburtstag handelte, war es ziemlich sinnlos.

Deine Mom und ich hatten eine unserer heftigsten Auseinandersetzungen, weil ich Dir keine Geburtstagslieder mehr schreiben wollte. Sie sagte, es täte unserer Beziehung sicher nicht gut, wenn ich eine so defätistische Haltung an den Tag legte. Ich sagte, ich sei nicht defätistisch, sondern realistisch. Darauf sagte sie, das sei allenfalls ein semantischer Unterschied.

Das war nicht das einzige Gespräch, das so verlief. Inzwischen hatte sich Dein Verhalten vollkommen verän-

dert, und Deine Mom und ich hatten sehr verschiedene Ansichten darüber, wie man damit umgehen sollte. Sie glaubte, wir müßten Dir immer wieder zeigen, daß wir für Dich da waren. Ich glaubte, du bräuchtest Freiräume. Wir haben oft darüber debattiert, und manchmal wurden diese Debatten sehr hitzig, mehr als alle zuvor. Ich glaube, wir waren uns nie so uneins wie bei diesen Gesprächen.

Und hier nun das Geständnis: Zu beiden Geburtstagen habe ich Lieder für Dich geschrieben. Zu Deinem 17. auch. Ich habe sie Dir vorenthalten, weil ich wollte, daß Du darum bittest. Und Deiner Mom habe ich sie vorenthalten, weil ich nicht wollte, daß sie Dich nötigte, darum zu bitten. Ich konnte einfach nicht aufhören, diese Lieder zu schreiben. Und ich konnte und wollte nicht aufhören zu hoffen, daß Du eines Tages wieder um ein Lied bitten würdest, und wenn ich Dir dann ein Lied präsentieren könnte, wäre das einer der schönsten Momente in unserem Leben.

Man kann wohl sagen, daß unserer Beziehung schon lange, bevor Du fortgingst, jegliche Leichtigkeit abhanden gekommen war.

Seit Maureens Tod hatte ich nicht Klavier gespielt. Dieses Instrument, das ich – wenn auch widerstrebend – schon als Kind zu spielen gelernt hatte, identifizierte ich mittlerweile so sehr mit ihr, daß ich mir nicht sicher war, ob ich es aushalten würde, auch nur die Tasten zu berühren.

Das Klavier war nie mein Hauptinstrument in der Band gewesen. Zum einen konnte man ein Klavier schlecht von Probenraum zu Probenraum schleppen. Und außerdem war es nicht gerade das ideale Instrument für Rock 'n' Roll. Bei Leuten wie Little Richard und Jerry Lee Lewis, Billy Joel und Elton

John war das natürlich etwas anderes. Aber die meisten von uns besaßen nicht genug Coolness, um ein so elegantes Instrument in der Rockszene wirkungsvoll einsetzen zu können. Statt dessen spielte ich ein Keyboard, das immer noch im Keller stand, und brachte mir gewisse Grundfertigkeiten auf der E-Gitarre bei. Einmal habe ich sogar einen Riemen benutzt, um mit dem Keyboard auf der Bühne hin und her laufen zu können, aber diese Phase ging glücklicherweise schnell vorbei.

Das Klavier war immer das Instrument gewesen, das ich beim Komponieren benutzte. Und als ich Maureen kennenlernte, wurde ich immer besser. Meine Texte wurden bedeutungsvoller, was nicht weiter verwunderlich war, denn ich hatte zum ersten Mal eine ernsthafte Beziehung, und das vertiefte meine Weltsicht. Erstaunlich war jedoch, daß auch meine Musik nuancierter und anmutiger wurde. Ich arbeitete mit Harmonien, an die ich mich vorher nie gewagt hatte. Die Songs wurden melodischer, und ich erkannte die Schönheit von Modulationen, die mir früher nie eingefallen wären.

Meine schönsten Songs entstanden in dieser Zeit, und bezeichnenderweise habe ich keinen davon je öffentlich gespielt (abgesehen von Tanyas Geburtstagsfesten). Songs zu schreiben, wurde eine richtige Leidenschaft. Es war etwas Verbindendes zwischen Maureen und mir – und später zwischen meiner Tochter und mir. Es war etwas, das ich nur für mich und meine Familie tat, und nur, weil es mir Spaß machte und weil es mir wichtig war, mich auf diese Weise auszudrücken. Nicht alle Songs handelten von meiner Frau und meinem Kind. Manche handelten von meinen Gefühlen oder von Dingen, die ich beobachtet hatte, und manche handelten von unbedeutenden Kleinigkeiten. Aber all diese Songs unterschieden sich von denen, die ich früher geschrieben hatte. Sie waren nicht als große Hits gedacht, die mich zum Rockstar machen sollten. Vielmehr hatten sie den Charakter von persönlichen Aufzeichnungen, eine Art musikalisches Tagebuch.

Ich habe nicht wegen Maureen aufgehört, in Bands zu spielen. Sie unterstützte meine musikalischen Aktivitäten sogar und sagte mir immer wieder, ich wirke sehr sexy auf der Bühne (wenn auch auf eine eher *seriöse* Art, wie sie es ausdrückte). Aber seit wir zusammen waren, wurde die Band unwichtig für mich. Es gab für mich keinen Grund mehr, Stunde um Stunde mit der Band zu verbringen und einem Traum hinterherzujagen, denn mein Traum hatte sich verändert. Der wichtigste Mensch war jetzt Maureen, und der Traum handelte von dem gemeinsamen Leben. Hatte ich mir einst geschworen, daß ich meine musikalischen Ziele bis zum bitteren Ende verfolgen würde, so stellte ich nun fest, daß das Ende alles andere als bitter war.

Nach dem letzten Eintrag in Tanyas Tagebuch setzte ich mich ans Klavier. Zum ersten Mal seit Monaten hatte ich Lust zu spielen. Meine Hände griffen automatisch die ersten beide Akkorde: G7 und C9. Dann spielte ich (ganz leise, um Reese nicht aufzuwecken, obwohl sein Zimmer ziemlich weit entfernt lag) einen der ersten Songs, die ich für Maureen geschrieben hatte. Mit ihm hatte ich musikalisches Neuland betreten, nicht nur, weil ich zum ersten Mal eine Brechung der Tonart innerhalb der Komposition wagte, sondern auch »Freundschaft« auf »weich macht« reimte und damit zum ersten Mal aus einem starren Reimschema ausbrach. Ich habe das damals als ein Zeichen für meinen Reifungsprozeß betrachtet.

Als der Song zu Ende war, wußte ich nicht weiter. Andere Songs fielen mir ein, aber ich konnte mich nicht an die Akkordfolgen erinnern, oder mir fehlten größere Textpassagen. Ich mußte meine alten Liederbücher rauskramen. Danach vergingen die nächsten Stunden wie im Fluge. Ich begann mit meinen allerersten Werken – eine Loseblattsammlung aus Notenpapier in einem Ringhefter. Meine Handschrift war damals eine Katastrophe gewesen, und manches konnte ich kaum noch entziffern. Außerdem klangen die Melodien irgendwie alle gleich. Trotzdem machte dieser Ausflug in die Vergangenheit viel Spaß. Ich spielte ein, zwei Strophen von Protestliedern, die ich damals geschrieben hatte (eins über Umweltverschmutzung, eins über den Einmarsch der Russen in Afghanistan), eine Hommage an einen Freund, der während meines Sophomorejahrs in der Highschool weggezogen war, und den von Klischees überladenen Song, den ich nach meinem ersten Kuß geschrieben hatte.

Ein anderer Hefter enthielt Songs, die ich für meine erste Band – die Tones – geschrieben hatte. Überrascht stellte ich fest, daß manche gar nicht schlecht waren. Ich versuchte mir vorzustellen, wie ich diese Songs auf der Bühne gespielt hatte – die fließenden Soli des Leadgitarristen, das applaudierende Publikum. Die meisten dieser Songs hatte ich seit zwanzig Jahren nicht gespielt und hatte sie ganz anders in Erinnerung. Ich war der Meinung gewesen, daß ich keinen einzigen vernünftigen Song geschrieben hatte, bevor ich Maureen kennenlernte, aber als ich diese Songs jetzt spielte, war ich ganz anderer Meinung. Es war nichts dabei, womit ich groß hätte rauskommen können, aber ich entdeckte doch mehr Qualität als erwartet – und stellenweise sogar Inspiration.

Trotzdem war ein beträchtlicher Unterschied festzustellen, als ich die Lieder aus dem dritten Songbuch spielte, Kompositionen aus der Zeit, als ich Maureen schon kannte. Mit jedem Song wurde die Erinnerung an ein gemeinsames Erlebnis wach. Manchmal waren diese Erlebnisse der direkte Anlaß zum Komponieren gewesen – der erste Sex, unsere erste gemeinsame Reise, mein Heiratsantrag. Wenn ich mich im Einzelfall nicht an die Ereignisse erinnerte, die den Songs zugrunde lagen, so erinnerte ich mich zumindest daran, wie ich Maureen diese Lieder vorgespielt hatte. Wie sie auf meinem Schoß saß, während ich mit einer Hand spielte und ihr leise ins Ohr sang. Wie sie sich neben dem Klavier auf dem Fußboden räkelte, als wir in meinem Elternhaus zum ersten Mal allein waren, und wie sie mich dann zu sich runterzog, als das Lied zu Ende war. Wie sie die kleine Tanya im Arm wiegte, während ich den beiden etwas vorsang. Wie sie mir mit Farbspritzern im Gesicht zulächelte, während ich mit Farbspritzern an den Händen spielte, als wir gerade in unser Haus eingezogen waren.

Die Musik wirkte wie eine künstliche Beatmung, denn solange ich spielte, war mir, als sei Maureen wieder da. Sie war mit mir im Wohnzimmer, im Schlafzimmer, in der Küche, im Einkaufszentrum, in den Straßen von Rom. Ich konnte ihre Stimme hören, ihre Hände berühren, ihren Atem spüren. Ich wußte, solange ich wollte, konnte ich sie bei mir behalten.

Nur langsam begriff ich, daß dieser Mechanismus etwas Künstliches war. Ich konnte noch ein paar Lieder singen, die meine Erinnerung auffrischten, aber irgendwann mußte ich aufhören, und dann würde Maureen wieder verschwinden.

Ich legte die Hände auf die Tasten, lehnte den Kopf an das Instrument, und die ganze Trauer war wieder da. Ich hatte Maureen zurückgeholt. Erinnerungen an längst vergessen geglaubte Erlebnisse hatten sie wieder lebendig werden lassen. Und das machte den Verlust spürbarer als vorher. Ein paar Minuten lang dachte ich, ich könnte nicht weiterleben. Ich hatte das Gefühl, daß es überhaupt keinen Sinn hatte, je von diesem Klavierhocker wieder aufzustehen.

Dann passierte etwas Erstaunliches. Den Kopf noch ans Klavier gelehnt, schlief ich ein. Als ich wieder aufwachte, konnte ich mich gut an alles erinnern, was ich vor dem Einschlafen gedacht und gefühlt hatte, aber jetzt wirkte es auf mich ganz anders. Ich hatte eine Entdeckung gemacht: Ich konnte mir diese musikalischen Momente mit Maureen schenken, wann immer mir danach war. Viele wichtige Erinnerungen waren in diesen Songbüchern enthalten, und niemand konnte sie mir nehmen. Möglicherweise würden diese Momente nie wieder so viel Magie entfalten wie dieses erste Mal, vielleicht nahm die Magie sogar von Mal zu Mal ab, aber ich wußte, daß ich eine Methode entdeckt hatte, durch die ich mit Maureen jederzeit Verbindung aufnehmen konnte, und ich war unendlich dankbar dafür.

Ich stand auf und schaute nach Reese. Er schlief auf dem Rücken und bewegte sich, als ich das Zimmer betrat. Er öffnete die Augen und schien durch mich hindurch zu sehen. Dann rollte er sich auf die Seite und schlief weiter. Ich streichelte ihm vorsichtig über den Kopf und ging zu Bett.

Vierzehn: Wie das Feuer für den Höhlenmenschen

An diesem Samstag sollte das Picknick mit Ally stattfinden. Nachts hatte es geregnet, und obwohl morgens die Sonne schien, überlegte ich, ob ich das Ganze nicht absagen sollte. Wenn der Boden aufgeweicht war, würde es schwer sein, ein Plätzchen zu finden, wo wir unsere Decke ausbreiten konnten. Aber Ally machte mir Mut, und als wir uns unter einem wolkenlosen Himmel im Park trafen, kam ich mir wegen meiner Ängste ziemlich blöd vor.

»Mußtest du den Oberkellner bestechen, um uns diesen hübschen Platz zuzuweisen?« Es waren viele Leute im Park, doch sie hatte einen Platz unter einem Baum gleich neben dem kleinen Bach ergattert.

»Ich habe meine Beziehungen spielen lassen.«

Sie nahm mir Reese ab, damit ich seine Sachen absetzen konnte. Ich konnte nicht wissen, wozu er heute Lust haben würde, also hatte ich jede Menge Spielzeug mitgebracht, abgesehen von Windeln und Zeug zum Wechseln – genug, um den ganzen Sommer hier zu verbringen.

Tatsache war, daß ich diesem Picknick sehr nervös entgegengesehen hatte. Es war das erste Mal seit unserem Date, daß ich mich mit Ally außerhalb des Büros traf, und ich hatte meine Einladung ganz unüberlegt und impulsiv ausgesprochen. Ein Picknick war zwar eine ziemlich harmlose Sache, aber ich fragte mich, ob sie glaubte, daß ich unsere Beziehung damit auf eine höhere Stufe heben wollte. Außerdem machte ich mir Gedanken darüber, wie Reese und sie wohl miteinander zurechtkommen würden und welche Konsequenzen ich ziehen sollte, falls es schlecht lief. Jedenfalls war ich reichlich nervös.

Ich war mir alles andere als sicher, was für eine Beziehung ich zu Ally haben wollte. Gewiß waren wir Freunde, die unter anderem ein gemeinsames Interesse an Essen und Trinken und an einem absteigenden Baseballteam hatten. Und sie war meine Anlaufstelle für Geschichten über Reese geworden, für Dinge, die meine Arbeit betrafen, und für Gedankenaustausch aller Art. Seit sich Tate in den Wirren der Scheidung verloren hatte, war sie zu meiner besten Freundin geworden. Ich hatte es zwar nicht vor, aber ich freute mich immer schon auf sie und fragte mich, was wir uns wohl als erstes erzählen würden. Das ging eindeutig über eine harmlose Freundschaft hinaus. Ich fand das höchst beunruhigend, und während ich bei der Arbeit ganz gut damit zurechtkam, brachte dieses Picknick möglicherweise alles ins Wanken. Wie konnte ich dieses Zusammensein mit den Gefühlen vereinbaren, die ich neulich Abend am Klavier gehabt hatte?

»Hätte ich ein Zelt mitbringen sollen?« fragte Ally und blickte auf all den Krimskram, den ich auspackte.

»Man kann nie gut genug vorbereitet sein.«

»Bist du nicht gerade dabei, diese Lebensweisheit zu widerlegen?«

»Du weißt ja nicht, wie Reese ißt. Ich gehe jede Wette ein, daß alles, was ich zum Wechseln mitgebracht habe, gebraucht wird.«

»Dein Daddy hat dich gerade beleidigt«, sagte Ally und hielt Reese so, daß sich die beiden genau in die Augen sehen konnten. Er kicherte und schnappte mit dem Mund nach ihrer Nase. Ally lachte und legte ihn sanft auf die Decke. Reese rollte sich gleich herum und stemmte sich hoch.

»Was machen wir zuerst? Essen oder schaukeln?« fragte Ally.

»Laß uns erst essen. Reese ist heute schon um viertel vor sechs aufgewacht, das heißt, wir haben um halb sieben gefrühstückt. Seitdem habe ich nichts mehr gegessen.«

»Schön, daß du Hunger hast. Ich bin bei *Mattarici* vorbeigefahren und habe jede Menge Antipasti mitgebracht.«

Ally hatte darauf bestanden, daß sie für das Essen sorgt. Sie packte diverse Plastikbehälter aus – geräucherten Mozzarella, gefüllt mit sonnengetrockneten Tomaten, marinierte gebratene Paprikas, gedünsteten Broccoli, gegrilltes Gemüse, Cannelloni, Thunfischsalat, dazu Parmesankäse und Ciabatta. Ich hatte natürlich verschiedene Pürees für Reese mitgebracht, die ihn aber zunächst nicht interessierten, weil er minutenlang auf einer Brotkruste herumkaute.

Das Essen und der anhaltende Sonnenschein stimmten mich ruhiger. Ally war so entspannt und locker wie bei unseren unzähligen Bürogesprächen, und es war schön, einfach nur dazusitzen und das Essen und das Wetter zu genießen. Auch Reese fühlte sich offenbar wohl. Er blieb auf der Decke, obwohl lauter so aufregende Sachen wie Gras, die Bäume und der Bach nur ein paar schwungvolle Umdrehungen entfernt waren.

»*Mattarici* muß fast eine halbe Stunde von deinem Haus entfernt sein«, sagte ich, als wir fast fertig gegessen hatten. »Es wäre doch nicht nötig gewesen, extra so einen weiten Weg zu machen.«

»Machst du Witze? Ich wußte doch, daß ich es mit einem verwöhnten Gaumen zu tun hatte. Da konnte ich doch nicht an irgendeiner U-Bahn-Station irgendwelche Snacks kaufen! Sollen wir jetzt schaukeln gehen?«

Wir räumten auf und brachten Reese zum Spielplatz. Ally schwang ihn auf der Babyschaukel mindestens eine halbe Stunde lang an. Seine Reaktionen rangierten von Entzücken bis zu einer Art Trance, bei der er einen Punkt in der Ferne fixierte. Irgendwann hob ich ihn aus der Schaukel, und er protestierte lautstark. Ich trat beiseite und ließ Ally weitermachen.

Anschließend holten wir seinen Kinderwagen aus dem Auto und machten einen langen Spaziergang. Unterwegs schauten wir ein paar Kindern beim Baseballspielen zu und blieben stehen, damit Reese ein Eichhörnchen beobachten konnte. Auf dem Rückweg zu unserer Decke schlief Reese ein. Als wir an unserem Platz waren, nahm ich ihn aus dem Wagen und legte ihn auf die Decke.

»Wie lange wird er jetzt schlafen?« fragte Ally.

»Zehn Minuten bis drei Stunden.«

»Es ist doch immer beruhigend, wenn man so genau weiß, was einen erwartet.«

»Wir haben beide gelernt, mit unseren Unwägbarkeiten zu leben.«

Sie sah ihn an und streichelte sein Bein. »Ich finde ihn wirklich unheimlich süß.«

»Ich auch.«

»Er guckt immer so freundlich. Das hat bestimmt etwas zu bedeuten.«

»Daß er furchtbar naiv ist und die Gefahren um sich herum ignoriert?«

»Ich dachte eher, daß du ihm Glück und Geborgenheit vermittelst.« Sie lehnte sich zurück und hielt ihr Gesicht in die Sonne. »Es ist schön zu sehen, wie du ihn ›bevaterst‹.«

»Ich habe gar nicht das Gefühl, ihn heute besonders ›bevatert‹ zu haben. Schließlich hast du ihn die ganze Zeit geschaukelt und seinen Wagen geschoben.«

»Das ist doch was ganz anderes. Für mich hat es den Reiz des Neuen. Ich hätte ihm sogar die Windeln gewechselt, wenn du mich darum gebeten hättest.«

»Bevor ich dir so was zumute, müssen wir uns erst besser kennen. Irgendwie kommt er nicht mit Süßkartoffeln klar. Eines Tages schicke ich seine vollen Windeln noch mal zu einer Laboruntersuchung ein.«

Sie lachte und tätschelte meine Hand. »Trotzdem bist du ein wunderbarer Vater.«

»Danke.«

Wir sahen den anderen Leuten zu, die sich im Park auf die unterschiedlichste Weise vergnügten. Zwei höchstens Fünfjährige versuchten, mit einem Gummiball zu spielen, aber beide hatten solche Mühe, Augen und Hände zu koordinieren, daß es nicht recht klappte. Eine Familie grillte Würstchen und verschlang gigantische Mengen Wassermelone. Eine Mutter spielte mit ihren Kindern Ticken. Ein älteres Ehepaar ging Arm in Arm spazieren. Zwei Teenager schmusten auf einer Bank.

Die Sonne schien so warm wie selten im Juni. Ich kam mir vor wie in einem Kokon, angenehm isoliert von der Welt außerhalb unserer Decke. Gleichzeitig war mir jedoch bewußt, daß ich mich ganz anders fühlte als sonst, und ich ahnte, was das bedeutete.

Reese schlief nicht lange, kaum mehr als eine halbe Stunde. Als er aufwachte, stemmte er sich auf Hände und Knie und grinste uns breit an. Ally hatte recht. Er war ein sehr freundliches Kind. Als sich unsere Blicke trafen, ging ein Ruck durch seinen Körper, der ihn flach auf den Bauch warf. Aber er kam sofort wieder hoch, und im nächsten Moment krabbelte er auf uns zu.

»Oh, ich wußte ja gar nicht, daß er schon krabbeln kann«, sagte Ally.

»Ich auch nicht«, sagte ich und bewegte mich auf Reese zu, um ihm den Weg zu verkürzen. »Es ist das erste Mal.«

Seit über einer Woche hatte sich Reese auf Händen und Knien ruckartig hin und her bewegt, aber bis jetzt hatte er sich dabei noch nie in Bewegung gesetzt. Im nächsten Moment fiel er wieder auf den Bauch, kam aber sofort wieder hoch und krabbelte weiter. In weniger als einer Woche würde er die Diele unsicher machen.

»Das ist ja richtig aufregend«, sagte Ally und ging auch auf Hände und Knie.

»Was ist aufregend?«

Als Tanya zum ersten Mal krabbelte, war ich bei der Arbeit, und es hat fast eine Woche gedauert, bis ich es endlich sah. Das hier gefiel mir viel, viel besser.

»Daß ich dabei bin und den großen Moment miterlebe. Ich fühle mich privilegiert«, sagte Ally.

Reese kam bei mir an, und ich nahm ihn in den Arm. »Ich auch.« Reese drehte sich um, damit er mehr von der Welt da draußen sehen konnte, die für ihn soeben sehr viel zugänglicher geworden war.

Dieser Entwicklungsschritt gab dem Nachmittag fast etwas Festliches. Es ist schon merkwürdig, wie man sich über etwas so Selbstverständlichem so freuen kann. Natürlich hätte Reese früher oder später sowieso angefangen zu krabbeln. Es hatte sich auch deutlich genug abgezeichnet, daß das Ereignis unmittelbar bevorstand. Aber als es dann tatsächlich passierte, war es doch etwas ganz Wunderbares. Und das Beste daran war, daß er nicht wußte, wie selbstverständlich es war. Für ihn muß es eine umwerfende Entdeckung gewesen sein, wie das Feuer für die Höhlenmenschen oder die Doppelhelix für Watson und Frick. Vermutlich würde er in der kommenden Nacht von dieser neuen Fortbewegungsart träumen.

Begeistert, wie ich war, tat ich wieder etwas Impulsives: Ich lud Ally ein, mit uns zum Essen nach Hause zu kommen. Wir drei hatten so viel Spaß miteinander, daß es schade gewesen wäre, das Ganze schon am späten Nachmittag zu beenden.

Ich bereitete das Essen vor, während Reese und Ally auf dem Dielenfußboden spielten. Erst auf dem Heimweg hatte ich mir über das Essen Gedanken gemacht und beim Fischhändler ein paar Jakobsmuscheln gekauft, aber ich wußte noch nicht, was ich daraus machen wollte. Es sollte nichts zu Nobles, aber auch nichts zu Raffiniertes sein, das möglicherweise über mein Können ging. Ally wußte so viel über gutes Essen, daß ich nichts falsch machen wollte.

Ich entschied mich schließlich für Orecchiette mit Artischockenherzen als Vorspeise, gefolgt von den nur gebratenen Jakobsmuscheln mit einer simplen Limonenbutter. Im Kühlschrank fand ich noch etwas Spargel. Ich röstete ihn kurz an und bereitete eine Beilage aus rotem Reis mit Mandeln. Damit hoffte ich, der erwünschten Ungezwungenheit dieses Abendessens Rechnung zu tragen.

»Was du da machst, ist für mich Alchemie«, sagte Ally beim Essen. »Ich hätte gern zugeschaut, wie du das hinkriegst, aber ich war wohl ein wenig abgelenkt.« Sie sah zu Reese hinüber, der in seinem Hochstuhl mit Getreideflocken und Bananen herummanschte. »Ich weiß, daß alle Welt kochen kann, und ich lese ständig irgendwelche Artikel darüber, aber ich begreife immer noch nicht, wie man aus vielen verschiedenen Zutaten etwas Schmackhaftes komponiert.«

»Es ist aber wirklich nicht so schwer.«

»Doch, für mich schon.«

Ich freute mich, daß es Ally schmeckte. Mindestens drei Dinge waren mir nicht so gelungen, wie sie hätten sein sollen, aber entweder bemerkte sie es nicht, oder sie übersah es aus Höflichkeit. Mir war wirklich daran gelegen, daß Ally das

Essen gefiel. Sie sollte bemerken, wie die Limonen die Süße der Jakobsmuscheln akzentuierten, was vermutlich der Grund dafür war, daß ich sie etwas überdosiert hatte. Dafür war der Spargel ein wenig zu salzig. Und drittens paßte Reis als Beilage nicht zu einem Essen, das mit Pasta begonnen hatte. Aber ich hatte diesen Reis gerade übers Internet von einem kleinen Anbauer gekauft und wollte Ally mit meiner Findigkeit im Auftreiben seltener Zutaten imponieren.

Daß Reese das Essen immer wieder störte, schien Ally nichts auszumachen. Wir konnten kaum zwei zusammenhängende Sätze sagen, ohne daß Reese seinen Löffel fallen ließ, spitze Schreie ausstieß oder sonstwie auf sich aufmerksam machte. Ich war das zwar gewohnt, aber jetzt fiel es mir unangenehm auf. Schließlich waren Ally und ich es gewohnt, uns ungestört zu unterhalten. Trotzdem schien sie nichts gegen diese Patchwork-Kommunikation zu haben.

Es war gar keine Frage, daß sie Reese sehr gern hatte, und das freute mich sehr. Während des Essens alberte sie mit ihm herum, und sogar während sie mit mir sprach, spielte sie Fangen mit seinen Füßen (was er rasend komisch fand) oder zog Grimassen für ihn. Daß sich auch Reese mit ihr ausgesprochen wohlzufühlen schien, ging mir allerdings noch näher. Inzwischen war er auf dem Höhepunkt der Fremdelphase angelangt, und niemand außer Lisa und mir fand vor ihm Gnade. Selbst Codie hatte neulich Probleme mit ihm gehabt, als ich das Zimmer verließ. Jetzt schien es jedoch, als hätte Reese nichts dagegen, wenn ich eine ausgedehnte Reise nach Timbuktu machen würde, solange Ally in seiner Nähe blieb. Als sie ihn beim Heimkommen auf den Arm genommen hatte, damit ich den Wagen entladen konnte, hatte er es kommentarlos zugelassen, und anschließend waren die beiden die ganze Zeit lang unzertrennlich gewesen.

Ich registrierte, wieviel mir das alles bedeutete. Denn inzwischen begann ich zu bereuen, daß ich die Beziehung zu Ally auf Eis gelegt hatte. Ich merkte, wie gerne ich mit ihr zusammen war, und fühlte mich einfach wohl. Und obwohl ich darauf gefaßt war, daß jederzeit wieder die Alarmglocken in meinem Kopf losgehen könnten, sehnte ich mich doch nach Allys Nähe. An diesem Eßtisch, zwischen einem Sohn, der gern lachte und mittlerweile ohne fremde Hilfe von A nach B gelangen konnte, und einer Frau, die mich nicht bedrängte und doch so ein wichtiger Partner für mich war, wurde mir bewußt, wie sehr ich mich in den letzten Monaten danach gesehnt hatte, mich einfach mal wieder wohlzufühlen. Daß ich mehr brauchte als nur gelegentliche Atempausen zwischen Trauer und Verzweiflung.

Ich begann zu hoffen, daß sie oft bei uns sein würde.

Ally saß auf der Couch im Wohnzimmer und las in einer Illustrierten, als ich Reese zu Bett gebracht hatte. Sie hatte die Füße unter sich gezogen und sich bequem zurückgelehnt. So ruhig hatte ich sie noch nie gesehen, und falls das überhaupt möglich war, sah sie jetzt noch hübscher aus. Einen Moment lang beobachtete ich sie, bis sie mich bemerkte.

»Wird er die Nacht durchschlafen?« fragte sie.

»Genauso gut könntest du mich nach dem Sinn des Lebens fragen. Reeses Schlafgewohnheiten folgen keinem erkennbaren Muster.«

Sie schwang die Beine zu Boden und setzte sich gerade hin.

»Das war ein schöner Tag für mich«, sagte sie.

»Für mich auch.« Ich zeigte auf den Flur. »Und für Reese auch. Er sagt, er will dich fragen, ob du mit ihm gehen willst.«

»Wow! Meine kühnsten Träume werden wahr. Du kannst ihm sagen: Wenn er mich höflich bittet, dann ...« Verschämt senkte sie den Kopf und imitierte ein verlegenes Schulmädchen.

»Da halte ich mich raus. Das müßt ihr selber regeln. Möchtest du Kaffee?«

»Nein, danke. Das Essen war wunderbar. Ich würde ja gern nach den Rezepten fragen, aber dann würde ich mich verpflichtet fühlen, das Ganze nachzukochen, und all die schönen Artischocken wären umsonst gestorben.«

»Vielleicht können wir ja mal zusammen was kochen. Dann zeige ich dir, daß es wirklich nicht so schwierig ist.«

Sie lächelte. »Das wäre schön. Andererseits machen mir Schwierigkeiten für gewöhnlich nichts aus.«

Ich setzte mich zu ihr auf die Couch und lehnte mich zurück.

»Wenn ich für dich gern mehr als eine lockere Freundin wäre«, sagte sie, »würde dich das schockieren?«

»Schon möglich.«

»Ich glaube, ich möchte es aber trotzdem.«

Ich sah sie an. »Ich weiß nicht, ob ich dem gewachsen bin.«

Sie senkte den Blick und nickte.

»Die Sache ist nur die«, sagte ich, »daß ich daran auch schon gedacht habe und es mir wünsche.«

Sie sah wieder auf, und was ich dann in ihren Augen sah, war etwas, wovon mir erst in diesem Moment bewußt wurde, wie sehr ich mich danach gesehnt hatte. Gleichzeitig sagte dieser Blick, daß sie nicht mit mir spielte, und daß es auch für sie eine große Sache war. Ich bin mir nicht sicher, was sie in meinem Blick sah, aber es muß wohl etwas gewesen sein, das ihr gefiel.

Sie beugte sich vor, um mich zu küssen, und als sich unsere Lippen trafen, erwiderte ich den Kuß nicht nur, sondern genoß ihn in vollen Zügen. Meinetwegen hätte er ewig dauern können. Ich nahm sie in den Arm, und sie schmiegte sich an mich. Die Umarmung erregte mich genauso stark wie der Kuß. Wir küßten uns lange, und mein Verlangen wurde immer stärker.

Schließlich nahm Ally mein Gesicht zwischen die Hände und sah mich ernst an. Es war eine sehr zärtliche Geste, und sie brach jeglichen Widerstand, den ich noch verspürt haben mochte.

So langsam, als hätten wir alle Zeit der Welt, begannen wir, uns zu lieben. Jeder Schritt entwickelte sich ganz gemächlich aus dem vorigen. Diese Langsamkeit war kein Ausdruck von Angst oder Zweifeln. Vielmehr wollten wir jeden einzelnen Moment voll auskosten. Mit jedem Kleidungsstück, das fiel, wollte ich die Berührung unserer Körper neu erleben. Ich wollte sie wieder und wieder berühren und ihren Körper bewußt wahrnehmen. Erst gegen Ende, als sich eine unbändige Energie zwischen uns aufgebaut hatte, wurden unsere Bewegungen schneller, bis wir explodierten. Ich war so lange taub gewesen, daß mich dieses Gefühl fast überwältigte.

Später hielten wir uns auf der Couch fest, ohne etwas zu sagen. Ich hätte Ally gern gesagt, was mir das alles bedeutete, aber mir fehlten die Worte. Ich zog sie einfach näher an mich und hoffte, daß sie mich auch so verstand.

Irgendwann gingen wir zu Bett. Wir lagen eng beieinander, und ich streichelte ihr Haar, während ihre Finger über meinen Rücken glitten. Ab und an küßten wir uns, aber wir redeten kaum ein Wort. Das schien nicht nötig zu sein.

Arm in Arm schliefen wir ein. Gegen halb vier, als wir von Kindergeschrei geweckt wurden, lagen wir immer noch so da. Ich wußte nicht, was Reese geweckt hatte, aber er war ganz durcheinander. In diesem Alter haben Kinder die ersten Alpträume, und ganz offensichtlich war das hier der Fall. Ich trug ihn im Kinderzimmer herum und sang ihm etwas vor, während er den Kopf an meine Schulter legte und sich langsam beruhigte. Als ich ihn jedoch in sein Bettchen zurücklegte, fing er wieder an zu weinen. Ich wußte, daß es nur eine Methode gab, ihn zu besänftigen, und nahm ihn mit ins Schlafzimmer. Ally saß an ein Kissen gelehnt im Bett.

»Alles in Ordnung?«

»Ich glaube, er hat schlecht geträumt.«

»Der Arme! Bleibt er jetzt wach?«

»Nein, er schläft wieder ein. Aber nur, wenn er neben mir liegen darf. Oder ist dir das unangenehm?«

»Soll ich gehen?«

»Nein, bitte geh nicht! Das heißt, ich kann verstehen, wenn du gehen möchtest, aber meinetwegen mußt du es nicht.«

»Dann laß uns abwarten, ob er wieder einschläft.«

Ich legte Reese zwischen uns, und langsam robbte er sich an mich heran. Ich wußte, daß er innerhalb weniger Minuten einschlafen würde. Ich streckte die Hand nach Ally aus und merkte, daß sie schon eingeschlafen war.

Auch ich versuchte einzuschlafen, aber Minuten vergingen und wurden schließlich zu Stunden. Irgendwann wurde mir klar, daß ich in dieser Nacht kein Auge mehr zubekommen würde.

Ich nutzte die Zeit, um mir zu vergegenwärtigen, was eigentlich geschehen war und wie es weitergehen sollte.

Fünfzehn: Subversive Gedanken

»Was würdest du tun, wenn ich plötzlich sterben sollte?« hatte Maureen mich vor einigen Jahren gefragt. Wir saßen auf der Couch und führten ein Gespräch, das wohl alle Ehepaare früher oder später führen.

»Ich würde mich darüber ärgern, daß wir keine höhere Lebensversicherung für dich abgeschlossen haben.«

Sie boxte mir in die Seite und küßte mich. »Und dann?«

»Wahrscheinlich würde ich ziellos durch die Gegend laufen und nach dir suchen.«

»Würdest du dabei vor dich hin sprechen?«

»Ich würde so lange deinen Namen rufen, bis die Polizei käme.«

»Du nimmst meine Frage nicht ernst!«

»Meine Güte, ich habe doch keine Ahnung, was ich tun würde, wenn du stirbst! Ich bin mir nicht mal sicher, ob ich das überleben würde. Wahrscheinlich wäre es wie bei diesen Paaren, wo der Überlebende kurz nach dem Tod des anderen auch stirbt.«

Sie sah mich fragend an.

»Das meine ich ernst«, sagte ich.

»Ich mag es nicht, wenn du so redest.«

»Wir sind zusammen, seit wir neunzehn waren. Ich weiß nicht mal, ob ich ohne dich noch laufen könnte.«

»Früher oder später würdest du das schon wieder hinkriegen.«

»Vielleicht brauche ich dann aber einen Stock.«

»Ich will aber nicht, daß du am Stock gehst, wenn ich

sterbe. Es würde mir genügen, wenn du eine Trauerbinde trägst.« Dann gab sie mir einen leidenschaftlichen Kuß.

»Würde es dir umgekehrt denn anders gehen?« fragte ich.

»Vielleicht in der ersten Woche oder so, aber, mein Gott, das Leben muß doch weitergehen.« Sie lächelte mich an. »Nein, im Ernst: Natürlich würde es mir genauso gehen.«

Ich umarmte sie. »Das ist gut zu wissen. Ich weiß, ich sollte jetzt sagen: Ich möchte, daß du auch nach meinem Tod glücklich bist. Natürlich möchte ich nicht, daß du nach meinem Tod für den Rest deines Lebens unglücklich bist, aber ich lege doch Wert darauf, daß mein Tod ein ungeheurer Verlust für dich ist.«

Sie drückte meinen Arm und schwieg einen Moment.

»Ich dürfte aber noch Schokolade essen, oder?« fragte sie dann.

»Nur, wenn du dabei an mich denkst.«

Als Ally am späten Sonntagvormittag nach Hause ging, versuchte ich, mich abzulenken, indem ich mit Reese auf dem Fußboden spielte. Aber wenn ich geglaubt hatte, ich könnte an irgendwas anderes denken als an die letzte Nacht, dann hatte ich mich getäuscht. Meine Gefühle waren ein einziges Durcheinander. Ich war aufgedreht und melancholisch, fühlte mich wie befreit und gleichzeitig schuldig. Mit Ally zu schlafen, war um so schöner gewesen, als es sich ganz unerwartet ergeben hatte. Das Problem war nur: Ich war fest davon überzeugt, daß es falsch war.

Ich kam mir vor, als hätte ich meine verstorbene Frau betrogen. Niemals hätte ich gedacht, daß so etwas schon fünf Monate nach Maureens Tod möglich wäre. Ich war doch gar nicht so ein Mensch, und unsere Ehe war auch nicht so gewesen, daß man sie möglichst schnell vergißt!

Gleichzeitig konnte ich nicht leugnen, welche Gefühle ich für Ally hegte. Ich war gern mit ihr zusammen, ich unterhielt mich gern mit ihr, ich berührte sie gern. Es machte mich glücklich, daß Reese so positiv auf sie reagierte, und ich merkte immer, wenn sie in der Nähe war, fühlte ich mich sofort besser. Ich hatte sie nicht darum gebeten, Teil meines Lebens zu werden. Als sie es trotzdem tat, war ich davor zurückgeschreckt und hatte sie auf Distanz gehalten. Und dennoch hatte Ally mich zutiefst berührt, und ich wünschte mir, daß sie mit Reese und mir zusammenbleiben würde. Ja, Ally hatte mich tief berührt. *Was* sie berührt hatte, war mir allerdings ziemlich unklar.

Während der letzten fünf Monate hatte Trauer meine Handlungs- und Wahrnehmungsfähigkeit bestimmt. Das war kein angenehmer Zustand, aber es war ein *spezifischer* Zustand. Am Samstagabend hatte ich einen wichtigen Schritt getan, um aus diesem Zustand herauszutreten. Deswegen empfand ich Maureens Tod jetzt nicht als weniger schmerzlich, aber ich hatte Leidenschaft und Lust empfunden – und einen Moment lang sogar so etwas wie Glück. Damit hatte sich meine Lebenssituation so grundlegend verändert, daß ich mich gar nicht mehr auskannte. War ich noch der trauernde Witwer, wenn ich eine andere Frau so sehr begehrte? War mein Leben wirklich so schwer, wenn ich doch gerade so glücklich gewesen war? Ich wußte, daß es nicht einfach sein würde, die Beziehung mit Ally weiterzuentwickeln, daß jeder Schritt von Zweifeln und Selbstvorwürfen begleitet sein würde. Dennoch hatte ich das Bedürfnis, diese Beziehung am Leben zu halten.

Als ich Reese zu Bett gebracht hatte, nahm ich mir Tanyas Tagebuch vor. Am Abend zuvor hatte ich zum ersten Mal nicht daran weitergeschrieben, und als mir das bewußt wurde, überkamen mich erneut Schuldgefühle. Ich hatte keine Zeit für meine Tochter, weil ich mit einer Frau schlief, die nicht ihre Mutter war.

Etwas ganz Überraschendes ist gestern abend passiert. Eigentlich bin ich alt genug, um zu wissen, daß das Leben keinem vorgefertigten Drehbuch folgt, aber wenn mir jemand vor einem Jahr gesagt hätte, daß ich jetzt dieses Tagebuch schreiben würde, weil Du aus meinem Leben verschwunden bist, und gleichzeitig drauf und dran wäre, mir eine Freundin zuzulegen, hätte ich dieser Person geraten, einen guten Psychiater aufzusuchen.

Ja, ich sagte eine Freundin. Ich weiß gar nicht, ob man diesen Begriff in meinem Alter überhaupt noch benutzt. Das letzte Mal war er noch ganz passend, weil Deine Mutter noch keine zwanzig war. Ally ist aber kein junges Ding mehr. Sie ist sechsunddreißig, klug, attraktiv und läßt mich subversive Dinge denken – wie zum Beispiel, daß ich mich nicht für den Rest meines Lebens so elend fühlen muß wie in den letzten Monaten. Als wir uns auf der Arbeit miteinander anfreundeten, fand ich es einfach nur angenehm, mich mit ihr zu unterhalten. Auch als wir vor einem Monat ganz unüberlegt miteinander ausgingen, fühlte ich mich sehr wohl, aber hinterher habe ich kalte Füße bekommen und mich zurückgezogen. Aber gestern haben wir fast den ganzen Tag miteinander verbracht, und dabei hat es zwischen uns gefunkt.

Ich versuche gerade, mir vorzustellen, wie Du wohl reagieren würdest, wenn Du davon wüßtest. Ich versuche, mir Dein Gesicht vorzustellen, wenn Du das hier liest. Ich habe Angst, Du könntest diese Sache mit Ally als endgültigen Beweis dafür nehmen, daß Dein Vater ein Blender ist, der sich in Wirklichkeit nicht für die Menschen interes-

siert, die zu lieben er vorgibt. Ich wüßte gar nicht, was ich sagen sollte, wenn Du mir das vorwerfen solltest. Daß ich Deine Mutter liebe? Daß sie immer einen festen Platz in meinem Herzen haben wird? Obwohl beides zutrifft, weiß ich nicht, wie ich Dich davon überzeugen soll, daß diese Gefühle von meinem Interesse an Ally überhaupt nicht berührt oder gemindert werden.

Ich weiß ja nicht einmal, wie ich mir das alles selbst erklären soll.

Am folgenden Donnerstag gingen Reese und ich mit Tate, Zak und Sara Pizza essen. Obwohl feinere Restaurants für meinen ungeduldigen Sohn einstweilen nicht in Frage kamen, wollte ich ihn ans Essengehen gewöhnen, auch aus rein egoistischen Gründen.

Gail bestand darauf, daß Tate einen Tag in der Woche die Kinder zu sich nahm, und dies war so ein Tag. Gail und er hatten lange darüber gestritten, ob Zak und Sara auch wochentags bei Tate übernachten sollten. Schließlich hatten sie sich darauf geeinigt, daß er sie abends zurückbringen sollte. Tate war noch zu wütend und zu verletzt, um mir verständlich zu machen, was in seiner Ehe eigentlich schiefgelaufen war, aber zumindest wurde deutlich, daß Gail bestimmte Erwartungen an ihn hatte und daß er diese Erwartungen nicht erfüllen konnte oder wollte. Allerdings war mir noch nicht klar, ob Gail ihre Bedürfnisse in all den Jahren formuliert hatte, oder ob sie so lange Frust angestaut hatte, bis sie es nicht mehr aushielt.

Nachdem ich die Kinder neulich besser kennengelernt hatte, sah ich sie jetzt mit ganz anderen Augen. Die Trennung hatte ihr Leben auf dramatische Art verändert, und das würden sie auch in nächster Zeit noch deutlich zu spüren bekommen. Im Gegensatz zu früher sah ich sie nun als fragile Individuen und nicht als bloße Anhängsel von Tate. Zaks unmittelbare Reaktion auf die neue Situation war, daß er versuchte, älter zu wirken, als er war. Trotzdem war er auch dieses Mal von Reeses Babykost völlig fasziniert. Während Tate noch ganz konfus die verschiedenen Pizzabeläge diskutierte, machte Zak die Bestellung mit der Kellnerin klar. Später, als Sara ungeduldig wurde, weil das Essen so lange auf sich warten ließ, kramte er ein Malbuch und Buntstifte für sie hervor. Sara schien eine gegensätzliche Strategie zu verfolgen. Sie sprach wie ein Kleinkind und war ganz wild auf Reeses Spielzeug. Ich fragte mich, ob ihr Verhalten vorübergehender Natur waren, oder ob die Trennung ihrer Eltern längerfristige Auswirkungen auf ihre Persönlichkeit haben würde.

Tate war so unkonzentriert und unaufmerksam wie üblich. Früher hatte ihn nichts so leicht aus der Ruhe gebracht, aber das war seit einiger Zeit anders. Er schien auch keinen Appetit zu haben, was gar nicht zu ihm paßte, zumal er in letzter Zeit eindeutig zugenommen hatte.

Der Hauptgrund dafür, daß unsere Freundschaft so viele Jahre überdauert hatte, war, daß wir gut miteinander reden konnten. Es gab keine Tabus zwischen uns, und manchmal merkte ich erst, was mich bewegte, wenn wir angefangen hatten, miteinander zu reden. Ich hatte ihm von der ersten Verabredung mit Ally erzählt, sie aber seither nicht wieder erwähnt. Ich wußte einfach nicht, wie ich ihm das Ganze erklären sollte. Jetzt war es überfällig.

»Ally hat am Wochenende bei mir übernachtet«, sagte ich, als die Pizza endlich da war war.

»Ally?«

»Die Kollegin, mit der ich neulich Abend essen war.«

Er zog die Augenbrauen hoch. »Ach, wirklich?«

»Ja, wirklich.«

»Und wie war sie?«

Ich sah ihn verblüfft an. »Willst du Einzelheiten hören?«

»Ja, bitte! Aber beschränke dich auf bildliche Umschreibungen. Sara hört zu. Wie hat es sich angefühlt, du Lustmolch?«

Ich schnitt etwas vom Rand meiner Pizza ab und gab es Reese. »Ich hatte mindestens siebzehn Gefühle gleichzeitig.«

»Nenne mir fünf.«

Ich schloß die Augen und überlegte. »Es war aufregend und befriedigend und zum Wahnsinnigwerden und trotzdem ganz real.«

Er grinste. »Siebzehn solcher Gefühle? Dann bist du wirklich ein glücklicher Mann.«

»Aber es war auch verwirrend und ziemlich beängstigend.«

»Oh, das klingt nicht so gut.«

»Ist auch nicht so gut.«

»Kommt alles ein bißchen plötzlich, was?«

»Genau das habe ich auch schon ein paar tausend Mal gedacht.«

»Trotzdem willst du weitermachen?«

»Mehr als ich je für möglich gehalten hätte.«

Er zuckte mit der Schulter. »Hört sich so an, als müßtest du das durchziehen.«

»Sinke ich dann in deiner Achtung?«

Ungläubig kniff er die Augen zusammen. »Wovon redest du? Und außerdem: Was spielt es für eine Rolle, was ich davon halte?«

»Ich möchte, daß du ehrlich bist.«

»Ich *bin* ehrlich.«

»Gut. Aber da ist noch etwas. Zuerst hatte ich ein schlechtes Gewissen, daß ich mich so schnell auf eine neue Beziehung einlasse, aber dann begann ich mich zu fragen, ob ich meine

Gefühle für Ally vielleicht überinterpretiere, weil ich mich so sehr nach einer Partnerin sehne.«

»Du mußt aufhören, so viel nachzudenken.«

»Ja, wahrscheinlich.«

»Ganz bestimmt! Nachdenken bringt dich nicht weiter. Mach einfach weiter mit Ally. Wenn ich mich richtig erinnere – und verzeih mir, falls ich nicht alle Einzelheiten deines Privatlebens im Kopf habe –, ist Ally doch eine sehr nette Frau. Außerdem ist sie erwachsen und weiß, was sie tut. Es gibt keine Regeln für so etwas. Jede Beziehung ist anders.«

Ich winkte ab. »Was verstehst *du* denn schon davon?«

»Nichts. Und du?«

»Genausowenig.«

»Dann frag nicht nach meiner Meinung und hör mit der Grübelei auf.«

»Das ist nicht so einfach.«

Wir konzentrierten uns aufs Essen, und dann bat Sara ihren Vater, sie zur Toilette zu begleiten. Zak und ich unterhielten uns über seine Fußballmannschaft, während er immer wieder die Pizzarinde aufhob, die Reese mit Wonne auf den Boden warf. Sachen auf den Boden zu schmeißen, war momentan eine seiner Lieblingsbeschäftigungen.

Als Tate zurückkehrte, sagte ich: »Und bei dir? Irgendwelche neuen Verabredungen zum Mittagessen?« Mit der Frau, die er getroffen hatte, als ich auf seine Kinder aufpaßte, war er nicht mehr zusammen, und nach ihr hatte es noch einige andere gegeben.

»Keine in dieser Woche, dafür nächste Woche gleich zwei.«

»Das könnte ich nicht.«

»Warum nicht? Es ist ganz einfach. Was du da treibst, ist wesentlich schwieriger, mein Freund.«

»Ich glaube nicht, daß es mir einfacher vorkommen würde,

wenn sich ein endloser Strom von Frauen durch mein Leben wälzte.«

»Mir hilft's auch nicht besonders, denn bevor mir eine Frau wirklich was bedeutet, wechsle ich immer schon zur nächsten.«

»Und was soll das?«

»Du hattest nicht viele Freundinnen, bevor du Maureen kennenlerntest, oder?«

»Wieso fragst du? Du kanntest sie doch alle.«

Traurig schüttelte er den Kopf. »Ich dachte immer, du hättest mir die Hälfte verheimlicht. Aber laß es mich mal so ausdrücken: Sich mit vielen Frauen zu treffen, hat einen ziemlichen Unterhaltungswert. Da ist dir wirklich etwas entgangen.«

»Willst du damit sagen, daß ich nur so zum Spaß Frauen aufreißen soll?«

»Ich will gar nichts sagen oder dir zumindest keine Ratschläge geben. Ich erzähle dir nur, wie ich mit *meiner* Situation zurechtkomme.«

In diesem Moment begann Sara zu weinen, weil Zak ihr nicht erlauben wollte, mit Reese zu spielen. Das war eine gute Gelegenheit, um die Rechnung zu ordern.

Als wir das Restaurant verließen, legte mir Tate den Arm um die Schulter und drückte mich an sich. Ich konnte mich nicht erinnern, daß er das früher je getan hätte. Ich warf ihm ein unsicheres Lächeln zu.

»Du kannst mich ja später noch mal anrufen und mir die pikanteren Einzelheiten erzählen«, sagte er und lachte.

Als ich Reese zu Bett gebracht hatte, rief ich Ally an. Wir redeten über eine halbe Stunde miteinander. Ich erzählte ihr von Tate, und sie berichtete von einem Essen mit jemandem aus unserem Team. Sie sagte, als mein Name fiel, sei es ihr unheimlich schwergefallen, nicht rauszuposaunen, was sich zwischen uns entwickelt hatte.

Ich hatte noch nie besonders gerne telefoniert. Für mich war das Telefon bloß ein Medium, das bestens geeignet war, um kurze Informationen auszutauschen. Mit Ally zu telefonieren, war jedoch etwas ganz anderes. Unsere Gespräche ergaben sich wie von selbst, und manchmal hatte ich fast das Gefühl, als wären wir im selben Zimmer. Trotzdem konnten Telefonate keine körperliche Nähe ersetzen. Am Ende des Gesprächs sagte ich, daß ich sie vermißte. Sie sagte, sie vermißte mich auch, und daß sie rüberkommen könnte, wenn ich wollte. Ich sehnte mich danach, aber ich war mir nicht sicher, ob ich zu so etwas schon bereit war. Meine Gedanken überschlugen sich, und was mir aus irgendwelchen Gründen am meisten widerstrebte, war die Vorstellung, daß ich Ally und Lisa am nächsten Morgen miteinander bekanntmachen müßte. Ich sagte, ich sei ziemlich müde, was auch stimmte, und daß ich früh zu Bett gehen würde. Sie klang etwas enttäuscht, als sie sagte, sie verstünde schon. Vermutlich hätte sie ein spontanes Treffen sehr aufregend gefunden.

Sechzehn: Herzflimmern und Demut

Als mir klargeworden war, daß ich mich weiter mit Ally treffen wollte, tat ich, was ich konnte, um die weitere Entwicklung unserer Beziehung nicht zu gefährden. Den ganzen folgenden Monat über gab ich mir große Mühe, nicht zu viel über uns nachzudenken und kein schlechtes Gewissen zu haben. Ally machte es mir überraschend einfach. Ob wir mit Reese spielten, uns gegenseitig aus meiner neuen Illustrierten *Food and Wine* vorlasen, Ideen für den Weihnachtskatalog entwickelten oder über die Yankee-Spiele fluchten – Ally war durch eine Hintertür in mein Leben getreten und hatte sich dort häuslich eingerichtet, ohne Möbel zu rücken. Sie wollte keine vollmundigen Gespräche über unsere Zukunft führen, und sie unternahm nicht den geringsten Versuch, mir etwas zu nehmen. Das galt besonders für meine Trauer über Maureens Tod und meine Verzweiflung über Tanyas Verschwinden.

Manchmal übernachtete Ally unter der Woche bei mir, und die Wochenenden verbrachten wir fast immer zusammen. Sie freundete sich schnell mit Lisa an, die jetzt manchmal noch zum Essen blieb. Ally und ich fingen sogar an, eine gemeinsame Reise für den Spätherbst zu planen. Eher traute ich mich nicht, Urlaub einzureichen.

Obwohl wir beschlossen hatten, unsere Beziehung im Büro nicht publik zu machen, unternahmen wir nichts Besonderes, um sie zu verheimlichen. Ben wußte Bescheid, genauso wie Allys Assistent. Ich war mir ziemlich sicher, daß es noch ein paar mehr Leute wußten, vielleicht sogar Allys direkter Vorgesetzter, aber niemand sprach mich darauf an. Obwohl ich versuchte, mir darüber keine Gedanken zu machen, fragte ich mich doch, was meine Kollegen davon hielten. Freuten sie sich für mich, daß ich eine so wunderbare Frau wie Ally an meiner Seite hatte, oder schüttelten sie heimlich die Köpfe? Ich schob diese Fragen beiseite – genau wie all die anderen unbeantwortbaren Fragen. Es fiel mir verdammt schwer, ganz für den Moment zu leben, aber ich war davon überzeugt, daß ich nur so herausfinden konnte, was mir Ally wirklich bedeutete. Hätte ich daraus eine Staatsaffäre gemacht, hätte es mich erschlagen. Und obwohl es manchmal den Anschein hatte, als liefe ich vor den großen Fragen weg, brauchte ich einfach eine Atempause.

Was sich körperlich zwischen uns abspielte, war so elektrisierend wie am ersten Tag. Wenn wir uns liebten, waren wir mit Herz und Seele und all unseren Sinnen dabei. Ich konnte gar nicht genug von Ally bekommen. Dabei war ich kurz zuvor noch der Überzeugung gewesen, meine körperlichen Bedürfnisse seien mit den Jahren einer inneren Befriedigung gewichen, die sich aus Vertrautheit und tiefer Zuneigung speiste. Doch Ally turnte mich auf eine ganz animalische Art an. Das Aufregende daran war nicht der pure Sex, sondern eher das Gefühl großer Intimität.

Nach dem Sex redeten wir miteinander, manchmal stundenlang. Über Wichtiges und Unwichtiges, über große Themen, über nichtige Tagesereignisse, über andere Leute oder über die Yankees. Aber immer ging es im Grunde nur darum, einander besser kennenzulernen.

Das bedeutete auch, daß wir oft über Maureen sprachen, sehr oft sogar. Zuerst hatte ich Hemmungen. Ich fragte mich, welches Licht die frühe Beziehung zu Ally auf das »Für immer und ewig« meiner Ehe warf, und gleichzeitig mochte ich Ally gegenüber nicht offen zugeben, wie sehr ich Maureen liebte.

Trotzdem kam es für mich nicht in Frage, die Liebe zu meiner Frau zu untertreiben, und so beschränkte ich mich, wenn Ally danach fragte, auf Antworten, die so kurz und ehrlich wie möglich waren.

»Soll ich damit aufhören?« fragte Ally eines Nachts.

»Womit?«

»Nach deiner Frau zu fragen.«

Ich hielt sie ganz fest. »Nein, natürlich nicht.«

»Aber du antwortest mir immer nur mit Vier-Wort-Sätzen.«

»Ach, wirklich?«

»Ja, jedesmal.«

Ich küßte sie auf die Stirn. »Ich fürchte, wenn ich erst mal anfange, über sie zu reden, kann ich nicht mehr aufhören.«

»Warum mußt du denn aufhören?«

»Weil ich mir nicht vorstellen kann, daß du gleich nach dem Sex hören willst, wie sehr ich eine andere Frau geliebt habe.«

Ally stützte den Kopf auf einen Arm. »Will ich aber.«

»Warum?«

»Weil Maureen ein Teil von dir ist. Außerdem ist sie überall im Haus präsent, und ich würde sie gern besser kennenlernen. Und sie ist Reeses Mutter. Ehrlich gesagt möchte ich auch gerne wissen, wie es ist, wenn man so sehr liebt.«

»Hast du denn noch nie so geliebt?«

»Es geht gerade nicht um mich. Außerdem klingen selbst deine Kurzantworten so, daß ich das Gefühl habe, nur wenige Menschen haben je so geliebt.«

Dann habe ich ihr alles erzählt. Und statt uns dadurch zu entfremden, rückten wir noch enger zusammen. Denn die ungeschminkte Wahrheit sagen zu können, bedeutete, Ally vollen Einblick in mein Leben zu gewähren. Es war erregend und beruhigend zugleich.

Etwa um diese Zeit wurde Maureens Lebensversicherung ausgezahlt. Es hatte so lange gedauert, weil die Versicherungsgesellschaft immer wieder neue Auskünfte verlangt und ich die fälligen Antwortbriefe ewig vor mir hergeschoben hatte. Einmal schrieben sie sogar, sie würden »den Fall abschließen« (wozu sie meiner Ansicht nach nicht berechtigt waren), da ich ihre Fragen nicht beantwortet hätte. Als wir diese Versicherungen abgeschlossen hatten, hatte ich mich nicht mit den Auszahlungsmodalitäten beschäftigt. Ich hatte ja nie gedacht, daß es dazu kommen würde.

Doch jetzt hielt ich plötzlich einen Scheck über eine nicht unbeträchtliche Summe in der Hand. Ich hatte nicht das Gefühl, diese Summe entspräche dem Wert von Maureens Leben, denn keine Zahl der Welt konnte dafür groß genug sein. Diese Summe bedeutete jedoch, daß Reese (und Tanya, falls sie je zurückkam) genug Geld fürs College haben und wir alle über die Runden kommen würden, falls *Eleanor Miller* mich eines Tages nicht mehr brauchte.

Ich beschloß, einen winzigen Teil dieses Geldes für ein Geschenk von Maureen an Reese auszugeben. Tagelang dachte ich darüber nach, was Maureen wohl ausgesucht hätte. Es mußte etwas sein, das ihm als Kind Freude machte und auch später noch etwas bedeutete, wenn er erwachsen war. Schließlich entschied ich mich für das Unikat eines Schaukelpferdes von einem Kunsthandwerker aus Rhode Island. Maureen hatte Pferde geliebt. Das Schaukelpferd war so solide gebaut, daß es eine Ewigkeit halten würde, und es war zeitlos schön. Ich konnte mir vorstellen, daß es einmal zu einem Familienerbstück werden könnte, das von Generation zu Generation weitervererbt würde.

In der Werkstatt entdeckte ich auch eine handgemachte Harfe. Ich zupfte ein paar Akkorde, und der süße Klang versetzte mich in die Zeit zurück, als Maureen und ich, Arm in Arm an einen Baum gelehnt, im Washington Park saßen und zuhörten, wie jemand einen Joni-Mitchell-Song sang. Es war Ende April und so warm, daß man sich am liebsten im Freien aufhielt, aber kühl genug, um die Wärme des anderen zu suchen. Maureen sagte damals, daß ich mich immer ganz weich anfühlte, wenn wir so dasaßen. Und jetzt sagte sie zu mir, daß sie diese Harfe haben wollte und daß ich für sie »Ladies of the Canyon« darauf spielen sollte.

Bestimmt hat Deine Mutter Dir erzählt, wie wir uns an der New York University kennengelernt haben, nur daß ihre Erinnerung an unsere erste Zeit wahrscheinlich nicht mit meiner identisch ist. Sie war Mitglied im Veranstaltungskomitee, und ich war mit der Band gerade von der Tournee durch diverse Clubs zurückgekehrt. Sie wollte uns hören, und ich sagte, daß wir in Kürze in einem Club in New York auftreten würden. Dann erklärte sie, daß sie es anders gemeint hatte: Sie wollte, daß wir ihr etwas vorspielten, damit sie beurteilen konnte, ob es sich lohnte, uns für einen Auftritt an der Uni zu buchen. Ich lachte sie aus – ich war damals wirklich ziemlich arrogant – und nannte ihr die Namen der Clubs, in denen wir gerade aufgetreten waren. Ich sagte, daß wir uns für einen Auftritt an unserer eigenen Schule nie und nimmer auf ein Vorspielen einlassen würden. Diese Reaktion fand sie unmöglich, und ich dachte, ich würde sie nie wiedersehen. Ich tat so, als machte mir das nichts aus, aber in Wirklichkeit bedauerte ich es sehr, weil ich ziemlich scharf darauf war, auf unserem Campus aufzutreten. Außerdem sah Deine Mutter schon damals ziemlich spektakulär aus. Du kannst Dir vorstellen, wie überrascht ich war, als sie ein paar Tage später in dem Club auftauchte, von dem ich ihr erzählt hatte.

Hinterher kam sie auf mich zu und sagte, sie fände uns »ziemlich gut«, und dann lachte sie. Erst viel später begriff ich, daß sie lachte, weil sie uns in Wirklichkeit sehr gut fand. Jedenfalls setzten wir uns auf einen Drink an die Bar, und um drei Uhr nachts landeten wir in einem schmuddeligen Diner und aßen Pfannkuchen. Als ich meinen zweiten Kaffee bestellte, war ich schon rettungslos in sie verliebt. Und nicht nur, weil sie so unglaublich schön war und nur noch schöner wurde, wenn sie über Dinge sprach, die ihr viel bedeuteten, sondern weil ich mich in ihrer Nähe einfach wohl fühlte – und nicht nur körperlich. Es war, als ob mir John Lennon eine Audienz gewährte.

Es stimmt wirklich, daß ich von da an ein besserer Mensch wurde. Meine Freunde dachten wahrscheinlich, daß Deine Mutter mir »die Flausen aus dem Kopf« trieb. Aber in Wirklichkeit war es so, daß ich auf keinen Fall noch einen Fehler machen wollte, nachdem ich mich bei unserer ersten Begegnung wie ein Idiot benommen hatte. Begreifst Du, was auf dem Spiel stand?

Seit jenem Abend gab es keine Sekunde mehr, in der ich nicht mit ihr zusammen sein wollte. Ob Du's glaubst oder nicht: Als ich sie am frühen Morgen zu ihrem Studentenwohnheim zurückbegleitete, dachte ich schon daran, sie zu heiraten. Ich war selbst ganz schockiert davon, denn eine feste Bindung einzugehen, rangierte auf meiner Prioritätenliste ungefähr an 87. Stelle. Doch obwohl ich zu diesem Zeitpunkt vielleicht noch ziemlich arrogant war – blöd war ich nicht. Ich war mit genügend Frauen ausgegangen, um zu erkennen, daß Deine Mutter anders als alle anderen war und daß sie meinem Leben einen Sinn geben konnte.

Es ist eine große Lüge, wenn immer gesagt wird, es koste eine Menge Arbeit, eine Beziehung lebendig zu halten. Ich glaube, nichts ist mir je so leichtgefallen, wie Deine Mutter zu lieben. Natürlich hatten wir auch weniger gute Zeiten. Natürlich waren wir nicht immer und in allem einer Meinung. Natürlich gab es Tage, an denen sie mich ziemlich nervte (und bestimmt noch mehr, an denen ich sie nervte). Aber sie zu lieben und zum Mittelpunkt meiner Welt zu machen, war trotzdem selbstverständlich.

Ich denke, heute kann ich mit Fug und Recht sagen, daß unsere Liebe ewig währt. Aber das habe ich ohnehin nie angezweifelt.

Siebzehn: Kapern

An einem Samstag Mitte Juli nahmen Ally und ich Reese zum ersten Mal mit ins Yankee-Stadion. Wie bei vielen anderen Dingen, die ich zu der Zeit mit ihm machte, ging es mir hauptsächlich darum, ihn an bestimmte Dinge zu gewöhnen. Ich bildete mir nicht ein, daß er zu diesem Zeitpunkt schon die Sache selbst genießen könnte. Aber ich wollte ihm beibringen, sich in der Menge wohlzufühlen, und ich wollte, daß Baseball von Anfang an zu seinem Lebensmuster gehört. Immer noch schaute er ganz aufmerksam hin, wenn Baseball im Fernsehen gezeigt wurde, und der Plüschball, den ich ihm zum Saisonstart geschenkt hatte, war eins seiner liebsten Spielzeuge und Kauobjekte.

Die Fahrt zum Stadion war so stressig wie immer. Eine Baustelle auf dem Long Island Expressway hielt uns unnötig auf, eine weitere in Höhe der Bronx, und wir kamen so spät beim Stadion an, daß wir vor den Parkplätzen Schlange stehen mußten.

So unschön diese Fahrt auch war, so war sie noch gar nichts gegen die Heimfahrt, denn es dauerte gut eine Stunde, bis wir den Parkplatz überhaupt verlassen konnten. Das war auch der Grund, weshalb ich meine Besuche im Yankee-Stadion im Laufe der Jahre immer mehr eingeschränkt hatte. Dummerweise hat weder die Stadt noch der Verein je etwas unternommen, um dieses Problem in den Griff zu bekommen. Immerhin fuhren mehr als dreieinhalb Millionen Menschen pro Saison zu den Spielen.

»Wird Reese heute seinen ersten Hot Dog bekommen?«

fragte Ally, als wir in der Loge gegenüber der ersten Baselinie Platz nahmen.

»Ich bin noch am Überlegen. Noch besser würden ihm wahrscheinlich die Cracker gefallen, die hier verkauft werden, aber an denen könnte er sich übel verschlucken.«

Reese schien von dem Ambiente völlig fasziniert zu sein. Es war die mit Abstand größte Menschenmenge, die er je erlebt hatte, und die lauteste dazu. Dabei hatte das Spiel noch nicht mal angefangen. Auf der Fahrt hatte ich schon das Schlimmste befürchtet, weil Reese nach dem ewigen Stop-and-Go die letzte dreiviertel Stunde nur noch quengelte. Doch seit wir im Stadion waren, machte er große Augen und schien total begeistert zu sein. Er stand auf meinen Schenkeln, schaute Richtung Monument Park, und vor Staunen stand ihm der Mund offen. Dann ließ er sich plötzlich auf meinen Schoß fallen und begann, an meinem Zeigefinger zu kauen.

Ich erinnerte mich an das erste Baseballspiel, zu dem mich mein Vater und mein Onkel mitgenommen hatten, bei den Mets natürlich. Ich war vier, und es war die legendäre Saison von 1969. Die Mets schlugen die Chicago Cubs mit 4:0, bevor sie sie am Saisonende tatsächlich als Divisionsmeister ablösten. Den Spielverlauf kenne ich nur von dem Kärtchen, das heute noch in irgendeiner Kiste in unserem Keller liegt. Dennoch habe ich lebhafte Erinnerungen an das Spiel: Ich weiß noch, wie das Gras roch und die Pommes frites, ich höre noch die aufgeregten Stimmen der Fans, die es nicht gewohnt waren, daß ihre Mannschaft gewann, ich erinnere mich daran, wie die Sitzreihen schwankten, wenn die Mets einen Run hatten oder einen Run der Gegner verhinderten. Ich erinnere mich auch daran, wie sich mein Vater und mein Onkel während des Spiels unterhielten. Es hörte sich an, als ob sie stritten, dabei waren sie in Wirklichkeit einer Meinung. Es handelte sich um diese typische Sport-Kommunikation – typisch zumindest für New York. Anhänger ein und desselben Teams drücken ihre Begeisterung und ihr Insiderwissen am liebsten aus, indem sie einander scheinbar widersprechen. Es dauerte eine Weile, bis ich begriff, daß mein Vater und mein Onkel nicht sauer aufeinander waren, und später wurde mir diese spezielle Art des Fachsimpelns über Baseball selbst ganz vertraut. Mein Vater und ich trieben es dann auf die Spitze, als ich Yankee-Fan wurde und wir beide tatsächlich Streitgespräche führten, die sich aber hauptsächlich auf Baseball beschränkten.

Plötzlich kam mir der Gedanke, daß Reese später einmal Mets-Fan werden könnte, und ich fragte mich, ob ich das persönlich nehmen würde. Immerhin lagen mir die Yankees sehr am Herzen. Daß sich Tanya (genau wie Maureen) nur halbherzig für Baseball interessierte, machte mir nichts aus, weil sich keine von beiden für eine andere Mannschaft interessierte. Wenn Reese aber Mets-Fan würde, und das, nachdem ich ihm meine Begeisterung für die Yankees nahegebracht hatte, würde ich das als Verrat empfinden? Sollte er sich zu einem Anhänger der Red Sox entwickeln, handelte es sich bestimmt nur um eine Vater-Sohn-Rebellion, aber bei den Mets war das etwas anderes.

Ich beschloß, mir über solche Dinge später Gedanken zu machen. Es war ein besonderes Spiel, denn heute verstärkte »The Kid« das Team. Er sollte zum ersten Mal seine Position im rechten Außenfeld einnehmen. In nur einem halben Jahr in der AAA hatte er es zu einer unglaublichen Spielerstatistik gebracht: ein Schlagdurchschnitt von .340, 23 Homeruns und 57 hereingeschlagene Punkte. Offenbar hatte das Management beschlossen, daß er »ausgelernt« hatte. Das Team hatte die Verstärkung bitter nötig. Nur in zwei Spielen hatte es einen

Schlagdurchschnitt von über .500 erzielt, und in der American League East lag es sechs Spiele hinter den erstaunlich erfolgreichen Toronto Blue Jays zurück.

»Ich fasse es immer noch nicht, daß wir ausgerechnet bei Kids erstem Spiel in der Major League dabei sind«, sagte Ally.

»Ich hatte von Anfang an das Gefühl, daß er mal ein ganz Großer würde.«

»Drücken wir den Jungs die Daumen! Sie können es brauchen.«

»*The Kid* wird uns bestimmt nicht enttäuschen. Er hat alles, was man braucht: den richtigen Schwung, die Arme, die Beine. Sein einziges Problem könnte sein, daß New York für ihn eine Nummer zu groß ist.«

Wenn ich mit Ally über Baseball sprach, fielen wir nicht in den typischen Sport-Tonfall, aber das machte unsere Fachsimpelei nicht bedeutungsloser. Am Anfang unserer Bekanntschaft hatte ich mich einfach nur gefreut, in ihr jemanden zu haben, der mein sportliches Interesse teilte. In diesem fortgeschrittenen Stadium waren die Yankees zu einem Thema geworden, mit dem wir ganze Abende verbringen konnten, ein Grund, tagsüber miteinander zu telefonieren.

Die Yankees betraten das Spielfeld, und die Menge spendete frenetisch Beifall.

»Wenn ich Kid wäre, ginge mir der Arsch jetzt auf Grundeis«, sagte Ally.

Im selben Moment biß Reese mir in die Schulter. In letzter Zeit hatte er auf allem herumgekaut, was er zu fassen bekam, und am Morgen hatte ich den ersten kleinen Durchbruch ertastet.

Als der erste Batter der Kansas City Royals in Position ging, fingen die Zuschauer an, die Namen der Spieler zu brüllen. Sie riefen den Namen jedes einzelnen Yankee-Spielers, bis dieser in die Menge winkte. Das hatte Tradition und zeigte immer wieder das gute Verhältnis zwischen den Yankees und ihren Fans. Bobby Kitterer wurde bis zuletzt aufgespart, und als sein Name gerufen wurde und er den Zuschauern zuwinkte, jubelte ihm die Menge begeistert zu. Selbst für Zuschauer, die in diesem Stadion schon so viele herausragende Spieler und so viele dramatische Situationen erlebt hatten, war dies ein besonderer Moment. Die bis dato schlechte Spielebilanz der Yankees mochte zu dieser Begeisterung wohl beigetragen haben, aber trotzdem war es ein großer Moment für »The Kid« – und natürlich für Reese.

Die Yanks mußten im ersten Inning drei Runs abgeben. Dieses Problem schleppten sie schon während der ganzen Saison mit sich herum. Niemand wußte, warum, aber die Pitcher fingen trotz des Rotationssystems alle schlecht an, bevor sie sich langsam steigerten. So wurde jedes Spiel zur Aufholjagd.

Kitterers erste drei Einsätze am Schlagmal waren nicht weiter bemerkenswert. Zuerst schlug er einen kurzen hohen Flugball zum dritten Baseman, das nächste Mal einen Grundball zum zweiten Baseman, und beim dritten Mal war er Strike out auf drei Pitches. Die ersten drei Male sah er insgesamt fünf Pitches und wirkte reichlich nervös. Dann aber beendete er das fünfte Inning mit einem grandiosen Catch, bei zwei Läufern auf den Bases, und brachte die Zuschauer wieder zum Jubeln.

In der zweiten Hälfte des siebten Innings lagen die Yanks 3:4 zurück, und Reese hatte beschlossen, daß Hot Dogs nicht das Richtige für ihn waren. Außerdem fand er es viel unterhaltsamer, auf meinen Schenkeln zu hüpfen, als dem Spiel zu folgen. Er war die ganze Zeit sehr brav gewesen, und ich hatte nur ein paarmal mit ihm auf und ab gehen müssen, aber langsam zeigte sich doch, daß er nicht viel davon hielt, drei Stunden in einer Loge zu sitzen.

Ein Strike out und ein sehr knappes Spiel am ersten Base brachten den Yanks zwei Outs und niemand auf Bases, als Kitterer an den Schlag kam. Ein Ball landete im Dreck und einer hoch in der Luft. Und es war bestimmt keine Absicht vom Pitcher der Royals, daß sein dritter Pitch genau auf die Mitte der Platte kam, aber »The Kid« stürzte sich darauf und schleuderte ihn sechs Sitzreihen weit über den Zaun des rechten Außenfelds. Die Zuschauer sprangen auf, als der Ball aus dem Spielfeld flog, und Ally drückte mir einen Kuß auf die Lippen, bevor sie vor Begeisterung losschrie. Sogar Reese sah auf und lächelte, als Kitterer die Bases umrundete.

In der zweiten Hälfte des neunten Innings herrschte immer noch Gleichstand. Die Yanks hatten im vorletzten Inning eine Riesenchance vertan und nicht gepunktet, obwohl die Bases bei nur einem Out bemannt waren. Dann kam Kitterer bei einem Out wieder ans Schlagmal. Bei einem Count von 3 Balls und 2 Strikes schlug er 5 Bälle ins Aus, bis er dann den 11. Pitch weit in eine Lücke des rechten Mittelfelds schlug. Der Ball flog bis an den Zaun des Outfields, und bevor er zur Homeplate zurückgespielt werden konnte, gewannen die Yankees das Spiel mit 5:4.

Wie erwartet brauchten wir über eine Stunde, um den Parkplatz zu verlassen, aber es kam uns nicht so lange vor. Ally und ich hörten uns das Spiel noch einmal im Radio an und genossen noch einmal Kitterers letzte beiden Einsätze am Schlagmal. Es gab zwar noch mehr zu bejubeln – Pitcher, die in späteren Innings das Ergebnis halten konnten, ein paar großartige Aktionen im Infield, gute Schläge im richtigen Moment – doch das Größte war der neue Star, den die Yankees seit heute hatten. Auch wenn er mit seinem Schlagdurchschnitt von .183 im August bestimmt wieder zu Columbus zurückgehen würde, war Kitterer der Held des Tages.

Die Rückfahrt nach Port Jefferson zog sich in die Länge. Kurz vor dem Ziel gerieten wir auf der Interstate 347 wegen einer Baustelle in einen Stau. Reese hatte genug vom Autofahren, und die letzte Viertelstunde schrie er nur noch, egal, wie sehr wir ihn zu trösten und abzulenken versuchten.

Zum Essen wollte ich Pasta Puttanesca machen, aber als wir zu Hause ankamen und Reese sich wieder beruhigt hatte, stellte ich fest, daß ich keine Kapern hatte. Ich ging zu Ally, die mit Reese am Eßtisch saß und ihm pürierte Pfirsiche fütterte.

»Geht's nicht ohne Kapern?« fragte sie.

»Für so eine Frage sollte man dir dein *Food and Wine*-Abo kündigen!«

»Wäre es ohne Kapern nicht einfach nur ein anderes Gericht?«

»Ja, ein fades. Nein, nein, wir müssen noch mal kurz zum Supermarkt fahren.«

Ich wollte Reese aus dem Hochstuhl heben. Es tat mir leid, ihn noch einmal ins Auto setzen zu müssen, und ich rechnete damit, daß er die ganze Fahrt über weinen würde.

»Ich kann doch mit ihm hierbleiben«, sagte Ally. »Ich glaube, das wäre besser für ihn.« Während sie sprach, hielt sie Reese den Löffel Pfirsichmus an den Mund. Doch Reese war offenbar satt und griff mit beiden Händen in die Breischüssel.

»Gute Idee, aber wisch ihn lieber ab, bevor du ihn hochnimmst.«

Der Einkauf war schnell erledigt.

Als ich nach Hause kam, waren die beiden nicht mehr in der Küche. Ich legte gerade die Kapern auf die Arbeitsplatte, als plötzlich ein dumpfer Schlag ertönte. Gleich darauf hörte ich Reese lachen. Ich ging den Geräuschen nach und fand die beiden im Flur. Ally kroch neben Reese über den Fußboden und ließ sich dann mit einer komischen Bewegung fallen.

Wieder fand Reese das urkomisch. Dann drehten sich beide zu mir um.

»Wir machen das schon seit einer Viertelstunde«, sagte Ally.

»Immer dasselbe?«

»Immer dasselbe. Ich glaube, Reese hat ein Faible für Slapstick.«

Sie kroch ein Stück weiter, und Reese folgte ihr. Dann ließ sie sich wieder fallen, und Reese lachte. Das konnte noch endlos so weitergehen.

»Während du deine Chevy-Chase-Nummer abziehst, fang ich schon mal an zu kochen.«

Ich ging in die Küche zurück, und während ich Tomaten schnitt und das Nudelwasser aufsetzte, wiederholte Ally ihren Stunt noch ungefähr zehn Minuten lang, bevor Reese das Interesse daran verlor. Anschließend hörte ich die beiden in der Diele herumalbern. Ally schien fast ein wenig enttäuscht zu sein, als ich zum Essen rief.

»Jetzt bin ich wieder ganz locker«, sagte sie, als sie Reese in den Hochstuhl und sich selbst an den Eßtisch gesetzt hatte.

»Locker?«

»Ja, wie nach einem guten Training.«

»Dann war es so eine Art Aerobic, was ihr beide da gemacht habt?«

»So was Ähnliches, die Baby-Variante. Reese scheint es Spaß zu machen, wenn er sich ordentlich austoben kann.«

»Ich hatte eher den Eindruck, daß du dich ordentlich austobst.«

Ally lachte. »Stimmt.« Sie drückte mir die Hand. »Ihr beide verlangt mir körperlich ganz schön was ab.«

Dann probierte sie die Pasta und nickte. »Hm, toll! Da mußten wirklich Kapern ran. Was war bloß in mich gefahren, daß ich das bezweifeln konnte?« Sie schaute zu Reese hinüber, der an einem Keks knabberte. »Warum bekommt er nichts davon ab?«

Ally stand auf und löffelte ein paar Nudeln ohne Soße in eine Schüssel und stellte sie auf das Tablett des Hochstuhls.

»Er wird das nicht mögen«, sagte ich. »Es sei denn, du hast ein paar Tropfen Sirup darunter gemischt, als ich gerade nicht hinguckte.«

Wie erwartet beäugte Reese die Schüssel desinteressiert, während er weiter vor sich hin kaute. Ally nahm eine Nudel und hielt sie ihm vor den Mund. Reese sah Ally an, griff dann nach der Nudel und stopfte sie sich in den Mund. Sofort nahm er sich eine zweite aus der Schüssel.

»Siehst du? Er wollte doch etwas abhaben!« sagte Ally.

Das erste Erwachsenenessen, das Dir richtig gut schmeckte, waren Spaghetti mit Anchovis und Knoblauchöl. Nicht mit Butter und Parmesan. Nicht Maccaroni mit Käse. Das hatte ich beides schon für Dich gekocht, und Du mochtest beides, aber auf dieses neue Gericht warst Du ganz wild. Merkwürdig: Anchovis! Und jede Menge Knoblauch! Du hast sogar noch das meiste von meiner Portion mitgegessen. Ich glaube, da warst Du gerade mal drei. Und schon damals kam es mir so vor, als wolltest Du sagen: »Du brauchst mich nicht wie ein Kind zu behandeln, Dad!«

Du hattest immer einen ausgezeichneten Geschmack, und ich fand das toll, denn es bedeutete, daß die ganze Familie dasselbe essen konnte. Ich brauchte für Dich keine faden Kindergerichte zu kochen, wenn Deine Mutter und ich etwas Gutes aßen. Ich weiß noch, wie Tina Molson zum ersten Mal bei uns aß. Ich hatte Hähnchen Cordon bleu gemacht – Hähnchen, Schinken, Käse, nichts, was sie noch nie gesehen hatte –, aber Tina starrte auf ihren Teller, als läge ein Reptil darauf. Glücklicherweise hatte wir noch ein paar Hot Dogs im Kühlschrank.

Danach haben wir immer darauf geachtet, daß es etwas »Einfaches« gab, wenn Deine Freundinnen bei uns aßen. Sahnesoße. Burger. Gegrilltes Hähnchen. Ich fand es wunderbar, daß Du Dich darüber amüsiertest. »Darcy ißt heute bei uns. Koch was Einfaches!« Nur bei Melanie war das anders. Von all Deinen Freundinnen war sie mir immer die liebste. Ich gebe zu, es hat etwas damit zu tun, daß ich sie einmal sagen hörte, sie fände mich cool, aber der Hauptgrund ist, daß sie vernünftig aß.

Heute wird mir klar, daß Essen unser stärkstes Verbindungsglied war. Die Wochenendeinkäufe waren immer unsere Sache, und Freitagabends war unser wichtigstes Gesprächsthema immer die Essensplanung für die Woche (zumindest bevor Du freitagabends auf die Piste gingst). Wir haben ein paar tolle Koch-Sessions hingelegt. Und dann unsere ausführlichen Gespräche über Restaurants und berühmte Köche. Wir sprachen so übers Kochen wie andere Eltern mit ihren Kindern über Sport oder Popmusik oder Mode.

Wenn ich nur wüßte, warum wir in anderen Fragen nicht einen genauso guten Draht zueinander hatten! Seit Du fort bist, wird mir nach und nach klar, in wievielen anderen Dingen wir übereinstimmten. Da ist natürlich einmal die Musik. Dann Filme. Du warst die erste im Haus, die von Renée Zellweger sprach, und Du hattest vollkommen recht. Mir ist sogar aufgefallen, daß wir dieselben Farben bevorzugen. Ich habe keine Ahnung, warum ich das alles nicht viel früher gemerkt habe. Vielleicht dachten wir früher, als wir noch eine harmonische Familie waren, ein gemeinsames Interesse reicht. Vielleicht hattest Du Angst, für Deine Mutter bliebe nicht genug übrig, wenn wir beide mehr Gemeinsamkeiten gehabt hätten. Dabei wart Ihr Euch so nah, daß Ihr selbst noch beim Rabattmarkensammeln ein Team wart.

Am meisten bedaure ich, daß mir das alles erst jetzt bewußt wird, und ich werfe mir vor, Tausende von Gelegenheiten vertan zu haben, bei denen ich Dir hätte näherkommen können. Wärst Du noch hier, und wären mir all diese Dinge trotzdem durch den Kopf gegangen, würde ich seit dem Tod Deiner Mutter vermutlich wie eine Klette an Dir hängen. Dem bist Du gerade noch rechtzeitig entkommen.

Habe heute eine wunderbare Puttanesca gekocht. Da hast Du wirklich was verpaßt!

Achtzehn: Avenue

»Ich muß dich mal was ganz Persönliches fragen«, sagte Codie einige Tage später am Telefon.

»Schieß los.«

»Hättest du dich in mich verlieben können?«

»Wie bitte?«

»Ich meine, wenn alles ganz anders gekommen wäre. Bin ich die Sorte Frau, in die du dich hättest verlieben können?«

»Es gibt mindestens ein Dutzend gute Gründe, diese Frage nicht zu beantworten.«

»Gott, Gerry«, sagte Codie gereizt. »Ich will doch nichts von dir! Mein Selbstbewußtsein ist gerade ziemlich im Keller, und ich dachte, ich sollte mich von jemandem aufbauen lassen, von dem ich eine ehrliche Antwort erwarten kann.«

»Dein Selbstbewußtsein ist im Keller?« Das war wirklich erstaunlich. Codie war für mich immer der selbstbewußteste Mensch überhaupt gewesen. Daß sie plötzlich an ihrer Attraktivität zweifelte, kam mir vollkommen verrückt vor.

»Bis jetzt hatte ich achtundzwanzig Dates dieses Jahr. Ich hab's vor ein paar Tagen nachgerechnet. Fünfzehn davon waren erste Treffen, acht eine zweite Verabredung mit demselben Mann, viermal habe ich mich mit demselben Mann zum dritten Mal getroffen, und die Krönung war jemand, mit dem ich mich ein viertes Mal getroffen habe. Es gibt also niemanden, mit dem ich mich dieses Jahr auch nur fünfmal getroffen hätte!«

»Vielleicht solltest du dir diese Zählerei abgewöhnen. Und was das andere angeht, hast du einfach nur Pech gehabt. So was passiert. Außerdem ist dies nicht gerade ein normales Jahr.«

»Ich weiß. Aber die aktuelle Bilanz hat mich so deprimiert, daß ich nicht den Nerv hatte, im Terminkalender vom letzten Jahr nachzuschauen. Ich glaube, da war es nicht viel besser. Und im Jahr davor auch nicht.«

»Und du glaubst, das hätte etwas mit dir zu tun?«

»Muß es ja wohl, oder?«

»Na ja, genau genommen schon. Aber es liegt bestimmt nicht daran, daß du nicht klug oder hübsch genug wärst oder daß man sich mit dir nicht unterhalten könnte.«

»Oh, mach bitte weiter! Das tut gut. So was kann ich gerade gut gebrauchen.«

»Hast du schon mal darüber nachgedacht, ob du von den Männern, mit denen du ausgehst, vielleicht zu viel erwartest?«

Sie schwieg eine Weile. Offenbar dachte sie jetzt darüber nach. »Was willst du damit sagen?« fragte sie dann.

»Redest du bei diesen Dates viel über deinen Job?«

»Ganz normal, würde ich sagen.«

»Normal wie für normale Menschen oder normal für einen Workaholic wie dich?«

»Worauf willst du hinaus?«

»Wenn du zum ersten Mal mit einem Mann ausgehst – inwiefern unterscheidet sich so ein Treffen von einem Mittagessen mit einem neuen Kunden?«

Codie antwortete nicht gleich. »Ich weiß schon, daß es da einen Unterschied gibt«, sagte sie schließlich.

»Das bezweifle ich nicht. Aber praktizierst du ihn auch? Entschuldige bitte, aber ich beziehe mich da auf gewisse Insider-Informationen.«

Codie seufzte. »Wahrscheinlich hast du recht. Aber ist es so verkehrt, eine sich anbahnende Liebesbeziehung zunächst wie eine geschäftliche Transaktion zu behandeln?«

»Gar nicht. Du hast ja auch die allerbesten Erfahrungen damit gemacht.«

»Ich habe dich um Rat gebeten, also werde bitte nicht sarkastisch!«

»Sorry.«

»Und außerdem bist du in letzter Zeit an dem ganzen Schlamassel mit Schuld – du und Reese.«

»Das mußt du mir erklären.«

»Na ja, wenn es mir so leicht fällt, mich mit meinem Schwager vernünftig zu unterhalten, muß es doch auch andere Männer geben, mit denen ich mich wohlfühlen kann. Und seit ich mich mit Reese beschäftige, sehe ich Männer eher als potentielle Väter und weniger als Geliebte.«

»Das ist doch gut!«

»Finde ich ja auch. Aber nachdem ich immer schon sehr wählerisch war, bin ich jetzt ober-hyper-mega-kritisch. Aber ich liebe euch beide trotzdem, und auf gewisse Weise bin ich euch sogar dankbar.«

»Du wirst das schon hinkriegen«, sagte ich. »Hört sich so an, als seist du auf dem richtigen Weg.«

»Du meinst, irgendwann kommt es noch mal zu einer fünften Verabredung mit ein und demselben Mann?«

»Da bin ich mir fast sicher. Und noch etwas, Codie ... Wenn wirklich alles ganz anders gekommen wäre, hätte ich mich womöglich tatsächlich in dich verliebt.«

»Ehrlich?«

»Ich glaube schon. Wenn du nicht meine Schwägerin wärst und Maureen nicht so verdammt ähnlich sähest, könnte ich ganz verrückt nach dir werden.«

»Ganz ehrlich?«

»Ganz ehrlich. Ich meine, ich bin ja ganz verrückt nach dir. Aber eben nicht auf *diese* Art.«

»Das ist unheimlich süß.«

Sie klang ganz glücklich. Ich freute mich, ihr zu diesem Stimmungsumschwung verholfen zu haben. »Wann kommst du uns wieder besuchen?«

»Wie wär's mit Sonntag?«

»Am Sonntag kann ich nicht.«

»Dann den Sonntag drauf?«

»Wie wär's diese Woche? Am Mittwoch zum Beispiel.«

»Nein, da habe ich eine Verabredung ... aus der wahrscheinlich wieder nichts folgt. Aber was hältst du von Dienstag? Ach nein, da treffe ich mich ja mit diesem Großmaul von *Peregrine Communications*. Also Donnerstag. Ginge es am Donnerstag?«

»Ja, prima.«

»Gib Reese einen dicken Kuß von mir. Und, Gerry ... Danke! Leider gibt's von deiner Sorte nicht viele Exemplare.«

Am folgenden Samstag checkte ich abends gerade meine Mails, als Ally die Tür zu meinem Arbeitszimmer öffnete.

»Lisa ist da«, sagte sie. »Können wir gehen?«

»Ja, ich fahre nur noch schnell den Computer runter.«

»Gibt's was Neues?«

»Leider nicht.« Ich drehte mich zu ihr um. »Du siehst hinreißend aus.«

Ich wollte Ally groß ausführen. Obwohl wir inzwischen fast alle Wochenenden und etliche Wochentage zusammen verbrachten, waren wir nur selten ausgegangen. Ally schien es nichts auszumachen, Reese abends um sich zu haben, aber ich wollte keine ausschließlich häusliche Beziehung mit ihr führen, ohne Ausgehen, ohne große Garderobe, immer mit einem

Ohr an der Tür zum Kinderzimmer. Deshalb hatte ich einen Tisch im *Chimera* reserviert, dem wohl feinsten Restaurant in Suffolk County.

Ally trug ein ärmelloses blaues Kleid, das die Knie frei ließ. Ich hatte sie noch nie so elegant gekleidet gesehen. Fließende Linien von ihrem gewellten Haar bis in die Konturen ihres Kleides betonten ihre Schönheit und boten einen atemberaubenden Anblick. Ich wußte nicht, ob ich ihr lieber die Kleider vom Leib gerissen oder sie stundenlang nur angeschaut hätte. Ich stand auf, nahm sie in die Arme und gab ihr einen langen, leidenschaftlichen Kuß.

»Danke«, sagte sie.

»Nein, ich habe zu danken.«

Ich war einmal vor etlichen Jahren im *Chimera* gewesen und hatte ganz vergessen, was für ein zauberhafter Ort es war. Alles hier schien Illusion zu sein – die schimmernden Vorhänge, die den Empfangsbereich von den Tischen trennten, die Kerzen auf den Tischen, die auf wundersame Weise die Farbe wechselten, die Karte, die unterschiedliche Gerichte offerierte, je nachdem, wie man sie ans Licht hielt. Man kam sich vor wie in einer prächtigen Zauberwerkstatt.

Wir bestellten eine Flasche Wein und hielten uns bei den Händen. Ich fühlte mich wohl in dieser Umgebung und mit dieser Frau. Viel zu schnell war es uns zur Gewohnheit geworden, abends mit Reese zu spielen. Und es war schön, einmal keine Jeans zu tragen, keine Grimassen zu ziehen oder auf dem Fußboden herumzukriechen. Natürlich genoß ich die wachsende Vertrautheit zwischen uns, aber ich fand, daß wir trotzdem ein wenig Romantik brauchten, so wie andere Frischverliebte auch.

»Ehe ich's vergesse«, sagte Ally, als wir die Karte studierten. »Als du unter der Dusche warst, hat Reese *avenue* gesagt.«

»Avenue?«

»Jedenfalls klang es so.«

»Aber warum sollte er das sagen?«

»Er hat es nicht weiter erklärt.«

Schon seit einigen Wochen versuchte sich Reese an verschiedenen Silben, und seit neuestem reihte er sie aneinander. Allerdings schienen sie keinerlei Ähnlichkeit mit uns bekannten Wörtern zu haben, und noch weniger mit dem, was er vermutlich sagen wollte. Ich glaube, er hatte noch nicht raus, was verbale Kommunikation bedeutet, aber dennoch schien es ihm Spaß zu machen, die eigene Stimme zu hören.

»Ich habe mich schon gefragt, ob er einmal schön singen wird«, sagte ich.

»Auf jeden Fall muß er noch an seiner Aussprache feilen. Konnte Maureen gut singen?«

»Gar nicht. Glücklicherweise wußte sie das. Nein, wenn er auf dem Gebiet Talent besitzt, hat er es von mir.«

»Du singst?«

»Weißt du das denn nicht?«

»Stand das in einer Informationsbroschüre über dich, die du mir vorenthalten hast?«

»Hast du mich denn noch nie singen gehört?«

»Doch, wenn irgendeine CD lief. Aber das zählt nicht. Ist das Klavier etwa deins?«

Ich nickte.

»Das ist ja großartig. Dann kannst du mir demnächst mal ein Ständchen bringen. Möchtest du übrigens wissen, was Reese noch gemacht hat, als du unter der Dusche warst?«

»Mathematische Formeln gelöst?«

Ally grinste. »Mach dich nicht über mich lustig! Er hat mir zugezwinkert.«

»Meinst du dieses ›Hey-Baby-komm-doch-zu-mir-in-die-

Wiege‹-Zwinkern? Das macht er mit allen Frauen. Ich habe schon versucht, ihm klarzumachen, daß das sehr unhöflich ist.«

»Hat er das wirklich schon mal gemacht?«

»Das sollte ein Witz sein.«

»Das habe ich verstanden. Aber er hat es wirklich getan.«

»Wahrscheinlich hat er nur gezuckt.«

»Nein, er hat es ganz bewußt getan. Ich habe ihm zugezwinkert, und dann hat er zurückgezwinkert.«

»Du hast ihm zugezwinkert?«

»Ja, das mache ich manchmal.«

»Baggerst du etwa meinen Sohn an?«

»Warum versuchst du, diese schöne Geschichte dauernd mit deinen anzüglichen Bemerkungen kaputtzumachen?«

Ich lächelte. »Es ist wirklich eine schöne Geschichte. Aber ich glaube nicht, daß Kinder in seinem Alter so was schon können.«

»Es war aber so. Glaub mir!«

Ich schaute wieder in die Karte. »Hast du gesehen, wie er heute kreuz und quer durch die Diele gewackelt ist? Ich glaube, er lernt früh laufen.«

»Würde mich nicht wundern. Immerhin hat er ja auch früh zwinkern gelernt.«

Ich lachte und konzentrierte mich auf die Karte.

»Macht es dich nervös, daß du immer noch nichts von Tanya gehört hast?« fragte Ally, als die Vorspeisen kamen.

»Die Phase habe ich hinter mir. Ich glaube, langsam fange ich an zu resignieren.«

»Das kommt mir aber gar nicht so vor. Wenn du resigniert hättest, würdest du nicht jeden Abend nachsehen, ob sie sich gemeldet hat, und das Tagebuch für sie weiterschreiben.«

Ally hatte recht, aber das machte es nicht besser. »Trotzdem steht da noch viel zu wenig drin«, sagte ich. »Und ich habe nicht die leiseste Ahnung, wo sie stecken könnte. Vielleicht ist sie noch mit den Riverriders unterwegs. Die sind übrigens gerade in North Carolina. Aber sie könnte auch ganz woanders sein.«

»Das muß furchtbar frustrierend für dich sein.«

Ich schüttelte den Kopf. »Ich habe schon ganz gut gelernt, nicht ständig daran zu denken. Das Tagebuchschreiben ist eine gute Hilfe. Ich bin selbst ganz überrascht. Ich klammere mich an das letzte, was ich von ihr gehört habe, die Nachricht, die sie im Hotel für mich hinterlassen hat. Aber wenn ich sie nun ganz falsch interpretiere? Vielleicht wollte sie mich gar nicht auf die nachfolgenden Zeilen des Songs hinweisen. Sie konnte ja nicht einmal davon ausgehen, daß ich den Song überhaupt *kenne*. Vielleicht wollte sie mit den Zeilen nur sagen: ›Laß es dir gut gehen!‹«

Ally langte über den Tisch und drückte mir die Hand. »Und wenn es so wäre?«

»Keine Ahnung. Dann gibt es nichts mehr, woran ich mich halten kann. Schon verrückt, an was für Strohhalme man sich klammert.«

Ich nahm einen Schluck Wein und aß einen Bissen. Ich fühlte mich nicht wohl. Ich hatte mir den Abend ruhig und romantisch vorgestellt, aber die Gefühle, die jetzt in mir hochkamen, waren alles andere als das. Doch ich konnte nichts dagegen tun.

»Und dann diese Sache mit Mick«, sagte ich. »Ich werde den Eindruck nicht los, daß er Tanya ausnutzt.«

»Du betrachtest ihn als einen Mann, der deutlich älter ist als Tanya, aber du darfst nicht vergessen, daß auch er noch sehr jung ist. Wahrscheinlich ist er noch dabei, mit sich selbst ins Reine zu kommen.«

»Er ist aber wirklich viel älter als sie.«

»Ja und nein. Etwas über drei Jahre. Wenn man die unterschiedliche Entwicklungsgeschwindigkeit der Geschlechter bedenkt, vor allem in bezug auf ihre emotionale Reife, sind die beiden eigentlich gleichaltrig.« Ally lächelte. Tanya und Mick lagen altersmäßig genauso weit auseinander wie sie und ich – aber das war etwas ganz anderes.

Ich trank noch einen Schluck Wein und versuchte, dem Gespräch die Schwere zu nehmen. »Bist *du* mit älteren Männern ausgegangen, als du in ihrem Alter warst?«

»Im letzten Jahr der Highschool war ich mit einem gewissen Vince Hemphill zusammen. Er war zwanzig und fuhr Autorennen. Das kam mir damals ungeheuer erwachsen vor. Er war der erste, der mir das Herz brach.« Sie setzte sich auf und schüttelte den Kopf. »Vince Hemphill, nicht zu fassen! Wir waren ungefähr fünf Monate zusammen, und dann machte er plötzlich Schluß. Später erfuhr ich, daß es an Maria Caruso gelegen hatte.«

»War es schwer, darüber hinwegzukommen?«

»Bis ich ganz und gar darüber hinweg war? Das hat schon eine Weile gedauert. Ein paar Monate vielleicht.«

»Dann mußt du in diesen Vince Hemphill ja ganz schön verknallt gewesen sein.«

»War ich auch. Rückblickend weiß ich, daß es eine ganz oberflächliche Beziehung war. Meist sind wir in seinem Cabrio durch die Gegend gefahren und haben im Autokino ein bißchen gefummelt. Aber damals fand ich es absolut gigantisch. Er war der erste Mensch, zu dem ich ›Ich liebe dich‹ gesagt habe, abgesehen von meinen Eltern natürlich.«

Ich war überrascht, wie unangenehm mich das berührte. »Warum hast du bis jetzt noch nie von ihm erzählt?«

»Wir haben ja noch nie über so etwas gesprochen.«

Das stimmte. Liebesbeziehungen zu ehemaligen Partnern waren bei uns nie Thema gewesen – abgesehen davon, daß meine frühere Partnerin überall im Haus präsent war. Obwohl wir ausführlich über Maureen geredet hatten, waren die Männer in Allys Leben noch nie zur Sprache gekommen. Das lag zum Teil daran, daß ich sie noch nie danach gefragt hatte, aber auch daran, daß sie nicht von sich aus darüber sprach. Ich wußte, welche Baseballspieler sie bewunderte, aber ich wußte nichts über ihre ehemaligen Freunde.

»Dann laß uns jetzt darüber sprechen«, sagte ich und hoffte, das würde meine trübsinnigen Gedanken über Tanya und Mick vertreiben. »Erzähl mir was über dein früheres Liebesleben.«

Sie lächelte. »So viel gibt es da nicht zu erzählen. Und besonders toll war es auch nicht.«

»Keine Vorrede. Fang einfach an.«

Ally war bereit, aber sie zögerte noch etwas und sah mich an, als ob sie meine Reaktion fürchtete. Doch im Laufe des Essens erzählte sie dann von den Männern in ihrem Leben. Ihr Partner auf dem Abschlußball, mit dem sie einen heißen Sommer verbrachte, ehe beide getrennte Wege gingen. Ihr Gesprächstherapeut im zweiten Collegejahr, von dem sie später erfuhr, daß er zur selben Zeit noch zwei andere Freundinnen gehabt hatte. Der Freund einer Freundin, mit der sie im letzten Collegejahr ein Zimmer teilte. Der Mann, mit dem sie in ihren frühen Zwanzigern zusammenlebte. Der Mann, mit dem sie zusammenziehen wollte, bis er plötzlich damit herausplatzte, daß er bereits verheiratet war.

Meine Reaktion auf all das überraschte mich: Ich fand es faszinierend, weil es Ally eine Geschichte gab. Ich wollte so viel wie möglich über sie wissen, denn sie bedeutete mir wirklich viel. Gleichzeitig wurde ich ein wenig eifersüchtig, als von immer mehr Männern die Rede war, und ich begann mich zu fragen, wie viele Namen wohl noch ins Spiel kämen. Angesichts ihres Alters konnte man nicht sagen, daß Ally übermäßig viele Beziehungen gehabt hatte, aber ich war es einfach nicht gewohnt, mit einer Frau zusammenzusein, die auch nach dem College noch verschiedene Beziehungen gehabt hatte. Ich stellte mir vor, wie Ally mit diesen Männern lachte, wie sie ihnen ihre Wünsche verriet, wie sie mit ihnen Sex hatte – und diese Vorstellung war bedrückend. Ich erinnerte mich daran, daß ich auch auf Maureens frühere Freunde eifersüchtig gewesen war, aber das war eine Ewigkeit her, und je länger wir zusammen waren, desto mehr verblaßte die Erinnerung an ihr früheres Liebesleben, das im Vergleich zu unserem keinerlei Bedeutung hatte. Mit Ally war es ganz etwas anderes.

»Und dann war da noch Philip«, sagte sie. »Ich hatte schon das Geschirr für unseren gemeinsamen Haushalt ausgesucht. Wir waren drei Jahre zusammen. Es war sehr schön und intensiv, und ich war davon überzeugt, daß er der richtige Mann für mich war. Als er mir einen Heiratsantrag machte, war es der schönste Augenblick meines Lebens.«

»Dann wart ihr also verlobt? Und wieso habt ihr euch wieder getrennt?«

Allys Miene verdüsterte sich. Sie nahm einen Schluck Wein. »Ich dachte, ich wäre schwanger, und er hat totale Panik bekommen. Natürlich hatten wir schon oft darüber gesprochen, daß wir eine Familie gründen wollten, aber er hatte nicht gedacht, daß es so schnell gehen würde. Wir haben uns dann fürchterlich gestritten, und ich begann mich zu fragen, ob er überhaupt Kinder haben wollte – und wie ich reagieren würde, falls nicht. Und als sich dann herausstellte, daß ich doch nicht schwanger war, bekam er noch größere Panik. Es kam mir vor, als hätte ich ihn die ganze Zeit über nicht wirklich gekannt, als hätte er sich die ganze Zeit hinter einer Maske versteckt. Ich löste die Verlobung und lief weg. So bin ich bei *Eleanor Miller* gelandet.«

Ich saß wie versteinert da und konnte gar nichts sagen. Mir war, als hätten all diese Männer an unserem Tisch mit Platz genommen. Der letzte hatte sogar einen Bissen von meiner Vorspeise genommen.

»Jetzt weißt du Bescheid«, sagte Ally.

»Hast du gedacht, du könntest mir das alles nicht erzählen?«

»Warum fragst du das?«

»Weil du noch nie darüber gesprochen hast.«

»Das Thema hat sich nie ergeben.«

»Ally!«

Sie zuckte mit der Schulter. »Ich rede nicht gern über diese Sache mit Philip.«

Ich nickte und fragte nicht weiter nach. Ich fand Allys Reaktion nur zu verständlich, und ich fand, sie hatte alles Recht der Welt, diesen Philip zu verlassen, wenn sie in der Kinderfrage nicht einer Meinung waren, denn Kinder waren Ally wirklich wichtig, und ich war davon überzeugt, daß sie eine liebevolle und engagierte Mutter sein würde. Ich konnte ja nicht ahnen, daß sie das Wichtigste von der Philip-Geschichte noch gar nicht erzählt hatte.

Als wir nach dem Essen, das ganz anders verlaufen war, als ich es mir vorgestellt hatte, wieder im Wagen saßen, beugte sich Ally zu mir herüber und küßte mich auf die Schläfe. »Es hat mir gutgetan, dir das alles zu erzählen. Danke fürs Zuhören.«

Ich lächelte, obwohl mich ihre Schilderungen ein wenig beunruhigt hatten. Entwickelte ich Besitzansprüche gegenüber Ally? Hatte sich in den letzten eineinhalb Stunden mein

Eindruck von ihr verändert? Oder war es einfach nur dieses blöde männliche Konkurrenzverhalten, von dem ich immer gedacht hatte, ich stünde meilenweit darüber?

Das einzige, was ich mit Sicherheit wußte, war, daß Ally mich von Tanya und Mick abgelenkt hatte.

Zu Hause angekommen verabschiedeten wir Lisa. Dann gingen wir ins Kinderzimmer und sahen nach Reese.

»Er ist so ein süßer kleiner Kerl«, sagte Ally, als wir uns über sein Bettchen beugten.

Er wird seiner Mutter immer ähnlicher, dachte ich, sagte aber nur: »Ja, er ist wirklich süß.«

Ally küßte ihre Fingerspitzen und legte sie Reese an die Stirn. »Schlaf gut, Reese-y!«

Sie nahm mich bei der Hand und zog mich zum Schlafzimmer. Dann fing sie an, mich auszuziehen. Wir liebten uns so leidenschaftlich wie immer. Trotzdem war mir nach all den Geschichten, die ich heute Abend gehört hatte, fast so, als sei es das erste Mal. Ich merkte: Ich wollte Ally ganz. Und ich wollte sie davon überzeugen, daß sie noch nie einen so guten Liebhaber wie mich gehabt hatte, daß Vince und Philip und wie sie alle hießen nicht mit meiner Kombination aus Erfahrung und Aufmerksamkeit mithalten konnten. Natürlich war das eine ziemlich lächerliche Reaktion, und ich konnte nur hoffen, daß Ally mir nicht anmerkte, was ich dachte.

Hinterher küßten wir uns lange, viel länger als sonst. Ich war voller Energie und überhaupt nicht müde. Am liebsten hätte ich bis in die frühen Morgenstunden mit Ally geredet. Ich wußte, daß mich Reese eine durchwachte Nacht später bereuen lassen würde, aber das war mir jetzt egal. Ally kuschelte sich an mich und sagte, sie sei plötzlich ganz müde. Innerhalb weniger Minuten war sie eingeschlafen. Ich hielt sie lange fest, streichelte sie und küßte ihr Haar.

Dann mußte ich wieder an Tanya denken, und da ich immer noch nicht müde war, stand ich auf, um im Tagebuch weiterzuschreiben.

Du denkst, ich habe Mick vom ersten Moment an gehaßt. Das ist nicht ganz falsch. Aber ich glaube, Du kennst meine Gründe nicht. Vielleicht denkst Du, Dein Vater hätte jeden jungen Mann gehaßt, den Du mit nach Hause bringst, weil Väter nun mal so sind. So war es aber nicht. Ich kann nicht gerade behaupten, daß ich jemand anders als Mick mit offenen Armen empfangen hätte, aber ich hatte durchaus vor, mich aufgeschlossen zu zeigen. Was mich von vornherein gegen Mick einnahm, war, daß er das Gegenteil von allem zu sein schien, was Deine Stärken sind. Er kam mir vor wie Darth Vader in der Verkleidung eines postmodernen James Dean.

Was ich dabei ganz übersah – wohl weil ich es übersehen wollte – war, daß er immerhin der erste war, der Dein Herz erobert hatte. Egal, wer und wie er war, mußte das für Dich sehr aufregend sein. Ich wünschte, ich könnte das alles wenigstens einen winzigen Moment lang mit Deinen Augen sehen. Immerhin ist die erste Liebe etwas ganz Grandioses.

Meine erste Freundin war Belinda Madsen. Das war noch auf der Highschool, in meinem Sophomorejahr. Wir saßen ganz hinten im Chemieraum und malten uns gegenseitig Karikaturen des Lehrers in die Hefte. Erst Monate später begriff ich, daß man das, was wir machten, als Flirten bezeichnet, und erst beim Frühlingsball waren wir zum ersten Mal abends zusammen. Drei Wochen lang gingen wir dann »fest« miteinander, was sich hauptsächlich darin äußerte, daß wir nach der Schule auf dem Fuß-

ballplatz rumhingen, aber ich war vollkommen fasziniert von ihr. Einmal hätte ich fast einen Test nicht bestanden, weil sie mich so sehr abgelenkt hatte. Als ich meinem Vater das erklärte, sagte er: »Was, glaubst du, ist langfristig für dein Leben wichtiger – dieses Mädchen oder deine Schulbildung?« Beides erwies sich dann im Laufe der Zeit als nicht sonderlich bedeutend, zumindest was die Naturwissenschaften angeht.

Du bist mit Mick schon viel länger zusammen als ich damals mit Belinda. Und bestimmt ist er für Dich mehr als ein Zeitvertreib. Wenn Du dies eines Tages liest, wirst Du wahrscheinlich Mühe haben, Dich daran zu erinnern, wie er überhaupt aussah, und Dich über das Techtelmechtel mit ihm amüsieren, oder Du bist total sauer auf ihn. Deshalb verzichte ich auf »väterlichen Rat« und Bemerkungen über die vorübergehende Natur der ersten großen Liebe. Ebenso verzichte ich darauf, Dir zu sagen, was ich hätte sagen sollen, als Du noch hier warst: daß Du sorgfältig prüfen solltest, wem Du Dein Herz schenkst. Jetzt mußt Du allein damit zurechtkommen.

Du bist weit weg. Ich habe fast das Gefühl, ich schreibe das hier für mich. Es ist mitten in der Nacht, und ich denke die ganze Zeit darüber nach, was ich in den letzten Monaten vor Deinem Auszug falsch gemacht habe, und ich frage mich, ob Dinge, die ich gesagt und getan habe, zu Deinem Entschluß geführt haben.

Neunzehn: Bereit sein

Am folgenden Dienstag wurden Ally und ich im Büro »geoutet«. Wenn sie bei mir übernachtet hatte, waren wir mit zwei Wagen zur Arbeit gefahren, und irgendwo hatte uns der Verkehr auf der Interstate 112 oder auf dem Nesconset Highway unterwegs immer getrennt. An diesem Morgen blieben wir jedoch während der ganzen Fahrt zusammen, fanden zwei nah beieinanderliegende Parkplätze und betraten das Gebäude zusammen. Kaum eine Stunde später kam Frank Marcus in mein Büro und schloß die Tür hinter sich. Auch mit Frank und seiner Frau hatten Maureen und ich uns früher manchmal getroffen.

»Du und Ally Ritten?« sagte er provokant.

Ich sah vom Schreibtisch zu ihm auf und hoffte, daß meine Miene Überraschung ausdrückte. Frank stand einfach da und grinste.

»Ich und Ally Ritten?« wiederholte ich schließlich.

»Hast du denn noch nicht gehört, worüber heute morgen überall getuschelt wird?«

»Worüber denn?«

»Daß du mit Ally zusammen bist.«

Mein Magen krampfte sich zusammen.

Ich hatte keine Lust, mit Frank Marcus darüber zu sprechen. Mir war klar, daß es unvermeidlich war, und daß ich früher oder später mit jemandem darüber sprechen mußte. Allerdings fand ich es ziemlich ärgerlich, daß es ausgerechnet jemand war, der sich darüber so lustig zu machen schien wie Frank.

»Ally und ich sind ein paarmal miteinander ausgegangen, wenn du das meinst.«

Frank setzte sich auf den Stuhl vor meinem Schreibtisch. »Dann stimmt es also? Du und Ally?«

»Hast du damit ein Problem?«

»Nein, nein. Ally ist eine tolle Frau. Ich hatte bloß nicht erwartet, daß du ...« Er beugte sich vor. »... daß du dich schon so bald wieder nach einem Rock umsehen würdest.«

»Kannst du es nicht *noch* ein bißchen schlüpfriger ausdrücken, Frank?«

Er warf die Hände in die Luft. »Hey, ich würde mir nie erlauben, dich dafür zu verurteilen. Ich meine, ich mochte Maureen sehr – wer nicht? –, aber du bist noch jung, und das Leben muß weitergehen.«

Es war schlimmer, als ich befürchtet hatte. Natürlich hatte ich damit gerechnet, daß einige Kollegen staunen und manche vielleicht sogar enttäuscht sein würden, daß ich mich so kurz nach Maureens Tod mit einer anderen Frau einließ. Wie sollte ich ihnen das verübeln? Aber ich hatte wohl auf ein wenig mehr Verständnis gehofft – vielleicht sogar darauf, daß man sich für mich freuen würde.

»Du sagst, in den Fluren wird darüber getuschelt?«

»Ja. Manche Kollegen gehen extra zum Wasserspender, um sich an dem Klatsch zu beteiligen. Wann passiert so was schließlich schon mal?«

Ich schloß die Augen und wünschte, Frank würde verschwinden.

Er amüsierte sich prächtig, und ich fragte mich, warum. Er wußte genau, was Maureen mir bedeutet hatte. Glaubte er etwa, daß ich die Erinnerung an sie beiseite geschoben hatte? Das konnte ich mir einfach nicht vorstellen.

»Es ist schon in Ordnung, Gerry. Ich dachte nur, du solltest es lieber von einem guten Freund erfahren als von jemand anders.«

Ein guter Freund. Ein so guter Freund, daß er sich seit der Beerdigung nicht hatte blicken lassen.

»Ja, danke, Frank. Es kann nicht schaden, vorgewarnt zu sein.«

Er stand auf und klopfte auf meinen Schreibtisch. »Kein Problem, Kumpel. Ich wünsche dir alles Gute mit Ally. Wie gesagt, sie ist eine tolle Frau.«

Frank verließ mein Büro, und ich rief Ben herein.

»Sie haben es noch nicht auf CNN gesendet«, sagte er, »aber ich habe noch nicht im Internet nachgesehen.«

»Sind die Leute denn so scharf auf so was?«

»Scheint so.«

»Kein Wunder, daß der Umsatz zurückgeht. Und finden das alle so lustig wie Frank?«

»Schwer zu sagen. Wahrscheinlich kommen mir die häßlichen Sachen gar nicht zu Ohren, weil ich so eng mit Ihnen zusammenarbeite. Außerdem versuche ich immer so zu tun, als stünde ich über solchen Dingen, und bekomme manches gar nicht erst mit.«

»Ich bin stolz auf Sie.«

»Danke. Vermutlich soll die Tür heute zubleiben, was?«

»Ja, bitte.« Ben wandte sich zum Gehen. Ich stand auf und folgte ihm. »Ich sehe besser mal nach Ally.«

Noch nie war ich mit einem so mulmigen Gefühl durch die Flure von *Eleanor Miller* gegangen. Ich stellte mir vor, daß jeder, den ich traf, gerade dabei war, seine Meinung über mich zu ändern und mich als einen fröhlichen Witwer zu sehen, der mit seiner neuen Flamme die Nächte durchtanzte. Als mich jemand anhielt und nach den Einzelheiten eines neuen Produkts fragte, bildete ich mir sogar ein, daß er im Grunde nur wissen wollte, ob ich abgewartet hatte, bis Maureen unter der Erde war, ehe ich eine neue Frau in ihr Bett ließ.

Als ich in Allys Büro kam, stand eine Mitarbeiterin aus der Buchhaltung bei ihr, die ich kaum kannte. Sie lächelte und sagte: »Dann will ich euch zwei mal allein lassen.«

»Alle wissen Bescheid«, sagte ich, als wir allein waren.

»Ich weiß«, sagte Ally und küßte mich. »Elaine Dunham hat die schnellste Buschtrommel von allen.«

»Wie hat sie es rausgekriegt?«

»Ich habe es ihr gesagt.«

»Du hast es ihr *gesagt*?«

»Sie sah uns heute morgen zusammen reinkommen und sagte, sie hätte überlegt, ob wir wohl was miteinander hätten. Da beschloß ich, daß es blöd wäre zu lügen.«

»Ach ja?«

Ally legte den Kopf schief und setzte sich an den Schreibtisch. »Wir sind jetzt schon eine ganze Weile zusammen, Gerry. Dachtest du, wir könnten es ewig geheimhalten?«

»Ich dachte, wir wären uns einig, daß wir gemeinsam beschließen, was wir den Leuten wann und wie sagen.«

Sie lehnte sich zurück. »Warum ist das so ein Problem für dich?«

»Es ist kein Problem, aber wir müssen darüber reden.«

»Gerry, ich bin sehr glücklich mit dir, und es fällt mir schwer, meinen Kollegen nichts davon zu sagen.«

»Wenn du mir das gesagt hättest, hätten wir darüber reden können, wie wir es den Leuten beibringen. Daß Elaine Dunham daraus jetzt mit *ihrer* Version von Büro zu Büro zieht, ist wohl nicht der beste Weg. Einige Leute hier kennen mich, seit Tanya in die zweite Klasse ging.«

»Machst du dir Sorgen darüber, was sie jetzt von dir halten?«

»Nein, das ist es nicht.«

»Ist es doch.«

Abwehrend streckte ich die Hände aus. »Ja, okay. Kannst du das denn nicht verstehen?«

»Sag mal, bin ich eigentlich nur eine Episode für dich?«

Ich verstand nicht, was die Frage in diesem Zusammenhang bedeuten sollte. »Wie bitte?«

»Ich habe dich gefragt, ob ich nur eine Episode für dich bin. Dachtest du, das mit uns ist nur eine Affäre, die ohnehin nicht lange dauert, und du brauchst niemandem etwas davon zu sagen?«

»Ich dachte gar nichts.«

»Oh, vielen Dank!« sagte sie mit versteinerter Miene.

»So meinte ich das nicht. Ich meinte, daß ich überhaupt nicht die Absicht hatte, eine neue Beziehung einzugehen. Ich hatte nicht gedacht, daß so etwas passieren würde, und als es dann doch passierte, hat es ein Eigenleben bekommen.«

»Also bin ich vielleicht doch nur eine Episode.«

»Du bist keine Episode. Ich habe keine Episoden.«

»Du hast keine Beziehung angefangen, seit Ronald Reagan Präsident war. Wie willst *du* das beurteilen können?«

Ich setzte mich auf eine Stuhlkante. »Ich weiß. Du hast ja recht.«

Ally sah auf den Schreibtisch hinab und schüttelte den Kopf. »Bis eben fand ich den Vormittag ganz amüsant.«

»Ich nicht. Ally, Frank Marcus hat sich über mich lustig gemacht.«

Sie nahm meine Hand. »Das tut mir leid«, sagte sie.

Ich drückte ihr die Hand und ließ sie wieder los. »Betrachten wir's mal so: Es heißt doch immer, es gibt keine schlechte Publicity.« Ich stand auf und küßte sie auf die Stirn. Dann verließ ich ihr Büro.

Auf dem Rückweg beschloß ich, bei Marshall vorbeizugehen. Vielleicht hatte es ihm noch niemand erzählt, und vermutlich legte er Wert darauf, es zuerst von mir zu hören. Als ich sein Büro betrat, telefonierte er natürlich gerade, und natürlich regte er sich dabei auf. Ich wollte gerade wieder gehen, da winkte er mich herein. Ich setzte mich und wartete, bis er sein Telefonat beendete.

»Die gute Nachricht ist, daß sich dein neuer Quilt wie geschnitten Brot verkauft«, sagte er, als er auflegte. »Die schlechte ist, daß wir nicht genug davon produziert haben und die nächsten sechs Wochen nicht liefern können. Kannst du dir vorstellen, was ich darum gäbe, wenn sich mal irgendein Produkt ohne Wenn und Aber verkaufen würde?«

»Na, immerhin verkauft sich der Quilt.«

»Nein, er *hat* sich verkauft. Jetzt verkauft er sich nicht mehr, weil wir keinen mehr haben.«

Ich stand auf. »Es ist wohl gerade ein ungünstiger Moment.«

Er signalisierte mir, daß ich mich wieder setzen sollte. »Wenn du auf einen günstigen Moment für ein Gespräch mit mir warten willst, wird nie was daraus. Was gibt's denn?«

Ich beugte mich etwas vor. »Also, ich war eigentlich noch nicht so weit, es an die große Glocke zu hängen, aber nun ist es raus, und ich dachte, du solltest es von mir persönlich erfahren. Es geht um mich und Ally Ritten.«

Marshall lachte. »Daß du Ally poppst, weiß ich schon seit Wochen.«

»*Poppen*. Das ist das Wort, nach dem ich suchte, um unsere Beziehung zu beschreiben. Wie hast du davon erfahren?«

»In eine Position wie meine kommt man nur, wenn man über einen guten Geheimdienst verfügt.«

»Mit Kameras und Abhöranlagen?«

»Genau. Ich beschäftige mich nämlich Tag und Nacht mit dem Privatleben meiner Mitarbeiter. Warum erzählst du mir das Ganze überhaupt?«

»Immerhin ist es eine private Verbindung zwischen zwei Abteilungen. Ich dachte, das könnte dir vielleicht Sorgen machen.«

»Wenn das der Fall wäre und ich von dir verlangte, diese Beziehung zum Wohle der Firma zu beenden – würdest du es tun?«

Damit hatte ich nicht gerechnet. »Findest du das nicht ein bißchen übertrieben?«

»Dann geht es dir also doch nicht um *meine* Sorgen.«

»Weißt du, Marshall, es ist gar nicht lange her, daß wir uns vernünftig unterhalten konnten.«

Das nahm ihm einen Moment lang den Wind aus den Segeln. Doch dann beugte er sich vor und sagte: »Gerry, du kannst mir glauben, daß mir vollkommen schnuppe ist, mit wem du vögelst. Von mir aus kann meine Sekretärin auf deinem Schoß tanzen. Wenn du dich schon mit jemandem anfreundest, kann es gerne jemand von hier sein. Dann denkst du vielleicht öfter mal an die Arbeit.«

Ich stand auf. Ich war sauer und fühlte mich gedemütigt. »Das war's, was ich sagen wollte. Ich geh dann wieder.«

»Danke.«

Ich ging auf die Tür zu, und Marshall rief mir nach: »Bist du überhaupt schon für so etwas bereit?«

Ich sah mich zu ihm um. »Manchmal spielt es keine Rolle, ob man bereit ist.«

»O nein! Bereit sein ist alles.«

Ich weiß noch, wie ich jemandem zum ersten Mal einen Song vorspielte. Ich hatte diesen Song schon Dutzende Male gespielt und ihn mir dabei immer in voller Orchestrierung vorgestellt. Als nun aber plötzlich ein anderer Mensch mit im Zimmer war, hörte sich alles ganz anders an, und ich merkte, daß ich noch viel üben mußte.

Das Bekanntwerden unserer Beziehung hatte einen ähnlichen Effekt. Ich sah sie plötzlich in einem ganz neuen Licht. Nur aus dem Gefühl heraus und weil ich einen gewissen Trost daraus zog, hatte ich ein paar Monate lang einfach alles laufen lassen, aber nun kamen mir Dinge hoch, die ich erfolgreich verdrängt hatte. Es war nicht so schlimm, daß andere denken konnten, ich hätte Maureens Tod allzu leicht abgetan. Auch daß meine neue Beziehung zum Gegenstand von Klatsch und Tratsch im Büro geworden war, beschäftigte mich nicht so sehr. Fakt war jedoch, daß ich nun endlich gezwungen war, mich meinen eigenen Widersprüchen zu stellen.

Da die Kollegen nun von unserer Beziehung wußten, mußte ich mich zwei drängenden Fragen stellen: War ich bereit, von anderen als Allys Partner wahrgenommen zu werden – und nicht als Maureens? Und würde ich dazu jemals bereit sein? Vielleicht machte ich mir zu viele Gedanken darüber, was andere dachten. Dennoch nahm ich das Publikwerden unserer Beziehung zum Anlaß, genauer darüber nachzudenken, welche Bedeutung Ally für mich hatte und mich zu fragen, ob wir nicht schon längst viel zu weit gegangen waren. Menschen, die mich jetzt erst kennenlernten, mußten mich als jemanden sehen, der eine Beziehung mit einer Mitarbeiterin hatte – und nicht als jemanden, der fast zwei Jahrzehnte lang mit einer wunderbaren und viel zu jung gestorbenen Frau verheiratet war. So bedeutungslos sollte Maureen aber nicht werden, nicht aus der Sicht von anderen, und nicht aus meiner eigenen.

Das durfte andererseits aber nicht bedeuten, daß ich mich

nicht weiterentwickelte. Ally war da, sie war real, und ich hatte starke Gefühle für sie. Ich hatte mich nicht auf sie eingelassen, um eine Auszeit vom Trauern zu nehmen. Vielmehr hatte mir Ally die Lebensfreude zurückgeschenkt. Sie hatte mich erregt und verführt. Sie hatte mir ihre Freundschaft geschenkt und sich mir geöffnet. Sie war nicht nur eine Gespielin für Reese und mich. Sie war jemand, der mir ernsthaft am Herzen lag. Ein vorsichtigerer Mensch hätte es gar nicht erst so weit kommen lassen. Aber für solche Überlegungen war es jetzt zu spät.

Ich hatte keine Ahnung, wie ich Ally das alles auseinandersetzen sollte und wählte zunächst die einfachste Lösung: Ich tat nichts. Als sie mich abends fragte, wie es mir mit der Enthüllung gehe, zuckte ich einfach mit der Schulter und sagte, in erster Linie sei ich überrascht gewesen. Als sich im Laufe des Tages vor meiner Bürotür dann keine Menschentrauben gebildet hatten, sei ich zur Tagesordnung übergegangen.

Auch daß mich Reese an diesem Abend sehr auf Trab hielt, trug mit dazu bei, daß ich über Allys Frage so oberflächlich hinwegging. Er war in letzter Zeit immer mobiler geworden, und seine Lieblingsbeschäftigung bestand neuerdings darin, sich am Couchtisch festzuhalten und ihn zu umrunden. Er tat das ein gutes Dutzend Mal und wurde jedesmal ein bißchen schneller. Dabei lachte er und patschte vergnügt mit den Händen auf die Tischplatte. Als er dazu keine Lust mehr hatte, schnappte er sich ein Stofftier und ließ sich so auf den Fußboden plumpsen, daß er auf dem Stofftier landete. Als wir darüber lachten, machte er es noch einmal und schaute zu uns herüber, um zu sehen, ob wir reagierten. Das ging dann etwa zehnmal so, bevor er zu uns gekrochen kam und hochgenommen werden wollte. Er schien es zu genießen, im Mittelpunkt der Aufmerksamkeit zu stehen, und er war der geborene Entertainer. Ich erwartete nicht, daß er es sich zur Gewohnheit machen würde, seinen Vater von dessen Sorgen abzulenken. Aber an diesem Abend war ich ihm sehr dankbar dafür.

Am nächsten Abend kam Codie zum Essen. Wir telefonierten fast jeden zweiten Tag miteinander, aber wir hatten uns seit Wochen nicht gesehen. Nach den gestrigen Ereignissen sah ich unserem Treffen mit sehr gemischten Gefühlen entgegen. Bis gestern hatte ich mir nichts dabei gedacht, daß sie noch gar nichts von Ally wußte, aber jetzt kam es mir vollkommen absurd und unehrlich vor. Und sie hatte Maureen so nahegestanden, daß sie die letzte war, zu der ich unehrlich sein wollte.

Tagsüber hatte ich schon Tomaten in Knoblauchöl eingelegt. Jetzt grillte ich Heilbutt und richtete das Ganze mit Bandnudeln, frischem Oregano und Ricotta an. Dann brachte ich unsere Teller zum Eßtisch, wo Codie Reese fütterte. Sie waren bereits bei der zweiten Schüssel Nudeln angelangt, nachdem Reese kürzlich durch Ally sein Faible für Nudeln entdeckt hatte.

»Hör mal, ich muß dir was erzählen«, sagte ich, und es klang wohl unheilvoller als beabsichtigt.

»Sag nicht, du ziehst nach Duluth!« sagte Codie.

»Warum sollte ich nach Duluth ziehen?«

»Es war das erste, was mir einfiel.«

»Interessanter Gedanke«, sagte ich. »Aber ich ziehe nicht um. Es gibt da eine Frau.« Codie schob das Kinn vor, genauso wie Maureen es immer getan hatte. Das machte mir die Sache nicht gerade leichter. »Ich bin schon seit einiger Zeit mit ihr zusammen.«

Codie drehte sich Nudeln auf die Gabel, führte sie aber nicht zum Mund. »Meinst du *deine* Art von Zusammensein oder *meine*?«

»Wieviele Varianten traust du mir denn zu? Das letzte Mal, als ich mit jemandem zusammen war, wurdest du meine Schwägerin.«

»Genau das meinte ich. Es ist also ernst?«

»Schwer zu sagen. Wir kennen uns ja erst seit ein paar Monaten.«

Codie runzelte die Stirn und sah mich verblüfft an. »Das geht schon seit Monaten?«

»Klingt nach 'ner ziemlich langen Zeit, ich weiß.«

»Allerdings!«

»Haßt du mich jetzt?«

»Weil du es mir nicht früher erzählt hast? Ich bin drauf und dran. Ich dachte, zwischen uns käme jetzt alles Wichtige auf den Tisch.«

»Das meine ich nicht. Ich meine die Sache selbst.«

»Warum sollte ich dich deswegen hassen?«

»Wegen Maureen.«

»Vielleicht würde *sie* dich deswegen hassen. Aber ich? Ich glaube, eine neue Beziehung tut dir gut. Wie heißt sie denn?«

»Ally. Warum glaubst du, daß mir das gut tut?«

»Was wäre die Alternative?« Codie blickte Reese an. »Er braucht keinen Vater, der sich in einen Kokon einspinnt.«

»Aber es ist ein großes Problem für mich.«

Sie streichelte meine Hand. »Das macht dich ja so liebenswert, Gerry. Aber denk nicht drüber nach, ob ich dich deswegen hasse, oder was andere davon halten. Wie steht Reese denn zu ihr? Mag er sie?«

»Sieht ganz so aus.«

»Aber nicht so sehr wie mich, oder?«

»Sie gibt nicht so viel Geld für Geschenke aus.«

Codie zog eine Grimasse. »Er würde mich auch anbeten, wenn ich ihm nicht dauernd was mitbringen würde.« Sie gab

Reese wieder einen Löffel Nudeln. »Immer schön dran denken«, sagte sie zu ihm. »Ich bin und bleibe deine einzige Tante, und ich bringe dir immer schöne Sachen mit.« Sie wandte sich zu mir um. »Und Ally hat nicht vor, dich nach Duluth zu verschleppen?«

»So viel ich weiß, nicht.«

»Und du magst sie wirklich?«

»Ja, ich mag sie wirklich.«

»Hat sie einen Bruder?«

»Nein, tut mit leid.«

Sie drückte mir die Hand. »Ich freue mich für dich.«

»Wirklich? Ich habe Angst, daß dadurch meine Gefühle für Maureen verblassen.«

Sie warf mir einen skeptischen Blick zu. »Hältst du das wirklich für möglich?«

»Ich weiß nicht mehr, was möglich ist und was nicht. Ich hätte nie gedacht, daß es möglich wäre, so schnell eine neue Beziehung einzugehen. Ich hätte auch nie gedacht, daß ich hier jetzt mit dir sitzen würde statt mit meiner Frau.«

Sie lachte kurz auf, aber es klang nicht amüsiert. »Ich fürchte, damit mußt du ganz allein zurechtkommen, Gerry. Ich kann dir da keinen Rat geben.«

Ich lächelte sie an. »Könntest du es nicht wenigstens versuchen? Es würde mir sehr helfen.«

Sie senkte den Blick, schaute auf ihren Teller und sagte: »Prima Pasta!«

Nun wissen alle Bescheid über Ally und mich. In der Firma haben sich die Kollegen ein paar Tage lang die Mäuler darüber zerrissen. Heute abend habe ich es Deiner Tante erzählt, und sie hat es sehr gut aufgenommen – wenn auch vielleicht nur mir zuliebe. Codie ist wirklich ein ganz außergewöhnlicher Mensch. Ich weiß gar nicht, warum ich das nicht früher gemerkt habe.

Auch Ally ist ein ungewöhnlicher Mensch, Queenie. Sie war für mich wie ein Rettungsring. Ich glaube sogar, Ihr beide würdet Euch gut verstehen, nachdem Ihr die ersten Hürden genommen habt (unter anderem die, daß Ihr Euch aus verschiedenen Gründen noch gar nicht kennt). Dein Bruder ist sehr unterhaltsam und bringt mich auf andere Gedanken – genau wie dieses Tagebuch. Aber sich um jemanden zu kümmern, bedeutet noch nicht, daß man selbst weiterkommt, und sich um jemanden Sorgen zu machen erst recht nicht. Meine Verbindung zu Ally hingegen gibt meinem Leben eine neue Richtung.

Ich glaube, für Kinder ist es sehr schwer, sich ihre Eltern mit einem anderen Partner vorzustellen. Ich kann mir in etwa vorstellen, was Du empfindest, wenn Du das hier liest. Eine Liebesbeziehung entwickelt sich meist ganz unabsichtlich – wie eine Verkettung von Umständen, die zwei Menschen zusammenführen. Jedenfalls war es so, als ich Deine Mutter kennenlernte, und bei meinen anderen Beziehungen eigentlich auch. Es kommt kaum vor, daß man so etwas plant, und der Beginn einer Beziehung ist selten von Logik gekennzeichnet. Zumindest wäre mir ein Szenario wie mit Ally niemals von selbst eingefallen. Nichts, was wir taten, ergab einen Sinn oder war darauf ausgerichtet, eine Beziehung anzufangen – abgesehen davon, daß wir von Anfang an einen Draht zueinander hatten. Das hingegen ergab jede Menge Sinn, und obwohl ich mich damit schwertat, eine neue Beziehung einzugehen (was immer noch der Fall ist), war es einfach unmöglich zu ignorieren, daß wir diesen Draht zueinander hatten.

Vielleicht führt das alles ja zu nichts. Vielleicht kommen wir langfristig nicht miteinander klar. Oder meine Schuldgefühle gegenüber Deiner Mutter machen alles wieder kaputt. Es ist gut möglich, daß mein Urteilsvermögen in einer bitterkalten Januarnacht ernsthaft Schaden erlitten hat, und wenn ich eines Tages wieder zu mir komme, stelle ich fest, daß alles, was ich seither getan habe, ein einziger riesengroßer Irrtum war.

Aber egal, wie es weitergeht: Tatsache ist, daß ich einen Menschen ins Herz geschlossen habe. Man könnte meinen, daß Deine Mutter, Du und Dein Bruder darin gar keinen Platz übriggelassen hätten, zumal noch extra Platz davon in Anspruch genommen wird, daß ich Dich und Deine Mutter so furchtbar vermisse. Aber ich mußte feststellen, daß da doch noch Platz für jemand anders war. Vielleicht ist das Herz so etwas wie eine erweiterbare Datei, die man nach Bedarf ergänzen kann.

Ich hoffe nur, daß es kein Irrgarten ist.

TEIL III: IRRWEGE

Zwanzig: Narbengewebe

Dad,
wahrscheinlich freust Du Dich darüber, und ich muß es Dir einfach sagen: Ich habe mich von Mick getrennt. Du hast ihm an dem Abend in Pittsburgh einen fürchterlichen Schreck eingejagt, und ich dachte schon, er würde mich sofort verlassen. Ich war total fertig wegen Mom, und Mick hatte dauernd Schiß, daß Du uns die Polizei auf den Hals hetzen würdest, obwohl ich ihm sagte, daß Du so was nie tun würdest. Jedenfalls waren wir beide nicht mehr beziehungsfähig. Ich wollte einfach allein sein, und gleichzeitig wollte ich ihn immer in meiner Nähe haben und hoffte, er könnte mich aufmuntern. So ging es noch eine Zeit lang mit uns weiter, und ein paar von den anderen, mit denen wir rumreisten, haben uns sehr geholfen.

Danach ging es etwas besser. Ich muß immer noch viel an Mom denken, aber ich kann schon wieder auf Konzerte gehen und sitze nicht mehr dauernd heulend im Wagen. Als ich so weit war, wurde es auch mit Mick wieder besser, und wir haben angefangen, ernsthaft miteinander zu reden. Eine Sache, die Du an Mick nie kapiert hast, ist, daß er ein unheimlich guter Zuhörer ist, und er kann sich gut in andere hineindenken. Nach den Konzerten sind wir immer noch lange aufgeblieben, und ich habe ihm erzählt, was sich in meinem Kopf so abspielt, in bezug auf Mom und Dich und das Baby. Und das war sehr hilfreich. Wir konnten dann sogar wieder miteinander lachen. Das ist auch etwas an Mick, das Du nie kapiert hast: Er ist jemand, mit dem man unheimlich viel Spaß haben kann.

Dann kam eine ganz schlimme Phase. Ist Dir das auch so gegangen? Ich weiß gar nicht, wie es anfing, aber plötzlich mußte ich ununterbrochen an Mom denken, an die Explosion in ihrem Kopf und daß keiner von uns in der Nähe war, um ihr zu helfen. Ich konnte über nichts anderes mehr reden, hatte Weinkrämpfe, konnte nicht schlafen und sagte immer wieder dieselben Sachen.

Bis Mick es nicht mehr aushielt. Vor ein paar Tagen setzte er mich auf einen Stuhl, rüttelte mich und sagte, ich müsse da jetzt »rauskommen«. Ich brach in Tränen aus und sagte, ich könne da nicht raus. Da sagte er: Wenn das so ist, können wir nicht mehr zusammen sein. Die Dinge seien für ihn jetzt »zu physisch« geworden, und damit könne er nichts anfangen. Das waren nicht alles exakt seine Worte, aber Du verstehst sicher, was ich meine.

Er sagte, er würde nach dem nächsten Konzert aus der Tournee aussteigen. Ich sagte, er könne bleiben, ich würde aussteigen. Diese ganze Sache mit den Riverriders bedeutet ihm inzwischen mehr als mir, und ich wollte andere nicht dafür büßen lassen, daß es mir so schlecht ging. Vor drei Tagen habe ich die Gruppe verlassen. Ich sorge jetzt für mich alleine.

Wahrscheinlich ist das besser so. Ich brauche Zeit – ich meine: ganz für mich allein. Ich bin von einer künstlichen Kulisse zur anderen gereist, und jetzt will ich mich selbst finden und kapieren, was eigentlich passiert ist, und dazu muß ich allein sein. Dann wird mir wahrscheinlich einiges klar.

Ich weiß, wie Du jetzt reagierst: Du erkundigst Dich

nach dem letzten Tourneeort und läßt dann die Gegend nach mir durchkämmen. Deswegen habe ich mit dieser Mail extra gewartet, bis ich weit weg von Atlanta bin. Ich kenne Dich, Dad. Ich weiß, daß Du das alles sehr persönlich nimmst. Das hast Du immer getan. Du glaubst, daß Du mir helfen könntest, aber das kannst Du nicht. Ich habe zwei meiner wichtigsten Menschen verloren. Was der Verlust von Mick für mich bedeutet, habe ich überhaupt noch nicht begriffen.

Tut mir leid, daß ich so lange nicht geschrieben habe. Ich wußte einfach nicht, was ich sagen sollte. Ich werde mich von Zeit zu Zeit melden, damit Du weißt, daß es mir gutgeht.

Und es wird mir gutgehen. Irgendwann.

Küßchen, T.

Als Mick zuerst bei uns auftauchte und ich mit Maureen über ihn sprach, beruhigte sie mich immer mit dem Argument, daß die Beziehung nicht ewig halten würde. Sie sagte, eine Beziehung, die man mit siebzehn eingeht, sei nie von großer Dauer. Sie wollte mir klarmachen, daß ich auf die erste Liebesbeziehung meiner Tochter ziemlich überreagierte, und fragte mich, was ich denn tun würde, wenn die Beziehung in die Brüche ginge. Meine Antwort lautete: »Ich werde eine wilde Party feiern, als hätten wir eine Million im Lotto gewonnen.« Sie schüttelte den Kopf und ließ mich einfach sitzen.

Jetzt, da es so weit war – viel später, als Maureen erwartet hatte –, war mir allerdings nicht nach feiern zumute. Ich war im Gegenteil ziemlich verzweifelt. Die Trennung von Mick hatte die letzte Verbindungslinie gekappt, die es noch zwischen uns gab. Vorher wußte ich nicht sicher, ob Tanya noch mit den Riverriders herumtourte, doch jetzt wußte ich definitiv, daß sie es nicht mehr tat. Es gab nicht mehr den geringsten Hinweis darauf, wo sie sein könnte, mit welchen Leuten sie zusammen war und was sie tat. Ich wußte nur, daß sie sich irgendwo herumtrieb, ein paar Tagesreisen von Atlanta entfernt, und todunglücklich war über den Verlust ihrer Mutter und ihres Freundes. Schlief sie unter irgendeiner Brücke? Hatte sie sich in die Arme eines anderen Mannes geflüchtet? War sie jetzt womöglich noch leichter zu beeinflussen und auszunutzen als vorher?

Tanya hatte recht. Am liebsten wäre ich sofort losgefahren, um sie zu suchen. Aber da sie der festen Überzeugung war, daß ich ihr nicht helfen konnte, und meine Hilfe nicht annehmen wollte, war es absolut sinnlos.

Ich stand vom Schreibtisch auf, und als ich erst einmal in Bewegung war, kam ich nicht wieder zur Ruhe. Ich versuchte, mich hinzusetzen und nachzudenken, aber ich konnte nicht stillsitzen. Ich versuchte es mit Putzen, Duschen und Klavierspielen, aber es nützte alles nichts. Meine Tochter wurde von Trauer überwältigt, und ich war nicht da, um sie zu trösten. Und das war so, weil sie es besser fand, alles mit sich allein abzumachen, statt es mit mir gemeinsam durchzustehen.

Was hatte ich nur getan, daß sie so empfand? Wie konnte sie denken, daß ich einmal nicht für sie da sein würde, daß ich nicht alles stehen und liegen lassen würde, um ihr zu helfen? Irgendwann mußte ich einen furchtbaren Fehler gemacht haben, daß zwischen uns so viel Distanz entstehen konnte. Jetzt, da ich glaubte, ihr wirklich helfen zu können, war sie mir noch weiter entrückt als zuvor.

Als erstes rief ich Codie an, weil sie Tanya kannte. Wir unterhielten uns eine Weile, aber das half mir nicht weiter. Natürlich gab es keine Strategie, die Codie mir vorschlagen konnte, und für tröstende Worte war es noch zu früh. Anschließend rief ich Ally an. Sie bot an, zu mir zu kommen, aber ich lehnte ab. Ich war einfach zu durcheinander und wollte nicht, daß sie mich in diesem Zustand sah.

Schließlich ging ich ins Arbeitszimmer zurück, las die Mail noch einmal und überprüfte sie auf Botschaften, die mir beim ersten Lesen entgangen waren. Tanya schrieb, irgendwann werde es ihr sicher wieder gutgehen. Sollte das bedeuten, daß sie mich dann wieder näher an sich heranlassen würde? Wollte sie mir etwas Gutes tun, indem sie schrieb, daß sie sich von Zeit zu Zeit melden würde? Ich suchte nach einem Strohhalm.

Dann fiel mein Blick auf das Tagebuch. Es war noch auf der Seite aufgeschlagen, wo ich am Vortag aufgehört hatte zu schreiben – irgend etwas Belangloses über den Unterschied zwischen Beruf und Job. Mir wurde klar, daß ich das für eine andere Tanya geschrieben hatte, eine Tanya, die in der Verarbeitung ihrer Trauer schon viel weiter und für einen väterlichen Rat offen war, eine Tanya, die ein Interesse an dem hatte, was ich ihr zu sagen hatte. Und alles in mir wehrte sich dagegen, diese Tanya zu vergessen. Diese Tanya bedeutete mir einfach zu viel.

Ich stellte sie mir vor, wie ich sie kannte – zu Hause oder zumindest in erreichbarer Nähe – und schrieb weiter.

Ich denke manchmal über das Narbengewebe nach, das zwischen Menschen entsteht. Ich war nie die Nummer eins für Dich, und ich hatte damit nie ein Problem – jedenfalls kein großes. Du betetest Deine Mutter an, und dagegen konnte ich schon deswegen nichts haben, weil ich sie selbst anbetete. In Deiner frühen Kindheit hatte sie viel mehr Zeit mit Dir verbracht als ich, und deswegen herrschte ein Grad von Vertrautheit zwischen Euch, den ich niemals erreichen konnte. Aber damit hatte ich, wie gesagt, kaum ein Problem. Manchmal wurde ich ein wenig eifersüchtig, aber Ihr hattet so viel Freude aneinander – vor allem, nachdem Du sprechen gelernt hattest –, daß die Freude auf mich übersprang. Immerhin wart Ihr die wichtigsten Menschen in meinem Leben.

Aber manchmal hast Du mich auf eine Weise als zweitklassig behandelt, die für mich schmerzlich war. Manchmal, wenn Deine Mutter beschäftigt war und ich nicht, bestandest Du darauf, nur sie könne Dir helfen, nur sie könne Dich anziehen oder Dir eine Apfelsine schälen, nur sie könne richtig mit Dir spielen. Manchmal traf mich das wie kleine Nadelstiche. Es war nie ein Drama, aber ich frage mich, ob genügend kleine Nadelstiche nicht auch eine Narbe hinterlassen. Irgendwann habe ich den Platz akzeptiert, den Du mir zugewiesen hattest, aber heute frage ich mich, ob nicht genau dieses Narbengewebe verhindert hat, daß ich mich stärker um Deine Nähe bemühte.

In den Jahren, bevor Du weggingst, wurde die Distanz zwischen uns immer deutlicher. Es lag nicht daran, daß ich Dich nicht geliebt oder bewundert hätte, ich hatte auch nichts dagegen, daß Du Autoritäten in Frage stelltest und auf Deiner (manchmal irrigen) Meinung beharrtest. Aber ich habe mir wohl nicht genug Mühe gegeben, Dir meine Position zu erklären, wenn wir Streit hatten, und ich muß Dir gestehen, daß ich es nicht mal besonders schwer nahm, als Du mir irgendwann nur noch die kalte Schulter zeigtest. Allerdings wurde es immer schwieriger für mich, Dich zu verstehen und vorauszusehen, wie Du auf bestimmte Dinge reagieren würdest, und ich konnte Deine wechselnden Meinungen und Ansichten immer schlechter tolerieren. Als Mick dann auftauchte, habe ich mich sehr über ihn geärgert und vor allem über das, was er Dir antat. Aber selbst da habe ich nichts getan, um mit Dir ins Gespräch zu kommen. Irgendwie habe ich das alles wohl nicht richtig an mich herankommen lassen, und deswegen habe ich mir nie Mühe gegeben, Dir klarzumachen, wie ich die Dinge sah, oder zu begreifen, warum Du so sehr an diesem Kerl hingst.

Bei einem der wenigen Male, als Deine Mutter und ich uns anschrien, ging es genau darum. Ich versuchte ihr zu erklären, warum die Dinge für mich ganz anders lagen als für sie. Sie konnte mit schwierigen Situationen viel einfacher fertigwerden, weil Ihr beide über die Jahre ein unendliches Reservoir an Zuneigung, Verständnis und Nähe angelegt hattet.

Ich denke über solche Dinge jetzt verstärkt nach, weil mir klargeworden ist, daß dieses Tagebuch nicht nur dazu dient, Dir Dinge mitzuteilen, die Du in der Welt da draußen nicht mitbekommst, sondern auch eine Möglichkeit darstellt, Dir Dinge zu sagen, die ich hätte sagen sollen, als Du noch hier warst. Du sollst wissen, daß ich Dir meine Liebe niemals bewußt vorenthalten habe. Ich habe vielleicht manchmal Konflikte gemieden, manchmal mit genervtem Blick das Zimmer verlassen, aber ich kann mich an keine einzige Situation erinnern, in der ich mich Dir verweigert hätte, wenn Du mich brauchtest. Auch jetzt bin ich für Dich da.

Vielleicht erinnerst Du Dich nicht so genau daran, vielleicht hast Du es auch ganz vergessen, aber eine meiner Lieblingserinnerungen geht auf ein Wochenende zurück, an dem Deine Mutter und Deine Tante verreist waren. Du warst neun Jahre alt. Wir trieben uns eine Weile im Einkaufszentrum herum, gingen ins Kino und veranstalteten Kochorgien. Das alles hat zwar Spaß gemacht, aber was dieses Wochenende für mich so unvergeßlich gemacht hat, war: Als ich Dich gegen Abend von Carrie Nicholson abholte (Du weißt, ich mochte sie von Anfang an nicht, aber ich wollte, daß Du Dir eine eigene Meinung über sie bildest), warst Du ungewöhnlich still, und als ich Dich nach dem Grund fragte, sagtest Du, es sei nichts. Zu Hause gingst Du gleich auf Dein Zimmer, und als Du eine halbe Stunde später wieder herauskamst, waren Deine Augen ganz rot. Wieder fragte ich Dich, was los sei, und dieses Mal brachst Du in Tränen aus und erzähltest, daß Carrie Dich wegen irgendeines Fauxpas auf einer Party in die Mangel genommen hatte. Wir saßen auf der Couch und redeten darüber. Ich erklärte Dir, daß jemand, der andere wegen eines angeblichen Fehlverhaltens so niedermacht, in der Regel nur seine eigenen Charakterfehler offenbart. Zuerst wolltest Du das nicht wahrhaben, aber dann fingst Du plötzlich an, von all den schrecklichen Dingen zu erzählen, die Carrie anderen angetan hatte. Am Ende lachten wir uns halb tot darüber, wie ihre Stimme mitten in ihrem großen Solo beim Klassen-Musical gekippt war, nachdem sie vorher wochenlang jedem erzählt hatte, daß sie der Star der Show sei. Hinterher hast Du Dich an mich geschmiegt und »Danke, Dad« gesagt.

Damals hätte ich Berge für Dich versetzt. Es war ein großer Glücksmoment für mich, ein Moment, wie ich ihn mir schon seit Deiner Geburt erträumt hatte. Aber wie alle Momente war er nicht von Dauer. Deine Mutter kam zurück, und als Carrie oder Leslie oder Carolyn Dir das nächste Mal Unrecht taten, bist Du mit Deinem Kummer wahrscheinlich zu ihr gegangen. Ich freute mich sehr, daß wir beide uns so nahegekommen waren, und sagte mir, daß es nicht weiter schlimm sei, daß ich die meiste Zeit für

Dich nur auf der Ersatzbank saß. Aber im Grunde war es das doch.

Ich habe heute von Deiner Trennung von Mick erfahren. Und obwohl ich den Kerl wirklich nicht mochte (aus Gründen, die Dir vollkommen unklar sind), ist mir klar, daß das für Dich sehr schmerzhaft ist. Ich müßte lügen, wollte ich sagen, ich wüßte genau, was Du jetzt durchmachst, denn solche Gefühle sind etwas ganz Persönliches, und niemand, der sie nicht selbst erlebt, kann sie erahnen. Es ist nicht mal besonders hilfreich, so etwas selbst schon einmal erlebt zu haben, denn beim nächsten Mal ist alles wieder ganz anders. Das sind die Vor- und Nachteile von Beziehungen: Jede ist einzigartig und hat ihre ganz eigene Mischung aus Hochs und Tiefs.

Als ich zum ersten Mal Liebeskummer hatte, habe ich total sentimental reagiert. Ich bin losgezogen und habe alle schmalzigen Songs über Liebeskummer gekauft, die ich finden konnte. Ich bin damit auf mein Zimmer gegangen und habe sie alle mitgesungen. Das war maßlos übertrieben, aber ich wollte mich so fühlen, als sei die Beziehung wichtig gewesen. Als mich das nächste Mal eine Freundin verließ, dauerte der Liebeskummer ganze vier Stunden, denn noch am selben Abend rief Vicky Krenski an und fragte, ob ich sie ins Kino begleiten würde. Das Mal danach war es dann wieder wie ein Weltuntergang, und beinahe hätte sich unsere Band deswegen aufgelöst.

Das Tröstlichste, was ich Dir zu diesem Thema sagen kann, ist, daß die Achterbahnfahrt irgendwann vorbei ist, und dann verläßt Du den Vergnügungspark Arm in Arm mit jemandem, der von da an Teil Deines Lebens ist. Zumindest war es so, als ich Deine Mutter kennenlernte. Trotzdem tut es mir sehr leid, daß Du an gebrochenem

Herzen leidest. Aber daß mit Mick nun Schluß ist, tut mir, ehrlich gesagt, nicht leid.

Du schreibst in Deiner Mail, daß Du Dich auch von den Riverriders getrennt hast und jetzt allein durch die Gegend ziehst. Und das alles, weil Dir der Tod Deiner Mutter so sehr zu schaffen macht. Ich wünschte, ich könnte Dir durch diese schlimme Zeit helfen. Ich wünschte, Du ließest mich an Deinem Leben teilhaben. Natürlich wäre es nicht so einfach wie damals, als wir über Carrie lachten, aber ich bin mir ganz sicher, daß wir diese Situation zusammen besser meistern könnten.

Jedenfalls werde ich, wenn wir uns wiedersehen, nicht so tun, als wäre nichts geschehen. Ich werde nicht einfach ein genervtes Gesicht machen und dann weggehen. Was immer an Narbengewebe zwischen uns entstanden sein mag – es ist wie weggeätzt von dem Alptraum, der seit Oktober mein Leben beherrscht. Falls Du mich irgendwann brauchst – ich warte auf Dich!

Ich klappte das Buch zu und blieb noch eine Weile am Schreibtisch sitzen. Ich konnte Tanya nicht einfach kraft meiner Gedanken nach Hause zurückholen. Aber falls ich mir in den vergangenen Monaten irgendwann einmal eingebildet hatte, ich könnte es aushalten, wenn sie nie mehr zurückkehrte, so wußte ich jetzt, daß das vollkommen ausgeschlossen war.

Ich suchte im Internet nach einer Karte der Südstaaten und starrte verzweifelt darauf. Irgendwo in der Gegend mußte Tanya sein. Ich wußte, es war absurd, aber einen kurzen Moment lang überlegte ich doch, ob ich einfach irgendeinen Ort auswählen und dort mit der Suche beginnen sollte. Dann überlegte ich, ob ich noch einmal einen Privatdetektiv oder besser gleich mehrere anheuern sollte.

Zum ersten Mal wurde mir bewußt, daß die Riverriders – so unstet sie auch waren – immerhin eine Art Gemeinschaft dargestellt hatten, die einen gewissen Schutz bot. Und jetzt hatte Tanya nicht mal mehr das. Jetzt hinterließ sie keine Spuren mehr, sie war einfach ein Teil der Landschaft geworden.

Einundzwanzig: Hausmannskost

Lunch-Verabredungen mit Tate waren inzwischen zu einem festen Bestandteil meines Lebens geworden. Seit er wieder auf Long Island war, trafen wir uns alle zwei Wochen zum Mittagessen. Dabei war der Ton unserer Unterhaltungen ganz anders als früher, wenn wir unsere Frauen dabei gehabt hatten. Jetzt redeten wir viel ernsthafter miteinander und berührten sogar heikle Themen.

Zuerst hatte ich gedacht, es läge daran, daß sich eine gewisse Intimität eher zu zweit als zu viert herstellen läßt. Nach und nach gewann ich aber den Eindruck, daß die Oberflächlichkeit unserer früheren Treffen auch daran lag, daß es schon damals zwischen Tate und Gail gekriselt hatte und beide deswegen nicht besonders offen und zugänglich sein konnten. Die Vorstellung, daß die beiden auch zu Hause nicht richtig miteinander geredet hatten, machte mir jetzt ziemlich zu schaffen.

Als wir uns am folgenden Freitag zum Lunch trafen, wollte ich mit ihm ausführlich über Tanya sprechen. Seit ihrer letzten Mail dachte ich andauernd darüber nach, wo sie wohl sein könnte und was sie wohl machte. Noch nie hatte ich mich so hilflos gefühlt. Über die Jahre hatte Tate mir immer wieder geholfen, die Dinge aus einem anderen Blickwinkel zu betrachten, und darauf hoffte ich nun auch, denn momentan sah ich ziemlich schwarz. Doch kaum hatten wir Platz genommen, wurde mir klar, daß es bei diesem Treffen nicht um mich gehen würde.

»Ich habe einen neuen Job angenommen«, sagte Tate.

»Wow! Ich wußte ja nicht mal, daß du überhaupt einen suchst.«

»Es hat sich so ergeben. Ich werde Geschäftsführer bei *Highpoint Foods*. Das sind die mit der »Mr. Tasty«-Werbung.«

»Tatsächlich?« Ich schüttelte ihm die Hand. »Das ist ja großartig. Geschäftsführer! Das wurde aber auch Zeit.«

»Ja, langsam aber sicher habe ich mich zur Spitze hochgearbeitet«, sagte er und grinste.

Ich freute mich wirklich für ihn. Eine positive Veränderung konnte er im Moment gut gebrauchen. »Ich wußte gar nicht, daß die auch hier an der Ostküste Niederlassungen haben.«

»Haben sie auch nicht. Die Zentrale sitzt in Seattle.«

Ich glaubte, nicht recht zu hören. »Welches Seattle?«

»Das eine, Gerry, in Washington.«

»Aber du ziehst doch nicht etwa nach Washington?«

»Doch, schon in ein paar Wochen. Du kannst dir ja vorstellen, daß mein jetziger Chef keinen großen Wert auf meine Mitarbeit legt, seit ich die Kündigung eingereicht habe.«

»Du ziehst an die Westküste? Und was ist mit Zak und Sara?«

»Die bleiben bei Gail.«

Ich merkte, wie ich wütend wurde. »Und du schickst ihnen ab und zu eine Postkarte?«

Tate warf die Hände in die Luft. »Wir haben das alles besprochen, Gerry. Es war das erste zivilisierte Gespräch, das ich mit Gail seit meinem Auszug hatte. Ich fliege ein Wochenende im Monat hierher. Und die Kinder verbringen den ganzen Juli bei mir.« Er trug das mit der größten Selbstverständlichkeit vor.

»Wie ein reicher Onkel«, murmelte ich fassungslos.

»Ach, komm, Gerry, nun hab dich nicht so!«

»Damit katapultierst du dich voll aus ihrem Leben raus, Tate!«

Meine Reaktion schien ihn zu überraschen. Er beugte sich zu mir vor und sagte: »Trotzdem bin ich immer noch ihr Vater. Glaubst du etwa, das würden sie vergessen?«

»Ich glaube, daß du nur noch Gastauftritte als Vater haben wirst. Seattle! Da hättest du auch gleich nach Singapur gehen können.«

Er wurde ganz rot. »Du kannst einem ziemlich auf den Sack gehen mit deinem Heile-Familie-Ding!«

Ich lehnte mich zurück, um wieder etwas Ruhe in das Gespräch zu bringen. Denn entweder beruhigte ich mich, oder ich würde zurückschlagen. »Tate, willst du wirklich 3000 Meilen entfernt von deinen Kindern wohnen?«

»Verdammt noch mal, Gerry«, sagte er und schlug mit der Hand auf den Tisch. »Ich bin da doch nicht aus Versehen reingestolpert!« Er wandte sich von mir ab, und einen Moment lang dachte ich, er würde aufstehen und gehen. Dann sah er mich wieder an. »Ich finde es furchtbar, ein alleinstehendes Elternteil zu sein. Es gibt Menschen, die damit ganz gut zurechtkommen, aber ich packe das nicht. Ich liebe meine Kinder wirklich. Aber jedesmal, wenn wir zu dritt waren, sind mir die Dinge vollkommen entglitten.« Er sah auf den Tisch hinab. »Ich glaube sogar, ich habe ihnen wehgetan, wenn sie bei mir waren.«

»Mit der Zeit wärst du in die Rolle hineingewachsen.«

»Vielleicht. Oder auch nicht. Ich wollte lieber kein Risiko eingehen. Ich habe mir diesen neuen Job aktiv gesucht, Gerry.« Er lachte unsicher. »Als reicher Onkel werde ich eine viel bessere Figur machen.«

»Aber es sind deine *Kinder*, Tate!«

»Verstehe«, sagte er und sah mich kalt an. »Aber jede Familie ist anders. Ich muß nach meinen eigenen Spielregeln spielen.«

Das sah ich anders, aber meine Meinung war nicht gefragt. So unsicher ich mir in letzter Zeit über viele Dinge war, so sicher war ich mir, daß ich nie und nimmer so gehandelt hätte wie Tate. Er gab einfach kampflos auf und ließ zwei Kinder allein, die ihn weit mehr brauchten, als er zu begreifen schien.

»Wissen sie es schon?«

»Wir haben es ihnen gestern abend erklärt. Ich habe ihnen gesagt, sie sollen einfach so tun, als wäre ich ständig auf Geschäftsreise.«

»Haben sie das geschluckt?«

»Woher soll ich das wissen? Sie haben nicht angefangen zu weinen und sind mir nicht auf den Schoß gekrochen, falls du das meinst.«

Ich schüttelte den Kopf, und eine Weile sagte keiner etwas. Dann strich ich ihm über den Arm. »Mir wirst du jedenfalls fehlen.«

Er tätschelte meine Hand und griff dann nach seinem Bier. »Hättest du Lust, mich im August zu besuchen?«

»Ja, vielleicht.« Ich hielt nach dem Kellner Ausschau, um mir etwas zu trinken zu bestellen. »Stellt *Highpoint* gutes Essen her?«

»Hausmannskost, die du innerhalb von acht Minuten auf den Tisch zauberst.«

Ich schüttelte den Kopf. »Wenn du uns schon verlassen mußt, hätte es wenigstens eine Firma sein können, von der ich auch etwas habe!«

Dad,
seit ein paar Tagen wohne ich in einer kleinen Universitätsstadt. Es gefällt mir richtig gut hier. Viele Buchläden,

Cafés und Konzertplakate von Gruppen, die ich nicht kenne. Gesprächskreise zu allem und jedem. Gestern habe ich einen Job in einem Plattenladen bekommen, so ein Independent-Ding mit lauter CDs von Künstlern aus der Gegend. Der Besitzer behauptet, er kennt jeden WERTVOLLEN Song, der je geschrieben wurde. Gestern abend kam ein Typ in den Laden, der so Anfang vierzig war. Er unterhielt sich mit Syd (dem Besitzer) eine halbe Stunde lang über Musik. Ich saß an der Kasse und konnte nicht alles hören, aber beide schienen eine Menge von Musik zu verstehen. Da dachte ich, daß Du und Syd gut zueinander passen würdet, denn der Typ, der sich da mit Syd unterhielt, hättest Du sein können. Ich weiß noch, wie wenig Ahnung die Eltern meiner Freundinnen von Musik hatten, und ich fand es immer ziemlich cool, daß Du so viel darüber wußtest.

Die Stadt ist in Ordnung. Ich weiß noch nicht, wie lange ich hier bleibe, aber es ist ganz schön, sich mal 'ne Zeit lang an ein und demselben Ort aufzuhalten. Man kann billig übernachten und unheimlich viel unternehmen. Wenn ich mich so umsehe, habe ich das Gefühl, daß die meisten anderen genauso auf der Suche nach sich selbst sind wie ich. Ganz anders als in Port Jefferson, wo alle immer nur demonstrieren wollen, wie gut sie drauf sind und zu was sie es im Leben gebracht haben. Hier scheint es in Ordnung zu sein, wenn man nicht weiß, wo es langgeht. Mehr als in Ordnung: Es ist angesagt.

Das trifft sich gut, denn ich weiß nun wirklich nicht, wo es langgeht. Mir geht's wie in dem Witz, wo ein Typ zum Arzt geht und über Kopfschmerzen klagt, und der Arzt tritt ihm auf die Füße und sagt: »Jetzt denken Sie wenigstens nicht mehr über Ihre Kopfschmerzen nach.«

In meinem Fall sind die Kopfschmerzen Mom, und die zertrampelten Füße sind Mick. (Mick dachte vielleicht sogar, er täte mir einen Gefallen, als er mich ziehen ließ!) Beides tut höllisch weh, und je nachdem, was ich gerade mache, überwiegt der eine oder der andere Schmerz.

Aber es gibt auch Anzeichen dafür, daß es langsam ein bißchen besser wird. Gestern ist mir zum Beispiel plötzlich etwas Lustiges eingefallen, das Mom mir mal erzählt hat, und ich mußte richtig grinsen. Das ist doch ein gewisser Fortschritt, findest Du nicht?

Syd hat mir erlaubt, seinen PC zu benutzen, deswegen muß ich mich kurz fassen. Sag Tante Codie, daß ich ihr bei Gelegenheit schreibe. Und knutsch den Kleinen von mir.

Küßchen, T.

Inzwischen habe ich begriffen, wie es mit der Trauer um Deine Mutter bestellt ist: Es wird niemals besser. Was besser wird, ist die Einsicht, daß man trotzdem weiterlebt und daß es Bereiche gibt, in denen man trotzdem noch Spaß haben kann. Ich glaube, ein bißchen was davon hattest Du schon kapiert, bevor Mick Dir den Laufpaß gab.

Wenn so eine Tragödie passiert, läßt man sich leicht davon unterkriegen. Sich bedingungslos da reinfallen zu lassen, hat etwas Verführerisches, ähnlich wie das Gefühl, das man angeblich beim langsamen Erfrieren haben soll. In Trauer zu versinken, ist in gewisser Hinsicht einfacher, als sich da raus zu kämpfen – vor allem, wenn man sich klarmacht, daß man den Anlaß der Trauer nicht ungeschehen machen kann, egal wie sehr man kämpft. Aber es ist wichtig, zu kämpfen. Das ist die einzige Möglichkeit, lebendig zu bleiben.

Sich geschlagen zu geben, ist nie ratsam. Tate hat mir heute erzählt, daß er nach Seattle zieht, weil er dort einen besseren Job gefunden hat. Allerdings hat er sich überhaupt nur um diesen Job bemüht, weil er dachte, er käme nicht mit seiner Rolle als alleinstehender Vater zurecht. Statt sich dieser Herausforderung zu stellen, hat er einfach das Handtuch geworfen. Ich habe keine Ahnung, wie sich die Beziehung zu seinen Kindern entwickeln wird, aber nach dem jetzigen Stand zu urteilen, wird wohl nicht viel dabei herauskommen. Ich kann Dir nur raten, vor schwierigen Situationen nicht davonzulaufen, egal wie hoffnungslos sie zunächst erscheinen mögen. Wobei ich zugeben muß, daß ich mir das selber immer wieder vergegenwärtigen muß.

Es ist mir ein kleiner Trost, daß Du Dich in dieser kleinen, namenlosen Universitätsstadt wohlfühlst. Die Vorstellung von Dir in einem Plattenladen, in dem »ältere Männer« wie ich einkaufen, gefällt mir deutlich besser als Dein Wanderleben. Du hast recht: Ich habe schon daran gedacht, alle kleinen Plattenläden in Universitätsstädten ausfindig zu machen und nach Syd zu fragen. Vielleicht mache ich das tatsächlich irgendwann, aber fürs erste verzichte ich darauf. Ich weiß ja, daß Du keinen Wert darauf legst, von mir nach Hause geholt zu werden. Und ich weiß, daß es für uns beide viel besser sein wird, wenn Du eines Tages aus freien Stücken zurückkehrst.

Du siehst: Ich weigere mich, eine Niederlage einzugestehen – und wenn's mich umbringt.

Anfang der folgenden Woche sahen Ally und ich uns gerade eine erneute Niederlage der Yankees im Fernsehen an, als Codie anrief.

»Störe ich?« fragte sie. »Was sind das für Geräusche?«

»Ally flucht über das Spiel, und ich habe gerade ins Kissen geschlagen.«

»Ihr macht euch also einen romantischen Abend?«

»Manche Leute finden mich total süß, wenn ich wütend bin.«

»Gib mir mal Ally! Ich muß ihr unbedingt sagen, daß sie die Kurve kratzen soll, solange sie aus der Nummer noch mit Anstand rauskommt.«

»Ich liebe dich auch, Schwägerin.«

»Hör mal, wenn dich dieses blöde Baseball nicht zu sehr in Anspruch nimmt, würde ich dich gern um einen Rat bitten.«

Ich stand auf und ging zum Arbeitszimmer hinüber, wo der Fernseher nicht zu hören war. »Schieß los!«

»Hast du den Eindruck, daß ich dabei bin, den Verstand zu verlieren?«

»Manchmal schon.«

»Ich habe dir doch noch gar nicht erzählt, *weshalb* ich möglicherweise den Verstand verliere.« Dann machte sie eine kurze Pause. »Ich denke über eine künstliche Befruchtung nach.«

Ich ließ mich in einen Sessel fallen. »Wow!«

»Findest du das verrückt?«

»Solange du nicht darauf bestehst, daß es der Samen von einem Nobelpreisträger oder so sein muß.«

»Nein, natürlich nicht.«

»Dann ist es doch eine gute Sache.«

»Findest du wirklich?«

»Ja, klar. Kümmere dich am besten gleich morgen darum.«

»Da habe ich zu viele Termine. Vielleicht übermorgen. Meinst du nicht, daß man sich als Alleinerziehende zu viel zumutet?«

»Das fragst du *mich*?«

»Ich meine: Glaubst du, daß es mein Berufsleben ernsthaft beeinträchtigt und sich negativ auf meine künftigen Beziehungen auswirkt?«

»Ja, beides. Ich nehme an, du hast dich bereits damit auseinandergesetzt und akzeptierst es.«

»Ich denke schon. Aber was, wenn das Baby dann da ist, und ich stelle fest, daß ich es doch nicht richtig akzeptiere?«

»Dann setzt du dich eben noch mal damit auseinander.«

Sie seufzte. Ein großer Unterschied zwischen Codie und Maureen war, daß Maureen nie geseufzt hat. »Und du glaubst nicht, daß ich die schlechteste Mutter der Welt sein würde?«

»Du hast eine schamlose Art, Komplimente einzufordern.«

»So meinte ich das nicht. Aber was weiß ich denn schon vom Muttersein?«

»Du wirst eine wunderbare Mutter sein. Ich habe ein Gespür für so etwas, glaub mir. Das dachte ich übrigens schon, als du Mitte zwanzig warst.«

»Ehrlich?«

»Das sah man schon an deinem Umgang mit Tanya. Da hast du viel mehr getan, als nur die Tante gespielt.«

»Wirklich? Das wußte ich ja gar nicht.«

»Du hast einfach einen ganz natürlichen Draht zu Kindern.«

»Danke. Das alles ist übrigens dein Verdienst. Hätte ich dich nicht mit Reese erlebt, wäre ich nie auf den Gedanken gekommen. Aber zu sehen, wie du das schaffst, hat mir vor Augen geführt, daß es machbar ist.«

Das rührte mich. Ich hätte nicht gedacht, daß mein Umgang mit Reese auf irgend jemanden inspirierend wirken könnte. In letzter Zeit war ich viel zu unglücklich über Tanya, um darüber nachzudenken, was für ein Vater ich für Reese war. Aber wenn ich Codie geholfen hatte, diesen Entschluß zu fassen – um so besser! »Was wirst du jetzt unternehmen?«

»Ich habe vor einigen Tagen einen Vortrag gehört. Es ist alles gar nicht so kompliziert, und wenn man sich im Vorfeld gründlich mit der Sache beschäftigen will, gibt es Dutzende Anlaufstellen, bei denen man sich erkundigen kann.«

»Sonst ruft man einfach bei der Samenbank an und gibt eine Bestellung auf?«

»So ungefähr. Ein paar Erkundigungen muß ich noch einziehen. Aber erst mal freue ich mich, daß du dafür bist.«

»Keine Frage. Reese braucht schließlich einen Cousin.«

»Begleitest du mich in den Kreißsaal?«

»Gerne. Obwohl ich da keine besondere Hilfe bin. Maureen hätte mich fast rausgeschmissen.«

»Ich werde dich ertragen.«

»Ich freue mich für dich.«

»Und ich freue mich, daß du dich freust.«

Wir unterhielten uns noch eine Weile, und ich merkte, daß es mir plötzlich besser ging als die ganze letzte Woche. Codie strahlte so viel Optimismus aus. Ich war richtig stolz auf sie und freute mich, daß sie eine Veränderung dieser Art plante.

Sie war von Maureens Tod genauso schwer getroffen wie Tanya und ich. Aber sie wollte sich das Leben nicht kaputtmachen lassen und sogar noch mehr daraus machen.

Zweiundzwanzig: Kehrtwendung

So unsicher ich in bezug auf Tanya war, so sicher war ich mir über Ally und Reese. Ally hörte mir zu, teilte meine Sorgen, litt oder debattierte mit mir – je nachdem, was gerade nötig war. Manchmal lenkte sie mich auch einfach nur ab, zog mich in ihre Welt hinein und verschaffte mir auf diese Weise Erleichterung. Und Reese war einfach Reese.

Er war inzwischen unheimlich schnell geworden, wenn er sich an Tischen, Stühlen oder sonstwas festhielt und dann auf irgendein Ziel zusteuerte. Manchmal stand er sogar schon freihändig im Raum, bis ihm plötzlich bewußt wurde, daß er sich nicht festhielt, und prompt hinplumpste.

Das Herumwandern war zu seiner Lieblingsbeschäftigung geworden, die um so aufregender war, wenn ich ihn in der Diele um den Couchtisch jagte. Er quietschte dann vor Vergnügen, und manchmal verlor er das Gleichgewicht, weil er vor Wonne die Arme in die Luft warf. Wenn er dann hinfiel, warf ich mich auch auf den Boden, und wir prusteten vor Lachen.

»Ich habe mich schon gefragt, ob Dick und Doof wohl genauso angefangen haben«, sagte Ally eines Abends, als sie uns beobachtete. Wir standen auf, begannen noch mal von vorn, und dieses Mal ließ sich Ally auch fallen, was Reese natürlich um so mehr zum Lachen brachte. Wir wiederholten das Ganze noch dreimal, bis ich vorschlug, zu einer anderen Form der Kinderbelustigung überzugehen. Ally legte Reese auf den Rücken und kitzelte ihn, bis er sich vor Lachen fast verschluckte.

Am Nachmittag hatten wir für Reese ein kleines Xylophon

mit verschiedenfarbigen Klangstäben gekauft. Ich holte es in die Diele, stellte es auf und zeigte ihm, wie er es mit dem Klöppel zum Klingen bringen konnte. Er lächelte, tat aber nichts. Ich gab ihm einen Klöppel in die Hand und half ihm beim Anschlagen. Das führte zu wildem Geklimpere, das er mit ausgelassenem Gekreische begleitete.

»Du kannst bestimmt nicht so schön singen wie er«, sagte Ally zu mir.

»Das stimmt, aber dafür kann ich es leiser.«

Als Reese den Klöppel aus der Hand legte, griff ich ganz gedankenlos danach und begann, ein wenig zu spielen. Es war der Beatles-Song »Here, There and Everywhere«, was ein wenig Phantasie erforderte, weil nicht alle erforderlichen Klangstäbe vorhanden waren. Reese grinste, während Ally interessiert zuschaute.

»Das ist hübsch«, sagte sie.

»Ich habe noch nie auf einem Kinderxylophon gespielt.«

»Spielst du mir mal richtig was vor?«

Ich nickte. »Vielleicht, wenn wir Reese zu Bett gebracht haben.«

»Das wäre schön.«

Als ich aufhörte zu spielen, nahm Reese mir den Klöppel aus der Hand. Ich hob ihn hoch und ließ ihn über meinem Kopf kreisen. Er lachte.

Wie so oft an den Wochenenden beschlossen wir, daß Reese »noch etwas Eis brauchte« und fuhren zur nächsten *Ben & Jerry*-Filiale. Reese durfte natürlich nur ein wenig von unserem Eis lecken, obwohl er sicher mehr genommen hätte, wenn wir ihn gelassen hätten. Zu Hause veranstalteten wir dann noch ein paar Krabbelrennen, ehe es Zeit war, Reese zu Bett zu bringen. Inzwischen war es schon zu einem festen Ritual geworden, daß Ally ihn im Schaukelstuhl auf den Schoß nahm und ihm etwas vorlas. Anschließend ging Ally aus dem Kinderzimmer, und ich sang ihm noch etwas vor, während ich ihn ins Bettchen legte. Heute aber kuschelte er sich ganz eng an Ally und schlief beim Vorlesen ein. Sie sah ganz glücklich zu mir auf, dann beugte sie sich über ihn und küßte ihn aufs Haar.

»Ich glaube, heute haben wir ihn müde getobt«, sagte sie mit einem ganz verträumten Lächeln. Dann legte sie ihn in sein Bett und kam zu mir. Sie umarmte mich und sagte: »Das war schön.«

Ganz zweifellos war Ally von Reese sehr eingenommen – und umgekehrt. Sie war ein dankbares Publikum für alle seine Kunststückchen und Gesten, und manchmal kam sie wochentags am Morgen zu spät unter die Dusche, weil sie sich nicht von ihm losreißen konnte. In letzter Zeit schlief Reese nachts schlecht, und Ally duldete nicht nur, daß ich ihn dann zu uns ins Bett holte, sondern schien das regelrecht zu begrüßen. Umgekehrt erwies Reese auch ihr große Zuneigung. Er spielte gern an ihrem Gesicht herum, knabberte an ihrem Kinn und freute sich über so ziemlich alles, was sie mit ihm anstellte, vom Nasereiben bis zum Herumtoben auf der Couch.

Daß er auf ihrem Schoß eingeschlafen war, schien sie sehr gerührt zu haben, sie war noch zärtlicher als sonst, wollte einfach nur mit mir auf der Couch schmusen, leise Musik hören und hatte keine große Lust, sich zu unterhalten. Und als wir schließlich zu Bett gingen, liebte sie mich zärtlicher und hingebungsvoller als je zuvor. Kurz darauf schlief sie mit einem zufriedenen Lächeln ein. Ich küßte sie auf die Wange und war sehr glücklich.

Wie schon in den letzten Nächten wachte Reese gegen halb drei auf und verbrachte den Rest der Nacht in unserem Bett. Mir war klar, daß es auf Dauer keine Lösung war, die schlaflosen Nächte immer wieder hinauszuschieben, die er brauchen würde, bis er sich daran gewöhnt hatte, allein zu schlafen. Aber andererseits hatte ich ihn gern bei mir. Er wühlte nicht viel herum, und seinen kleinen Körper zu spüren, empfand ich als eine Vergewisserung, die mir gut tat. Ich wußte, daß der Moment kommen würde, an dem ich das nicht mehr schön finden würde, und daß er, wenn das so weiterging, eines Tages von mir verlangen würde, gleichzeitig mit ihm zu Bett zu gehen. Das ging natürlich nicht, aber ich beschloß, mir darüber ein andermal Gedanken zu machen.

Als ich wieder eingeschlafen war, hatte ich einen höchst lebhaften Traum. Reese saß in der Diele auf dem Fußboden, sah mich, stellte sich auf, grinste frech und lief mir entgegen. Ich rief ihm etwas Ermutigendes zu, aber er drehte ab und lief statt auf mich auf Ally zu. Sie schloß ihn in die Arme, hob ihn hoch, und er sagte: »Mama«.

Dann schreckte ich hoch. Reese und Ally schliefen tief und fest. Reeses Kopf ruhte an Allys Rücken, und beide lagen ganz friedlich da.

Ich versuchte, wieder einzuschlafen, aber es ging nicht. Immer wieder zog der Traum an mir vorbei. Was hatte er zu bedeuten? Hatte ich Angst, daß sich Reese »von mir abwandte«, weil er Ally so gern hatte? Fürchtete ich, daß er Ally für seine Mutter halten würde? Glaubte ich, Ally hielte sich bereits für seine Mutter? Als hätte ich seit dem vergangenen Oktober nicht schon genug Turbulenzen erlebt, brachte mich dieser Traum vollends durcheinander.

Um halb sechs hielt es mich nicht länger im Bett. Ich stand auf und ging an den Familienfotos im Flur vorbei, an der Vitrine mit Handarbeiten, die Tanya während ihrer Kindheit gemacht hatte, am Hochzeitsfoto im Wohnzimmer und schließlich in die Diele mit dem antiken Wandteppich, den Maureen so geliebt hatte. Der Traum hatte in mir die verstörendsten

Gedanken seit Maureens Tod ausgelöst. Als ich darüber nachdachte, inwiefern eine neue Liebesbeziehung meine Liebe zu Maureen beeinträchtigte, war mir immer klar gewesen, daß Maureen einen festen Platz in meinem Herzen hatte. Aber daß Ally für Reese Maureens Platz einnehmen könnte, daß sie ihm mehr bedeuten würde als Maureen, noch bevor ich ihm erklären konnte, wer und was Maureen war – dieser Gedanke war mir bisher nicht gekommen. Dabei spielte es keine Rolle, ob Ally aktiv darauf hinarbeitete. Tatsache war, daß die beiden ein so inniges Verhältnis zueinander hatten, daß Ally für Reese die einzig greifbare Mutterfigur und Maureen etwas Irreales, Mythisches war, wie der Weihnachtsmann.

Zum ersten Mal machte ich mir ernsthaft Sorgen wegen der Beziehung zu Ally, Sorgen, die viel tiefer gingen als die Frage, was meine Kollegen oder meine Familie von unserer Beziehung hielten. Und ich wußte nicht, wohin mit meinen Gefühlen. Sollte ich Ally bitten, sich von Reese fernzuhalten? Das war lächerlich, und ich hätte nicht gewußt, wie wir nach einem solchen Gespräch hätten weitermachen sollen. Sollte ich ihr sagen, daß ich Zeit brauchte, um Reese einen nachhaltigen Eindruck von seiner Mutter zu vermitteln, bevor ich ihm eine andere Frau präsentierte? Das würde Jahre dauern.

Dennoch war es beängstigend. Als ich Reese nach Maureens Tod zum ersten Mal in den Arm nahm, hatte ich mir geschworen, ihn im Gedenken an sie aufzuziehen. Daß er nicht nur wissen sollte, wer sie war, sondern daß ich ihn ganz in ihrem Sinne erziehen würde. Das schuldete ich ihr, denn sie war eine sehr gute Mutter gewesen, und ich hatte von ihr viel über das Elternsein gelernt. Daß ich diesen Schwur schon wenige Monate später brechen würde, und dazu auf die provokanteste Weise, indem ich nämlich einer anderen Frau ihren Platz überließ, war damals vollkommen unvorstellbar gewesen.

Wieder einmal mußte ich mich fragen, was für ein Mensch ich eigentlich war. War ich jemand, der die Erinnerung an seine geliebte Frau bei der erstbesten Gelegenheit verblassen ließ? War ich jemand, der diese Frau im Bewußtsein ihres Sohnes bedeutungslos machte, weil ich mich kurzerhand in eine andere verliebt hatte? Wenn ich so war, dachte ich, könnte ich nie wieder in einen Spiegel schauen. Und wenn ich *nicht* so war – wie war ich dann in die momentane Situation geraten?

Ich versuchte, mir zu sagen, daß ich überreagierte, daß ich zu wenig geschlafen hatte und unter dem Eindruck eines ungewöhnlich lebhaften Traumes stand. Dennoch konnte sich eine solche Szene schon in naher Zukunft genauso in der Wirklichkeit abspielen. Reese war kurz davor, richtig laufen zu können, und wenn es so weit war, konnte er genauso gut auf Ally zulaufen wie auf mich. Außerdem hatte er in letzter Zeit viel gebrabbelt. Mit ein wenig Phantasie konnte man schon ein »Dada« heraushören. Und wenn er so weit war, konnte er auch »Mama« sagen. Wie würde ich reagieren, wenn diese Traumszene Realität werden sollte? Würde ich sprachlos danebenstehen? Oder würde ich diese kleine Familienszene ganz gedankenlos genießen?

Um mich abzulenken, schaltete ich den Fernseher an. Auf YES lief die »Yankographie«, und zwar die Folge über Thurman Munson, den legendären Catcher der 70er, der etliche Male in der World Series spielte. Aber selbst das konnte ich nicht genießen. Ich bewunderte Munson, er war mein erstes Baseballidol gewesen. Als er 1979 bei einem Flugzeugabsturz ums Leben kam, war ich mir sicher, daß ich nie wieder so sehr für einen Baseballspieler schwärmen würde. Aber schon wenige Jahre später nahm Don Mattingly seinen Platz ein, und dann folgten ab '96 ein paar Jahre lang die Spieler der großen, siegreichen Teams. Obwohl Thurman in meiner Erinnerung einen Ehrenplatz einnahm, war sein Gesicht für mich schon lange nicht mehr *das* Synonym für Baseball.

Das fand ich so irritierend, daß ich umschaltete, zuerst zu VH1, aber dort lief natürlich gerade ein Videoclip von River. Dann schaltete ich auf den Gourmetsender, Food Network, weil ich mich dort in Sicherheit wähnte. Wie man einen Kürbis vorbereitete, um ihn später zu füllen, hatte nun wirklich nichts Bedrückendes – aber ich war mir nicht sicher, ob mir nicht etwas entging, das einen Bezug zu meinen aktuellen Problemen hatte.

Die Kochshow war beruhigend und machte Appetit. Als Ally mit Reese auf dem Arm aus dem Schlafzimmer kam, stand ich bereits in der Küche und bereitete Arme Ritter vor.

»Wann bist du aufgestanden?« fragte Ally, als ich auf sie zuging. Reese streckte die Arme nach mir aus. Ich nahm ihn auf den Arm und küßte ihn auf die Wange.

»Ist schon 'ne Weile her.«

»Alles in Ordnung?«

»Ich konnte nicht schlafen.«

Ally streichelte mir über den Arm. Wahrscheinlich dachte sie, daß ich wegen Tanya nicht schlafen konnte. Ich machte Reese das erste Fläschchen und setzte ihn in seinen Hochstuhl. »Tut mir leid, wenn er dich geweckt hat. Möchtest du dich noch mal hinlegen?«

»Nein, ich bin ausgeschlafen.« Ally beugte sich zu Reese vor und packte seinen Fuß. Er lächelte, behielt aber den Sauger im Mund. »Wir haben schon eine ganze Weile geknuddelt, aber dann wurde er quengelig.«

»Das ist morgens oft so.« Ich lachte und merkte, wie nervös ich war. Ich hatte gehofft, wenn ich die wirkliche Ally und den wirklichen Reese sah, würde ich endgültig begreifen, daß ich den Traum überbewertet hatte, aber dieser Effekt trat nicht ein. Die beiden hatten sich wirklich sehr, sehr gern.

Ich kümmerte mich wieder ums Frühstück, und Ally kochte Kaffee. Falls sie merkte, daß mir etwas auf der Seele lag, ließ sie sich nichts anmerken. Wahrscheinlich dachte sie, daß mich die üblichen Sorgen plagten.

Nach dem Frühstück duschte ich. Als ich anschließend Reese anzog, besprachen Ally und ich unsere Tagespläne. Am Nachmittag wollten wir in den Park gehen, aber vorher mußte ich noch einige Besorgungen machen und mit meinem Anlageberater sprechen, was einige Zeit in Anspruch nehmen konnte. Wir hatten uns angewöhnt, den Samstagvormittag getrennt zu verbringen und uns um unsere jeweiligen Angelegenheiten zu kümmern, ehe wir nach Reeses Mittagsschlaf wieder zusammentrafen.

»Ich kann doch mit Reese hierbleiben, während du deinen Kram erledigst«, sagte Ally.

»Hast du denn nichts zu erledigen?«

»Nichts Dringendes. Du willst doch bestimmt nicht mit einem Baby im Arm über deine Finanzgeschäfte reden. Außerdem sollte Reese mit solchen Leuten nicht zu früh Bekanntschaft machen, das bremst womöglich seine kreative Entwicklung.«

Angesichts meiner jüngsten Überlegungen widerstrebte es mir zutiefst, die beiden allein zu lassen und ihnen Gelegenheit zu geben, ein noch innigeres Verhältnis zu entwickeln. Dennoch war Allys Vorschlag sehr vernünftig.

»Komm, ich ziehe ihn weiter an. Geh du nur los!« sagte sie.

»Nein, ich habe noch Zeit. Mein Termin ist erst um zehn.«

Was ich zu erledigen hatte, gestaltete sich ohne Reese fraglos viel einfacher. Trotzdem fühlte ich mich nicht ganz wohl bei der Sache. Gelegentlich hatte ich Reese schon früher mit

Ally allein gelassen, aber der Traum ließ mich nun daran zweifeln, ob das richtig war. Ich war nervös und unkonzentriert bei der Besprechung mit meinem Anlageberater, vergaß Zahnpasta einzukaufen und mußte noch einmal umkehren, weil ich vergessen hatte, meine Wäsche aus der Reinigung zu holen.

Als ich schließlich nach Hause kam, machte sich der Schlafmangel bemerkbar, und ich fühlte mich gar nicht gut. Noch unwohler wurde mir, als ich Reese schreien hörte. Ich rannte in sein Zimmer. Er lag auf dem Wickeltisch. Ally beugte sich über ihn und drückte ihm ein Papiertaschentuch an die Schläfe.

»Was ist passiert?« fragte ich aufgeregt.

»Ich habe ihn eine Sekunde lang aus den Augen gelassen, um zum Telefon zu gehen, und da ist er hingefallen. Er muß sich den Kopf am Couchtisch gestoßen haben.«

Ich schob Ally zur Seite und nahm das Taschentuch weg. Reese war puterrot, und er schrie wie am Spieß. Ich versuchte, die Wunde zu begutachten, aber sie blutete so stark, daß ich nicht recht erkennen konnte, wie tief sie war.

»Sieht ziemlich schlimm aus«, sagte ich. »Wir müssen mit ihm ins Krankenhaus fahren.«

Ich nahm ihn hoch, trug ihn zum Wagen und schnallte ihn in seinem Sitz fest, während er schrie und schrie. Ich streichelte und küßte seinen Kopf und versuchte, ihn zu beruhigen, aber er nahm mich kaum wahr. Ich wußte, daß seine Schmerzschwelle recht hoch lag, und selbst wenn er einmal vor Schmerz weinte, beruhigte er sich schnell wieder. Daß er jetzt so außer sich war, zeigte, daß er furchtbare Schmerzen haben mußte.

Ich drückte ihm ein frisches Tuch an die Schläfe. Ally fragte, ob sie es halten sollte, während ich fuhr, aber ich bat sie, sich ans Steuer zu setzen. Als wir zehn Minuten später das *Mather Hospital* erreichten, schrie Reese immer noch. Ich schnallte ihn los und trug ihn schnell in die Notaufnahme. Ein halbes Dutzend Leute saßen im Wartezimmer, aber eine Krankenschwester kam sofort auf uns zu. Sie prüfte die Vitalfunktionen, während ich, das Baby immer noch im Arm, an der Anmeldung unsere Versicherungsdaten angab. Jemand sagte, gleich würde ein Bett gebracht und bat uns, solange Platz zu nehmen. Erst da merkte ich, daß Ally weinte.

»Es tut mir so leid, Reese-y«, sagte sie und faßte nach seiner Hand. Er hatte seinen Kopf an meine Schulter gelegt, und sein kleiner Körper zitterte mit jedem Schluchzen. Immerhin schrie er nicht mehr.

Eine Viertelstunde später wurde ein Bettchen gebracht, und eine weitere halbe Stunde später kam ein Arzt. Inzwischen blutete die Wunde nicht mehr, und Reese lächelte schon wieder ein wenig. Aber das Schlimmste kam erst noch. Der Arzt warf einen Blick auf die Wunde und fragte, ob ich erst noch einen Schönheitschirurgen konsultieren wollte.

»Soll das heißen, daß er eine Narbe behält?« fragte ich.

»Er ist noch ein Säugling. Da ist das immer schwer zu sagen. Aber *etwas* wird wohl bleiben. Sie sollten wirklich mit einem Schönheitschirurgen sprechen, wenn Sie sichergehen wollen, daß man später nichts sieht.«

Ich schaute Ally an. Sie preßte die Lippen zusammen.

»Was passiert, wenn ich auf einen Schönheitschirurgen verzichte?«

»Dann würde ich die Wunde nähen. Ich denke, drei Stiche sollten genügen.«

Ich hatte gehofft, man würde die Verletzung klammern können, aber das war offenbar nicht der Fall. Trotzdem entschied ich mich gegen den Schönheitschirurgen. Er würde die Prozedur nur verlängern. Im übrigen hoffte ich, daß die Narbe gut verwachsen und später kaum zu sehen sein würde.

Was folgte, war so ziemlich das Schlimmste, was ich als Vater je erlebt hatte. Eine Schwester und zwei Pfleger traten zu uns und brachten etwas, das wie ein Brett mit einer Zwangsjacke aussah.

»Wozu brauchen Sie das denn?« fragte ich.

»Wir müssen ihn darauf festschnallen, damit er operiert werden kann«, sagte die Krankenschwester.

»Kann ich ihn nicht einfach halten?«

»Dafür wird er sich zu wild bewegen.«

Reese hatte sich inzwischen so weit beruhigt, daß er auf meinen Knien stand und sich an meinen Fingern festhielt. Als ein Pfleger ihn nehmen wollte, klammerte er sich an meinen Arm und fing an zu weinen. Ich wollte ihn diesen Leuten nicht überlassen, aber es mußte sein. Der Pfleger nahm ihn und legte ihn auf das Brett, während die anderen beiden ihn anschnallten.

Reese begann wieder, laut zu schreien. Aber es kam noch schlimmer. Ein Pfleger hielt seinen Kopf, während ein Arzt ihn betäubte und nähte. Reese leistete die ganze Zeit über Widerstand. Er verstand nicht, was mit ihm geschah und konnte überhaupt nicht einsehen, warum er das alles über sich ergehen lassen mußte. Ich kniete neben ihm, streichelte seinen Arm, sang ihm etwas vor und versuchte, seinen Blick festzuhalten. Dabei mußte ich mich selbst zur Ruhe zwingen, was nicht so einfach war. Ich wußte, daß das Krankenhauspersonal sein Bestes tat und die Prozedur so kurz und so schmerzlos wie möglich gestaltete, doch innerlich verfluchte ich diese Folterknechte.

Als es vorbei war und Reese wieder losgebunden wurde, nahm ich ihn schnell hoch und drückte ihn an mich, bis er zu weinen aufhörte. Ally, die ich gar nicht beachtet hatte, während Reese zusammengeflickt wurde, streichelte ihm währenddessen über den Rücken. Ich wollte, daß sie ihn losließ. Ich wollte ganz mit Reese allein sein, ihn trösten und ihm die Gewißheit geben, daß es vorbei war. Ich bewegte mich von Ally weg und sagte, ich wolle ein Stück spazierengehen, um ihn zu beruhigen.

Auf der Heimfahrt schlief Reese ein. Das Weinen und die Schmerzen mußten ihn vollkommen geschafft haben. Ich trug ihn ins Haus und legte ihn ins Bett. Am liebsten hätte ich mich zu ihm gelegt. Ich fühlte mich völlig ausgebrannt und sehr niedergeschlagen. Und ich hatte es nicht eilig, zu Ally zurückzugehen. Nach allem, was mir am Morgen durch den Kopf gegangen und dann später geschehen war, wußte ich nicht, was ich zu ihr sagen sollte.

»Schläft er?« fragte sie, als ich in die Küche zurückkam.

»Alles in Ordnung. Ich hoffe, er schläft recht lange, aber wahrscheinlich wacht er wieder auf, sobald er den Kopf dreht.«

»Er tut mir so leid. Ich kann immer noch nicht fassen, wie schnell alles gegangen ist.«

»Wirklich nicht?«

»Du verstehst schon, was ich meine. Ich hatte nur mal kurz weggeguckt.«

»Soll das heißen, er stand schon am Couchtisch, als du aus dem Zimmer gingst, um zu telefonieren?«

Ally sah mich ungläubig an. »Du weißt doch, daß er das ständig macht. Ich habe ihn nur einen Moment lang aus den Augen gelassen.«

»So ein Sturz dauert ja auch nur einen Moment.«

Ally sah mich ganz entgeistert an. Bestimmt hatte sie sich schon selbst die schwersten Vorwürfe gemacht, aber sie hatte wohl nicht erwartet, daß ich so mit ihr sprechen würde. »Willst du damit sagen, es war alles meine Schuld?«

»Du hattest die Verantwortung für ihn übernommen.«

»Aber genau das gleiche wäre passiert, wenn ich im Zimmer geblieben wäre. Wir scharwenzeln ja schließlich nicht ständig mit einem Sicherheitsnetz um das Kind herum.«

»Aber du warst nicht im Zimmer, als es passierte. Er kann nicht einfach nur gestolpert sein. Er muß ein ziemliches Tempo drauf gehabt haben, um sich so eine tiefe Wunde zuzuziehen. Wahrscheinlich ist er um den Tisch herumgerannt. Vielleicht wollte er hinter *dir* herrennen, als du rausgegangen bist.«

Sie schlug die Hände vors Gesicht. »Ich fasse nicht, was du da sagst! Ich liebe dieses Kind, als wäre es mein eigenes.«

Das war wohl das verkehrteste, was sie in diesem Moment sagen konnte. Hätte sie etwas anderes gesagt, wäre mir sicher klar geworden, wie schlecht sie sich fühlte und daß das Ganze auch für sie sehr schmerzhaft war. Aber an diesem Tag schien sich alles gegen uns verschworen zu haben. Statt Mitgefühl mit ihr zu haben und das Ganze als eine schwierige Situation zu sehen, die wir gemeinsam durchstehen mußten, sagte ich: »Also, wenn du fürs Muttersein übst, solltest du dich nach weniger wertvollen Versuchsobjekten umsehen.«

Allys Gesicht verriet, daß ich eine Grenze überschritten hatte. Sie sah nicht wütend aus, sondern fühlte sich offenbar gedemütigt.

»Ich lasse nicht zu, daß du so mit mir sprichst.«

»Ich habe es nicht so gemeint«, sagte ich schnell.

»Dann erkläre mir bitte, wie du es gemeint hast.«

Ich gestikulierte hilflos herum und wußte nicht, was ich sagen sollte.

»Hör zu, Gerry, du bist ein toller Mann, und Reese ist wie ein Geschenk des Himmels für mich, aber ich lehne es ab, das fünfte Rad am Wagen zu sein. Und ich lasse nicht zu, daß du mich hier abstrafst.«

Ich merkte, wie meine Stimmung umschlug, konnte allerdings nicht recht orten, wie. Wütend war ich jedenfalls nicht mehr, aber ich empfand auch keine Reue, obwohl ich meine herzlosen Worte bedauerte. Dann merkte ich, daß ich mich unterbewußt schon seit Beginn unserer Beziehung für diesen Moment gewappnet hatte. Mir wurde klar, daß all die Zweifel, die ich die ganze Zeit unterdrückt hatte, irgendwann hochkommen mußten. Vor allem wurde mir klar, daß ich immer neue Gründe dafür finden würde, warum es zu früh war, eine neue Beziehung einzugehen. Ich war noch nicht bereit, Maureen loszulassen und eine andere Frau so nahe an mich heranzulassen, wie sie es gewesen war – und möglicherweise würde ich niemals dazu bereit sein.

Ich wußte, daß sich Reese nicht verletzt hatte, weil Ally nicht richtig auf ihn aufgepaßt hatte. Ich wußte, daß es keinen Grund gab, wütend auf sie zu sein. Meine Vorwürfe gegen sie waren einfach nur bösartig und speisten sich aus meinen unausgegorenen Gefühlen. Ich hatte den Boden unter den Füßen verloren und schlug nun wild um mich, als könnte ich dadurch wieder festen Halt bekommen.

»Dann geh doch«, sagte ich.

Ich wußte, daß sie das nicht erwartet hatte. Ich weiß natürlich nicht, was sie in dem Moment dachte, aber ich glaube, daß ihr ein Licht aufging. Und in diesem Licht sah sie einen Mann, der ihr niemals geben würde, was sie brauchte und was sie verdiente.

Sie senkte den Kopf, und als sie wieder zu mir aufsah, machte sie einen sehr entschlossenen Eindruck. Sie war wirklich eine starke Frau.

»Ich komme irgendwann vorbei, wenn Lisa da ist, und hole meine Sachen ab.«

Ich nickte.

»Bitte laß mich wissen, wie sich Reese erholt. Du kannst es mir ja mailen, wenn du den direkten Kontakt mit mir vermeiden möchtest. Aber wenigstens daran mußt du mich Anteil nehmen lassen.«

»Ich erzähle es dir am Montag.«

Sie schloß die Augen und holte tief Atem, so als sei ihr gerade klar geworden, daß wir uns ja täglich bei Arbeit über den Weg laufen würden.

»Mach's gut, Gerry.«

Als sie fort war, ging ich in die Diele, setzte mich auf die Couch und starrte an die Decke. Reese schlief mehrere Stunden, und ich war mit meinen quälenden Gedanken allein. Langsam wurde mir klar, daß ich ohne Ally genauso wenig wußte, wie ich mich zum Leben stellen sollte, wie mit ihr. Alle Optionen waren wenig erstrebenswert. Wenn ich versuchte, Ally zurückzugewinnen, würden wir früher oder später wieder unter meinen Schuldgefühlen und meiner Unentschlossenheit zu leiden haben. Aber ohne sie würde mein Leben viel ärmer sein. Trotz meiner Unsicherheit hatte sie mir das Leben sehr verschönt.

Als Reese schließlich aufwachte, sah er ganz unglücklich aus. Der Verband an seiner Schläfe verstärkte diesen Eindruck noch. Er hatte wirklich viel durchgemacht und keine Ahnung, warum. Dabei wußte er noch nicht einmal, welchen Verlust ich ihm zugefügt hatte, als er schlief. Er war ganz schlapp und wollte nicht spielen. So saßen wir einfach auf der Couch, und ich legte ein Video mit einem siegreichen Yankee-Spiel ein. Während der letzten vier Innings und der Show, die dem Spiel folgte, saß Reese auf meinem Schoß und lehnte den Kopf an meine Brust.

Wir waren wieder allein.

Heute habe ich zum ersten Mal das Blut Deines Bruders gesehen. Es war ein grauenvoller Tag – in jeder Hinsicht. Alles nimmt ungeheure Dimensionen an, wenn sich ein geliebter Mensch verletzt, vor allem, wenn man ihm nicht helfen kann.

Am Ende lief es dann auf drei Stiche hinaus, die eine kleine Narbe an seiner Schläfe hinterlassen werden. Du bist von so etwas immer verschont geblieben. Er ist nicht mal bis zu seinem ersten Geburtstag unversehrt geblieben. Hoffentlich ist das kein schlechtes Omen. Es zeichnet sich schon jetzt ab, daß er wohl ein ziemlicher Draufgänger wird, und wahrscheinlich war das nicht unsere letzte Fahrt in die Notaufnahme. Ich hoffe nur, daß die Begleitumstände nie wieder so verstörend sind.

Als ich elf war, mußte eine Wunde an meinem Kopf mal mit fünf Stichen genäht werden. Es war ein dummer Ferienunfall, in dem ein Skateboard und eine zerbrochene Flasche die Hauptrollen spielten. In meiner Erinnerung war das Nähen schmerzhafter als die eigentliche Wunde, obwohl ich angeblich nichts davon spüren sollte, eine der vielen Lügen, die sich um diesen Unfall ranken. Die größte war, daß sich die anderen Kinder nicht über die kahle Stelle an meinem Kopf lustig machen würden. Gut, daß sich Reese an diesen Sturz später wohl nicht erinnern wird und daß er nicht wochenlang Frankie Wilds Spott über sich ergehen lassen muß. Allerdings frage ich mich manchmal, ob wir nicht doch vom ersten Lebenstag an alles speichern, und ob diese Dinge nicht in uns arbeiten, auch wenn wir keine aktive Erinnerung daran haben. Ich hoffe für Reese, daß er den heutigen Tag nicht speichert.

Im Moment ist er mit dem, was passiert ist, aber noch voll und ganz beschäftigt. Er bewegt sich nur ganz vor-

sichtig, und am Nachmittag hat er stundenlang einfach nur auf meinem Schoß gesessen. Ich muß zugeben, daß das auch für mich ganz tröstlich war. Das Schmusen und Verwöhnen, wenn die Kinder krank sind, gehört nämlich zu den Elternfreuden, aber man würde nie zugeben, daß man das genießt. Reese ist so ein aktives kleines Kerlchen, und je mobiler er wird, desto weniger Zeit bleibt zum Schmusen. In dieser Hinsicht ist er Dir ganz ähnlich. Nur an den Wochenenden, gleich nach dem Aufstehen, und wenn Du krank warst, durfte ich mich neben Dich setzen und den Arm um Dich legen.

Das Haus ist heute ungewöhnlich ruhig. Ich vermisse Dich noch mehr als sonst. Manchmal kann ich so tun, als sei es ganz okay, daß wir jetzt getrennte Wege gehen. Aber heute nicht. Ich weiß noch, wie sich der kleine Billy Weston vor einigen Jahren das Bein brach. Du warst unheimlich nett zu ihm, hast mit ihm Gameboy gespielt, ihm etwas vorgelesen und sogar Kekse für ihn gebacken. Es war in der ersten Phase Deiner Emanzipation, und ich fand es so schön zu sehen, daß Du großzügig und geduldig sein konntest und Mitgefühl zeigtest, während Du Dich gegenüber Deiner Mutter und mir nur noch schroff und ablehnend zeigtest. Spätestens da wußte ich, daß Du jemand sein würdest, auf den man sich verlassen kann, ein Freund, mit dem man durch dick und dünn gehen kann.

So jemanden hätte ich heute abend gebraucht, als ich Reese zu Bett gebracht hatte und merkte, wie sehr mich der Tag geschafft hatte. Aber selbst wenn Du hier gewesen wärst, wärst Du sicher mit Deinen Freunden weg gewesen, wie jeden Samstagabend in den letzten drei Jahren. Vielleicht hättest Du mir vorher wenigstens ein paar Makronen gebacken, oder so.

Dreiundzwanzig: Alte Rezepte

Am nächsten Tag schlief Reese bis nach neun. Das hatte er noch nie getan, und es zeigte, wie sehr er am Vortag gelitten hatte. Ich stand erst auf, als ich ihn in seinem Bettchen brabbeln hörte, also war auch ich offenbar ziemlich mitgenommen.

Als ich in sein Zimmer kam, lächelte er mir entgegen, krabbelte ans Bettende und hob die Arme. Ich nahm ihn hoch, und er legte mir die Arme um den Hals. Schon seit etwa einem Monat kannte ich diese kleinen Umarmungen von ihm, aber an diesem Morgen bedeutete sie mir besonders viel. Ich wechselte ihm die Windel, und er lachte, als ich ihn am Bauch kitzelte. Leider mußte ich auch den Verband wechseln, beschloß aber, damit noch etwas zu warten. Ich wollte ihn nicht gleich wieder an den Unfall erinnern.

Wir gingen in die Diele und spielten auf dem Fußboden. Ich holte noch Spielzeug aus einer Kiste, als er schon auf den Couchtisch zukrabbelte. Dort angekommen, schien er kurz zu zögern, aber wahrscheinlich bildete ich mir das nur ein. Er griff nach der Tischkante und stellte sich hin, drehte sich zu mir um und klopfte dabei mit der Hand auf den Tisch. Das war zu viel Bewegung auf einmal, und er fiel auf den Po. Sofort stand er wieder auf und begann, um den Tisch zu marschieren. Der Unfall schien ganz und gar vergessen. Trotzdem zögerte ich etwas, ehe ich unser altes Spiel begann: ihn um den Tisch zu jagen. Doch dann konnte ich nicht widerstehen. Es war einfach zu verlockend, ihn die Dinge tun zu lassen, die er schon konnte.

Später am Vormittag kam dann Codie. Erst als ich sie in der Einfahrt sah, fiel mir wieder ein, daß wir uns für diesen Sonntag zum Brunch verabredet hatten. Heute hätte sie Ally kennenlernen sollen.

»Du wirkst sehr leger«, sagte sie, als sie hereinkam. »Ich bin froh, daß du dich für mich nicht in Schale wirfst.« Ich trug Shorts und ein Yankee-T-Shirt und war noch nicht einmal geduscht oder rasiert.

»Ich hatte ganz vergessen, daß du kommen würdest«, sagte ich entschuldigend.

»Dann muß ich wohl versuchen, nicht beleidigt zu sein. Wo steckt denn mein Neffe?« Reese kroch gerade auf zu uns. Als Codie seinen Verband sah, beugte sie sich zu ihm hinunter und nahm ihn hoch. »Was ist denn passiert?«

»Gestern war hier die Hölle los.«

»Aber es geht ihm doch wieder gut?«

»Wie sieht er denn aus?«

»Er sieht immer toll aus«, sagte Codie, stupste mit ihrer Nase an seinen Hals und überreichte ihm ein elektrisches Spielzeugtelefon. Sie drückte auf eine Taste, und eine Melodie ertönte. Reese schaute interessiert. Ich war froh, daß er sich von Codie auf den Arm nehmen ließ. Es wäre nicht schön gewesen, wenn er ihr gegenüber gefremdelt hätte, nachdem ich schon unsere Verabredung vergessen hatte.

»Was war denn los?« fragte sie.

»Er ist hingefallen. Wir mußten ihn in die Notaufnahme bringen. Sie haben ihn genäht und vorher in eine Art Zwangsjacke geschnallt. Ich dachte, die Dinger seien schon im Mittelalter aus dem Verkehr gezogen worden.«

»Wo ist denn Ally?«

»Das ist die andere Sache, die gestern passiert ist.«

Während ich Kaffee kochte, erzählte ich Codie alles. Erstaunlicherweise hielt sie sich mit Kommentaren sehr zurück und stellte mir statt dessen eine Menge Fragen. Ich weiß nicht, ob sie das beabsichtigte, aber es tat mir sehr gut, weil es mir zum ersten Mal Gelegenheit gab, bestimmte Dinge auszusprechen und eine Haltung dazu zu finden. Am Tag davor hatte ich lange über Ally nachgedacht, aber erst jetzt wurde mir bewußt, wie traurig ich war, daß sie nun nicht mehr Teil meines Lebens war. Es war nicht einmal möglich, die Freundschaft wiederherzustellen, die uns verbunden hatte, bevor eine Liebesbeziehung daraus wurde. Dafür war zu viel zwischen uns geschehen, und das Ende war zu bitter gewesen.

Obwohl ich Ally vermißte, war ich davon überzeugt, daß ich die Beziehung unmöglich wieder aufleben lassen konnte. Ich war mir sicher, daß sie mich nach dem Schlag, den ich ihr verpaßt hatte, nicht wiedersehen wollte, und außerdem war ich keineswegs davon überzeugt, daß so etwas nicht wieder passieren würde. An den Gründen, die dazu geführt hatten, hatte sich ja nichts geändert. Ich war mir einfach nicht sicher. Es war eine schmerzhafte Erkenntnis, daß ich nach all dieser Zeit noch nicht weitergekommen war.

»Ich mache uns mal was zu essen«, sagte ich. »Tut mir leid, daß ich dir heute nichts Besonderes bieten kann.«

»Weißt du was? Du gehst jetzt unter die Dusche, und ich kümmere mich ums Essen.«

»Wie bitte?«

»Los, geh schon! Ich haue einfach irgendwas zusammen.«

»Seit wann kannst du *einfach irgendwas zusammenhauen?*«

»Ich arbeite dran. Wenn ich ein Kind haben will, muß ich das ja wohl können. Die Küche ist doch der wichtigste Ort in einem Zuhause.«

Ich nickte und ging ins Badezimmer. Ich hatte die Dusche

wirklich nötig und konnte gar nicht genug von dem warmen Strahl bekommen. Es war Anfang August, aber ich drehte den Warmwasserhahn ganz auf und ließ mir den Nacken massieren. Ich hätte stundenlang so dastehen können.

Als ich in die Küche zurückkam, wendete Codie gerade ein paar Pfannkuchen, und Reese zerpflückte einen auf dem Tablett seines Hochstuhls.

»Gibt es in deinem Haushalt keine Blaubeeren?« fragte Codie.

»Sind denn keine mehr da?«

»In der Küche habe ich überall gesucht, und im Wäschekorb wirst du sie ja wohl nicht verstecken.«

»Dann gibt's keine. Tut mir leid.«

Sie legte jedem von uns zwei Pfannkuchen auf einen Teller und brachte sie zum Eßtisch. Sie schmeckten erstaunlich gut, und das sagte ich ihr auch.

»Ein altes Rezept von zu Hause.«

»Ich wußte gar nicht, daß es in eurer Familie ein spezielles Pfannkuchenrezept gibt.«

»Gibt's ja eigentlich auch nicht. Im Grunde ist es *mein* Rezept. Ich mache Pfannkuchen so, seit ich zehn war.«

»Und warum erfahre ich so was erst jetzt?«

»Hat Maureen dir nie Frühstück gemacht?«

Ich überlegte. »Sie hat manchmal Haferbrei gemacht.«

»Stimmt, du warst hier der Koch. Sie wußte das sehr zu schätzen. Und nicht nur, weil sie keine besondere Ader dafür hatte.«

»Ich weiß.«

»Manchmal hat sie zu mir gesagt, du würdest sie richtig verwöhnen.«

»Dazu kann ich nur sagen, daß wir uns gegenseitig verwöhnt haben.«

Codie nickte ernst. »Dann hat sie dich also für andere Frauen verdorben.«

Ich sah auf meinen Teller. »So was in der Art, ja.«

Ein paar Minuten lang aßen wir schweigend weiter. Ich tunkte ein Stück von Reeses zweitem Pfannkuchen in meinen Ahornsirup und gab es ihm zu probieren. Er leckte den Sirup ab und aß den Rest dann ungesüßt.

»Weißt du, ich habe mich für Maureen immer sehr ins Zeug gelegt. Schon als wir uns kennenlernten, wollte ich ihr beweisen, daß sie mit keinem anderen Mann auf der Welt so glücklich werden könnte wie mit mir. Daher die Songs, das Kochen, das Ausgehen, die Rückenmassagen – die ganze Packung eben. Und ich habe immer weitergemacht, auch als ich sie schon längst für mich gewonnen hatte. Ich wollte, daß sie sich immer hundertprozentig sicher ist, die richtige Wahl getroffen zu haben.«

»Ich glaube, daran hat sie nie gezweifelt.«

»Ich weiß. Trotzdem wollte ich es ihr immer wieder aufs neue beweisen.«

»Das war sehr weise.« Codie trank einen Schluck Kaffee. »Aber warum erzählst du mir das alles?«

»Ich weiß nicht.«

»Doch«, sagte sie. »Ich glaube, du weißt es.«

Am Nachmittag gab Tates Familie eine Abschiedsparty. Eigentlich wollte ich Reese mitnehmen, aber Codie bot an, zu Hause auf ihn aufzupassen, und das war wohl besser so. Dabei war mir durchaus bewußt, daß ich keinerlei Bedenken hatte, Reese in die Obhut seiner Tante zu geben – ganz anders, als wenn Ally auf ihn aufpaßte.

Obwohl ich seit Kindertagen in Tates Familie ein und aus gegangen war, hatte ich die meisten Leute seit seiner Hochzeit nicht gesehen. Seine Cousine Laura, in die ich als Teenager eine Zeit lang verknallt war, saß da, trank Gin und schrie ihre Kinder an. Sein Bruder Stan versuchte mich zu überreden, in ein neues Einkaufszentrum zu investieren. Alle schienen über Maureen und Tanya Bescheid zu wissen. Viele erkundigten sich nach Reese. Tates Mutter fragte sogar nach Ally.

Zak und Sara spielten mit ihren Cousins und Cousinen. Zak war mit einigen Kindern nach draußen gegangen und spielte Baseball. Sara blieb mit den anderen drinnen. Sie sahen sich einen Zeichentrickfilm an. Ob sich die Kinder künftig wohl nicht mehr so häufig sehen würden? Wahrscheinlich würde Tate seine beiden Kinder so oft wie möglich bei der Verwandtschaft abladen, statt sie an den verabredeten Wochenenden selbst zu betreuen.

Seit er mir von seinem neuen Job erzählt hatte, hatten wir nicht viel voneinander gehört. Obwohl wir bei dem Mittagessen weiter keine strittigen Themen besprochen hatten, war doch die alte Vertrautheit nicht wieder aufgekommen. Wir hatten oft Meinungsverschiedenheiten gehabt, aber diese hier berührte etwas ganz Elementares, und ich glaube, Tate empfand mich seither als genauso fremd wie ich ihn. Dennoch waren wir jahrzehntelang Freunde gewesen, und es war klar, daß wir uns in Zukunft viel seltener sehen würden. Deswegen wollte ich auf dieser Abschiedsparty sein.

Es waren viele Leute da, und der Lärmpegel war enorm. Im Gegensatz zu mir hatte Tate eine große Familie. Es dauerte über eine Stunde, bis ich Gelegenheit bekam, mit ihm zu sprechen.

Ich wollte mir gerade etwas zu trinken holen, als mir Zak über den Weg lief. »Hast du ein paar Punkte gemacht?« fragte ich.

»Ich war Zweitbester. Und Danielle ist schon zwölf.«

»Gut gemacht!«

»Wo ist Reese?«

»Er ist bei seiner Tante geblieben. Er hat sich gestern böse den Kopf gestoßen, da dachten wir, er sollte heute lieber zu Hause bleiben. Möchtest du auch etwas zu trinken haben?«

Ich holte Zak eine Cola. Als er ein paar Schlucke getrunken hatte, fragte er: »Ich kann ihn doch bestimmt mal wiedersehen, oder?«

»Deinen Vater? Natürlich. Mach dir keine Sorgen. Er zieht zwar weit weg, aber ihr werdet das schon hinkriegen.«

»Ich weiß. Ich meinte Reese.«

»Ach so«, sagte ich und lachte. »Klar, jederzeit. Auch wenn dein Dad nicht da ist. Ich bin ja schließlich auch mit deiner Mutter befreundet.«

»Echt?«

»Wußtest du das nicht?«

»Wahrscheinlich schon. Manchmal bin ich so durcheinander, dann weiß ich gar nichts mehr.«

»Das kann ich verstehen.«

Ein paar Kinder kamen ins Haus und fragten, ob Zak in der Garageneinfahrt mit ihnen Basketball spielen würde. Zak sagte, er käme gleich wieder raus, und sah mich dann wieder an.

»Ich mache mir ein bißchen Sorgen wegen Dad«, sagte er, als die anderen wieder gegangen waren.

»Das brauchst du nicht. Ihr werdet euch an die neue Situation bestimmt schnell gewöhnen.«

»Kann sein. Darf ich dich und Reese mal besuchen kommen?«

»Keine Frage. Ich rufe deine Mutter an und sage ihr Bescheid.«

Er nickte und trank seine Cola. Wieder kamen ein paar Kinder rein und sagten, daß sie jetzt Mannschaften bilden wollten.

»Willst du nicht mitspielen?« fragte mich Zak.

»Ich bin ziemlich gut in Basketball.«

»Gut, dann spielst du in meiner Mannschaft.«

In dem Moment kam Tate auf uns zu und zerzauste Zak die Haare.

»Gerry spielt mit uns Basketball«, sagte Zak.

»Tatsächlich?« Tate sah mich an. »Hast du immer noch diesen fantastischen Korbsprung drauf?«

»Wer weiß? Ich habe seit fünf Jahren keinen Basketball in der Hand gehabt.«

»Aber du sagst doch, du bist gut«, sagte Zak.

»Bin ich auch. Wenn man den Bogen einmal raus hat, verlernt man es nicht. Ich komme gleich raus. Paß auf, daß ich nicht in die andere Mannschaft gewählt werde!«

Mit hochgestreckten Daumen ging Zak nach draußen. Tate holte sich noch ein Bier.

»Schon alles gepackt?« fragte ich, als er zu mir zurückkam.

»Die Möbelpacker waren gestern da. Ich schlafe heute nacht bei meinen Eltern, und morgen geht's los.«

»Wann fängst du in der neuen Firma an?«

»Am Donnerstag und Freitag treffe ich mich mit einigen Mitarbeitern, aber mein erster offizieller Arbeitstag ist Montag. Ich wollte erst mal ein paar Tage frei haben, um mich einzurichten und so weiter.«

»Bist du aufgeregt?«

»Ziemlich.« Er ließ seinen Blick durchs Zimmer schweifen und prostete einem Cousin zu. »Ich fange an, mir wegen der Kinder Sorgen zu machen. Wir hatten gestern einen schönen Tag miteinander. Jetzt plötzlich! Blöd, was?«

»Geh nach Seattle und verdiene dir ein paar Lorbeeren.

Dann kannst du ja wieder zurückkommen. Wir werden hier alle auf dich warten.«

»Danke. Wo sind eigentlich Ally und das Baby?«

»Reese ist bei Codie. Er hatte gestern einen kleinen Unfall. Und Ally versucht gerade, so viel Abstand wie möglich zu mir zu bekommen.«

»Ihr seid nicht mehr zusammen?«

»Ich habe ein paar Dinge gesagt, die ich nicht hätte sagen sollen.«

»Eigentlich war das ja auch nicht anders zu erwarten, oder?«

»Wohl nicht.«

»Aber es ist ja noch nicht aller Tage Abend. Versuch macht klug.«

»So muß man es wohl sehen.«

Tate winkte einer anderen Verwandten zu, die sich daraufhin zu uns gesellte und nach ein paar Minuten Small talk weiterging.

»Hör mal«, sagte Tate. »Alle Welt scheint zu glauben, ich hätte diesen Job nur angenommen, weil ich dann an die Westküste ziehen muß. Aber, glaub mir, ich weiß, was ich tue.«

»Gut so. Laß dich nicht unterkriegen!«

Er lächelte. »Ich versuch's.« Er sah sich wieder im Zimmer um. »So viele Leute. Als ich das letzte Mal von zu Hause auszog, gehörte ein Drittel von ihnen noch nicht zur Familie, und ein weiteres Drittel war noch nicht mal geboren.« Er klopfte mir auf die Schulter. »Hey, da draußen wartet ein Basketballspiel auf dich!«

»Ich weiß.«

»Meinst du, die Kinder lassen mich auch mitspielen?«

»Nicht, wenn sie wissen, wie schlecht du bist.«

»Ach, komm schon! Einmal möchte ich dich noch foulen,

als Abschiedsgeschenk quasi. Wenn du willst, lasse ich dich sogar einen meiner Würfe blocken. Aber danach mache ich dich fertig!«

Am Abend kam wieder eine Mail von Tanya.

Dad,
es war doch nicht das Richtige. Syd ist okay, der Laden ist okay, und die Leute, bei denen ich schlafe, sind auch okay. Nur ich bin nicht okay. Syd spielte gestern ein altes Eric-Andersen-Album, und als der Song »Be True to You« kam, konnte ich kaum noch den Kunden zu Ende bedienen, der gerade an der Reihe war, bevor ich heulend ins Hinterzimmer rannte. Ich mußte an Mom denken und konnte gar nicht wieder aufhören zu weinen.

Dabei war es gar nicht Mom, die mir das Lied zum ersten Mal vorgespielt hat. Das warst Du. Das war, als ich eine Vier in Englisch hatte, weil Mr. Edelstein meine Interpretation von »The Yearling« völlig daneben fand. Erinnerst Du Dich noch daran?

Ich frage mich, ob mit mir etwas nicht stimmt. Es kann doch nicht angehen, daß jeder, der einen geliebten Menschen verliert, so lange so fertig ist wie ich! Alle paar Stunden breche ich zusammen. Mick ist mir deswegen schon weggelaufen, und ich glaube, Syd habe ich durch diese Episode auch total abgetörnt. Ich kann mir einfach nicht vorstellen, daß es Dir genauso geht – nicht weil Du keinen Schmerz empfinden würdest, sondern weil ich glaube, daß Du viel stärker bist als ich. Alle sind stärker als ich. Glaubst Du, daß ich einen richtigen Knacks abbekommen habe?

Jemand, den ich hier kennengelernt habe, hat mir Kon-

takt zu einer Frau verschafft, mit der ich mal über alles reden kann. Morgen gehe ich zu ihr. Ich kann mir nicht vorstellen, was sie Großartiges tun kann, um mir zu helfen, aber ich hoffe, ihr fällt was ein. Es muß einfach funktionieren. Ich brauche es wirklich.

Küßchen, T.

Nach allem, was an diesem Wochenende passiert war, traf mich dieser Brief besonders hart. Tanya war verzweifelt, und ihr Zustand verschlimmerte sich offenbar noch. Zudem glaubte sie, »einen richtigen Knacks abbekommen« zu haben.

Ich war außer mir vor Sorge und hatte nur den einen Wunsch, sie zu umarmen und ihr klarzumachen, daß alles, was sie durchmachte, vollkommen normal war. Ich wollte ihr sagen, daß ich alles in meiner Macht stehende tun würde, um ihr über die schlimme Zeit hinweg zu helfen und das Leid mit ihr zu teilen. Doch obwohl sie mir in dieser Mail mehr von sich mitgeteilt hatte als je zuvor, hatte sie weiter dafür gesorgt, daß ich mit ihr nicht in Verbindung treten konnte.

Es war Sonntagabend, und ich kannte niemanden, der mir helfen konnte, ihre Mail über den Versandservice zurückzuverfolgen, den sie dieses Mal benutzt hatte. Vielleicht wüßte jemand aus der IT-Abteilung von *Eleanor Miller* am nächsten Morgen Rat. Irgendwas mußte ich aber tun, und so rief ich den Privatdetektiv an, den Maureens Vater im Oktober beauftragt hatte. Ich gab ihm die dürftigen Informationen, die ich besaß, und versprach, ihm am Morgen einen Vorschuß zu überweisen. Wenn er den Plattenladen ausfindig machen konnte, würde ich das nächste Flugzeug dahin nehmen. Darüber, wie Tanya dann reagieren würde, machte ich mir keine Gedanken.

Danach hatte ich das Gefühl, wenigstens *etwas* getan zu haben. Leider nicht annähernd genug. Ich öffnete das Tagebuch und versuchte, weiterzuschreiben, aber ich bekam kein einziges Wort zustande. Das Tagebuch hatte seine Funktion verloren. Ich wollte nur noch mit der wirklichen Tanya kommunizieren.

Ich ging ins Kinderzimmer und betrachtete Reese. Ganz friedlich und nichtsahnend lag er da. Er wußte nicht, daß seine Mutter tot war. Er wußte nicht, daß seine Schwester gerade ganz allein durch die Hölle ging. Er wußte nicht, daß die Frau, mit der er immer so viel Spaß gehabt hatte, aus seinem Leben verschwunden war. Ich beneidete ihn.

Dann ging ich ins Schlafzimmer und setzte mich aufs Bett. Im Geiste fragte ich Maureen um Rat, aber sie blieb stumm. Ich weiß nicht, wie lange ich so dasaß, aber irgendwann muß ich in so etwas wie eine meditative Trance gefallen sein.

Als ich wieder daraus auftauchte, mußte ich jedoch leider feststellen, daß ich genauso schlau war wie vorher.

Vierundzwanzig: Kontakt

Ally kam an diesem Montag nicht ins Büro. Ihre Assistentin rief Ben an und sagte, Ally werde bei der Teambesprechung nicht dabei sein. Sie sei übers Wochenende krank gewesen und brauche noch einen Tag Erholung. Das war mir nur recht. Ich wußte ohnehin nicht, wie ich ihr ins Gesicht sehen sollte.

Es fiel mir schwer, mich auf die Arbeit zu konzentrieren. Statt dessen fragte ich einen Mitarbeiter der IT-Abteilung, wie man eine Mail zurückverfolgen könnte, die über einen Versandservice verschickt worden war. Er verwies mich an einen anderen Mitarbeiter und der wieder an einen anderen. Am Ende hatte ich jede Menge Fachausdrücke gelernt, aber nichts über Tanyas Aufenthaltsort erfahren. Die Spezialität dieser Versandservices bestand offenbar gerade darin, die eigentliche Herkunft der weitergeleiteten Mails unkenntlich zu machen. Ich überwies dem Detektiv sein Geld und telefonierte zweimal mit ihm. Seine erste Überprüfung der Plattenläden im Süden hatte keinen zu Tage gefördert, dessen Besitzer Syd oder Sidney hieß. Mir wurde klar, daß Tanya wahrscheinlich einen falschen Namen angegeben hatte.

Nachmittags fand eine Besprechung statt, bei der ich allenfalls körperlich anwesend war, und ich merkte, daß ich nicht einfach so weitermachen konnte. Es hatte keinen Sinn, so zu tun, als könnte ich einfach zur Tagesordnung übergehen, wenn Ally – spätestens ab morgen wieder – am anderen Ende des Flurs in ihrem Büro sitzen und mich hassen würde und wenn es Tanya so dreckig ging. Ich mußte raus, raus aus dem Haus und raus aus dem Job, und mein Leben neu sortieren.

Ich ging zu Marshall, der ausnahmsweise gerade nicht telefonierte.

»Hör mal, ich nehme den Rest der Woche Urlaub.«

»Das geht nicht. Es stehen wichtige Entscheidungen an.«

»Nichts, was ihr nicht ohne mich hinkriegt. Der Katalog ist in Arbeit, das nächste große Meeting findet erst in ein paar Wochen statt, und wir haben August. Die Hälfte der Mitarbeiter ist sowieso im Urlaub.«

»Nicht die leitenden Mitarbeiter. Gerade um diese Jahreszeit kümmert sich unsereins ums Eingemachte und denkt über die künftigen Weichenstellungen nach.«

»Dazu bin ich momentan aber nicht in der Lage.«

»Gerade jetzt brauchen wir kreative Lösungen. Langsam wachsen uns die Probleme nämlich über den Kopf.«

»Mir wachsen gerade selbst ein paar Probleme über den Kopf, und ich habe das Gefühl, ich explodiere, wenn ich mich nicht darum kümmere.«

Marshall griff nach seinem Stift und begann, auf seinem Notizblock herumzukritzeln. Da er nichts sagte, dachte ich schon, unser Gespräch sei beendet, aber dann sagte er: »Deine ewigen Privatprobleme beginnen mich zu langweilen, Gerry.«

Kalte Wut überkam mich. »Tut mir leid. Mehr Unterhaltungswert habe ich zur Zeit nicht zu bieten. Ben kann dir sagen, wo ich in den nächsten Tagen zu erreichen bin.«

»Ich weiß nicht, was ich mit dir machen soll, Gerry. Manchmal bin ich in letzter Zeit drauf und dran, dich mit der gleichen Geringschätzung zu behandeln, mit der du neuerdings deine beruflichen Verpflichtungen behandelst.«

Ich ging um den Schreibtisch herum auf ihn zu. Wahrscheinlich dachte er, ich würde die Hand gegen ihn erheben, denn er zuckte zurück. »Wie kannst du so mit jemandem reden, der jahrelang so viel für die Firma getan hat? Hunderte von Überstunden habe ich in die Firma gesteckt, statt mich meiner Familie zu widmen. In dieser Zeit sind Dinge geschehen, die ich leider nicht ungeschehen machen kann. Ich habe das zugelassen, weil ich dieser Firma immer tief verbunden war. Ich glaube an diese Firma. Ich habe für sie geblutet, und ich werde auch in Zukunft für sie bluten. Aber im Moment habe ich gerade andere Sorgen. Und wenn du was dagegen hast, daß ich mir ein paar Tage frei nehme, um mich darum zu kümmern, dann schmeiß mich doch raus!«

Marshall hielt meinem Blick ein paar Sekunden lang stand, und ich dachte schon, er würde mich tatsächlich rausschmeißen. Es hätte mich nicht überrascht bei dem Verhalten, das er mir schon die ganzen letzten Monate gezeigt hatte. Dann senkte er den Blick und sagte: »Raus jetzt!«

Er vertiefte sich in irgendwelche Unterlagen, und ich ging zur Tür.

»Gerry«, sagte er, und ich blieb stehen. »Hinterlasse deine Urlaubsadresse gefälligst selbst bei meiner Sekretärin.«

Dad,
ich kehre schon den ganzen Tag mein Innerstes nach außen. Warum also nicht auch Dir gegenüber? Die Frau, von der ich schon geschrieben habe, hat mich zu einem professionellen Berater gebracht, der sich auf Trauerarbeit spezialisiert hat. Ich hatte ein langes Gespräch mit ihm, und er hat ein paar wichtige Dinge gesagt. Hinterher hab ich dann noch mal drei Stunden mit der Frau gesprochen. Ich glaube, die ist da total drauf abgefahren. Aber egal.

Was ich sagen wollte: Ich hatte immer das Gefühl, mit Dir um Moms Liebe konkurrieren zu müssen. Wahrscheinlich war Euch das längst klar. Aber Mom hat nie was davon gesagt, und mit Dir konnte ich über so was ja ohnehin nicht reden. Jedenfalls war dieses Konkurrenzding immer ein ganz starkes Gefühl von mir, schon als kleines Kind. Wahrscheinlich hört sich das jetzt blöd an. Ich weiß ja, daß Mom und ich ein tolles Verhältnis zueinander hatten, ein viel besseres als alle meine Freundinnen zu ihren Müttern, aber sie war die ganze Zeit sooo verliebt in Dich. Nicht, daß sie mich links liegen gelassen hätte, sobald Du zur Tür reinkamst, aber wenn Du da warst, mußte ich sie immer mit Dir teilen. Ich kenne keine anderen Eltern, die so eine Ehe führten wie Ihr. Ihr habt Euch sogar anders gestritten als andere Paare.

Jedenfalls habe ich, solange ich denken kann, immer versucht, Mom dazu zu bringen, daß sie mich mehr liebt als Dich. Wenn ich sie um Hilfe bat oder mich für ihre Angelegenheiten interessierte, ging es immer darum. Das klingt bestimmt kindisch, aber ich war ja auch noch ein Kind.

Als Mick auftauchte, dachte ich, ich hätte gewonnen. Plötzlich hatten wir dauernd diese Mutter-Tochter-Gespräche über Männer und Liebe und so. Und daß Du Mick von Anfang an nicht mochtest, machte die Sache noch besser. Da konnten wir dann auch noch diese »Dad hat ja keine Ahnung«-Gespräche führen. Aber dann wurde Mom schwanger. Und als ich das hörte, wußte ich sofort, daß ich verloren hatte. Mom liebte mich nicht nur weniger als Dich, sie wollte mit Dir sogar noch ein zweites Kind haben und mich dann beiseite schieben. Danach brauchte ich nur noch abzuwarten. Mick hatte ja schon immer davon geschwärmt, was für ein romantisches Leben man haben könnte, wenn man abhaut und kein Zuhause mehr hat, unabhängig ist von Regeln und den Leuten, die die Regeln machen. Zuerst dachte ich ja, er spinnt. Aber als Mom schwanger wurde, habe ich ernsthaft darüber nachgedacht. Als Mick dann eines Tages wieder davon anfing, sagte ich: »Laß es uns doch einfach tun!« Ich wollte nicht mehr bei Dir und Mom wohnen. Und wenn ich noch ein Wort von dem neuen Kind gehört hätte, wäre ich vor Eifersucht geplatzt.

Nun habe ich sie ganz verloren. Irgendwie hatte ich immer gedacht, daß ich eines Tages nach Port Jefferson zurückkehren würde, wenn ich mich gefangen und etwas aus meinem Leben gemacht hätte, und daß Mom und ich dann einfach da weitermachen würden, wo wir aufgehört hatten. Ich konnte ja nicht wissen, daß ich sie nie wiedersehen würde – beziehungsweise sie mich. Egal, wie wütend ich war, und egal, wie vernachlässigt ich mich fühlte – ich wäre niemals abgehauen, wenn ich geahnt hätte, daß ich sie nie wiedersehen würde.

Und Dich habe ich auch verloren, Dad. Aber eigentlich schon viel früher. Ich habe keine Ahnung, wo dieses Konkurrenzding eigentlich herkam. Ich hatte immer das Gefühl, daß es Dir mit mir genauso ging, und daß Du froh warst, als Du mich endlich aus dem Weg hattest. Dabei habe ich ganz übersehen, was wir – Du und ich – miteinander hätten haben können. Ja, manchmal hatten wir ziemlich viel Spaß miteinander. Und manchmal waren wir uns ganz nah. Aber dann kam immer wieder was dazwischen. Ich glaube, dieses »Etwas« war ich.

Genug mit dem Psycho-Geschwafel. Ich bin schon viel ruhiger, seit ich diese Gespräche geführt habe. Und diese Mail hat mir auch gutgetan.

Hasse mich bitte nicht zu sehr, okay?

Küßchen, T.

Ich hatte schon alles für unsere kleine Reise gepackt, als ich noch einmal meine Mails checkte. Was Tanya mir da offenbarte, war mir vollkommen neu. Natürlich hatte es Situationen gegeben, besonders als sie noch klein war, wo es ihr ganz offensichtlich darum gegangen war, die Aufmerksamkeit ihrer Mutter von mir weg und auf sich zu lenken, aber so etwas machten doch alle Kinder. Wie hätte ich ahnen sollen, daß es hier um viel mehr ging?

Aber es erklärte eine Menge, und ich überlegte, ob Maureen und ich uns anders verhalten hätten, wenn Tanya ihre Gefühle damals zum Ausdruck gebracht hätte. Oder hatte sie ihre Gefühle zum Ausdruck gebracht, und ich hatte es bloß nicht wahrgenommen?

Ich konnte überhaupt nicht verstehen, warum mich Tanya als Konkurrent gesehen hatte. Wußte sie denn wirklich nicht, daß in den Herzen der Menschen Platz für mehr als nur eine Person ist? Oder wußte sie es, und das war ihr nicht genug?

Ich las noch einmal ihre letzten Sätze. *Ich bin schon viel ruhiger, seit ich diese Gespräche geführt habe*. Immerhin! Zumindest wirkte sie nicht mehr so verzweifelt wie in ihrer letzten Mail. Aber ich wußte nur zu gut, daß sie jederzeit wieder in ein Loch fallen konnte. *Hasse mich bitte nicht zu sehr, okay?* Das war einfach. Ich hatte sie nie gehaßt, nicht mal, wenn sie mich wütend machte oder ignorierte. Und ihre jüngsten Äußerungen konnten in mir keinen Haß wecken. Ganz im Gegenteil.

Es ist immer schwierig, ein vernünftiges Hotel am Strand zu finden. Mitte August und ohne Reservierung ist es fast unmöglich, wie ich nun feststellte. Man bot mir ein Luxusapartment in einem Hotel mit Privatstrand für 10000 Dollar an, das jemand »in letzter Sekunde« storniert hatte, und dann gab es noch etliche Hotels, von denen man den Strand »mit dem Wagen erreichen« konnte. Schließlich trieb ich das letzte freie Zimmer in einem Ferienhotel an einem See im Norden von Connecticut auf.

Am nächsten Morgen machten Reese und ich uns auf die dreistündige Fahrt. Nachdem wir das Zimmer bezogen hatten, machten wir einen Spaziergang zum See. Das Wort Spaziergang hatte im Laufe der Woche eine ganz neue Bedeutung bekommen. Reese ließ sich nicht mehr gerne tragen, und im Wagen zu sitzen, lehnte er strikt ab. Am liebsten hielt er sich an meinen Fingern fest und wackelte neben mir her. Auf diese Weise kamen wir nur sehr langsam voran. Außerdem setzte er sich alle paar Meter hin, um irgend etwas näher zu betrachten – oder einfach nur zu sitzen. Zu Hause verlor ich dabei schnell die Geduld, aber hier war es genau das Richtige.

Es war eine ganze Weile her, daß Reese und ich länger miteinander allein gewesen waren. Jetzt stellte ich fest, daß ich seine Gesellschaft nach allem, was vorgefallen war, höchst angenehm und tröstlich fand. Wenn er eine Dreiviertelstunde im Gras herumkriechen wollte, sah ich ihm einfach zu, griff höchstens mal ein, wenn er sich eine Ameise in den Mund stecken wollte. Wenn er auf meiner Brust hocken und mir wieder und wieder auf die Wangen hauen wollte, machten wir eben das. Einmal überredete ich den halbwüchsigen Sohn einer Urlauberfamilie, uns in seinem Ruderboot mit auf den See zu nehmen, obwohl mir klar war, daß ich die ganze Zeit gut auf Reese aufpassen und ihn ruhig halten mußte. Aber meist saßen wir einfach nur am Seeufer. Reese schien es zu genießen, wenn das warme Wasser um seine nackten Beine und seinen nackten Po plätscherte.

Abends aßen wir im Hotelrestaurant. Das Essen war keine Offenbarung, aber es waren noch viele andere Kinder da, und ich wußte, daß Reese nichts anstellen konnte, was am selben Abend nicht schon mindestens drei andere Kinder angestellt hatten. Allerdings benahm er sich überraschend gut. Er wartete geduldig, bis unser Essen kam, und kaute so lange mit den drei Zähnen, die er inzwischen hatte, auf einem Stück Brot herum. Zur Belohnung bekam er immer seinen Lieblingsnachtisch – Pfirsichstückchen mit Sirup.

Anschließend gingen wir auf unser Zimmer und sahen uns im Fernsehen die wohl letzten großen Yankee-Spiele der Saison an. Die Blue Jays mit ihrem Vorsprung von acht Spielen gastierten in New York, und die Yankees mußten einen Zahn zulegen, wenn sie in der Tabelle noch einen der oberen Plätze belegen wollten. Doch sie verloren alle drei Spiele, und es war zu befürchten, daß sie im Oktober nicht mehr mitspielen würden. Der einzige Lichtblick war die Überwindung des Formtiefs von »Kid« Kitterer. Nach einem fulminanten Start hatte er eine Reihe von ziemlich indiskutablen Spielen hingelegt, nichts getroffen und sogar eine Menge Fehler im Feld gemacht. Es ging schon das Gerücht um, man wolle ihn vorzeitig nach Columbus zurückschicken, um ihm den Erwartungsdruck zu nehmen. Aber in dieser Serie gab er sein Bestes, um das Team voranzubringen. Er schlug fünf Homeruns, machte zehn Punkte, erreichte einen Schlagdurchschnitt von .625 und machte zwei bemerkenswerte Spiele in der Defensive. Natürlich regte ich mich darüber auf, daß die Mannschaft in der nächsten Spielserie so gut wie nichts zu melden haben würde, aber »Kids« Einsatz war nicht umsonst gewesen. Er hatte den Zuschauern einen Vorgeschmack auf die Zukunft der Yankees gegeben.

Ich dachte viel über Ally nach und über das, was mit uns geschehen war. Manchmal war ich nahe daran, sie anzurufen, und sei es nur, um endlich zu begreifen, was an unserem letzten gemeinsamen Tag eigentlich passiert war. Ich überlegte, ob ich ihr von meinem Traum erzählen sollte, und wie er mein Verhalten für den Rest des Tages beeinflußt hatte. Das hätte ihr gewiß einiges klargemacht, aber ich ließ es sein.

Trotzdem vermißte ich sie sehr. Nicht nur, weil ich mich inzwischen in vielen Dingen ganz auf sie verlassen hatte, sondern weil ich mich mit ihr in jeder Hinsicht wohler gefühlt hatte. Sie hatte mich nicht nur erregt, amüsiert und motiviert. Sie hatte mein Innerstes berührt. Sie war ein wichtiger, ein zentraler Teil meines Lebens geworden.

Aber aus zwei Gründen konnte ich sie nicht anrufen. Zum einen war ich überzeugt, daß ich mit meinen Worten alles zwischen uns zerstört hatte. Ihr Gesichtsausdruck in jenem Moment hatte das deutlich genug gezeigt. Doch selbst falls diese Hürde überwindbar sein sollte, blieb da immer noch die zweite: Ich konnte mir keineswegs sicher sein, daß mir so etwas nicht noch mal passierte. Das wollte ich ihr nicht antun. Ich wollte sie nicht in eine Situation bringen, in der sie meinen ewig schwankenden Gefühlen ausgeliefert war. Sollte ich je wieder eine Frau in mein Leben lassen, schuldete ich ihr die Gewißheit, daß die Entwicklung unserer Beziehung einzig und allein von dieser Beziehung abhängen würde.

Ich konnte mir nicht einmal vorstellen, wie ich mit Ally im Büro zurechtkommen würde. Ich fragte mich, ob sie wohl am Dienstag wieder zur Arbeit gegangen war und wie schwer ihr das gefallen war. Was sie wohl gedacht hatte, als sie dann erfuhr, daß ich diese Woche nicht da sein würde? Sollte ich all das zum Anlaß nehmen, meinen Job bei *Eleanor Miller* zu quittieren? Auf jeden Fall würden Ally und ich es in nächster Zeit nicht leicht haben.

Am Donnerstagmorgen ging ich mit Reese zum See hinunter, als etwas am Waldrand seine Aufmerksamkeit erregte. Er ließ meine Hand los und ging mit unsicheren Schritten auf den Wald zu. Dann blieb er stehen, merkte offenbar, was er da tat, und drehte sich zu mir um. Er grinste breit, setzte sich hin und klatschte begeistert mit der Hand auf den Boden. Ich ging zu ihm, um ihn zu umarmen, doch dann wurde mir klar, daß es ihm lieber sein würde, wenn ich ihm einfach wieder aufhalf. Er wackelte weiter Richtung Wald, und ich folgte ihm. Als er hinfiel, half ich ihm wieder auf und zeigte auf den See, bis er die Richtung änderte.

Den Rest des Tages wollte er kaum etwas anderes tun als laufen. Als wir wieder auf dem Hotelzimmer waren, wanderte er auch darin herum und erkundete alles ausgiebig. Wenn wir heimkehrten, mußte ich wohl im ganzen Haus für neue Kindersicherungen sorgen.

Seine Entwicklung kam mir wie ein Wunder vor. Vor neun Monaten noch konnte er nichts anderes tun als schreien, trinken und schlafen, und jetzt konnte er gehen, wohin er wollte, im See planschen, Unmengen von Pfirsichen essen und Menschen zum Lachen bringen. Bis zu seinem ersten Geburtstag würde die Liste seiner Fähigkeiten noch viel länger sein. Es ging alles so schnell! Und obwohl mir klar war, daß es Millionen von Kindern überall auf der Welt genauso erging, war ich vollkommen fasziniert.

Am Freitagabend rief mich der Detektiv an. Er hatte keinen Syd ausfindig machen können. Ich beschloß, seine Dienste nicht länger in Anspruch zu nehmen. Er würde Tanya nicht finden, denn sie hatte dafür gesorgt, daß das so gut wie unmöglich war. Sie würde nach Hause zurückkehren, wenn sie so weit war – oder eben nicht. Jedenfalls hatte ich keinen Einfluß auf ihre Entscheidung.

Die Hotelbesitzer hatten mich im Laufe der Woche ein paarmal an ihren Computer gelassen, damit ich meine Mails chekken konnte. Am Samstagvormittag tat ich das zum letzten Mal und fand eine Mail, die Tanya bereits vor einigen Tagen geschrieben hatte, aber erst jetzt versandt worden war. Darin hieß es lediglich:

»Wie konnte das alles nur passieren?
Kann man im Leben denn so irren?«

PS: Syd hat ein großes Abschiedsessen für mich gegeben.

Das Zitat stammte aus einem Songtext von Soul Asylum – »Runaway Train«. Tanya wußte, daß es eins meiner Lieblingslieder war. Was wollte sie mir damit sagen? War es ein Hinweis auf die folgende Strophe, wie damals bei dem River-Song? *»Ich kann gehen, wo noch niemand war / Kann sehen, was noch niemand sah / Sitze ganz allein im Regen / Kann entscheiden zwischen Wegen«*. Oder ging es um den Text davor? *»Hilf mir, daß ich wieder lache / Daß ich keine Fehler mache!«* Ich konnte nur herumrätseln, was sie mir sagen wollte, und hätte mir irgendeinen Hinweis gewünscht.

Eines jedoch war klar: Wenn Syd ein Abschiedsessen für sie gegeben hatte, war sie jetzt wieder woanders.

Fünfundzwanzig: Ein altes Versprechen

Am nächsten Tag fuhren wir nach Hause zurück. Ich nahm an, daß meinem nunmehr ultramobilen Sohn eine lange Autofahrt noch lästiger sein würde als früher, und plante jede Menge Zwischenstops ein, damit Reese sich – im wahrsten Sinne des Wortes – die Beine vertreten konnte. Jetzt war sogar der Parkplatz einer Autobahnraststätte eine Art Abenteuerspielplatz für ihn.

Unterwegs holte mich die Realität ein. Natürlich hatte ich nicht erwartet, daß dieser Kurzurlaub all meine Probleme lösen würde, aber nun stellte ich fest, daß ich immer noch nicht wußte, wie ich ihnen überhaupt begegnen sollte. Tanya hatte schon seit einigen Tagen wieder keine feste Bleibe mehr. Ally würde am nächsten Tag bestimmt im Büro sein, und wir mußten einen Weg finden, wie wir künftig miteinander umgehen sollten. Ich hatte nicht übel Lust, es meiner Tochter gleich zu tun und mit Reese einfach irgendwohin zu fahren und ein neues Leben anzufangen. Statt dessen fuhr ich den Long Island Expressway in Richtung Osten.

Es war zehn Monate her, daß Tanya uns verlassen hatte. Neun seit Reese geboren wurde. Sieben seit Maureens Tod. Das alles hatte ich überstanden, oder wenigstens bemühte ich mich, es zu überstehen. Und während ich es mit dem widrigen Alltag aufnahm, war ich immer unsicherer geworden. Ich war an einem Punkt angelangt, wo nur noch eins sicher war: daß ich vollkommen verunsichert war.

Als ich in unsere Einfahrt einbog, begann Reese zu schreien. War ihm gerade bewußt geworden, wie sehr er sein Zuhause vermißt hatte? Oder protestierte er gegen die Heimkehr und wollte lieber zu den lustigen Wellen und den interessanten Käfern zurück? Ich nahm ihn aus dem Kindersitz und hielt ihn einen Augenblick im Arm, aber er wand sich von mir los und zog es vor, über den Rasen zu spazieren. Ich entlud den Wagen und behielt Reese im Auge, als ich die ersten Gepäckstücke zur Veranda trug. Da sah ich, daß jemand einen Brief in die Haustür geklemmt hatte, und erkannte Allys Handschrift. Ich hob Reese hoch und nahm ihn mit ins Haus, damit ich in Ruhe lesen konnte und nicht aufzupassen brauchte, daß er nicht auf die Straße lief.

Gerry,
Als ich hörte, daß Du eine Woche Urlaub genommen hattest, war ich, ehrlich gesagt, sehr erleichtert. Ich wußte nämlich nicht, wie ich Dir ins Gesicht sehen sollte. Ich überlege ernsthaft, ob ich nicht kündigen soll. Habe meine Fühler schon ausgestreckt. Ich bin mir nicht sicher, ob ich es je schaffen werde, einfach ein freundliches Lächeln aufzusetzen, wenn Du mir irgendwo im Flur über den Weg läufst, und ich möchte nicht in einer Firma arbeiten, wo ich nicht mal ein paar Schritte gehen kann, ohne fürchten zu müssen, daß ich in eine unangenehme Lage gerate.

Unser letztes Gespräch hat mich zutiefst verletzt. Ich glaube, so sehr bin ich überhaupt noch nie verletzt worden. Was Du zu mir nach dem Krankenhaus sagtest, war einfach furchtbar. Und das Schlimmste ist, daß sogar etwas Wahres daran ist. Auf gewisse Weise habe ich Reese tatsächlich dazu benutzt, mich in der Mutterrolle zu üben. Aber, glaub mir, das war mir zu dem Zeitpunkt nicht bewußt. Trotzdem: Wenn ich ganz ehrlich bin, muß ich zugeben, daß Du für mich von Anfang an so attraktiv warst, weil Du ein Kind hast, das Du allein versorgst.

Ich habe Dir die Philip-Geschichte nicht ganz richtig erzählt. Das Entscheidende daran war nämlich nicht der falsche Alarm mit der Schwangerschaft, sondern daß festgestellt wurde: Ich kann keine Kinder bekommen. Philip wollte eine Familie haben, und als er hörte, daß ich »beschädigte Ware« war, machte er sich aus dem Staub, so schnell er konnte.

Insofern war ich auf der Suche nach einem Mann mit Kind. Und daß ihr mich beide so sehr brauchtet, machte die Sache noch attraktiver. Das dachte ich schon, bevor ich Reese kennenlernte. Später gab es für mich dann kein Halten mehr. Wie er lächelt! Wie seine Augen leuchten! Sobald Reese auf den Plan trat, war das Ganze keine bloße Idee mehr. Er war ein lebendiges Wesen, und ich war ganz verrückt nach ihm.

Ich müßte lügen, wollte ich leugnen, daß ich mir manchmal vorstellte, ich wäre seine Mutter. Meine Familienphantasien über uns drei fingen recht bald an, und mit dem größten Vergnügen stellte ich mir vor, was wir drei später alles unternehmen würden. Ich stellte mir auch vor, was ich mit Reese alles allein unternehmen würde, und konnte mein Glück gar nicht fassen. Kurz vorher war ich noch kreuzunglücklich gewesen, weil ich keine Kinder bekommen kann, und plötzlich war ich ein ganz wichtiger Mensch im Leben dieses kleinen Herzensbrechers. Mir war klar, daß ich noch unendlich viel lernen mußte, um eine gute Mutter zu werden, aber genau das wollte ich tun, von ganzem Herzen.

Daß ich es von Dir lernen konnte, fand ich um so schöner. Zu erleben, wie Du mit Reese umgehst, ist etwas ganz

Wunderbares. Ihr bildet eine richtige Einheit. Du benimmst Dich ihm gegenüber so natürlich und sorgst so verantwortungsvoll für ihn ... und es scheint Dir große Befriedigung zu bereiten. In den Monaten unseres Zusammenseins hast Du mir mehr über Elternschaft beigebracht, als ich früher je geahnt hatte. Aber das war noch nicht alles. Unsere Beziehung als Mann und Frau war mir mindestens genauso wichtig. Schon als Kollegen hatte ich Dich bewundert, als Freund dann später um so mehr. Aber als wir uns dann näherkamen, hast Du mir Gefühle entlockt, die ich vorher nicht kannte. Lust und Leidenschaft spielten dabei eine Rolle. Aber es kam noch etwas ganz Entscheidendes hinzu: Wenn ich mit Dir zusammen war, hatte ich das Gefühl, meinen Platz in der Welt gefunden zu haben.

Ich hatte mich Hals über Kopf in Dich verliebt. Ich habe Dir das nie gesagt, weil ich Dir das Leben nicht noch schwerer machen wollte, als es ohnehin schon ist. Ich wußte, daß Du manches noch nicht verarbeitet hattest. Aber mir selbst habe ich es immer und immer wieder vergegenwärtigt. Jeden Abend, wenn ich ins Bett ging, sagte ich mir, daß ich Dich liebe.

Und als dann alles plötzlich vorbei war, hätte ich Dich am liebsten mit derselben Intensität gehaßt. Wenn Du mir so weh tun konntest, sagte ich mir, dann mußte ich Dich einfach hassen. Aber es gelang mir nicht. Denn wenn man jemanden so liebt, wie ich Dich geliebt habe, kann man nicht auf die Schnelle damit aufhören. Ich bin mir nicht mal sicher, ob ich je damit aufhören kann.

Ich finde, Du solltest all das wissen. Vielleicht macht es unser Wiedersehen am Montag noch peinlicher, aber irgendwann mußtest Du es ohnehin erfahren. Ich hoffe,

Du hattest eine schöne Woche mit Reese. Und ich hoffe, daß Du ein wenig an uns gedacht hast. Außerdem hoffe ich inständig, daß Du, als wir zusammen waren, wenigstens einen Bruchteil meiner Gefühle erwidertest.

Alles Liebe,
Ally

Ich war wie benommen. Nicht von den Geständnissen, die dieser Brief enthielt, obwohl einige natürlich schon ein Schock an sich waren, sondern von Allys Bereitschaft, sich mir so vorbehaltlos zu offenbaren. Nach allem, was ich zu ihr gesagt und ihr angetan hatte! Sie war wirklich eine bemerkenswerte Frau.

Eine Frau, die ich brauchte. Plötzlich wurde mir klar, daß sich meine Zweifel niemals auf sie bezogen hatten. Ich war mir meiner Gefühle für Ally immer ganz sicher gewesen. Meine Unsicherheit und Abwehr hatte sich immer nur darauf bezogen, daß ich solche Gefühle *überhaupt* hatte. Als Ally in mein Leben getreten war, war alles besser geworden. Sie heilte nicht nur meine Wunden, sondern gab mir so viel Selbstvertrauen zurück, daß ich wieder an mich zu glauben begann. Obwohl mir klar war, daß Maureen immer ein wichtiger Teil von mir bleiben würde, wäre es doch ein tragischer Fehler, sie zwischen Ally und mich treten zu lassen. Das Schicksal hatte mir Maureen genommen, und diesen Verlust würde ich nie ganz verwinden, aber wenn ich auch noch Ally verlöre, wäre es meine eigene Schuld, und mein Leben hätte nicht die Qualität, die es haben könnte.

Reese watschelte an mir vorbei. Ich nahm ihn hoch und trug ihn zum Schlafzimmer. Dort konnte ich die Tür hinter mir zumachen und das überfällige Telefonat führen, während er auf Erkundungstour ging, ohne etwas anstellen zu können.

»Ich liebe dich auch«, sagte ich, als Ally sich meldete.

»Ach, wirklich?«

Ich war mir nicht sicher, wie ich ihren Ton interpretieren sollte. »Ja, ich liebe dich. Ich wußte es schon die ganze Zeit. Aber ich hatte Angst davor. Und es tut mir unendlich leid, daß ich dir mit dieser Angst so wehgetan habe.«

»Bist du dir da ganz sicher?«

»Absolut. Aber du hast recht: Es gibt 'ne ganze Menge Dinge, die ich noch nicht verarbeitet habe. Trotzdem liebe ich dich. Daran gibt es nicht den geringsten Zweifel.«

Ally schwieg einen Moment lang, und ich hatte keine Ahnung, was in ihr vorging. »Hattet ihr eine schöne Reise?« fragte sie dann.

»Ja.« Reese stolperte gerade an mir vorbei, fiel hin und kam von selbst wieder hoch. »Reese hat laufen gelernt.«

»Tatsächlich? Ich wünschte, ich wäre dabei gewesen.«

»Ich auch. Komm doch einfach her und schau es dir an!«

»Ich kann nicht. Ich habe meiner Schwester versprochen, auf meine Nichte aufzupassen. Ich wollte gerade aus dem Haus gehen, als das Telefon klingelte.«

»Dann komm doch heute abend.«

»Es kann ziemlich spät werden.«

»Das macht nichts. Ich möchte dich wirklich gerne sehen, Ally.«

»Ja?«

»Ich weiß, es klingt ein bißchen komisch aus meinem Munde, aber: Bitte mach keinen Rückzieher!«

Sie lachte kurz auf. »Nein, es ist wirklich ein altes Versprechen, das ich heute abend einlöse.«

»Ich liebe dich.«

»Da bin ich wirklich froh. Ich liebe dich nämlich auch. Gib Reese einen Kuß von mir.«

»Lieber bekäme er ihn direkt von dir. Ich glaube, er vermißt dich.«

Sie schluchzte auf. »Glaubst du wirklich?«

»Ich bin mir ganz sicher. Du hast mit ihm keine Spielchen gemacht, Ally. Du bist wirklich wie eine Mutter zu ihm. Ich kann's gar nicht abwarten, dich wiederzusehen.«

»Ich komme, sobald ich kann.«

Ich legte den Hörer auf, schnappte mir Reese, warf ihn aufs Bett und kitzelte ihn durch. Er kringelte sich vor Lachen, obwohl er noch keine Ahnung davon hatte, daß sein Leben gerade viel schöner geworden war. Als wir eine Weile gespielt hatten, stand ich auf. Es gab eine Menge zu erledigen. Wir hatten nichts zu essen im Haus, der Windelvorrat war bedenklich geschrumpft, und einige andere Dinge waren zu besorgen. Es tat mir leid, daß ich Reese nach der langen Fahrt wieder in seinen Sitz schnallen mußte, aber es mußte sein.

Als wir mit Einkaufen fertig waren, brach die Sonne aus einer dicken Wolkenschicht hervor. Den ganzen Tag über hatte ich gedacht, es würde jeden Moment anfangen zu regnen, aber jetzt sah es gar nicht mehr danach aus. Ich beschloß, mit Reese zum Spielplatz zu fahren, und wir blieben fast eine Stunde lang dort. Wir waren oft mit Ally hier gewesen, und ich malte mir aus, wie wir es wieder tun und in Zukunft zu dritt nach Hause fahren würden. Als ich Reese auf der Schaukel anschob, entwarf ich zum ersten Mal ein Bild von einer gemeinsamen Zukunft für uns drei. Während der letzten sieben Monate hatte ich oft mit meinem Schicksal gehadert, und jetzt stellte sich heraus, daß mich das Glück keineswegs verlassen hatte. Ich hatte eine neue Partnerin, mit der ich voller Zuversicht in die Zukunft blicken konnte. Eine Partnerin, die sogar Verständnis dafür hatte, daß da immer noch jemand war, der uns begleitete und mir weiterhin viel bedeuten würde. Ich konnte und wollte Maureen nicht abschütteln. Sie war ein Teil von mir. Und jetzt wußte ich, daß Ally das akzeptieren würde. Die Liebe ist wie ein Maßanzug – einzigartig und paßgenau.

Auf der Heimfahrt schlief Reese ein. Eigentlich war es zu spät für seinen Mittagsschlaf, aber ich weckte ihn nicht auf. Zu Hause trug ich ihn in sein Zimmer und legte ihn vorsichtig in sein Bettchen.

Ich ging zum Wagen zurück, um die Einkaufstüten zu holen. Als ich sie in die Küche brachte, saß Tanya dort am Tisch. Ich dachte, ich sähe nicht recht. Sie war dünner als früher, und ihre Haare waren nicht gekämmt. Aber sie sah gesund aus. Und ihre Augen leuchteten.

Wie angewurzelt stand ich da. Ich wußte nicht, wie sie reagieren würde, wenn ich weiter auf sie zuginge. Ich wollte nichts tun, was sie wieder vertreiben würde. So blieb ich mit den Einkaufstüten in der Küchentür stehen.

»Scheint so, als hätte der Runaway Train hier Endstation«, sagte Tanya.

»Und du hast nur einfache Fahrt gelöst?«

Sie senkte den Blick. »Ich glaube schon.«

»Das wäre dann schon die zweite gute Nachricht des Tages.«

Tanya schaute sich in der Küche um.

»Man sieht, daß Mom nicht mehr da ist«, sagte sie.

»Tut mir wirklich leid, Queenie.«

Sie lächelte gequält. »Habe ich dir nicht gesagt, wie sehr ich diesen Namen hasse?«

Ich schloß kurz die Augen. *Treib sie bloß nicht wieder aus dem Haus!* »Ich sag's nie wieder!«

»Das habe ich nicht gesagt.«

Ich hielt immer noch die Einkaufstüten fest. Ich stellte sie ab, aber dann wußte ich plötzlich nicht, wohin mit meinen Händen.

»Ich habe etwas für dich«, sagte ich und holte das Tagebuch aus meinem Arbeitszimmer. Als ich es ihr gab, waren wir uns plötzlich sehr nahe. »Ich habe das geschrieben, als du weg warst.«

»Ist das nicht das Buch, das du vor ein paar Jahren zu Weihnachten bekommen hast?«

»Ja.«

Sie fuhr mit der Hand über den Ledereinband. »Dann hatte Mom ja wohl recht.«

Ich hatte gar nicht gewußt, daß sie mitbekommen hatte, mit welchen Worten Maureen mir das Buch übergeben hatte.

Tanya schlug das Buch auf. Dann schaute sie zu mir auf. »Ich nehme es mit in mein Zimmer, okay?«

Ich nickte. Als sie an mir vorbeiging, streckte ich ihr die Hand entgegen. Sie drückte sie kurz und ging weiter.

Sie blieb über eine Stunde in ihrem Zimmer. Ich konnte noch gar nicht fassen, daß die Tochter, die ich über die Jahre immer wieder und in den letzten zehn Monaten fast endgültig verloren hatte, wieder zu Hause war. Ich hatte in dem Zimmer nichts verändert. Sie fand es genauso vor, wie sie es verlassen hatte.

Ich verstaute die Einkäufe, setzte mich in die Diele und starrte auf Maureens antiken Wandteppich. Was hätte sie wohl von alledem gehalten, was heute passiert war?

Als Reese aufwachte und ich zu ihm ging, warf ich einen Blick auf Tanyas Tür. Welchen Eintrag sie wohl gerade las? Wir gingen in die Diele zurück, und Reese lief eine Weile umher, ehe er sich auf den Boden setzte und mit Bauklötzen spielte.

Etwa zwanzig Minuten später kam Tanya in die Diele. Sie schaute zu Reese hinüber, aber er konzentrierte sich gerade auf etwas anderes, und ich glaube, er bemerkte sie gar nicht. Dann sah sie mich an, und unsere Blicke trafen sich. Ich weiß nicht, ob es an diesem Blick lag, oder an etwas, das sie in dem Tagebuch gelesen hatte, oder ob sie von dem Gefühl überwältigt war, wieder zu Hause zu sein – jedenfalls machte sie ein paar schnelle Schritte auf mich zu, setzte sich neben mich und warf sich in meine ausgebreiteten Arme. Sie legte ihren Kopf an meine Brust, und dann mußten wir beide weinen.

»Ich habe dich so vermißt, Dad.«

»Ich bin ja da, Queenie.«

Wir hielten uns lange fest, ohne etwas zu sagen. Einmal warf ich einen Blick zu Reese hinüber, der sich inzwischen einem anderen Spielzeug zugewandt hatte und einen zufriedenen Eindruck machte.

Schließlich lehnte sich Tanya zurück. Einen Arm hatte ich noch um ihre Schulter gelegt. Sie ließ den Kopf in den Nacken fallen und starrte eine Weile vor sich hin. Dann sah sie mich an.

»Was ist nun mit Ally?« fragte sie.

Ich lächelte. »Ich glaube, wir haben beide viel zu erzählen.«

»Glaub ich auch.« Dann legte sie den Kopf an meine Schulter, und wieder saßen wir ein paar Minuten lang schweigend da. Für mich fühlte sie sich fast genauso an wie mit vier oder neun oder zwölf. Und doch war etwas überwältigend Neues dabei.

Kurz darauf stand Tanya auf und küßte mich auf die Wange.

»Jetzt muß ich erst mal meinen kleinen Bruder kennenlernen«, sagte sie und setzte sich zu ihm auf den Fußboden.

Maureen hielt mich immer für einen unverbesserlichen Optimisten. Sie glaubte, daß ich zu viele Enttäuschungen hinnehmen müßte, wenn ich immer erwartete, das Beste werde erst noch kommen. Sie hielt es für vernünftiger, negative Entwicklungen wenigstens als Möglichkeit mit einzukalkulieren.

Im Laufe der vergangenen zehn Monate hatte ich viel Zeit damit verbracht, das Schlimmste zu erwarten – und zu erleben. Vieles, woran ich immer geglaubt hatte, hatte ich gründlich in Frage gestellt und manches über Bord geworfen. Manchmal hatte ich gedacht, meine Lebensgrundlagen seien zerstört und ich würde ins Bodenlose fallen. Innerhalb von dreihundert Tagen hatte ich mehr Schmerz, Enttäuschung und Verlust hinnehmen müssen als in den fast vierzig Jahren zuvor.

Doch als sich meine Tochter nun ein Spielzeugtelefon ans Ohr hielt, mit verstellter Stimme sprach und meinen Sohn zum Lachen brachte, während Ally ihre Nichte bei Laune hielt und sich anschließend auf den Weg zu mir machen würde, als der Wandteppich und das Klavier und die Kinder mir sagten, daß ich nichts, was mir wichtig war, wirklich verloren hatte, da konnte ich gar nicht anders, als Optimist sein.

Alles in allem, glaube ich, hätte Maureen das genauso gesehen.